Ojalá
SIEMPRE

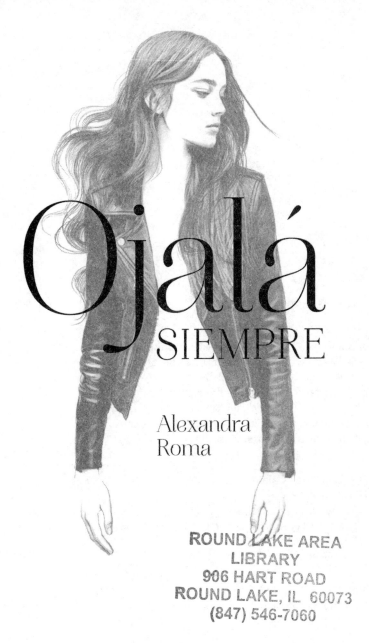

Ojalá
SIEMPRE

Alexandra
Roma

TITANIA
Argentina • Chile • Colombia • España
Estados Unidos • México • Perú • Uruguay

1.ª edición Mayo 2019

Copyright © 2019 by Alexandra Roma
All Rights Reserved
© 2019 *by* Ediciones Urano, S.A.U.
    Plaza de los Reyes Magos, 8, piso 1.º C y D – 28007 Madrid
    www.titania.org
    atencion@titania.org

ISBN: 978-84-16327-67-6
E-ISBN: 978-84-17545-75-8
Depósito legal: B-8.977-2019

Fotocomposición: Ediciones Urano, S.A.U.
Impreso por Romanyà Valls, S.A. – Verdaguer, 1 – 08786 Capellades (Barcelona)

Impreso en España – *Printed in Spain*

Para Nuria. Ojalá siempre contigo, pequeña.
Y a ti, que me lees, sí, tú, eres la magia que me impulsa a crear mundos.

«¿Cuánto tiempo es para siempre?
A veces, solo un segundo.»

Alicia en el país de las maravillas

Playlist

PASADO: We had today, de la película *One day*, versión piano

1: *La chica de ayer*, de Nacha Pop

2: *Il mondo*, de Jimmy Fontana

3: *Hijo de la Luna*, de Mecano

4: *A quién le importa*, de Fangoria

5: *Imagine*, de John Lennon

6: *Para que no me olvides*, de Lorenzo Santamaría

7: *Hombre lobo en París*, de La Unión

8: *Cuéntame*, de Fórmula V

9: *My girl*, de Temptations

10: *Up where we belong*, de Joe Cocker

11: *Gavilán o paloma*, de Pablo Abraira

12: *Chiquilla*, de Seguridad Social

13: *Libre*, de Nino Bravo

14: *Bailar pegados*, de Sergio Dalma

15: *Let it be*, de The Beatles

16: *La melodía del violinista de la estación*, de Alonso Martínez

PRESENTE: BSO de *Yo antes de ti*, de Craig Armstrong

17: *City of stars*, de la BSO de *La La Land*

18: *La llamada*, de Leiva

19: *No puedo vivir sin ti*, versión de Aitana y Cepeda de OT

20: *Me inventaré*, de Dani Martín y Funambulista

21: *Lo malo*, de Aitana y Ana Guerra

22: *Olvídame*, de Sidecars

23: *The blower's daughter*, de Damien Rice

24: *París* y *Dieci7*, de Lady Ma Belle

25: *Perfect*, de Ed Sheeran

Prólogo

Marco

Tenía nombre de tragedia, se adueñó del amarillo y consiguió que el ruido se apagase en su presencia. Antes. Ahora. Música. Ella te envuelve a kilómetros de distancia, su risa te araña desde dentro y no tienes ni fuerza ni voluntad para soltarla, aunque sentirla te duela porque sea un recordatorio constante de aquello que más deseas y no podrás tener. Un anhelo. Un impulso. Todos los veranos.

Apuro la cerveza, vaciando el contenido del tercio en la garganta, y le hago un gesto al camarero para que me traiga la siguiente. Rodrigo y Fer me observan atentos, cada hermano por motivos opuestos. Permanezco impasible, sin que ningún gesto desvele la tormenta que se acaba de desatar, y camuflo el nerviosismo rascándome la barba y jugueteando con la carpeta de cuero marrón desgastado.

—¿Es que estáis sordos, mamones? —insiste Fer sin darse cuenta de que sería imposible que una manifestación como esa pasase desapercibida—. ¡Vuelve nuestra loca del coño!

Espero que su hermano pequeño se pronuncie. No se inmuta. Solo me analiza y el regusto amargo regresa. ¿Qué más quiere que haga? Renuncié. Cumplí mi palabra. La arranqué de mi piel y terminé tocado. Jodido. Sin ella. Me aparté con todas las consecuencias y mi único pecado fue no adivinar cómo se olvida el sol.

—¿Cuándo? —Me traen la segunda birra y me concentro en repasar las gotas del cristal para mantener la calma. Los ojos de mi amigo me estarán taladrando, una vez más, y mi paciencia tiene un límite.

—Dijo que mañana, lo que se traduce en que puede tardar una semana, un mes o estar a punto de cruzar la puerta. —La fuerza que retuerce mis entrañas me traiciona y levanto la barbilla en su dirección. Permanezco unos segundos allí, sostenido, con la sensación, cada vez más intensa, de que no estoy preparado. Nunca lo estaré. Lo supe. Lo sé—. Es nuestra maldita incógnita.

—La pequeña —puntualiza Rodrigo con una dureza cargada de intencionalidad.

—Evoluciona, cavernícola. —Fer le da un codazo juguetón—. Hace tiempo que dejó de ser la mocosa insoportable de la bicicleta amarilla o la irritante adolescente de la moto... —Se queda pensativo. «Amarilla, también era amarilla», pienso— del mismo color. Es una mujer y lleva independizada desde... —contabiliza con los dedos y se pierde— hace mucho. Apuesto a que si no fuera quien es, Marco se jugaría las pelotas por una cita.

—¿Quién dice «cita» fuera de las películas del *Multicine* de Antena 3? —bromeo para que no se percate de la tensión que se agarra a mis músculos.

—Cita, quedar, dar una vuelta... ¿Qué más da? Lo has entendido y seguir divagando es una gilipollez. Tú y ella, eso sí que es buen chiste y no los que cuenta este con cuatro copas encima. —Es imposible que no note la rigidez de su hermano y la tirantez de mi sonrisa. La maría le ha nublado el instinto—. Por cierto, ¿qué narices le hiciste para que esté tan enfadada contigo?

«Le rompí el corazón»... Dejo que las palabras se disuelvan en el ácido que ahora forman nuestros momentos.

—Hirió su ego con uno de sus dibujos de bolígrafo —se adelanta Rodrigo, y el azul de sus ojos es hielo.

—¿Una caricatura que no la sacaba favorecida? Vaya, pensaba que pasaba de esas mierdas.

—La pillaría con los cables cruzados.

—Eso le pega más. —Se ríe y las rastas se mecen con su carcajada—. Tranquilo, tronco, te perdonará. —Coloca una mano en mi espalda.

—No estoy tan seguro... —Se me escapa la voz ronca y carraspeo para recomponerme.

—Hombre de poca fe, ¿es que este capullo nunca te ha contado lo que decía de ti de pequeña?

—¿Que me odiaba en todos los idiomas?

—Pues sí, lo ha hecho, pero se ha guardado el suspiro de después. —Me da un apretón en el hombro—. Estábamos convencidos de que os acabaríais enamorando, te partiríamos las piernas y, cuando te recuperases, nos pondríamos en fila para que eligieses quién de nosotros te acompañaba al altar. —Se deja caer despreocupado contra la silla—. Vaya, cómo cambia todo, menuda manera de girar el mundo.

Sé que Fer sigue hablando y Rodrigo está conteniendo la tentación de matarle por haber tocado desde su apacible ignorancia un tema tabú. Ambos en una noria que abandono. Y es que me parece una broma macabra del destino que justo suene *La chica de ayer*, de Nacha Pop; saboreo las notas como si proviniesen directamente de sus cascos, la imagino nuevamente bailando su melodía y me recorre un latido de esos a los que me moría de ganas de decirle «te he echado de menos».

La chica de ayer.

Los veranos.

El nombre de tragedia.

Vuelve Julieta.

PASADO

1

2000

Marco

2000 fue el año en el que se extendió la psicosis en Europa por las vacas locas, se obtuvieron imágenes del relieve accidentado de Marte, el mago más famoso del planeta, Harry Potter, se enfrentó al cáliz del fuego, *Gladiator* nos lanzó de cabeza a la antigua Roma y el Real Madrid logró su octava Copa de Europa venciendo al Valencia 3-0 en la primera final de equipos del mismo país. Para mí, fue una frase. Una. La última.

«Antes de que te quieras dar cuenta estaremos de vuelta.» Mis padres se despidieron rumbo a sus primeras vacaciones en soledad desde mi llegada entre un manto de besos, la risilla nerviosa de la emoción y el eco de sus palabras perdiéndose por el pasillo. Su sonido nunca regresó a nuestro piso de Salamanca. Tampoco lo hicieron ellos, ni su sueño de abrir una pequeña cafetería con novelas clásicas y discos en el local que se alquilaba cerca de la Plaza Mayor. En su lugar, el balbuceo de los adultos y sus rodeos para llegar a lo que el repiqueteo de las campanas ya anunciaba. Un accidente en la autopista. Dos muertes en el acto. Las tres horas que nos separaban del adiós sin réplica.

La cocina olía al café recién hecho, que se enfrió y acabó vertido en el desagüe. Mi tía Elle estaba sentada y su novia, Carolina, pasaba la mano por su espalda enredando los dedos en sus rizos de fuego. Me suponían durmiendo y hablaban entre susurros no sé si para no despertarme o porque el llanto se había tragado sus voces. No sabían que me había pasado toda la noche con la ventana abierta, la mente en blanco y el viento golpeando mi frente.

—Yo... no estoy preparada para lo que viene —negó la hermana pequeña de mi madre.

—Podrás. Podremos. Solo es un niño de diez años —dijo infundiéndole confianza.

—¿Y nosotras? ¿Qué somos nosotras, Carolina?

—Dos adultas de treinta capaces de criarle. —Mi tía ladeó la cabeza y enarcó una ceja anaranjada. Me escondí para que no me descubriesen. Ellas no sabían que estaba despierto y, desde la sombra del pasillo, las espiaba.

—¿Eso crees? ¿Así lo sientes?

—¿Qué te preocupa? —Se sentó enfrente y recogió sus manos entre las suyas.

—Hace una semana estábamos convencidas de pedir una excedencia, cargarnos una mochila al hombro y recorrer el mundo hasta que se nos quedase pequeño y volver a casa no sonase tan a parar, tan a final de la aventura de arañar años a la juventud y ser adultas. Adultas... —suspiró.

—¿No quieres hacerte cargo?

—¡Claro que sí! —Se masajeó la sien—. Es solo que..., que... tengo miedo de no ser suficiente. Helena era la máquina. La que lo sabía todo. La que tenía cada cosa bajo control. Y yo... el caos incapaz de madurar. Cuando Marco tenía seis años, le di tanto chocolate que estuvo corriendo hiperactivo durante horas; con ocho le dejé ver *Tiburón*, ¡*Tiburón*!, y ese verano no se bañó en la playa, y hace unos meses, sin ir más lejos, me pasé con el vino en la cena y vomité encima de sus Playmobil...

—Lo que experimentas es normal. Algo me dice que los padres fingen tener la verdad absoluta, ser invencibles, mientras luchan contra el temor de seguir siendo esos niños que no saben nada y pueden no dar la talla. Nos pasa a nosotras, ¿no? ¿Tú te sientes distinta a cuando te embadurnabas de colonia para que tus padres no oliesen los primeros cigarrillos? —Elle sacudió la cabeza—. ¿Ves? Además, es un chico listo. Nos ayudará.

—¿Cómo voy a mirarle sin que se me rompa el corazón? Tiene sus ojos y, cada vez que me los encuentre, recordaré todos los planes que tenían para él y no se podrán cumplir.

—Inventaremos otros y lo haremos lo mejor que podamos.

—¿Bastará?

—Intentaremos que olvide que la vida es muy puta e injusta. Nadie debería quedarse huérfano tan pronto y, cariño, no te frustres, contra eso no podemos luchar. Ya nos ha ganado la batalla.

Elle dio un respingo cuando sonó el teléfono y derrapó en la cocina para cogerlo antes de que me enterase. No sé quién era. Las respuestas se repetían en cada ocasión. Un «gracias» rápido ante el pésame que brotaba al otro lado, la hora a la que sería el entierro y el «allí nos vemos» desganado al que le faltaba energía.

Regresé a mi cuarto sin entender por qué el miedo se manifestaba como enfado recorriéndome las venas por no haber cumplido su palabra en lugar de lágrimas. Observé mi reflejo en el espejo del armario, localicé los ojos almendrados y me percaté de que mi tía no llevaba razón, eran más pequeños y menos alargados que los de mi madre. Noté un pinchazo desconocido atravesándome el pecho. Un desconocido con el que me cruzaba por primera vez. El dolor.

Cogí el marco de fotos de la estantería, me tiré sobre las sábanas revueltas y lo apreté hasta que se me clavó en las costillas. No sé qué pretendía. Lo más seguro es que fuese un niño ingenuo que confiaba en que una imagen podía calmar la furia de un incendio reduciendo el futuro a cenizas. Estuve un buen rato así y obtuve una conclusión. Un papel colorido atrapando un momento no tenía el mismo efecto que subirme a sus hombros y dar vueltas, un abrazo o un beso de esos que sonaban hasta tener su propio estribillo rebotando sobre mi piel. Perdí la venda de la inocencia y la realidad nunca volvió a tener su brillo natural, sino el falso mate de las fotografías.

Crecí.

Pensé cómo me habrían vestido ellos para la ocasión y saqué unos pantalones de pana marrón, los zapatos que hacían mucho ruido al andar y la camisa blanca que daba calor y me venía larga de manga. Me puse la ropa en silencio y fui directo a su habitación, donde mi tía me encontró.

—¿Cola Cao o Nesquik? —Me miraba solo a mí y daba la sensación de que no quería respirar parte de su olor enterrado allí.

—No tengo hambre. —Cedió, al menos esa vez, lo hizo—. ¿Puedo ponerme una corbata de papá? —Tragó saliva, los ojos se le nublaron y acabó asintiendo con esfuerzo.

—¿Cuál? —Pasó los dedos por la cascada de colores que colgaba.

—¿Negra? —consulté—. Es el color de la muerte.

—¿No te gusta más la verde? Es el de la esperanza. —Me encogí de hombros y la cogió sin darme tiempo a cambiar de opinión.

Las rodillas le crujieron al ponerse de cuclillas. Pasó el lazo por el cuello y se mordió el labio mientras intentaba hacer el nudo. No se le daba bien. Hacía. Deshacía. Vuelta a empezar. Me fijé en el laberinto de tatuajes de su brazo, sus pantalones vaqueros y la camisa blanca con una mancha en el bordado mientras era testigo de un fracaso tras otro. Carol acudió al rato, se hizo una coleta en la mitad de la cabeza que no llevaba rapada y se puso a sí misma la corbata antes de quitársela y ajustarla en mi cuello. Formaban un buen equipo.

—Mi padre me enseñó —indicó y, en lugar de poner cara de circunstancias por si había metido la pata, me observó fijamente y añadió—: Te explicaré cómo se hace cuando volvamos. Ahora tenemos un poco de prisa. —Revisó el reloj.

—Cierto. ¿Has metido todo en el bolso? —preguntó Elle.

—Las llaves y el tabaco caben en el bolsillo del pantalón. —Se encogió de hombros despreocupada. Ambas iban a salir cuando se dieron cuenta de que yo permanecía anclado en el suelo.

—¿Estás bien?

—Falta la chaqueta de cuero. —Señalé la percha.

No me preguntaron por qué la quería, ni destacaron, como habría hecho mamá, que me iba a asar de calor yendo tan abrigado en mayo. Simplemente la sacaron, me la tendieron y Elle se dio la vuelta para que no viera sus ojos humedecerse cuando me la puse con toda la solemnidad del mundo. Ricardo solo tenía cuatro sellos de identidad: el pelo largo que no le daba la gana cortarse, los caramelos de menta, los dibujos a bolígrafo y esa prenda. Le robé dos, la que me puse y me llegaba por las rodillas y la carpeta que contenía los folios que él nunca podría utilizar.

La memoria del entierro solo es niebla en mi mente. Los fragmentos pasan borrosos. Lágrimas ajenas que se perdían en mis mejillas, palabras que intentaban disfrazar la muerte y las malditas campanas acompañándonos mientras seguíamos un coche que circulaba lento. Después... el cura, lo que quedaba de una familia rota en primera fila, la pala recogiendo arena formando lluvia marrón sobre los féretros, la gente marchándose y yo plantado, con los puños cerrados en los bolsillos, ensimismado en las flores que reposaban encima. Sin semillas. Raíces. Un jardín carente de vida.

Hasta que la masa se dispersó y solo quedaron los Moreno.

Debo admitir que, a día de hoy, sigo preguntándome qué clase de amenaza les infundió su madre a los gemelos para que no liaran ninguna. Pero allí estaban los cuatro, serios, formales con sus trajes de adultos, custodiándome. Rodrigo fue el primero en acercarse a mi lado.

—Gracias por venir. —Repetí las palabras de Elle a mi mejor amigo, el niño más bruto de la ciudad que adoraba a los animales.

—Somos tu familia. Es nuestro lugar —pronunció como si nada y, al igual que sucede con las verdades transparentes sin intención, provocó que me relajase, la angustia ascendiese y las lágrimas escapasen a mi parpadeo.

No hablé y dejé al dolor hacer su trabajo. Tenía que permitirle entrar y sufrirlo para que fuese un invitado de paso y no un huésped permanente. Era una situación difícil de manejar para unos críos. Cada uno lo hizo lo mejor que pudo: los gemelos, removiéndose incómodos, disolviendo su carácter fresco, y Rodrigo dándome el primero de los muchos abrazos torpes que hemos tenido la desgracia de protagonizar.

—Todo irá bien. Tienes mi palabra —repetía con fiereza.

—Hay algo malo aquí dentro. —Nos separamos y coloqué la mano encima del pecho—. No funciona... Se ha apagado.

Rodrigo buscaba una respuesta que no tenía y, entonces, apareció ella. La pequeña de los Moreno, con el casco de pelo negro, el vestido de flores que escapaba a la seriedad de la muerte, un libro de Simone de Beauvoir, que no podía entender a su corta edad pero que le gustaba porque le habían dicho que era una mujer que defendía a las demás mujeres, y los ojos despiertos, grandes y negros más curiosos que existían, que existen. Presente.

—El abuelo dice que cuando una estrella va a apagarse primero se hace muy grande, luego se contrae hasta ser muy pequeña, hasta que solo queda su corazón, antes de explotar y lanzar sus pedazos por todo el universo —dijo y no sé por qué la escuché, pero lo hice conforme movía sus manitas y se quitaba la cadena que llevaba alrededor del cuello—. Oro disparado a toda velocidad que impacta sobre las entrañas de la Tierra. Por eso vale tanto dinero, es lo más cerca que estaremos de tocar otra galaxia, y el abuelo no puede comprarle a la abuela todo el que desearía. —Repitió palabras memorizadas—. Toma. —Me regaló un colgante de un reloj de arena con los bordes dorados y me dijo entusiasmada que ese cristal, además de granos finos y el órgano vital de un astro, escondía el secreto del tiempo según su abuelo.

—¿Estás segura?

—A ti te hace más falta. Mamá dice que el tuyo se ha roto. Así tienes uno de repuesto por si el original no vuelve..., no vuelve a ser el mismo. —Parecía tan convencida que no pude negarme. Lo cogí y le di la vuelta, observando cómo la fina arena se colaba por el estrecho cuello de embudo rebotando contra el cristal hasta llegar a la otra mitad.

Pasó de largo, con sus seis años, y toda su valentía. Se detuvo en el borde, se agachó, acarició las margaritas de los lados y decidió que no quería arrancarlas para lanzarlas a un foso en el que su destino sería marchitarse. En lugar de eso, clavó la vista en el espacio donde mis padres reposaban y les dedicó el tarareo de una canción.

—Para, Julieta —la reprendió Rodrigo—. En los cementerios está prohibido cantar. —La niña me miró a mí. Solo a mí.

—¿Puedo? —preguntó.

—Claro que n... —Mi amigo se adelantó. Le interrumpí.

—Déjala. —Di dos pasos al frente hasta situarme a su lado—. Déjala que siga.

Ella me sonrió satisfecha y eso convierte su sonrisa en algo especial. Fue la única que me llevé el día que más las necesitaba. Volvió a canturrear y acompañó la melodía con una especie de baile, que desataba miradas desaprobatorias en los asistentes que se alejaban y a mí, a mí me calmó saber que las flores podían volver a vivir en el movimiento de su vestido ondeando.

El volumen de su voz aumentó y me pareció que el mejor tributo a los que se van es regalarles una buena canción. Intenté seguirle el ritmo, apreté el reloj de arena sobre mi pecho para que acompañase a cada latido y su sonido, no el del tema, sino el que solo le pertenece a Julieta, acabó con el de las campanas y se me metió en los huesos. Y sí, tardé años en saber que se trataba de *La chica de ayer*, igual que en darme cuenta de que estaba perdidamente enamorado de ella. Sin remedio. Sin condición. La niña que en el entierro de mis padres les cantó y me regaló un corazón de repuesto.

Julieta.

2

Julieta

Los Moreno fuimos al mismo colegio. Desesperante. No había manera de perder de vista a mis tres hermanos mayores y el demonio de pelo oscuro que ejercía su función de acompañante a jornada completa. Daba igual lo que me escondiese, los metros que separaban el patio de un extremo a otro o que, por pura supervivencia, estuviese empeñada en desarrollar instintos extrasensoriales. Ellos aparecían, hacían el mal y se marchaban como si nada.

Gracias a su presencia constante, me llevé berrinches innecesarios, rasguños en las rodillas y aprendí mucho en el arte de la guerra pasiva. Paciencia. No me consideraba una persona rencorosa, pero necesitaba vengarme de esos trogloditas predecibles. El sabor de la victoria era... como ver llover pepitas de chocolate con la boca abierta y los bolsillos vacíos, o saltar sobre una nube y descubrir que están hechas de algodón suave.

—Una dola, tela, catola, quile quilete, estaba la reina en su gabinete...

Mis compañeras cantaban al unísono. Belén y Tamara estaban a ambos extremos de la comba, dándole movimiento, y Susana emitió un gritito antes de ponerse a saltar. El latigazo de la cuerda contra el suelo era la señal para que ella se impulsase hacia delante y otra más entrase en esa semicircunferencia. Teníamos un récord bastante digno en el juego. Seis personas, ocho saltos perfectos, una brecha.

—Vino Gil y apagó el candil. Candil candilón...

Me preparé para entrar en el momento perfecto y que no tuviésemos que volver empezar como las cuatro veces anteriores. Ser la última tenía sus ventajas (menos cansancio) y sus inconvenientes (mayor responsabilidad). Me quité la molesta diadema con un lazo a un lado que me había puesto mi madre y asumí que, de nuevo, su selección de vestidos vaporosos como vestuario oficial de la temporada de primavera tendría como consecuencia que más de la mitad de mis compañeros se conociesen mis bragas de memoria. Me encogí de hombros, cerré los puños y...

—Julieta, ¿ese al que están pegando no es tu hermano y su amigo? —Belén señaló a mi espalda y escuché a una de las niñas susurrar «la hemos perdido».

Giré sobre mis talones con lentitud, parpadeé para que el sol no se interpusiese entre mi posición y la zona del recreo donde estaban los mayores y descubrí el jaleo que acompaña a las peleas. Gritos que se balanceaban entre el nerviosismo y la emoción, personas que se acercaban ante la expectativa que genera la sangre ajena y en el medio un cuatro a dos desproporcionado. ¿Quiénes perdían? Marco y Rodrigo, que pasarían a la historia como los peores alumnos de matemáticas del colegio Félix Rodríguez de la Fuente de Salamanca.

Levanté el puño y chillé.

—¿Qué hace? —dijo una de las niñas conforme la comba se detenía.

—Va a defender a sus hermanos.

—¡Podrán con ella!

—¿Un consejo? Nunca intentes comprender a los Moreno.

Dejé la conversación atrás, bastante tenía con correr con los zapatos de charol y colarme por debajo de los brazos de la gente. Fue mientras hacía eso, pasar rozando con la cabeza un sobaco que no había conocido el jabón, cuando me topé con Fer y Alberto, quienes, en lugar de ayudar, parecían bastante entretenidos abriendo una especie de puja de apuestas de golosinas y cromos.

—¿No es esa vuestra hermana? —preguntó una de las chicas mayores que los acompañaban. Pobre..., se quedó perpleja al ver a los gemelos saludarme mientras pasaba a toda velocidad, sonreír e incluirme en el combo.

—¿Alguna apuesta a favor de la dama? ¡Se pagan al triple! —Les conocía lo suficiente para no sorprenderme y casi me sentí halagada al ver algunas manos levantándose.

Les estaban repartiendo de lo lindo. Tiempo después, me enteraría de que un colérico Marco había provocado la situación al interpretar mal las risas que había escuchado a su paso. Nadie se burló de que no se quitase la chaqueta de su padre fallecido, pero él no podía convivir en un mundo en el que las carcajadas fueran libres y necesitaba silenciarlas. Poner en pausa la felicidad, porque los días soleados, las flores desplegando los pétalos y las calles repletas de personas no ayudaban a que esos días, los de luto y dolor, recibiesen el nombre oficial de tristes.

No pregunté si estaba invitada. Solo yo tenía el derecho de darles patadas voladoras. Es más, solo yo podía pelearme con ellos, porque los Moreno teníamos un secreto: asegurábamos que nos odiábamos con toda nuestra alma y, a pesar de todo, nos defendíamos con uñas, garras, lealtad y ese sentimiento que no pronunciábamos porque nos parecía demasiado cursi y, aun así, circulaba por nuestras venas. Algo llamado «amor».

Tenía que actuar rápido. Evalué la situación para decantarme por uno de los dos y el nombre de Marco salió ganador. Fui práctica. Rodrigo estaba rojo, tenía los ojos cerrados y disparaba en todas las direcciones. Podía darme. Por el contrario, el chico del pelo revuelto se dejaba hacer, quieto, provocando cuando se detenían, en busca de una violencia que eclipsase lo demás. Me lancé contra el que más fuerte le golpeaba y clavé mis dientes en su brazo.

—¿Qué...? —Le pilló desprevenido y me dio un codazo. No fue excesivamente fuerte, pero lo suficientemente potente para tirarme al suelo y arrancarme el diente de leche que se me movía.

En el pavimento, noté el sabor metálico de la sangre. Tosí del asco y salpiqué mi vestido de gotas púrpuras, lo que provocó que el morbo soltase a los estudiantes y los profesores acelerasen el proceso de detener la bronca infantil. El cuerpo docente me miró con angustia, gritaron a los culpables y Rodrigo me enseñó el pulgar satisfecho con mi intervención, a la vez que se colocaba al lado de Marco para seguir protegiéndole ante un peligro inexistente. Sonreí, mi hermano negó con la cabeza y entendí que había llegado el momento de fingir unas lágrimas que no llegaban, pero gracias a mi laboriosa acción de frotarme los ojos algunos juraban que habían visto.

No se cortaron en la reprimenda antes de llamar a los padres de todos los involucrados y la tía del chico de los ojos oscuros abandonados. A mí me llevaron a la enfermería, me envolvieron el diente en una gasa en la que dibujaron mariposas y me regalaron una piruleta. Luego, me tocó esperar con mamá y Elle sentadas frente al despacho del director haciendo tiempo hasta que las dejasen entrar. Los pies me colgaban, mi madre le quitó el plástico al dulce y di lametazos mientras las escuchaba hablar.

—No te preocupes. —Mamá trató de calmar a Elle al percatarse de cómo se bajaba la manga de la camisa para taparse los tatuajes.

—Se han peleado.

—Nos han citado aquí y no en el hospital. Están mejor de lo que se merecen por darnos este susto.

—Marco antes no hacía estas cosas. —Se mordió los padrastros de la uña.

—Tampoco tenía que enfrentarse a una situación traumática. —Carraspeó y se transformó en la profesora de Psicología de la Pontificia—. El duelo nos saca de nuestro camino, pero conocemos el sendero de vuelta y tarde o temprano regresamos. Todos lo hemos hecho o lo haremos.

—No es solo en el colegio. —Bajó el volumen—. En casa, parece el fantasma de un niño que quiere vivir en el pasado y no tengo ni idea de cómo traerle de vuelta aquí, al presente. Supongo que ayudaría aprender algunas nociones básicas de cómo ser una puñetera madre.

—Bienvenida al club. Repite conmigo. —Esperó a que la mirase y los ojos de la tía del moreno me parecieron hojas, césped y la bola que brillaba en el anillo de la abuela—. Ya voy...

—Ya voy... —Frunció el ceño.

—Bien. Ahora, ¡no lo digo más veces! —Puso su voz de autoridad absoluta y la pelirroja pegó un brinco—. El tono es crucial. —Señaló—. Y añadiría: ¡no lo digo más veces! ¿Vale? —Le sonrió y la instó a imitarla.

—¡No lo digo más veces! ¿Vale?

—Tienes que trabajar en la expresión facial, más tipo bruja.

—¿Qué estamos haciendo, Anne?

—Te doy las frases clave para guiar, si le sumas «cómete eso», ya casi lo tendremos. Vamos, estás a un paso. —La observó perpleja para saber si iba en serio, mamá asintió y ella se dejó llevar.

—¡Cómete eso! —gritó y, por si acaso, le di un mordisco a mi piruleta.

—Bien. Muy bien. Mejoras a pasos agigantados. Ahora repite todo del revés. —La tía de Marco se quedó pensativa y mamá se echó a reír con ganas—. Es broma, mujer. Lo único que tienes que hacer es cargarte de paciencia, intentar recordar lo que era tener su edad y ponerte muy seria cuando entremos allí dentro. —La silueta del director en movimiento se intuyó a través de la cristalera—. Y podrías dejarle venir a dormir esta noche a casa con los chicos... —carraspeé— y la chica, por supuesto. Los niños tienen una magia que se nos escapa a los adultos y, no le preguntes a una psicóloga por qué, pero suelen ser una medicina muy efectiva.

Durante la espera, me dejaron pintar. Ya casi había terminado el *collage* de círculos sin sentido cuando mi hermano y su amigo salieron seguidos de las dos adultas que lucían una línea recta por boca. Rodrigo no perdió el tiempo y empleó su extenso abanico de excusas, decenas de quejas pobres resumidas en culpabilizar al contrario. Marco aguantó el chaparrón con las manos metidas en los bolsillos de la cazadora, que le venía enorme, la mandíbula apretada y ninguna disculpa que pronunciar. Elle se frustró porque pensaba que a su sobrino no le importaba la épica bronca ni la lista de castigos que acabaría olvidando. A mí me preocupó que su pasividad provocase que la tormenta de sentimientos que ocultaba con paso firme se le quedase demasiado dentro y nunca parase de llover.

Conocía muchas versiones de Marco. El molesto. El pesado. El empeñado en hacerme la vida imposible. Prefería todas a la que tenía delante, la que todavía no había intentado robarme el dulce por el placer de escuchar cómo le insultaba con los labios y la mente. Nada cambió en el gesto de ese extraño que había ocupado el cuerpo del niño hasta que le anunciaron que se quedaba en nuestra casa y mostró una ligera sorpresa que se esfumó como si fuera una burbuja de jabón flotando que alguien roza.

Intenté activarle con todos los medios a mi alcance. Aparté su silla cuando se iba a sentar. Le enseñé la comida masticando exageradamente en el momento que sus ojos aterrizaron en los míos. Y me escurrí para darle patadas por debajo de la mesa, con la mala suerte de que una rozó a los gemelos y mi cara se libró por los pelos de nadar en la salsa de tomate con la que acompañaba a los san jacobos. Nada. No contraatacaba y me puse nerviosa. Llegó la hora de usar su punto débil.

Si existía algo que Marco no podía rechazar era la pasta de dientes. Contenerse de pringarme con la masa blanquecina mentolada era superior a sus fuerzas. Le tenté. Anuncié una decena de veces que iba al servicio y, por si el cebo no estaba del todo logrado, dejé la puerta abierta. Una invitación en toda regla. Cogí el cepillo y sujeté el bote, prevenida.

—No va a venir —adivinó Rodrigo, asomando por detrás del espejo—. Se ha ido a la cama—. Me obligó a hacerme a un lado de malas maneras, escupí y me enjuagué.

—¿Y la noche de pruebas?

—Parece que pasa. —Mi hermano estaba enrarecido, lo más parecido a triste que recuerdo. Aprovechó mi perplejidad para quitarme el bote y poner un poco de pasta para hacer el barrido rápido de rigor sobre la dentadura.

—¡No puede negarse! —berreé.

—Oblígale. —Le cruzó un rayo de esperanza.

—Voy.

Cuando Marco dormía allí, nuestros padres dejaban que nos quedásemos hasta más tarde y los gemelos preparaban una yincana repleta de pruebas. Era la ganadora invicta y no quería abandonar la tradición. Sabía que estas nunca volvían si las dejabas atrás, como cuando dijimos adiós a la gallinita ciega, el escondite inglés o la zapatilla por detrás.

Ni suplicar ni ofrecerle un discurso ante el que fuese imposible negarse. A decir verdad, pensaba estirarle el brazo y que no le quedase más remedio que ceder o revolverse. Ambas opciones me servían. Llegué decidida a utilizar la fuerza como recurso aceptable. Entonces le vi y me desinflé como un globo. Marco miraba por la ventana. Marco ocultaba el temblor de sus hombros. Marco estaba mal y, de entre todos mis defectos, siempre destacó el de no soportar su tristeza. Me dolía. Me duele...

—Quiero pelear como el Power Ranger rojo. —Cambié el rumbo de la conversación. Acompañé la frase con una llave que pretendía ser ninja y un idioma basado en ruidos inventados del que me sentí bastante orgullosa.

—¿No te aburres de decir tonterías? —No me dejó explicarle a qué me refería. Se dio la vuelta y, sinceramente, no tengo ni idea de si ya tenía ese aire rebelde de mis recuerdos o son tantos los momentos que hemos compartido que tiendo a mezclar sus posturas, sus sonrisas, sus labios y su olor con el paso del tiempo. El caso es que pensé que se trataba de un cumplido y me reí.

—Nunca.

—Estoy cansado, vete. —Agarré uno de mis cochecitos y se lo lancé. Rebotó contra su espalda y se agachó para recogerlo. No hubo réplica, solo suspiró cansado y noté la mano de Rodrigo tirando para que dejase a su amigo en paz.

¿Le habíamos perdido?

Los gemelos crearon una de sus yincanas más logradas. La cuerda que cruzaba la terraza y pasó a mejor vida al colgarnos da fe de ello. Sin embargo, no me divertí. No como podría haberlo hecho si mi rival más digno hubiese salido. Ni siquiera el Flash de fresa que mamá nos dejó tomar antes de irnos a la cama lo mejoró. La noche parecía estar destinada al fracaso o, lo que es lo mismo en cuanto al tiempo se refiere, al olvido.

Compartía una de las tres habitaciones de la casa con Rodrigo y pasamos de puntillas con la luz apagada para no despertar a nuestro amigo cuando nos fuimos a dormir. Mi hermano sucumbió pronto agotado de tanta actividad. Yo no podía, así de sencillo. Mi cuerpo daba casi tantas vueltas como mi cabeza y, por más que lo intentase, mis ojos se negaban a echar el telón.

En mitad del silencio, escuchaba la respiración irregular de Marco. Estaba en la cama baja que salía de la de mi hermano, en el medio, entre los dos. Me asomé para comprobar que se encontraba bien y me topé con las olas de un pecho que se agitaba debajo de las sábanas y la lluvia de unos ojos que eran nubes.

—No me has visto llorar —amenazó con lo que le quedaba de su voz rota.

—No sé de qué me hablas. La luz está apagada. Solo hay sombras —susurré, encogiéndome de hombros. Bajé de mi cama, aterricé en su colchón e hice equilibrios hasta plantarme descalza en el frío parqué.

—¿Dónde vas?

—Lo descubrirás si me sigues.

—Buena suerte. —Llegué hasta la puerta entornada y, cuando me volví para animarle, se cubrió la cabeza con la sábana. Tuve una idea.

—Tú te lo pierdes. Averiguaré si soy capaz de volar sola...

—Espera... —Se incorporó sobre los codos—. ¿No estarás pensando en...?

Salí corriendo por el pasillo antes de que terminase. Las cabezas de Fer y Alberto asomaron con curiosidad y, conforme oí un bufido y pasos apresurados persiguiéndome, les hice un gesto para que volviesen dentro. Sabía cómo conseguirlo. Tenía la fórmula para que el mejor amigo de Rodrigo despertase.

Efectué la primera parada técnica en el despacho de mis padres. Era una salita secundaria decorada con estanterías repletas de manuales de mamá, donde ella corregía los exámenes, los gemelos intentaban ligar en el chat de Terra y que albergaba el sitio favorito de papá, un sofá pegado a la ventana en el que poder escuchar los vinilos con una copa de vino blanco cuando volvía de pilotar un avión desde otro país, puede que desde otro continente.

Marco apareció cuando estaba abriendo el primer cajón.

—Ni se te ocurra saltar por la ventana o lo que sea que se te haya ocurrido. ¡Los dibujos animados son mentira! —El pijama se intuía debajo de la cazadora—. Si te caes te... —Evitó decir la palabra, igual que huía de pronunciar el nombre de sus padres.

—Soy más lista de lo que te piensas. —Recogí lo que había ido a buscar y lo guardé debajo de la camiseta de ardillas para que no lo viese.

—Lo dudo...

—Te he engañado para que estés aquí, ¿no? —Abrió la boca para contradecirme y la cerró irritado al percatarse de que llevaba razón.

—¿Qué escondes?

—En la terraza. —Me cortó el paso para que no pudiera salir y levanté la barbilla desafiándole.

—No deberías robar las cosas de tus padres.

—Las he cogido prestadas.

—Seguirá sin hacerles gracia.

—¿Tienes miedo?

—¿Te recuerdo que casi estoy castigado con no respirar?

—Entonces no tienes de qué preocuparte, ¿verdad?

Aproveché su duda para colarme por debajo de su brazo y comencé una nueva carrera. Pudo regresar al cuarto y sospecho que no lo hizo porque no se creía del todo que no fuera a desplegar los brazos, pedir a una estrella que los convirtiese en alas y saltar por si me había concedido el deseo. Por aquel entonces, ya tenía la fama de que algo no funcionaba bien en mi cabeza.

Pasé de largo la barbacoa, las sillas de plástico esparcidas por la terraza después del juego y le esperé sentada tranquilamente en el balancín. Marco tenía los ojos rojizos y cara de pocos amigos al dejarse caer a mi lado. Apoyé un pie y empujé.

—¿Me has obligado a salir de la cama para columpiarnos? —Parecía ofendido.

—No estabas dormido —me defendí.

—¿Vas a cantarme una nana?

—No canto tan mal.

—¿Es necesario que te conteste a eso?

Nos quedamos en silencio y enredé los dedos en los cables que llevaba debajo del pijama. Cogí una bocanada de aire.

—Tu tía cree que echas mucho de menos a tus padres y te gustaría regresar a cuando ellos estaban vivos... —Se irguió, tenso, con esa manía tan suya de atrapar los sentimientos hasta que le consumían.

—¿Hago una lista de todas las cosas en las que se equivoca diariamente o...?

—Es posible, Marco. Se puede volver atrás. —Me coloqué de lado y él soltó una carcajada sarcástica a la vez que sus ojos reflejaban esperanza. Ganas de confiar. Miré hacia arriba tratando de ver por encima de la capa luminosa de la ciudad. Rememoré la voz de mi abuelo y crucé los dedos para reproducir sus palabras—. Mi abuelo dice que el cielo que vemos es el del pasado y que es bonito pensar que en el futuro nuestras noches volverán a existir, no mueren como las personas, y eso hace que su existencia no se haya evaporado. Siguen. Seguirán. Es lo más cerca que estaremos de ser siempre.

—¿Tienes algo que no sea un cuento infantil memorizado? —dijo con sarcasmo para ocultar que tragaba saliva, compungido.

—Sus canciones. —Saqué el *walkman* de mi padre. Contenía su selección favorita de temas y deseé que al tener la misma edad también fueran las preferidas de los padres de Marco, aunque nunca nos lo pudiesen confirmar, aunque tuviésemos que inventar las anécdotas que acompañaban a las notas.

No sabía si funcionaría, si tendría el mismo efecto que cuando ellos las escuchaban, la cara les cambiaba, se buscaban con las manos y parecían más jóvenes y con menos preocupaciones. En otro sitio. Atrás. En una escena memorizada de su película a la que regresar con años sobre la espalda y el mismo espíritu.

Marco me quitó los cascos antes de que le pudiese explicar el motivo de mi elección. Pulsó el botón de *play* y sonó la voz melosa de un hombre que cantaba en otro idioma. Casi cuatro minutos tejidos bajo una melodía que no reconocía y, aun así, me agradaba que bañase mi piel con lentitud.

—¿Por qué querías pelear como el Power Ranger rojo? —preguntó en la subida del tema.

—Porque es lo que vas a hacer a partir de ahora. Estar enfadado y pegarte, ¿no? Como hoy con esos niños. —Bajé el volumen—. Necesito aprender para poder protegerte.

—¿No me odiabas?

—Mucho. —Levanté la vista para resguardarme en las estrellas—. Pero no puedo permitir que te hagan daño.

—¿Por qué?

—No lo sé. Es algo que... nace.

Una ráfaga de aire se coló entre la suave brisa y me froté los brazos descubiertos. El balancín adquirió velocidad cuando él se removió para quitarse la chaqueta y ponerla por encima de mis hombros como si fuera una manta. Colocó un dedo sobre mi barbilla y me obligó a mirarle.

—No voy a pegarme más.

—¿Ya no estás enfadado? —Sonreí ilusionada.

—Esta sensación no desaparecerá nunca. —Palmeó su pecho—. Pero no volveré a pelear. No quiero que pierdas más dientes, los que siguen a los de leche no tienen recambios. —Mis mejillas se ensancharon mostrando el hueco por el que asomó la lengua—. Lo haré por ti, Julieta, y ese será nuestro secreto.

—¿Como que te he visto llorar?

—Como que nunca lo has hecho. —Me guiñó un ojo, sus labios se curvaron, la chispa volvió y algo raro provocó que mi piel se erizase.

Si pudiese reescribir nuestra historia viajaría a este momento, le devolvería la cazadora, pediría a los gemelos que me hiciesen un hueco en su cama y acabaría con ese instante. Con todos los que nos unieron. Uno a uno. Borrándolos. Años. Latidos. Vida. Una relación que, en realidad, nunca existió ni tuvo inicio y, para mi desgracia, es la realidad que revuelve mis entrañas. Pero cómo iba a sospechar esa niña que apoyó la cabeza en su hombro, se hizo un ovillo y se durmió a su lado escuchando *Il mondo*, de Jimmy Fontana, que estaba ante el futuro hombre que provocaría que cada vez que me cruzase con su olor sintiese ganas de gritar, llorar y amar como hizo la noche que puso un nombre a un camino estrellado que pertenecía al pasado, allí donde se quedó sin corazón.

Maldito Marco.

3

Marco

2004 fue el año en el que se produjeron los atentados en el tren de Madrid, el príncipe de Asturias se casó con Letizia Ortiz y *Obsesión*, de Aventura, se convirtió en la canción del verano. La historia de un país, del mundo, pero no la mía. La suya. La nuestra. El polvo de estrellas que nos da forma no está compuesto de acontecimientos que las generaciones futuras estudiarán en los libros de texto. Es memoria, recuerdos, corcheas encerradas en un pentagrama, una carcajada, los instantes que dejaste atrás y a los que no te importaría volver y enredarte como protagonista, como testigo, quizás, como lluvia.

Para mí, fue cuando mis notas rozaron la decencia necesaria para que tía Elle me diese permiso para acompañar a los Moreno dos semanas a la costa de Cádiz, Caños, en verano, formar parte de la familia numerosa, que el azar de piedra, papel o tijeras me situase en el coche en el que el aire acondicionado estaba estropeado y las noches en las que me hinché a atún de la almadraba, entrecot de retinto y pescadito frito.

Para ella, el pelo corto negro, el descubrimiento de un baúl en el que su abuelo guardaba ropa de cuando era pequeño que la llevó a vestirse como un chico, el juego de inventarse su nombre, la bicicleta amarilla a la que le chirriaban los frenos y su afán de quedarse con las canciones, más las antiguas que las de moda.

Para nosotros, si es que alguna vez lo hubo, la separación. Catorce contra diez. Un paréntesis. La niña a la que esos días llamaban *niño* en la playa se nos había quedado pequeña. Julieta llevaba mal la distancia de una etapa. No lo comprendía y trataba de vencer una batalla, perdida de antemano, enseñándonos su colección de tazos, canicas y chapas, el balón de fútbol que acabó en un tejado y desempeñando una insistente persecución por tierra y mar, aunque a veces supusiese poner su vida en peligro.

—Se va a ahogar... —observé la mañana en la que su padre, Julio, nos había comprado las tablas de surf y tratábamos de no ceder ante el balanceo de las olas tumbados. Ella estaba en la orilla, con su bañador de pantalón, buscando la manera de alcanzarnos. Y la halló. Conociéndola, no sé cómo pude dudar. Le robó la suya a unos chicos que estaban sentados, salió corriendo como un tornado y se lanzó sin medir las consecuencias. Ella. Locura imprevisible.

—Sabe nadar. —Rodrigo entrecerraba los ojos claros porque le molestaba el sol.

—Disimula muy bien. —Una onda que se rizaba en su final la derribó, Anne la sacó regañándola y escuchamos su tos seca por tragar agua.

—Aprenderá. Es casi tan cabezona como tú.

—¿No sería más inteligente hacer sus propios amigos?

—¿Rendirse? ¡Estás hablando de una Moreno! Si se le ha metido entre ceja y ceja cabalgar el océano, antes de que volvamos a Salamanca nos superará. Es la más capaz de los cinco en todo. —Me miró con la cara salpicada de gotas brillantes y pecas—. Pero nunca se lo digas. —Y, antes de que añadiese algo, movió las manos, empujó y me di un refrescante chapuzón. En el fondo me hizo un favor. Me libró de admitir que llevaba razón.

Julieta era especial. Lo supe, lo sé y lo sabré incluso cuando esté bajo tierra. Energía. Ganas. Sentimiento. Desconcierto. Revolución. Nos sobrepasaba, porque con ella lo seguro era movedizo. Una aventura. Vértigo y seguridad. Entonces, ¿por qué la apartábamos? Por una de las peores decisiones que tomas cuando eres niño: el deseo apresurado de hacerte mayor.

Nos quedábamos en la casa costera que sus abuelos compraron durante una escapada tras la jubilación, cuando se dieron cuenta de que solo hay que respirar al sur para enamorarte del modo en el que te acaricia la piel. Por las tardes, visitábamos el litoral. La impresionante extensión que se perdía en el horizonte de El Palmar, la magia de Conil y sus casas blancas, las cuestas imposibles de Jerez, el surf de Tarifa y el castillo de Zahara. Todo bonito. Todo emocionante. Nada como saborear la libertad en el faro de Trafalgar.

Después de ducharnos y revisar la marca del moreno del bañador impresionados, cogíamos los dos coches, seguíamos la señal del faro y aparcábamos al fondo, en el lugar exacto en el que ya no se podía seguir con cuatro ruedas y durante medio kilómetro de dunas de arena blanquecina y vegetación andábamos. Luego, ni rastro de chiringuitos, solo la construcción imponente que iluminaba a los barcos, agua limpia como telón de fondo, tranquilidad, vasos de plástico repletos de Coca-Cola y bocadillos. Cena, paz y su abuelo hablándonos del universo, de que todo empezó con una gran explosión, de la cara oculta de la Luna que no tenía mares, de las estrellas azules que, en realidad, eran las más calientes y las rojas las frías, y antepasados que trazaban figuras en el cielo.

Pero nosotros no saboreábamos esos momentos. Nos gustaba lo que sucedía cuando Anne y Julio se servían una copa de vino blanco, Julieta se sentaba casi al borde del acantilado a buscar palabras ocultas entre los puntos brillantes y los chicos teníamos luz verde para alejarnos unos metros con ese grupo de amigos con el que tres días tenía el tacto de diez años.

—Déjame ver. —Fer me quitó el papel arrugado, lo desplegó y leyó en voz alta—. Estoy por ti.

—¿Algo más? —preguntó Alberto y su hermano le dio la vuelta al folio. Seguían compartiendo la nariz achatada, los ojos pequeños, el cabello castaño y la sonrisa traviesa. También desarrollaban las primeras diferencias. Alberto era pulcro, recto y formal, y se pasaba la mano si intuía que la camisa no estaba bien planchada. Fer era el caos, despistado y pícaro, y se rompía el cuello para recoger el olor de un buen porro—. Un corazón.

—¿Un corazón?

—De otro color, con el borde negro y el interior rojo. Determinante, ¿no? —Colocó la mano en la barbilla con aire meditabundo.

—Fundamental.

—¿Para qué? —Rodrigo se impacientó.

—Para que Marco se deje de tinieblas y empiece con los besos.

La excitación por lo desconocido me recorrió como la electricidad. No entendía cómo lo había conseguido, pero allí estaba, en un lateral del faro, con la nota garabateada que una chica había dejado caer sobre mi toalla con las mejillas encendidas. La misma que hasta ese momento había mantenido una actitud contraria al texto. Gritos, enfados, collejas y, en mitad de la lógica, el sinsentido de una declaración. El juego de la botella asomando por la esquina. Mi inexperiencia llevándome a preguntar a las dos personas que menos idea tenían de la seducción o que preferían burlarse de mí antes que darme consejos útiles.

—No metas mucha lengua, la puedes ahogar...

—Dile algo romántico, del cielo, las estrellas...

—Si ves que babeas, paras...

—Tienes que parecer interesante...

—Y tócale el pelo, al menos hasta que te deje bajar...

Los gemelos se entrecortaban y acabaron enzarzándose en una especie de discusión que Rodrigo aprovechó para acercarse y susurrar:

—No dejes que te metan miedo.

—No lo hacen. —Me encogí de hombros. La idea de comprobar si los besos eran para tanto no me llamaba de un modo exagerado. Era más de actuar que de darle vueltas a las cosas. Relativizar. Cuando cargas una cicatriz profunda, la perspectiva de un rasguño superficial no genera vértigo.

—¿Les harás caso?

—Borro lo que me dicen conforme terminan. —Mi mejor amigo se rio.

—Te irá bien.

—¿Qué? —La vocecilla de Julieta interrumpiéndonos nos pilló desprevenidos. Ella no debía estar allí. No lo hicimos aposta, sin embargo, ambos miramos la hoja que tenía Fer y a la pequeña no le pasó desapercibido.

No tuvimos tiempo para reaccionar. La niña derrapó con su camiseta del Backstreet Boys rubio que le llegaba por las rodillas, saltó y se la quitó sin despeinarse la cresta que Julio le había hecho con medio bote de gomina. La zarandeó delante de mi cara.

—Dámela —advertí serio, y mi gruñido aumentó sus ganas.

—Estoy...

—Julieta, no es broma. —Estiré el brazo y se escabulló, levantando la voz.

—Por...

—La quiero en mis manos a la de ya. —Sus ojos se clavaron en los míos y su sonrisa ancha me retó. Disfrutó del sabor de la última palabra.

—... ti. —Parpadeó. No entendía el poder de esa frase. Su enorme significado. Lo que sí le quedaba muy claro era que me molestaba, y ella ganaba todas y cada una de las medallas de la disciplina olímpica de irritarme—. ¡Estoy por ti! ¡Estoy por ti! ¡Estoy por ti! —Era un disco rayado que, de seguir así, provocaría que los rezagados que se habían quedado en el faro después del atardecer se enterasen. No lo podía permitir. Se lo arranqué, rasgando el quebradizo papel hasta que cada uno nos quedamos con una mitad. En lugar de molestarse, levantó las cejas, me miró fijamente y pronunció con lentitud—: Estoy por ti. —Lo había memorizado. Conseguir que se callase era urgente.

—¿No tienes nada más interesante que hacer? ¿Aprenderte tu parte en la obra? Ah, no, que eres la única que no tiene ni una frase.

Detuvo el movimiento, se tragó sus siguientes palabras y el gesto le mutó hasta uno neutro, uno que no debería tener espacio en su cara. Sulfurado, me preparé para su indignación, su ataque, su reacción. Ella, fiel a su esencia de interrogante, no hizo nada más que devolverme su parte de papel e irse. Los gemelos silbaron y Rodrigo esperó a que su hermana no pudiese escucharle resaltar en voz alta lo que yo ya sabía.

—Le has hecho daño. —Colocó su mano en mi hombro—. La has herido de verdad. —Y se contuvo de apretar con la fuerza que habría hecho si otra persona la hubiese ofendido.

—Es una exagerada —refunfuñé.

—¿Vas a ir detrás de ella corriendo o andando? —No me sorprendió que adivinase mis intenciones. Nosotros no discutíamos de ese modo. No nos rompíamos.

—Andando. —Asentí rígido—. No quiero que se lo crea.

—¿Podrías intentar no cabrearla más?

—No prometo nada.

Julieta no conoció el arte en las tablas de madera de un escenario. Julieta lo hizo en Caños, rechazada por los suyos, conformándose con un grupo de amigos que no comprendía que sus rarezas la hacían más grande, un recuerdo digno de guardar, y, para intentar encajar, se resignó a seguir a la masa e inscribirse en la misma obra de teatro que el resto. Julieta dio pena en su prueba y no pudo aspirar a protagonista, animal o árbol, solo la sombra que pululaba con unas mallas negras sin diálogo.

La encontré sentada en una roca, descalza, con los pies sumergidos en una arena más blanca que la del colgante que llevaba prendido al cuello, que nunca me quitaba y rebotaba contra mi pecho al ritmo de la culpabilidad. Sabía los insultos crueles que le habían dedicado los demás pequeños por ese motivo, les había obligado a tragarse césped para enterrarlos tan hondo que no volviesen a brotar.

Tenía el mapa de estrellas que le había hecho su abuelo sobre las rodillas, miraba de reojo a las cinco chicas que estaban sentadas sobre un pañuelo morado alrededor de una guitarra, hundía los dedos en la maleza, tiraba y la soltaba sin arrancarla. Me senté a su lado y ella me dio la espalda.

—¿Qué haces?

—Jugar a que no existes.

—¿Va a durar mucho?

—Hasta que te vayas.

—Vamos, Julieta... —Moví la mano y, conforme aterrizó en su espalda, se deslizó hacia delante para detener el contacto.

—Vosotros lleváis haciéndolo todo el verano. Prestadme el tablero unas horas.

En ese momento comprendí que habíamos sido egoístas, que ella no nos habría dejado solos. No funcionaba así, era compañía invisible, tanto que a veces la confundías con el viento, tanto que a veces no la valorabas lo que se merecía. Llegó el arrepentimiento.

—Lo siento mucho —confesé.

—¿Qué?

—Prohibirte venir con nosotros, decirte la idiotez de la obra... —Se volvió. Cresta alta, ojos almendrados enormes y labios apretados.

—¿Por qué? No has mentido, no tengo ni una frase, soy la sombra y el resto de niños se burlan porque tienen envidia. Estoy más tiempo encima del escenario y puedo hacer lo que quiera. —Dibujó una sonrisa triste, pequeña, contenida, como la silueta afilada de la Luna plateada que estaba encima de nuestras cabezas. Pretendía ser positiva y se quedaba en el intento—. No sirvo y, ahora —cogió su mapa de estrellas—, si no sabes leer las constelaciones, es mejor que me dejes en paz.

—Ya sabes que no tengo ni idea.

—Ya sabes que te estoy echando. —Levantó los dedos para dibujar en el aire y descubrí una paciencia que no conocía. Podía hacer algo más. Podía ganármela. Era lo nuestro, ¿no? Encontrarnos en mitad de la tormenta, darle la vuelta y disfrutar deshaciendo nubes.

Si algo me frustraba era no alcanzarla. Existía una manera y solo tenía que hallarla. Apoyé la mano en la arena y su tacto era más rugoso que de costumbre. La levanté y me encontré con que se trataba de ceniza, froté las palmas para limpiarlas y se ensuciaron más. Pasé. Había un tema más importante que tratar. El manto estrellado no ayudaba. No era capaz de encontrar el carro que servía de guía para llegar hasta la estrella polar. Fruncí el ceño, me crují los nudillos y miré alternativamente a Julieta y al cielo hasta que obtuve la respuesta.

—No tengo ni idea de constelaciones, pero hay algo que he aprendido a leer. —Me prestó atención—. El futuro en las pecas. —Se rio. Una carcajada auténtica. Aleluya.

—Marco, dejé de creerme tus mentiras con ocho. —Puso los ojos en blanco.

—Pero es que esto es verdad. —Deshizo la cresta y se echó el pelo a ambos lados de la cara.

—Ya...

—¿Acaso no te atreves? —la piqué. Era de mecha corta. Asintió. Posé la yema de los dedos en la ceniza—. Cierra los ojos. —Suspiró y lo hizo. Me acerqué, el sol le había teñido la piel canela y tenía puntitos negros por las mejillas—. Mi don me dice que serás... —tracé una línea— astronauta. —Pegó un brinco de la emoción. Continué pintando—. Cazadora de tesoros. —Aplaudió y seguí surcando—. Médico. —Cambié de mejilla—. Profesora. Submarinista. Actriz.

—No me caben tantas cosas en la cara —añadió suspicaz.

—Solo he escrito una palabra. —Detuve el contacto.

—¿Cuál?

—Julieta —desvelé—. ¿Sabes lo que significa? —Sacudió la cabeza—. Que serás lo que quieras y nadie en su sano juicio se atreverá a decir lo contrario.

—¿Por qué tú y mis hermanos les obligaréis a comer césped?

—Porque les demostrarás que están equivocados y, si no... Sí, les obligaremos a comerse césped.

Sus mejillas se ensancharon y se tocó con cuidado. Observé mi obra y, de repente, recordé la carpeta de mi padre, que todavía no había utilizado, y me dieron unas ganas enormes de coger un bolígrafo y dar vida a los folios en blanco. La sombra de Rodrigo nos cubrió.

—¿Sigues de una pieza? —bromeó y, aunque quiso que no nos diésemos cuenta, se notaba que estaba feliz por nuestra reconciliación.

—Pierde facultades. —Me volví y distinguí detrás de mi amigo a nuestro nuevo grupo.

—¿Nos vamos? —Julieta recuperó su mapa de estrellas, dando por sentado que me marcharía y noté un agujero abriéndose en el pecho.

—Paso.

La morena pegó un respingo sin decir nada y su hermano estaba susurrando, a modo de recordatorio, «estoy por ti», cuando la mejor amiga de Lucía gritó:

—¿Venís ya?

—¡Dice que pasa! —Una exclamación ahogada. Me reí por la estúpida tragedia.

—¡Me quedo con mi chica! —Coloqué el brazo por encima de los hombros de Julieta y se removió hasta que este cayó por su espalda.

—Sabes lo que te pierdes, ¿no? —Miré a la niña, a la ilusión de sus ojos, y no pude estar más seguro.

—Quedan muchos días de verano. —Rodrigo se encogió de hombros y se sentó a nuestro lado—. ¿Tú tampoco vas?

—No se me ha perdido nada con la botella, aunque tiene que estar gracioso cómo te despiezan.

Las chicas tardaron un rato en aceptar que no cambiaríamos de opinión y se alejaron a una zona más oscura y apartada de los padres donde poder crear los primeros secretos. Nosotros nos quedamos ahí, como antes, con el horizonte salpicando de brillantes las olas hasta que el mar también fue un poco cielo.

—¿Qué te has perdido? —Julieta dobló las rodillas y apoyó la cabeza encima.

—Un beso. —Se adelantó su hermano.

—Pues vaya, pensaba que sería algo más emocionante.

—Un beso en la boca —completó el Moreno, y le di un codazo para que se callase. Demasiado tarde. Otra vez.

—¿Por qué querrías hacer algo así?

—Cuando creces te apetece —zanjé, y ella se mordió el labio, reflexionando.

—¿Solo era eso? —Ladeó la cabeza.

—Sí. —Me puse tenso—. Y como ya he dicho, quedan muchos días de... —Julieta era un rayo potente que te despertaba. Veloz. No me dio tiempo a terminar la frase, cerró los ojos, apretó la boca y la posó encima de la mía con rudeza, fuerza y ruido. El suficiente para camuflar todo a excepción de la risa que brotó de la garganta de Rodrigo—. ¿Qué haces?

—Darte lo que querías. —Una de las chicas que se congregaba al lado de la guitarra la cogió y las notas comenzaron a bañarnos. La pequeña de los Moreno reconoció el tema y se levantó en el acto de un salto—. Mecano. ¡Es Mecano! —exclamó emocionada, y tuve que estirarme para agarrar su mano.

—No puedes volver a hacerlo. Nunca. —Intenté sonar lo más autoritario posible.

—¿Qué?

—Pues... Tú y yo somos como hermanos. No puedes besarme. Jamás.

—Ah, eso, no es para tanto, ya lo había olvidado.

No pude retenerla más. Se zafó del contacto y salió corriendo para sentarse en mitad del círculo, mecerse al ritmo de *Hijo de la Luna*, cantar algunas estrofas y aplaudir cuando terminaron. Me quedé paralizado. No podía creerme lo que había pasado y, por si acaso existía la posibilidad de que lo olvidase, allí estaría mi amigo para recordármelo de por vida.

—Julieta te ha dado tu primer beso.

—Cierra la boca.

—Esta noche es épica. —Estaba pletórico, encantado con una vergüenza que parecía que solo me afectaba a mí.

—Si no lo haces, voy a tirarte por el barranco.

—Da igual que me mates. Tu historia está escrita y ya nada podrá borrarla.

Somos recuerdos, corcheas encerradas en un pentagrama, una carcajada, los instantes que dejaste atrás a los que no te importaría volver y enredarte como protagonista, como testigo, quizás, como lluvia. Pero todo esto lo descubres después. Mi primer beso no significó nada más allá del apuro inicial, soportar las burlas de los Moreno lo que me quedaba de vacaciones y tratar de sacármelo de la mente a la fuerza.

Eso fue entonces.

Ahora mis pies frenan solos cuando escuchan de pasada *Hijo de la Luna*, los ojos se cierran y aprieto los dientes tratando de volver, verla en todas sus versiones, orgulloso de que me quede el consuelo de saber que el primer beso, ese sí, lo compartí con la chica que durante un verano quiso ser chico, montaba en la bicicleta como ninguna otra y es el motivo por el que volvería a 2004. Ahora mismo. Sin pensarlo. ¿Puedo?

Julieta.

Atardecer.
Faro.
Primer beso.
Ceniza.

4

2008

Julieta

2008 fue el año de la Rata, según el horóscopo chino, el del Planeta Tierra, según la ONU, y el de la Patata, según la FAO. Se descubrió la galaxia más lejana hasta la fecha, A1689-zD1, Soria realizó el apagón analógico dos años antes que el resto de España, Fidel Castro se despidió de la presidencia de Cuba, Sarkozy y Carla Bruni se casaron, Bardem ganó el Óscar, Chikilicuatre quedó a dieciséis puestos de la victoria, España venció la Eurocopa y la Copa Davis, se produjo el accidente de Spanair y Obama se convirtió en el primer presidente de color de la historia de Estados Unidos. Yo dejé de mirar hacia arriba y empecé a reparar en lo que tenía al lado.

El amor y todas las formas que tiene de manifestarse fue el tema que estudiamos aquella tarde de primavera en la escuela de teatro de Salamanca. Era la extraescolar superviviente. Conforme la montaña de deberes y apuntes para los exámenes aumentaba tuve que renunciar a natación, patinaje y, la que probablemente más me dolía, karate, actividad que me fue muy útil para que mis hermanos y Marco me dejasen en paz si no querían terminar con un ojo morado. No hacía mucho caso al tema de que las artes marciales aprendidas se debían quedar dentro del tatami y, para no sentirme demasiado desobediente, me convencía de que se trataba de un caso de extrema necesidad.

Podría mentir y asegurar que me decanté porque me permitía vivir mil vidas en una, ser otra persona, conectar con interiores ajenos y viajar tan lejos como los decorados me dejaban tras el telón. La realidad es que lo hice porque coincidía con mi mejor amiga, Octavia, que estudiaba en otro colegio. Tal vez, eso convertía mi pasión en algo menos puro y la ausencia de ganas afincadas en mis entrañas me llevaba a mantener intensos debates con Cari, la profesora original de Valladolid que simulaba el acento francés porque había vivido en París tres meses un invierno.

Juro que mi intención no era tocarle las narices, pero es que prendía mi mecha y facilitaba que saltase. Veamos, si la lección se centraba en la expresión de un sentimiento no lo podía limitar a la relación de la pareja protagonista. No era justo asfixiar el familiar, el amistoso, el propio o el que despertaban los animales. Recordárselo, ampliar su visión, me pareció hacerle un favor, aunque no se lo tomó como tal y se perdió por los pasillos cuando se dio cuenta de que trataba de perseguirla para seguir argumentando.

Localicé mi bicicleta amarilla en la entrada, revisé que el candado heredado de Fer seguía cumpliendo su función y me subí a la barandilla metálica. Como era consciente de que todavía me quedaba un rato esperando a mi amiga (ella se había puesto ropa especial para la prueba y se tenía que cambiar), saqué el *walkman*, rebobiné la cinta que me había grabado mi padre y la detuve en mitad de ninguna parte para que la música me sorprendiese.

Sonaron canciones que pertenecían a otra época y yo me pregunté si me gustaban tanto porque me sentía viajando en el tiempo y devolviendo la respiración a los temas que agitaron la de mis padres. Algunas continuaban siendo populares, otras no tenían tanta suerte y, cuando Leroy y Octavia asomaron y me tuve que despedir de los cascos, interrumpí a Fangoria con su *A quién le importa* y le pedí perdón bajito por no acompañarla hasta el final.

—Un pajarito me ha chivado que la has vuelto a liar en clase. —Leroy, mi otro mejor amigo, sonrió travieso y se pasó la mano por la camisa de estampados que se empeñaba en llevar por mucho que le criticasen por ello. Tocaban flamencos.

—Un ave llamada Octavia —apunté.

—Solo le he dicho que has salido un poco antes —se defendió mi amiga con su habitual apuro, colocando los bucles dorados detrás de la oreja.

—Julieta, no busques culpables, eres más fácil de predecir que la tabla del cero. —Sus ojos verdes me observaron con suspicacia.

No habría sabido por cuál de los dos decantarme. Para mí representaban las dos líneas del símbolo matemático del «igual», pese a que no podían ser más diferentes en todos los aspectos que componen a una persona. Leroy era pura ironía, sarcasmo y una personalidad a la que le resbalaba todo, empezando por los malintencionados comentarios que la gente hacía de ese tupé infinito que aseguraba que, algún día, se pondría de moda y resulta que al final no se equivocó. Octavia era delicadeza, ingenuidad y un carácter apacible con el que nos obligaba a adivinar sus propios deseos para que no los sacrificase con nosotros. La violenta lluvia y la calma de un charco sin pisar.

—¿Te vas a hacer mucho de rogar? Tengo la paciencia limitada —insistió Leroy.

—Hemos tratado el amor...

—Y ha salido el Grinch que llevas dentro —me interrumpió.

—¡Solo he dado mi opinión!

—Lo has machacado sin piedad. Admítelo, Julieta, es la única manera de superarlo. Además, no te lo has cargado. Estoy seguro de que Octavia ha actuado de desfibrilador para activar de nuevo su corazón.

—Es bonito... —La voz de mi amiga se perdió y sus mejillas se encendieron.

Sabía quién tenía ese poder en su anatomía y, aun así, seguí el rumbo de su mirada por si me equivocaba. Pero no. Nuestros compañeros de teatro abandonaban la escuela, entre ellos, Joel. El altivo Joel que, por algún extraño motivo, la tenía ensimismada sin hacer méritos a su favor. Con ocho años Octavia había salido en un anuncio de juguetes y eso la convertía en la alumna con más experiencia. Dato que no le pasaba desapercibido al proyecto de actor y provocaba que su vena competitiva se activase ridiculizando los logros de mi amiga.

No lo comprendía. Puede que la rubia fuese una enamorada del amor y que una noche me confesase que solo existía un deseo para las estrellas fugaces, las velas de las tartas, los tréboles de cuatro hojas o las amapolas que solo eran un capullo y adivinaba su color. Anhelaba vivir una historia de amor de película. Puede que me contuviese para no poner los ojos en blanco y enumerarle las decenas de cosas que podían superarlo si la magia existía. Pero la descarga química del sentimiento debía ser un chute muy potente si era capaz de eclipsar el hecho de que la mirase como un objeto, la tratase como una mierda y le dedicase sonrisas envenenadas para que cada vez se hiciese más pequeña en lugar de brillar.

—*El sueño de una noche de verano, La Celestina, La divina comedia* y *Romeo y Julieta* —enumeré, colocando estratégicamente a los amantes de Verona en la última posición para distraerla—. Una oda a la estupidez y la muerte.

—Una reflexión sobre la entrega y un sentimiento capaz de sacar a la tierra de su órbita. —No me dejó atacar a su pareja favorita y me sentí orgullosa de su arranque de personalidad para proteger lo que le importaba.

—¿Ves? —Le di un codazo a Leroy—. Por eso ella ha conseguido el papel protagonista en la obra de fin de curso y yo...

—Déjame que adivine. —Se adelantó y abrió mucho los ojos—. ¡La sombra!

—¡Exacto! —Chocamos los cinco—. Mantengo la tradición de ser la persona que más tiempo pasa sobre el escenario.

—¿Te has planteado patentar el papel y hacerlo tuyo?

—Espera, no es tan mala idea.

—Julieta, para antes de crear un monstruo.

Divagamos sobre el tema y podríamos haber seguido toda la tarde si no me hubiese dado cuenta de que el sol no tostaba tanto mi piel y hubiese revisado el reloj.

—¡Mierda, el partido! —Me aceleré y quité el candado a la bici.

—Yuju... —murmuró Leroy, imitándome con la suya.

—Cualquiera diría que no te apetece ir.

—¿Y perderme a esos viriles y fornidos hombres susurrando que soy gay porque pretendo morir sin saber qué es un fuera de juego? ¿Por quién me tomas...? —ironizó con fingida indignación.

—Por el chico al que reto para ver quién llega antes.

—Tú sí que sabes cómo motivarme, nena.

Comenzamos una carrera por las calles empedradas de la ciudad, sorteando a los turistas absortos con su Catedral, la Universidad, la Plaza Mayor y la Casa de las Conchas. Los gemelos se pasaban el día en la biblioteca estudiando, Alberto porque quería ser economista y Fer porque había escuchado hablar de una beca llamada Erasmus que le permitiría conocer el mundo. Por el contrario, Marco y Rodrigo coleccionaban asignaturas suspendidas y parecía que no les importaba demasiado porque, en lugar de tratar de aprobarlas, gastaban todas sus energías en el césped pateando el balón.

Rodrigo y Marco eran amantes del fútbol y el Atlético de Madrid. Participaban en una liga juvenil y no soy capaz de recordar el nombre de su equipo, pero sí que cuando me lo desvelaron me reí tanto por lo absurdo que se tiraron una semana sin hablarme porque había herido su ego. También, que su inscripción causó mi primera crisis. No entendí, ni antes ni ahora, el motivo por el que se negaron a aceptarme por el mero hecho de ser chica, con más razón cuando lo habrían tenido tan fácil como hacerme la prueba, comprobar que era una negada en el deporte y declinar mi admisión sin que mi tutora llamase a mi madre después de que, encendida por la situación, redactase un ensayo de las injusticias por no tener pene que observaba a mi alrededor.

Después de que un coche casi nos atropellase en el paso de peatones, los tres redujimos el ritmo y pasamos juntos al campo. Subimos a la segunda escalinata de las gradas de cinco alturas. El partido había empezado. No nos importó porque nosotros íbamos allí a comer. Leroy abrió la mochila que llevaba colgada en la espalda y dejó que cayese el delicioso arsenal de Bubbaloo, Gusanitos, Pica Pica, Palotes, Bollycao y Fosquitos.

—Te está mirando —escuché decir a una chica a mi espalda.

—No... —contestó otra con un nerviosismo palpable.

—Que sí, te prometo que te ha mirado antes de que hiciesen eso de lanzarse la pelota desde la banda —recalcó la primera.

—¿De verdad? —La ilusión se hizo sonido.

—Tía, no sabes la suerte que tienes. Eres la envidia del instituto. ¿Te haces una idea de cuántas quieren estar con Marco? —Silencio. Supongo que negó con la cabeza—. ¡Todas! Y ahora es tuyo. —Pensé en lo mucho que el mejor amigo de mi hermano odiaría oír la conversación y de mi pecho brotó una risa que oculté comiendo un puñado de Gusanitos.

—Yo no lo tengo tan claro...

—Estás sola y ha accedido a ir a tu casa. ¿Sabes lo que significa? Vas a perder la virginidad con él y eso es un sueño. —Su suspiro se vio eclipsado por la celebración de un gol que me perdí por estar demasiado atenta a lo que ocurría detrás.

Leroy, Octavia y yo nos levantamos porque aprovechábamos cualquier oportunidad que se nos presentase para gritar como si no hubiera un mañana.

—Quita esa cara —susurró Leroy.

—¿Cuál?

—La de que te parece que te afecta que esa especie de hermano mayor raro que tienes tenga programada una noche de sexo.

—Me compadezco de ella. —Me encogí de hombros—. Yo le conozco y, créeme, es una pesadilla andante que se guiña un ojo en los espejos.

—A mí me parece muy guapo —señaló Octavia. Le dirigí lo que pretendía ser una mirada acusadora, que no generó el efecto deseado porque no despegaba los ojos del campo.

Su visible fascinación provocó que la palabra «guapo» repiquetease en el interior de mi cabeza. ¿Qué era la belleza? Mis compañeros me llamaban «fea» porque llevaba aparato en la boca, mis cejas no conocían las pinzas y había pasado de vestir como un tío a llevar pantalones rotos y camisetas que dejaban el hombro al descubierto. Mis compañeras llamaban «guapo» a Marco porque era alto, tenía el cuerpo definido, llevaba el pelo corto alborotado y sus labios se curvaban en una sonrisa que describían como arrebatadora.

Para mí la belleza no tenía una definición universal. Poseía tantos filtros como personas existían. Es decir, sería abusivo que en un mundo con tanta diversidad unos rasgos tuviesen la responsabilidad de cargar sobre su espalda todo lo bonito que existía. Yo sabía lo que me gustaba y lo que no. Lo que captaba mi atención y, en el caso que nos ocupaba, no eran sus músculos, su cara o el modo en el que marcaba goles sin esforzarse. Marco provocaba que el tiempo se detuviese cuando me perdía en el movimiento de sus manos pintando los folios que un día fueron de su padre, cuando dejaba un libro de Virginia Woolf en mi mesilla y me pedía que le recitase mis frases favoritas, cuando era capaz de adivinar la canción que yo estaba escuchando por cómo movía la cabeza al son de las notas y cuando estaba triste, se sentaba a mi lado y no paraba de provocarme hasta que me reía o le atizaba una colleja.

Busqué apoyo en Leroy.

—No puedo ser imparcial. —Levantó las manos, inocente—. Me defendió en cuarto.

—Porque yo se lo pedí...

—Entonces tendrías que haber compartido los tres días que le expulsaron.

El árbitro señaló el final del partido. Mi hermano le quitó a Marco la cinta con la que se sujetaba el pelo y le pasó el brazo por encima del hombro para abandonar juntos el estadio juvenil, solo que en el último momento el moreno de cabello revuelto clavó la vista en nuestra pequeña porción de gradas, le susurró algo al oído a Rodrigo y este le soltó antes de que se arrancase la camiseta con chulería.

—Va a tirarte la camiseta. —Las chicas volvieron a la carga.

—¡No! —chilló.

—¡Sí! —exclamó su amiga al ver que corría en nuestra dirección.

—¡Sí! —aplaudió.

«No, me la va a lanzar a mí porque sabe que odio que me utilice de cesta de la colada», pensé. No me equivoqué. Vino con las puntas de su pelo mojado adhiriéndose a su frente y el pecho subiendo y bajando con potencia por el ejercicio. Observó divertido cómo le mostraba mi dedo corazón e hizo un ovillo que enganché al vuelo antes de que aterrizase en mi cara. Luego, se marchó. Supuse que su admiradora estaría decepcionada, así que me di la vuelta para darle la apestosa ofrenda de mi amigo/enemigo, pero su severa mirada, esa con la que parecía que quería reducirme a cenizas, me hizo cambiar de opinión y me quedé con el asco de camiseta.

La situación con las dos desconocidas que no me sonaban ni siquiera de vista no mejoró cuando Leroy y Octavia se tuvieron que marchar a sus casas y solo quedamos las tres. No me sorprendió el aire receloso con el que me analizaban. Últimamente, las aspirantes a portadoras de las prendas sucias del mejor amigo de mi hermano actuaban así, lo que no dejaba de ser irónico si teníamos en cuenta que hasta hacía más o menos un año —justo cuando pegué el estirón, la regla me saludó con malicia y el incómodo sujetador llegó a mi vida—, se esforzaban por ganarse mi aprobación sin saber lo poco que le importaba a él mi opinión en esos temas.

Un atardecer rosado se había adueñado del cielo en el momento en el que me cansé de esperarles. Su lentitud crónica era desesperante y lo peor es que dependía de ellos para seguir avanzando con mi plan. Llamé un par de veces a la puerta de los vestuarios y, como nadie se dignó a contestarme, decidí que tenía todo el derecho del mundo a meterme dentro. Total, las duchas estaban al fondo y la taquilla que ambos compartían casi en la entrada.

Quedaban los chicos más rezagados. No reparé en ninguno de ellos porque distinguí a Marco conforme planté el primer pie en las baldosas. Llevaba una toalla blanca atada a la cintura y las gotas de su cabello empapado salían disparadas en todas direcciones cada vez que se reía por las palabras que no alcancé a escuchar.

Fiel a nuestras costumbres, me detuve, carraspeé y él le pegó un codazo al chico que tenía más cerca antes de posar la noche de su mirada sobre la mía.

—Cuidado. Tenemos una intrusa. —Puse los ojos en blanco ante la misma broma de siempre. La que carecía de originalidad. La del centenar de veces. La de la imagen de Marco abandonando al niño para acercarse al adulto.

—Es Julieta —pronunció el otro chico, como si eso aclarase todo. Era uno más. Continuó su camino.

Me planté delante del moreno y me abstuve de preguntar por mi hermano. Sabía que se quedaba debajo del chorro de agua hirviendo hasta salir con los dedos arrugados como pasas.

—Soy todo oídos para la excusa que justifique tu presencia en el vestuario masculino. —Me miró serio, cruzó los brazos a la altura del pecho y se apoyó desenfadado contra el metal de la taquilla.

—Ha sido tu olor corporal. —Abracé la camiseta—. Es narcótico, adictivo y me ha nublado los sentidos hasta el punto de que me urgía verte.

—¿De verdad? —Levantó las comisuras de los labios. No pude evitar fijarme en la sombra de la barba que buscaba abrirse camino en su piel y me pregunté cómo los cuatro pelos que papá le enseñó a exterminar en el baño con una cuchilla y mucha espuma se habían multiplicado.

—¡No! —Tal y como él había hecho, le lancé la bola de tela. Reaccionó rápido y la atrapó en el acto. El movimiento brusco provocó que se le cayese la toalla.

—Si me miras desnudo me condenarás a llamarte viciosa el resto de tu existencia.

—Si te miro —mantuve la vista fija en la pared—, no me quedará más remedio que arrancarme los ojos. Sea lo que sea lo que tienes allí abajo, no merece tanto la pena como para mutilarme, gracias.

No me moví y él aprovechó para vestirse. En lugar de volver a enrollarse con la toalla, se puso los calzoncillos, los vaqueros y pasó la mano para echarse el pelo hacia atrás, como si mantenerlo en su sitio fuese posible.

—Es mejor prevenir. —Dio un salto, se abrochó los botones del pantalón y la quietud abandonó mi cuerpo. Le sorteé y cogí la mochila que les había dejado al entrar en clase de teatro para que me la guardasen. Iba a dar media vuelta cuando me retuvo agarrándome del brazo—. Prométeme que vas a tener cuidado y si...

—Sé cuidarme sola. —Me solté dispuesta a defender la afirmación.

—Julieta... —Aunque intentaba disimular, a veces no podía evitar que se le notase que se preocupaba por mí. Fue una de esas veces.

—Y si intuyo peligro gritaré y me oirás. Estáis a menos de diez metros. —Su gesto se relajó.

—¿Nunca te aburres? —Señaló la mochila.

—Me queda mucho universo por descubrir. —Me encogí de hombros—. Además, así alguien de la familia puede decir que hace algo de provecho que no sea quemar músculo y neuronas. —Noté cómo tragaba saliva emocionado por incluirle y, en cierta manera, me sentí triste. Triste porque pasase el tiempo y no se creyese del todo lo que significaba para ellos. Para mí. El sentimiento de no pertenecer a ninguna parte cuando era de todas.

—¿Insinúas que nosotros no lo hacemos?

—Beber dos cartones cutres entre quince y fingir que lleváis el pedo del siglo no se puede catalogar como apasionante.

—Te confundes en una cosa.

—¿Qué?

—Hemos pasado a las botellas, chica de las estrellas.

Aceleré la huida, y es que cuando me llamaba «chica de las estrellas», cuando esas cuidadas palabras salían despedidas de su boca, el tono de su voz cambiaba, se volvía más ronco, más intencionado, todo un cosquilleo desconocido por mi cuerpo que no podía controlar. Lluvia. La del firmamento encapotado sin nubes delimitadas en el que las gotas no tienen forma, se mezclan con el aire y te refrescan.

Pedaleé hasta el puente romano y frené para disfrutar de las últimas notas del atardecer sobre la superficie acristalada del río Tormes. La gente levantaba la barbilla para dedicarle toda su atención al cielo. A mí me parecía más impactante observar cómo el agua lo atrapaba y creaba hondas en el firmamento inalcanzable. Y eso que yo era chica de bóveda celeste.

Si había alguien a quien culpar de mi elección era el abuelo Pedro y sus veranos de Perseidas cayendo a mi alrededor en el faro de Trafalgar, los otoños con el fuego de las Oriónidas y sus historias sobre que la Luna también se ve de día, que la mancha roja de Júpiter acabará desapareciendo, que en Marte los años duran el doble que en la Tierra o que, si pudiésemos vivir más de cuatro mil años, seríamos testigos del baile de Andrómeda con la vía Láctea.

De hecho, lo que iba a hacer tenía mucho que ver con él. Desde que me había contado que los antepasados trazaban figuras en el cielo fascinados con su brillo, constelaciones a diferentes distancias que solo se pueden dibujar desde un punto, quise crear mi propio mapa de estrellas. Inventado. Único. Mío.

A Rodrigo y a Marco les había venido muy bien mi afición. Gracias a sus malas notas, pasaban más rato dentro que fuera de casa y habían aprovechado que yo era demasiado pequeña para quedarme hasta tan tarde sola para ofrecerse a acompañarme. En realidad, era una verdad con matices. No mentían cuando aseguraban que todos estábamos en el césped de la orilla del río, solo que nos separaban unos metros de distancia, yo sacaba la libreta que pretendía que se convirtiese en un planisferio y ellos hacían botellón.

—¿Quieres un mini? —me tentaron sus amigos cuando pasé por su lado con la intención de echarse unas risas a mi costa. Les sonreí, fingí que me lo estaba pensando mirando las botellas y se empujaron divertidos. Aficionados...

—Esperad que eche un vistazo... Pues va a ser que lo dejo para otro día.

—¿No encuentras nada que te apetezca? —insistieron.

—Solo bebo champán francés —mentí con dignidad y, con un golpe de coleta, añadí—: Soy de gustos caros.

—¡Joder con la niña...!

—Lo superaréis si el vinacho de cincuenta céntimos os deja sobrevivir hasta mañana. —Esperé algún comentario de mi hermano o Marco. Me habría servido simplemente sus carcajadas roncas. No hubo nada. Los busqué, me di cuenta de que todavía no estaban y su ausencia me extrañó.

Tampoco dediqué demasiado tiempo a preocuparme. En algún momento vendrían y hasta entonces podría disfrutar de la libertad de que no estuviesen revoloteando a mi alrededor como abejorros molestos, ruidosos y borrachos. Pasé de largo la silueta iluminada de la ciudad y me perdí en el manto de puntos brillantes buscando alguna figura que añadir a mi laborioso trabajo. Tenía la libreta dividida por años y meses. 2008 fue el año en el que *Crepúsculo* reventó la taquilla mundial. Lo más normal es que mis yemas hubiesen unido líneas formando vampiros u hombres lobos. Sin embargo, yo era más de *Kung Fu Panda*, así que terminé viendo un oso en mitad de los astros al que llamé Po, como su protagonista, y me entraron unas ganas tremendas de comer arroz.

Estaba sacando el sándwich de jamón york, queso y mahonesa que me había preparado cuando una sombra que se tambaleaba me cubrió. No me hizo falta verle para saber de quién se trataba, porque uno de sus amigos vino corriendo haciendo eses exageradas. Seguro que solo le había pegado un par de tragos al mini...

—Hueles a sexo, Marco —bromeó y, al darme la vuelta sentada en el césped, descubrí al chico husmeando en el cuello de mi amigo.

—Déjame en paz, capullo. —Le apartó de un empujón y el otro se rio.

—Nos tienes que contar todos los detalles. —Sacudió la cabeza. El amigote no se dio por vencido—. Andas como si te doliese la cadera de tanto empujar...

—Hablas como si te fueses a hacer una paja imaginándotelo, depravado.

Marco se dejó caer a mi lado. El chico que fingía ir pedo pilló la indirecta, se largó y miré de reojo al moreno con aires de rebeldía. Era evidente que había bebido, aunque no allí, con sus mejillas rojas, los movimientos bruscos y la risilla cantarina que se le escapaba. Esa noche mi cuerpo me dio la primera pista de lo que mi mente tardaría en aceptar. Notaba un nudo fuerte. El estómago encogido. Un vacío en el pecho. Siempre me quejaba cuando martirizaban al mejor amigo de mi hermano por el hecho de que yo hubiese sido la primera chica en besarle, pero, en el fondo, en un sitio muy profundo que no se podía ver ni tocar, me gustaba la certeza que escondía. Y entonces, entonces había perdido la virginidad, y pensarlo, simplemente imaginarlo, él traspasando la frontera y yo en el otro lado, dolía.

Me quitó la libreta y la ojeó.

—¿Po? —Enarcó una ceja y me encogí de hombros. Tenía un gesto atontado, extrañamente feliz, y la sensación de que se debía a un nuevo inicio me produjo un escalofrío que malinterpretó. Se quitó la cazadora de cuero que cada vez se ajustaba mejor a su figura y me la colocó por encima de los hombros.

—¿Lo has hecho? —susurré, porque el sexo parece una palabra muy grande cuando eres tan pequeña.

—Demasiado tarde si quieres enseñarme a ponerme un preservativo.

—¿Eso es que sí?

—¿Estás segura de querer hablar de temas íntimos? Porque habrá preguntas en ambas direcciones. —Negué. Los detalles no eran necesarios.

—¿Y Rodrigo? —Busqué una señal de su presencia y se le dibujó una sonrisa cómplice.

—Tardará un rato en llegar.

—¿Él también? —me adelanté a que contestase—. No quiero saberlo.

—Mejor.

Marco se tumbó en el césped con las manos cruzadas en la nuca. Parecía el mismo y a la vez diferente. Eufórico. Mayor. Repasando el momento que le provocaba la maldita sonrisa tonta que cada vez me irritaba más. Tenía que cambiar el tema, alejar las sensaciones, dar una vuelta de trescientos sesenta grados y, sin embargo, mi filtro no actuó con la rapidez requerida.

—¿Por qué les caigo mal a las chicas que están contigo? —pregunté, y quise creer y creí durante años que las emociones cruzadas solo eran miedo. Miedo a que estuviese con alguien que no me aceptase y se formase un muro entre ambos.

—¿Por qué piensas eso? —Se incorporó con las rodillas dobladas y cogió mi sándwich.

—Me miran de modo raro...

—Te tienen celos...

—¿Por qué? No tengo ningún interés en verte desnudo, no planeo acostarme contigo y estoy segura de que voy a quemar tu camiseta la próxima vez que me la lances. —Fruncí el ceño.

—Ironías de la vida. No te atraigo, planeas acabar con mi ropa y nada. Me despierto una nueva mañana y tú sigues siendo mi prioridad. —Estoy segura de que el alcohol le soltó la lengua cuando añadió lo siguiente, pero lo dijo, como si nada, con la mirada clavada al frente, sin darle la importancia que merecía algo así, y yo me quedé sus palabras. Las robé. Las hice mías—. Vamos, que estaré contigo en lo bueno y en lo malo. En la salud y en la enfermedad...

—Eso se dice en las bodas... —me quejé.

—Te confundes. Se dice cuando quieres a alguien —corrigió.

Su atención se dispersó por el nacimiento de unos gritos babuinos, a pesar de que los profiriesen personas. A diferencia de Marco, a su regreso mi hermano fue directo con su grupo de amigos para compartir lo que había ocurrido y deshacerse en felicitaciones. Estuvo fardando hasta que nos localizó, cogió una botella de vodka que mostró orgulloso y vino a nuestro encuentro bebiendo a morro.

—Esta noche nos pillan. —Negó Marco sonriente—. Fijo que lo hacen.

Le escuché sin oírle. El amor y todas las formas que tiene de manifestarse fue el tema que estudiamos aquella tarde de primavera en la escuela de teatro de Salamanca. De repente, quise entender a mi profesora, Octavia y todos los protagonistas de las obras, porque en mi cabeza se repetía sin cesar: «En lo bueno y en lo malo». ¿No es la frase perfecta para una relación? Compartir. Toda la programación. Sin anuncios. Una de las miles de cosas buenas que tuvo Marco. Maldito Marco... No. Esta vez no. Fue bonito. Solo Marco.

5

Marco

En la adolescencia eres una batería inagotable. No tuve que recurrir al truco de tomar un ibuprofeno antes de ir a la cama para despertarme a la una y media, fresco, ágil, sin resaca y con la energía suficiente para repetir el día anterior si se presentaba la oportunidad. Privilegios de un cuerpo joven que sentí más ligero cuando me metí en la ducha.

El agua templada de la alcachofa salpicaba mis músculos y los rincones que habían sido descubiertos por manos ajenas la noche anterior. Levanté la cabeza y dejé que las gotas golpeasen mi rostro y se colasen por mi mueca sonriente. No me podía creer que por fin hubiese sucedido. No me podía creer que había perdido la virginidad. Rememoraba las sensaciones que se habían disparado cada segundo. Las cosquillas de la vibración de los gemidos contra mi cuello. El sonido de las pieles sudorosas al unirse y separarse. La carrera de mis caderas empujando a veces suave y a veces fuerte, siempre con la intención de tardar un poco más en alcanzar la meta. La respiración del sexo. El orgasmo. Caer rendido. Experimentar que no solo habías conectado con otra persona, también contigo mismo de una manera más profunda e íntima.

No recordaba si habíamos parado en el McDonald's de vuelta a casa o lo único que había cenado eran los bocados de sándwich que le había robado a Julieta, pero las tripas rugían cuando entré en la cocina bajándome la camiseta. Me llegó el olor del chorizo frito que Carol estaba mezclando con los macarrones en la olla. La novia de mi tía me pidió que pusiese la mesa y coloqué dos cubiertos, porque Elle doblaba en el restaurante de la calle Antigua donde trabajaba de camarera. Ese al que no iba porque el local vacío de al lado no dejaría de doler nunca.

Para diferenciar los fines de semana de los días de diario comíamos encorvados en la mesa baja del salón con la televisión puesta. Me dejé caer en el sofá y me di cuenta de que había remoloneado más de lo que pensaba cuando, haciendo *zapping*, no encontré un episodio nuevo de *Los Simpson*, sino la noticia de los piratas somalíes que habían asaltado el atunero vasco *Playa de Bakio* y nuevas reacciones porque la primera mujer al frente del Ministerio de Defensa, Carme Chacón, hubiese visitado a las tropas de Afganistán embarazada.

—¿Te importa que ponga otra cosa? —Carol colocó los dos humeantes platos con una montaña de queso fundido por encima.

—Haz lo que quieras. Tengo todos los sentidos concentrados en los macarrones. —Los olí—. Mi estómago te está haciendo una reverencia.

Carol se sentó frente al televisor con las piernas cruzadas y rebuscó en el cajón del mueble. Había cambiado. Las camisas holgadas sustituían a las camisetas reivindicativas cortas y hacía tiempo que un nuevo tatuaje no bañaba su piel, aunque las formas de los antiguos asomaban por los bordes de la prenda blanca, y llevaba la melena negra hacia un lado con trenzas de raíz en la parte que tiempo atrás estuvo rapada.

—¿Qué tal ayer? —Rompió el silencio que se produjo al cambiar de canal hasta uno fundido en blanco.

—Sin novedades. —Sonreí con suficiencia—. Ganamos el partido.

—¿Y después? —Conectó unos cables en la parte trasera.

—Estuvimos con Julieta y bautizamos una constelación como Po. Somos adorables. Me entran ganas de abrazarme. —No me resistí y pinché una barbaridad de macarrones, que engullí como un animal.

—¿Y después? —insistió y, si su tono suspicaz no me gustaba, mucho menos lo hizo el modo en el que me miró. ¿Tanto se notaría que me había acostado con alguien? La comida se me atragantó y me removí incómodo, decidiendo que zanjaría la conversación con un «utilicé preservativo y no hay nada más que añadir, señoría»—. Antes de que sueltes algo de lo que te arrepientas, puedo ayudarte. Después, demostraste que eres muy malo seduciendo al objetivo. —Me mostró la cámara de vídeo y pulso el *play* conforme ataba cabos.

—Joder.

—Exacto, es la única palabra comprensible de tu película más lamentable. ¿Desbloqueamos el resto?

Mi versión etílica me devolvía la mirada desde la televisión. Tía Elle me preguntaba si había bebido, yo negaba con la cabeza sin parar de reírme y acusaba ofendido a la silla de interponerse en mi camino cuando me chocaba porque andaba dando tumbos. Mi mente se despejó y el momento regresó. Ellas me habían dejado pelearme unos minutos con la cerradura antes de abrirme la puerta y, tras mentirles un rato asegurando que iba perfectamente, habían decidido grabarme para que yo mismo fuese testigo del aspecto que tenía al día siguiente. Le pedí que parase cuando di la vuelta en la pantalla para hacerles un calvo. Ya había destruido mi falsa percepción de que era el rey disimulando y, sinceramente, ni puta gracia.

—Es un tanto humillante, ¿no te parece, mujer cruel que lo ha inmortalizado? —objeté.

—Te hice un favor porque... ¿sabes un secreto? El resto del mundo te veía así y no la versión que tu ego ha adulterado en tu cabeza. Además, más que avergonzado ayer parecías muy orgulloso de tu estado. —Habló con calma y repiqueteó con los dedos sobre el parqué. A mí se me había quitado el hambre y me ardía la sangre.

—Porque... —Me mordí la lengua. Confesar que iba ciego no era la mejor estrategia— cenamos poco y...

—La bebida te sentó mal, ¿no? —Enarcó una ceja—. Será mejor que busques otra excusa. Esta la inventé yo —suspiró y añadió—: O puedes reconocer lo que la peste que traías desvelaba a un kilómetro, que bebiste más de la cuenta. —Puso una sonrisa tensa—. Hazlo por solidarizarte conmigo. Anoche ya sentí el espíritu de la preocupación del que me hablaba mi madre, no me hagas que utilice sus palabras. No era una mujer que destacase por su amabilidad.

El pilar fundamental de nuestra familia era la confianza. Elle y Carolina no funcionaban como los padres de mis amigos. Tal vez porque no nos separaban tantos años. Tal vez porque mi carga las había hecho envejecer de un plumazo y, en el fondo, mantenían la juventud que esperaban recuperar en algún momento regresando a la casilla de salida de las que mi situación las arrancó. Y tal vez yo me equivocaba barajando esas opciones y en realidad era la manera que conocían de educar.

—Teníamos una cosa que celebrar y una botella de vodka. Mala combinación. —Confesé sin traicionar a Rodrigo.

—¿Decidisteis no usar el cerebro por algo en particular?

—Joder, Carolina.

—Repetir el mismo taco una y otra vez no te hace parecer más listo.

—Que me grabes con pinta de gilipollas tampoco ayuda —repuse enfadado, porque eso es lo que me pasaba en aquella época. Me sentía mayor, listo, con la verdad absoluta, incomprendido y los cambios de humor me dominaban.

Carol dejó la cámara en el mueble y vino a mi lado.

—Tengo más citas con tu orientador que con mi novia, suspendes incluso las asignaturas que se regalan y parece que lo único que te importa es jugar al fútbol y pintar... Vas dando tumbos, Marco, es lo único que haces. —Se masajeó la sien—. Y este año no es como los demás, este año tienes que tomar una decisión y me da miedo preguntarte cuál será porque creo que no tienes ni idea. ¿Recuerdas *Un domingo cualquiera*?

El discurso motivacional de *Un domingo cualquiera* de Al Pacino era su recurso inspirador. Le apasionaba la escena de la película en la que el actor habla con los jugadores en el vestuario de los tres minutos que les falta para la mayor batalla de sus vidas profesionales. De cómo todo se reduce a ese día. Hacía suyas frases como la de que cuando te haces mayor hay cosas que se van, que eso forma parte de la vida, pero solo lo aprendes cuando empiezas a perder esas cosas y descubres que la vida es cuestión de pulgadas. Pulgadas que están a nuestro alrededor, en cada momento del juego, en cada minuto, en cada segundo.

Asentí.

—¿Cuál es tu pulgada? —inquirió.

—¿Cuál es mi castigo? —contrataqué para no alargar la espera, terminar la comida e irme a mi habitación como solía ocurrir. Cabezón arrogante...

—Pensar. —Carraspeó—. Mañana quiero que nos digas tu pulgada, tu siguiente paso, sea cual sea.

—¿Solamente? —dudé.

—Debes estar todavía bajo los efectos del alcohol. —Sacudió la cabeza y el tatuaje de la pantera de su hombro asomó—. Si no, serías consciente de que es la primera vez que tienes derecho a recriminarme que me he pasado por obligarte a mirar a los ojos al futuro.

Tenía tomada la medida de Elle y Carol. La primera decía «sí» cuando pensaba «no» y pretendía que entendiese el silencio enterrado en su mirada. La segunda era transparente y directa, de verdades y no doble lenguaje. Por eso, deseché la idea de que se tratase de una estrategia para que me confiase con la intención de aparecer de improvisto en la puerta y prohibirme salir en el último segundo para causar un mayor impacto con su decisión. Cogí la chaqueta y la carpeta después de la siesta y me largué sin necesidad de escuchar de nuevo la palabra «pulgada», que ya cargaba dentro.

Si de algo me he dado cuenta a lo largo de los años es que, conforme nos hacemos mayores, nos volvemos más solitarios. Encerramos lo que nos envuelve, creemos que lo hacemos más nuestro, y lo atrapamos en algún punto interior donde el sonido despedido de labios ajenos no lo puede moldear. Todo lo contrario a lo que ocurre con dieciséis años, cuando empaparnos de la lluvia que nos rodea casi parece una obligación. Compartimos, confiando en que dar puede ser también recibir, aunque dejes pasar algunos comentarios y de otros solo te quedes el modo en el que el aire erizó tu piel al escucharlo.

Con dieciséis años somos mentes aprendiendo. Seres sociales. Seres de amigos. Y yo fui directamente a buscar al mío. No me hizo falta pulsar el telefonillo. El cielo encapotado anunciaba tormenta de primavera y Rodrigo, amante de la electricidad entre el gris y el rugido de las nubes, relámpagos y rayos, me silbó asomado a la terraza y bajó llevando en el bolsillo un nuevo cigarro que le había robado a Fer.

Buscamos un soportal vacío y mi compañero de fechorías se aseguró de que no venía nadie mientras le resumía lo que había pasado.

—¿Es que no sabes que nunca hay que admitirlo? Tenías que haberte aferrado a una versión convincente y mantenerla hasta el final. —Mordió el pitillo y dio gas al mechero. Pegó una calada honda y el humo se mezcló con la llama—. ¿Qué haces si te da un tirón en mitad del partido?

—Sigo corriendo. El dolor ya vendrá después.

—Pues lo mismo. —Volvió a absorber.

—¿Alguna sugerencia para futuras ocasiones?

—Que te morías por besar el suelo puede estar bien. —Se atragantó al ir a reírse y le dio un ataque de tos. Los ojos azules se le humedecieron.

—El karma te castiga por imbécil. —Aproveché la distracción para arrebatarle el pitillo. Por aquel entonces, fumaba cigarros compartidos a escondidas y tenía la soberbia suficiente como para creer que no me engancharía como el resto. Escuché el papel quemarse y sentí el humo rascando la garganta con la primera calada. Lo mantuve un rato dentro y dibujé círculos al expulsarlo—. ¿Y qué pasa contigo? ¿Nadie ha preguntado por qué parecías más lerdo que de costumbre? —Sacudió la cabeza.

—Ventajas de que te reciba una persona que va más etílica que tú.

Rodrigo trató de sonar indiferente. Es lo que hacía. Fingir estar por encima de todo. Mentir si el mundo le superaba. Lo sabía. ¿Cómo no lo iba a hacer si yo era de quien él había aprendido esa actitud?

—¿Cómo lo lleva tu padre? —me atreví a preguntar porque, de entre todas las personas, era la única a la que mi amigo le otorgaba ese derecho. El de escarbar.

—Él bien. De la supervivencia del minibar no puedo decir lo mismo. —Pegó una patada a una piedra que había en el camino—. Supongo que va todo el día ciego para acostumbrarse. —Fingió reír y le salió un ruido amargo.

A Julio le habían despedido después de que sus compañeros denunciasen que montaba a la cabina oliendo a alcohol. Aseguraba que se trataba de una traición, envidia, que era culpa de la azafata patosa que le había tirado una botella encima y hablaba de denuncias a la compañía que le harían millonario. Ninguna explicación para la petaca de su bolsillo y el análisis de sangre.

Existían posibilidades de que no pudiese volver a pilotar un avión y se enfrentaba al hecho de tener que renunciar a las alas invisibles que surgían bajo sus pies cuando pisaba a fondo los pedales, la extensión de su propio cuerpo de aluminio, magnesio y fibra de carbono, consumiéndose en vasos con dos hielos y güisqui. Sus hijos y su mujer tampoco lo llevaban bien. Les preocupaba no ser suficiente para superar algo tan mágico como volar.

Y, en mitad de todo, Julieta. No se lo habían querido contar. Al menos, no todavía. Parecían temer la reacción de la pequeña y, cuando debatían cómo explicárselo, yo recordaba el cementerio, su vestido de flores y pensaba en lo equivocados que estaban al creer que no lo sabría encajar. Estaba convencido de que lo haría y, por el camino, la chica que más veces había compartido secretos con la luna les daría una lección.

—Al menos me ha servido para saber cuál es mi pulgada. —Se crujió los nudillos—. Voy a prepararme las oposiciones de madero. Dicen que los funcionarios viven como dios y, eh, yo he nacido para ser divinidad, tener curro fijo y muchas vacaciones.

—No mientas. Quieres ser poli porque llevan pistola. —Le di con el hombro y no lo negó.

—¿No te animas? Podría estar bien los dos en Ávila liándola.

—Lo siento. —Levanté las manos—. Tengo hasta mañana para pensarlo y Carolina se ha reservado el derecho a ser la primera en saberlo.

Al primer cigarro le siguieron un par más que compramos sueltos en el chino. Permanecí como una tumba ante los intentos frustrados de Rodrigo de sonsacarme qué narices se me pasaba por la cabeza. Estuvimos juntos el tiempo que se tarda en llenar el hueco entre nuestros pies de cáscaras de pipas, repasar la tarde anterior y planificar la siguiente. El aire traía consigo el olor a humedad de la lejanía en la que ya estaba descargando cuando me puse de pie y, mientras me bajaba la cazadora, anunció que no me acompañaría.

—Cuando estamos nosotros se corta más con la botella —justificó.

—¿Quieres que suba? —ofrecí.

—Quiero que cuando lo hagas él no parezca la jodida proyección de un alcohólico.

—Conmigo no tenéis que aparentar que todo va bien.

—Lo sé. No juzgas. Eres...

—Familia —recalqué.

La lealtad, mi concepto al menos, consistía en que la otra persona supiese que estabas allí de un modo incondicional y, aun así, estuvieses dispuesto a dejarle su espacio y no forzar cuando te pedía espacio. Aquel fue uno de esos momentos y lo respeté, aunque debo confesar que el modo en el que le observé coger aire antes de entrar me dejó un regusto amargo que, estaba seguro, no me quitaría ni el mejor helado del sitio al que me dirigía, la mítica heladería Novelty de la Plaza Mayor.

El faro que pendía de la fachada revestida de madera con vigas en el saliente estaba encendido. Tanteé el interior. Los sofás de cuero estaban ocupados. Me detuve delante de la cristalera para pedir un cono para llevar, confiando en que la masa oscurecida de las nubes enredadas tardaría en descargar.

Julieta se reía cuando afirmaba que la veía con los ojos cerrados. Era verdad. Lo que nunca le confesé es que ella era más una sensación que una imagen, un presentimiento. Tenía una personalidad arrolladora capaz de llenar espacios vacíos y conectarte a su electricidad. La música de sus pisadas. El suspiro de respirar con la boca abierta para absorberlo todo. El canturreo de sus manos inquietas buscando nuevas cosas que descubrir. Sin embargo, aquella tarde el cristal me devolvió su reflejo antes de que se pusiera de puntillas y su voz se colase por mi oído.

—Una tarrina de avellana y crema tostada y otra de ron con pasas, por favor.

—¿Vas a pedirte dos helados?

—Vas a invitarme a dos helados —corrigió.

Giré sobre mis talones y levantó las cejas un par de veces. Ella siempre dice, o al menos antes lo hacía, que los catorce fueron su peor época. De hecho, cuando años después veíamos fotografías suyas, tenía la mala costumbre de taparse la cara con las manos y pedir que terminásemos con su agonía destruyendo las pruebas. Nunca le confesé lo equivocada que estaba. Nunca le susurré que para mí escondía su mejor versión. Nunca me esforcé en hacerle una descripción digna para que mi mirada dejase de ser mía, fuese suya, se observase a través de mis ojos y se diese cuenta de que era... las baquetas que golpean la batería y provocan que el ritmo de la canción suba, las personas muevan la cabeza y las notas se cuelen en sus sueños.

Tenía las cejas espesas, sí. Los granos ocupaban una buena parcela de su barbilla, también. Y la voz le sonaba rara porque todavía no se había acostumbrado al aparato. Todo eso ocurría, igual que su manía de sonreír más que nunca porque le gustaba ver los brillos que a veces desprendía el metal, la costumbre de sacudir su melena recogida cuando estaba cerca para darme con la coleta porque sabía que lo mío no eran las cosquillas, o los atracones compartiendo jamón en el pasillo porque no quería que sus hermanos se enterasen de que pasaba de seguir siendo vegetariana.

Era naturaleza. Sin presión. Sin ataduras. Sin filtro. La manera de rendirte ante el caos.

—¿Yo? —Fingí que buscaba a alguien por detrás—. ¿Me he perdido algo?

—Anoche me gané barra libre de helados hasta que vaya a la Universidad. —Levantó la mano y enumeró—. Os aguanté, os llevé a casa y nunca confesaré que creo que le measte a Rodrigo el bajo del pantalón.

—Exagerada...

—Ojalá. —Coloqué un dedo bajo el mentón y fingí que lo meditaba.

—Dos es abusar.

—Lo necesito para mis negocios —sentenció.

La cola que se formó detrás de nosotros me impidió hacerme de rogar lo que me habría gustado. Pagué sus dos helados y tuve que soportar que se burlase de mí llamándome cobarde por no atreverme a cambiar de sabores y elegir el mítico cono de vainilla y chocolate. En lugar de utilizar la cucharilla, pegó un lametazo al de avellana y solo tuvo que pararse después de dar unos pasos y mirarme para que me fuera con ella.

Sus manos estaban hechas para tocar y descubrir, y no intentaba luchar contra su esencia. Yo tampoco quería contenerla. Por eso, cuando adiviné a dónde nos dirigíamos, me apresuré a dar el último bocado a la galleta para, tal y como ocurrió, sostener sus tarrinas al llegar a la puerta del huerto de Calisto y Melibea y que ella pudiese repasar con las yemas la silueta de las letras rojas grabadas en la piedra y atrapar los barrotes antes de entrar.

Lo suyo con la vegetación de allí dentro era digno de estudio. Serpenteaba en sus caminos de piedra laberínticos, se asomaba al pozo, jugaba con las sombras de las ramas de los arbustos y se agachaba delante de las flores para observar sus colores sin parpadear. Verde. Violeta. Rosa. Rojo. Azul. Daba igual, era tal su actividad que casi me mareaba esperándola sentado en el muro con la estampa de la catedral sobre las copas de fondo.

Tardaba en venir y, cuando lo hacía, pronunciaba un nombre raro de una flor, cuyo cartel acababa de leer. Tocó *Cordyline terminalis*, cogió la tarrina de ron con pasas, sorteó a los visitantes y llegó hasta un hombre apostado en un lateral con la guitarra entre las manos y la funda en el suelo y se lo dio.

—Tenemos un trato no escrito. —Saltó para colocarse a mi lado—. Un helado a cambio de una canción —susurró contra mi oído—. Salgo ganando. Podría ser bróker de bolsa...

El desconocido levantó la tarrina vacía para brindar con nosotros al terminarla y comenzó a acariciar las cuerdas para dar vida a *Imagine*, de John Lennon. Era una melodía reconocible, dulce, que provocó que las personas olvidasen un rato sus conversaciones y se concentrasen en el hombre enamorado de una guitarra.

—¿Vas a contarme ya lo que te pasa? —Su pregunta me pilló desprevenido.

—Nada.

—Mientes. Estás abrazando la carpeta y eso solo lo haces cuando tienes algo en mente. —Me percaté de que llevaba razón y la coloqué al otro lado para evitar tentaciones como que me la quitase e invadiese algo muy personal, íntimo, casi se podría decir que lo más cerca que podría estar de verme más allá de huesos y carne.

—¿Me estudias?

—Te conozco. —Se encogió de hombros, clavó sus ojos marrones en los míos y esperó.

—No lo comprenderías.

—¿Como la letra de esta canción?

—No, la letra puedes traducirla y saber que habla de paz y movidas de esas. Es algo diferente.

—¿Como el amor? —Se sentó de lado y no pude evitar vigilar la pierna que colgaba al vacío.

—¿Por qué querrías comprenderlo?

—Para saber qué le pasa a Octavia por la cabeza, quizás. —Se mordió el labio—. Es frustrante no poder ayudarla.

—Pues lo llevas claro. —Sonreí—. Al amor no se le entiende, se le siente.

Pensé que mi respuesta acabaría con su curiosidad. Qué equivocado estaba. La chica de la música antigua, los astros inventados y el pelo con todos los cortes pegó un respingo. Lo debí suponer, porque tendía a confundirme, sorprenderme.

—Tienes que darme un beso —anunció.

—¿Te quedaste con lo que nos sobró anoche y te lo has bebido? —Enarqué una ceja.

—Tú mismo lo has dicho, al amor se le siente, y el primer paso es... —Se señaló la boca.

—Ni bajo tortura —zanjé.

—¿Por qué?

—Porque eres... ¡tú! —Me pasé la mano por el pelo un tanto nervioso. No podía creer que me estuviese sucediendo algo así. A mí. Dios, cómo le gustaba llevarme al límite.

—¡Con más razón! Te di un beso por compasión cuando lo necesitabas, así que me debes uno didáctico. —Se cruzó de brazos.

—¿Te haces una idea de lo que me estás pidiendo?

—Entiendo, te falta motivación.

Lo que hizo a continuación me dejó sin palabras, de nuevo. Julieta cerró los ojos con fuerza y apretó los labios de un modo exagerado. El viento revolvía su cabello en todas las direcciones, se le formaban arrugas en la frente y parecía dispuesta a no respirar hasta que no le concediese su deseo. Por sus labios se escapó un «un poquito de iniciativa» medio ahogada y, antes de que la vena de la frente le estallase, apoyé los míos sobre su mejilla.

—¿Y bien? —pregunté un poco cabreado por que se saliese con la suya. Otra vez.

—Nada. —Sonrió—. Y, ahora que hemos comprobado que si existe el amor tú no eres bueno representándolo y me he rebajado a mendigar que me beses, puedes contarme lo que te pasa —insistió—. Es imposible que supere este nivel de patetismo.

—¿Has montado toda esta escena para manipularme? —Me quedé perplejo.

—He montado toda esta escena porque cuando te veo mal no controlo, quiero ayudarte y hago cualquier cosa que me permite llegar a ti, idiota.

—Julieta con agallas. Julieta con entrega. Julieta logrando que soltase aquello que llevaba conteniendo mucho tiempo.

—Voy a dejar el instituto. —Carraspeé para aclararme la garganta—. Voy a dejar el instituto y no voy a hacer un módulo, un curso ni nada de eso. Quiero dinero. Quiero trabajar.

Obligarme a mirar al futuro no me había supuesto ningún esfuerzo, ni había tenido que pensar porque yo ya sabía de qué color eran sus ojos. Elle y Carol nunca habían hecho nada para que me sintiese un estorbo, un freno, pero hay sensaciones que no necesitan ser escritas ni tener inicio para anidar en tu pecho. Cuando venían sus amigos a casa, esos que no habían tenido que hacerse cargo de un crío huérfano, notaba la nostalgia por todo aquello que se habían perdido. Puede que solo fuera un espejismo que aparecía para retorcer mis cicatrices, pero mantenía una imagen tan real que era imposible no atenderle. Querer alcanzar la independencia pronto. Querer dejarlas seguir.

—No veo qué tiene de malo. —Ladeó la cabeza—. Vas a trabajar. No a planificar robar el Banco de España como alunicero.

—Después del instituto la gente normal...

—La gente normal es un invento del Corte Inglés. No existe. Solo personas que toman diferentes decisiones y, ¿sabes qué? —Apoyó la mano en mi rodilla—. La vida es lo suficientemente larga como para permitirte diez errores y quince rectificaciones. —La apartó cuando le dediqué una sonrisa fugaz de agradecimiento.

Disfrutamos de los últimos acordes de la canción. De repente, dejar el instituto después de cuarto de la ESO no sabía a fracaso, sino a ese camino inexplorado. El cielo rugió y fui a preguntarle si nos marchábamos cuando la observé con la barbilla levantada expectante, esperando las gotas que la banda sonora de las nubes nos llevaba prometiendo todo el día.

—¿Ya has cruzado la barrera del refugio? —Cerró los ojos.

—Y esa es...

—La de que ves el cielo negro, oyes un trueno y corres como puedes a resguardarte.

—¿Qué insinúas? —Me crucé de brazos, ella bajó la cabeza y deslizó sus ojos sobre los míos.

—Que te haces tremendamente viejo.

—Sé que intentas picarme...

—Sé que va a surtir efecto... Porque, en el fondo, conmigo te diviertes un poco. —Movió la mano como si me disparase y, como solía hacer, después se tocó el aparato y se rio.

La primera gota impactó contra su frente. La explotó con el dedo alegre y me miró sin poder creerse que no estuviese a su lado haciendo lo mismo.

—¿Ves? Refresca.

—No tengo calor.

—Por si acaso.

—Estás fatal de la cabeza. —Seguía reticente.

—Gracias.

—Mañana, cuando te pongas enferma, todos me echarán la culpa.

—Mañana no importa, me preocupa más lo que ocurrirá dentro de unos años.

—¿Por qué?

—Porque me gustaría recordar este momento. —El agua dibujó lunares húmedos y gruesos en el muro sobre el que estaba.

—¿Qué tiene de especial?

—Lo tiene todo. Has confiado en mí y has cambiado de etapa. Casi se me ha olvidado que hoy mis compañeros me han pedido que no los acompañe al viaje de fin de curso porque voy a pitar en el detector de metales del aeropuerto.

—¿Qué compañeros?

—Alguien que se piensa que su opinión me importa y no sabe que selecciono cuidadosamente quién me afecta, a quién dejo entrar.

—¿A mí?

—No te hagas ilusiones.

La lluvia invisible se transformó en un manto transparente con destellos a su paso. La gente corrió a resguardarse debajo de los árboles, la puerta y cualquier saliente que encontraba. Ella se quedó quieta, en la misma posición, con el pelo un poco más mojado y mirándome.

—Decide, ¿eres de los que todavía sonríen a la lluvia o ya de los que corren a esconderse?

—¿Sabes una cosa? —Negó—. Voy a gastar un error. Me quedan ocho. —Me senté a su lado y la imité con los ojos cerrados. Sentí cómo poco a poco me calaba y, por extraño que pareciese, en lugar de experimentar frío, me entró la risa.

—¿Cuál es el otro que falta? —contó.

—Conocerte.

—Sabes cómo conseguir que una chica te deteste.

«Sabes cómo conseguir que un chico te quiera», pensé, pero en vez de eso me quedé allí relajado, sabiendo que había sido capaz de pronunciar mi deseo en voz alta una vez y la segunda era más fácil, empapándome sin importarme una mierda lo que pasaría mañana. Estaba seguro de que lo importante de ese día era la determinación de enfrentarme al mundo laboral. Ojalá hubiera sabido entonces que lo que lo haría memorable estaba a dos palmos de distancia, tarareaba la canción que ya había terminado y me demostraba que es mejor ser feliz por alguien y no por algo. Como decía Al Pacino, cuando te haces mayor hay cosas que se van, forma parte de la vida, pero solo lo aprendes cuando empiezas a perderlas. Así que solo queda arrepentirme, morirme por volver atrás, coger todos los putos carteles del huerto de Calisto y Melibea y enumerar, una por una, todas las razones por las que siempre fue perfecta, incluso en aquel año del que no le gustaba ver fotografías.

Julieta.

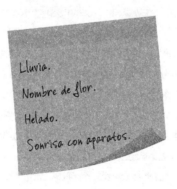

6

Julieta

2010 fue el año en el que se descubrió el primer planeta extrasolar habitable, hubo un terremoto en Haití, Gloria Stuart, la adorable ancianita de *Titanic*, falleció a los 100 años, *Avatar* se convirtió en la película más taquillera de la historia, nació el iPad, España ganó el Mundial y el *Waka Waka* de Shakira lo petó. Sin embargo, para mí fue el año en el que me gustaba llevar minifaldas y tuve un impulso inesperado.

Retorcí las manos por encima de mis piernas bronceadas. El ecuador de septiembre ya había pasado y, aun así, seguían conservando el calor del último verano en Caños. El curso había comenzado y nada había cambiado sustancialmente, por lo que no podía ser la excusa, el motivo de esa especie de ansiedad que me agarraba las tripas, los nervios que no me dejaban dormir y la inquietud que me impedía quedarme parada, pero tampoco se calmaba con el movimiento de la electricidad que fluía por mis venas.

No lo comprendía. Me sentía como esos días en los que parece que un niño ha sumergido los dedos en témperas blancas y ha pintado con las manos el cielo. No sabes si las nubes se unirán para descargar con violencia o se esparcirán y el sol bañará tus hombros.

—Está tardando mucho —apreció Leroy dando un sorbo a su copa de limón con granadina. No recuerdo en qué bar estábamos. Solo que era en las cercanías de la plaza de la Fuente y que mi amigo continuaba con su batalla contra ese alcohol que le producía arcadas, pidiéndose un combinado raro. A mí no me habría importado que me vendiesen una cerveza de botella, la verdad—. Octavia lleva en el baño una vida.

—¿Te cuento un secreto? —Miré a ambos lados, apoyé los codos en la mesa y me incliné hacia delante antes de susurrar—: Las chicas también cagamos. —Me tapé la boca con la mano con aire teatral—. Ups, se me ha escapado.

—¿No te parece sospechoso que le hayan entrado ganas cuando ha visto a Joel? Llámame clarividente, pero casi observo la conexión.

—¿Está aquí? —Abrí mucho los ojos y me puse tensa.

—Por dios, Julieta, ¿qué te pasa? Estás más ida que de costumbre. Y es mucho decir de una persona que parece que de vez en cuando abandona su cuerpo y se va a pulular por el universo.

—Soy observadora y los pequeños detalles me atrapan. —Me encogí de hombros.

—Estás un poco loca. —Fruncí el ceño—. Pero, oye, eres nuestra loca y te queremos. Un aplauso —bromeó, y le lancé una pasa que se metió en la boca. Es la única persona que conozco que antepone las uvas arrugadas a los cacahuetes y los quicos en el revuelto.

No lo pude evitar y casi me partí el cuello para mirar descaradamente hacia la zona donde Joel se encontraba rodeado de sus amigos. Que estuviese allí podía ser de todo menos casualidad. Su territorio, ese lugar donde buscaban chicas y se daban palmaditas en la espalda para felicitarse por ser los reyes de la ciudad, era los alrededores de la Gran Vía. El cambio se debía, sin lugar a dudas, a su nuevo deporte favorito: incomodar a Octavia. Chasqueé la lengua e intenté contener la rabia que me dominaba cuando recordaba que ella no me había permitido darle su merecido, a pesar de que él había comprado todas las papeletas de mi paciencia para llevarse el gordo, un ojo morado y puede que la incapacidad de procrear.

La rubia capaz de lograr que toda una sala contuviese la respiración cuando se subía al escenario consiguió lo que más deseaba, Joel, su regalo envenenado. Falso, como el agua que finge poseer el azul cuando solo es un reflejo de la cúpula celeste que nos envuelve.

El actor no era como la cicuta de Sócrates. Era arsénico, inodoro, incoloro e insípido, suministrado en dosis pequeñas durante un largo periodo de tiempo. Su efecto, sutil. Paquetes de ropa envuelta en papel de animalitos que escondían que buscaba controlar su estilismo. Reducir la confianza a poseer las contraseñas del móvil y las redes sociales. Usar el amor por bandera para hacerla suya, como si a las personas se las pudiese poseer y no admirar sus alas batiendo en libertad.

Un control con síntomas lentos, que producían cierta confusión y parálisis, hasta llevarla a la muerte, o lo que es lo mismo, conseguir que él fuese todo y escaparse la convirtiese en la nada. Polvo. Aunque la menospreció, Octavia se dio cuenta, reunió el valor para dejarle, yo no celebré una fiesta porque temía que mi amiga se partiese en mil pedazos si daba un paso y él, él no lo encajó bien.

Recurrió a muchos métodos. La pena. La rabia. La súplica. La ira. Y, cuando agotó todo, llegó la venganza y se valió de la entrega incondicional de mi amiga, casi ingenua y ciega, con una foto en la que ella salía con el pelo enredado, las sábanas deshechas y los labios hinchados. La mayoría de los que la vieron repararon en su desnudez, yo me concentré en su amplia sonrisa, muy alejada de la tímida y contenida a la que nos tenía acostumbrados, y me pregunté si después de aquello la recuperaría algún día.

—Ni se te ocurra —advirtió Leroy.

—¿Qué?

—Lo que sea que tus ovarios están tramando. —Apartó el cuchillo que tenía delante.

—No voy a asesinarle, exagerado. Darle una lección, quizás. —Suspiró y, antes de que pudiese hacer una lista de objeciones, añadí—: No me digas que no te mueres por borrarle el gesto de suficiencia. —No entendía ni entiendo que el opresor campase a sus anchas con el apoyo de la gente y la víctima se encerrase en el baño para huir de los comentarios. Joel se percató de cómo le fulminaba con la mirada y se rio de un modo desmesurado, para que nos diésemos cuenta de lo poco que le importaba—. ¿Recuerdas cuando te conté que lo que más quería del mundo era bañarme en una piscina de caramelo fundido que no quemase? —Asintió—. He cambiado de opinión. Ahora es usar su cara como un saco de boxeo. —Interrumpió el sonido de las patas de la silla arrastrándose colocando su mano encima de la mía.

—Para.

—Puedo darle una lección antes de que parpadees. Tengo recursos.

—Yo no.

—¿Y qué? Nadie te ha pedido que seamos un equipo del club de la lucha. —Soplé.

—Utilizará que eres una chica para venir a por mí. Es lo que busca. Su mente enferma no puede soportar que le ha abandonado porque no merece la pena. —Deshizo el contacto y se pellizcó el puente de la nariz—. Va diciendo que es una puta y estaba con otro. ¿Adivinas quién ha sido el afortunado?

—¿Tú? —deduje.

—¡Bingo! Por lo visto, solo soy gay cuando a ellos les interesa.

Tras años juntos y decenas de conversaciones sobre el tema, tenía claro que a Leroy no le gustaban los hombres del mismo modo que sabía que estaba esperando a una chica que le hiciese sentir algo fuerte, el nacimiento de una estrella, para entregarse. Sin anhelo. Paciente. Hasta entonces no necesitaba nada más que su moda extravagante, criticar los programas de cocina y tatuarse los cómics de Marvel en la retina.

—Es una tontería. Sé karate y tú...

—Yo me acojono si un chihuahua me mira mal —completó—. No me culpes a mí. Culpa a la sociedad. Si te sirve de consuelo, en una situación de extremo peligro estaría más que encantado de hacerme bicho bola en una esquina y dejarte repartir candela. —Asintió un par de veces.

Supongo que nos habríamos dedicado a hablar de situaciones hipotéticas y su resolución más descabellada si Octavia no llega a salir en ese momento. Intentaba pasar desapercibida y ocultar la angustia andando segura, rígida y controlando los pasos para no ir demasiado deprisa al pasar al lado de su ex. La palidez de su cara, el modo en el que se hinchaba su pecho y la manera ofuscada con la que se bajaba la falda de su recatado vestido marinero la traicionaban.

—Creo que no me encuentro bien... —Su voz era más un sonido fugaz que manaba de su garganta, el susurro de dentro que se vio interrumpido cuando dos tíos cargados con jarras espumosas se detuvieron a su altura.

—Bonitas tetas. —Dio un respingo, porque no sabía si era por la foto o por el intento de escote, pero ninguna de las dos opciones le seducía.

—Déjala en paz. —Tardé un segundo en interponerme entre ambos.

—No pasa nada... —Octavia hizo un cauto intento de detenerme. Parecía que iba a vomitar de un momento a otro.

—Es lo que tu amiga quiere si viste así. Lo está buscando. Solo le he hecho un favor —repuso divertido el desconocido. Le devolví una sonrisa tan ancha que me tiraron las mejillas y, antes de venirme arriba, le dirigí una mirada de disculpa a Leroy, que se limitó a encogerse de hombros y buscar la huida más efectiva.

Fui rápida. Lo reconozco. Minipunto para mí. Moví mi mano hacia su entrepierna y dejé que me repasase sorprendido por el giro de acontecimientos. Falda de vuelo corta, camiseta de tirantes con parte de la tripa al descubierto y labios pintados de rojo. Permití que me etiquetase, fantasease y dedujese que estaba de suerte; después, le agarré el paquete y le retorcí las pelotas. Eso sí, sin quitar mi espléndida sonrisa.

—Es lo que estás buscando, ¿no? Que te la toquen. Solo te he hecho un favor.

—Serás hija de pu... —Se zafó del contacto y, encolerizado, levantó la mano. Su acompañante le detuvo.

—Conoce a Rodrigo Moreno y Marco Cruz.

—Qué monos. Con los apellidos como en el cole.

Dada mi proximidad, fui testigo de cómo le mutaba el rostro al tragarse la bilis y se marchaba ofuscado con resignación. No tenía muy claro qué habían hecho mi hermano y su amigo en el pasado. Nadie podía negarles que su nombre había alcanzado ese punto en el que las letras se vestían con personalidad, reacción y un tanto de leyenda. Si los vieran en casa adictos a los dibujos animados... En fin.

—Lo siento. —Pedí disculpas a Octavia—. Sé que no te gusta, pero si algún día permito que te traten así arderé por combustión espontánea. Es supervivencia.

—No sería tu amiga si no lo supiera. —Sonrió y me dio un golpe con el hombro.

Su curvatura de labios me hizo creer erróneamente que todo estaba solucionado, que se sentaría, nos terminaríamos nuestro batido de chocolate entre sorbos robados al limón con granadina de Leroy para mezclar dulce con salado, haríamos planes domingueros que nunca llegaríamos a cumplir y dejaría a cada uno en su casa de camino a la mía.

Entonces, llegó el movimiento de sus manos frotándose los brazos de un modo casi obsesivo; parecía que se estuviera ocultando, limpiando o haciendo ambas cosas a la vez. Sentía la suciedad de la culpa, la impotencia del objeto y el miedo de quien espera que de un momento a otro suceda una tragedia, alguien escupiendo palabras sobre su cuerpo sin importarle que así la herida nunca iba a cerrar.

Tenía que detenerlo. Conseguir que todo se parase antes de que quedase una cicatriz imborrable. Leroy adivinó mis intenciones y sacó el cuaderno pequeño que solía llevar por si descubría un plato o un sabor que le llamaba la atención.

—Un sitio más en el que no seremos bien recibidos —apuntó en la lista de la parte trasera—. Al menos podrías haberme avisado, mi padre me ha preparado hoy la ropa interior. Imagina el espectáculo.

—¿Vas a hacerlo? —me sorprendí.

—Maricón y cabrón que roba novias, ¿qué más da añadir el tío que tiene pelotillas en los calzoncillos?

Leroy se puso de pie a mi lado, aspiró con fuerza y la enorme bocanada de aire no pareció suficiente para todo el que necesitaba. La pobre Octavia nos hizo un gesto que venía a decir: «Chicos, no me entero de nada». No se lo aclaramos. Y es que tal vez no había nada que contar. Simplemente que la queríamos, nos acabábamos de dar cuenta del arma que utilizaban para dañarla y estábamos a punto de solidarizarnos. Hacer escudo. Juntos. Amigos.

Un cuerpo solo es carne y hueso. Como la de la cara que se tuesta al sol, las manos que dibujan formas en la arena o los pies descalzos que saltan en un charco. Nada más. Así lo veía. Así lo veo. No era pudorosa, ni reservada, y si me tenía que quitar la ropa en mitad de un bar a hora punta de Salamanca para que la desnudez no causase revuelo, normalizarla, lo haría sin arrepentirme ni un solo segundo. Con tres dianas el cazador no sabe dónde disparar. Tres dianas pueden llamar al resto silenciado y multiplicarse. Tres dianas pueden marcar la diferencia y dejar solo al cazador. O pueden ser solo tres dianas que esa noche se van a la cama orgullosas.

Metí los dedos en los extremos de la boca y Leroy se adelantó a silbar porque sabía que, como mucho, yo salpicaba babas y balbuceaba una especie de ruido raro con el que parecía que me comunicaba con los pájaros. Por si acaso no conseguíamos llamar la atención, lo acompañé con un golpe en la mesa y, antes de que nos invitasen amablemente a abandonar el establecimiento, levanté los brazos y me quité la camiseta. Leroy hizo lo mismo sin parar de sacudir la cabeza. Lamentablemente, mi sujetador púrpura causó más efecto que su pecho blanquecino y delgado con una capa de pelo rizado que se perdía en la parte baja del abdomen encogido.

La idea era lanzar las zapatillas y continuar prenda a prenda hasta quedar casi tan expuestos como Octavia, con la salvedad de que nosotros lo habríamos elegido por solidarizarnos y dividir las críticas. Una mano rodeando mi brazo y tirando de mí con potencia, y la cara entre desencajada y colérica de Rodrigo, me impidieron llevar a cabo la hazaña. Intenté zafarme del contacto y resistirme. No tenía nada que hacer contra él. Gracias a su preparación para las oposiciones, el gimnasio se había convertido en su segunda residencia y tenía una musculatura tan animal como el gruñido que me lanzó cuando dejó un billete de diez en la barra y me arrastró a la calle. Él, proyecto de policía, cuando lo que más le gustaba tenía cuatro patas y ladraba.

Mis amigos nos siguieron, aunque al ser testigos del tremendo mosqueo del Moreno con pecas salpicadas sobre la nariz, un cabreo al que casi se le podía chocar los cinco, se quedaron resguardados un paso detrás de mí. Fer, que le esperaba fuera, saludó con un ligero levantamiento de barbilla, se recogió la maraña de rastas en una coleta y comenzó a liarse un cigarro. Iba para largo, sobre todo porque no entraba en mis planes pedirle disculpas después de su actitud sobreprotectora de machito y la inminente escena que me iba a obligar a protagonizar.

Entiendo que pretendía hacerlo por mi bien. Le fallaban las formas y la certeza de que no habría actuado igual si los gemelos hubiesen sido los que se despelotaban en un bar del centro. Con ellos tal vez le habría invadido la vergüenza ajena, conmigo ese estúpido ideal de que necesitaba que me salvase constantemente y ayudarme a cuidar mi reputación, mantenerla pura y limpia, cuando lo que yo quería es que se ofreciese a perfeccionar mi técnica de rodillazo en la entrepierna y me susurrase que daba igual lo que otros pensasen o los comentarios con los que me dibujasen en el lienzo del viento, yo seguiría siendo Julieta Moreno y nadie tenía el poder para cambiarlo. Escuchar su voz grave asegurando que era el resto el que se equivocaba por creer que tenía derecho sobre el agua y no yo por fluir por rincones inhóspitos en busca del mar. Debía educarle en la igualdad y el control de su mal genio.

—¿Cuánto has bebido? —Me lanzó la camiseta. Conforme más se desesperaba y se ponía rojo por la exposición de mi cuerpo, más lenta iba yo.

—¿Podrías concretar un poco más? ¿Desde que me he despertado? ¿Desde que hemos comido?

—Julieta, no me toques los cojones.

—Rodrigo, tú me estás obligando a hacerlo con tu reacción neandertal. —Mi hermano buscó el apoyo de Fer, consciente de que de un momento a otro su paciencia se agotaría.

—¿Qué? —dudó el gemelo que colocaba un parche por cada país visitado en su vieja mochila.

—¡Dile algo! Eres el mayor —exigió.

—Te cedo el papel. A ti se te da mejor. —Sonrió y, personalmente, me sirvió su argumento. No esperaba otra cosa del Moreno al que todo le resbalaba. Los dientes de Rodrigo chirriaron, y la certeza de que para él no era suficiente provocó que completase su frase con un—: Solo te ha pedido que le especifiques un periodo de tiempo. No es como cuando estaba empeñada en que le comprases un planeta pequeñito que brillase mucho las noches de tormenta. Puedes darle una respuesta, ¿no?

—Lo que debería hacer es llevármela a casa y encerrarla hasta que demuestre que vuelve a tener cere...

—Lo que deberías hacer es cerrar la bocaza antes de que digas algo de lo que te puedes arrepentir —interrumpió Fer.

Por una vez, la voz del chico de las rastas hasta la cintura y los tatuajes en idiomas extraños perdió el tono cantarín y alegre y se tornó serio y autoritario.

Rodrigo se percató y suavizó el suyo. Y eso, teniendo en cuenta su fuerte carácter y lo orgulloso que era, fue un paso. Pequeñito, tal vez. Avance siempre. Porque daba igual lo que dijese cegado por la víscera, las mentiras no sentidas del impulso, él nunca fue la llave que se tira tras el candado. Él se saltaba las normas familiares para romper cadenas de los merecidos castigos y, si no lo conseguía, se quedaba en la habitación conmigo. Incordiando, sí. Decidido a no dejarme sola, también.

Rodrigo, el Moreno con el que más discutía. Rodrigo, el Moreno con el que más vivía.

—¿Cuánto has bebido desde que te he dejado vestida con dudoso gusto en clase de teatro hasta que te he encontrado despelotándote sin razón aparente? —Iba a enumerarle una botella de agua, dos refrescos y la mitad de un batido cuando escuché a la rubia adelantarse.

—Ha sido para defenderme.

Octavia se colocó a mi altura y, cuando levantó la barbilla para enfrentarse a Rodrigo, advertí que tanto tiempo después seguía haciéndolo. Exactamente igual que la mañana de otoño que él se enfrentó a las olas del norte que querían quedársela y logró sacarla antes de que se ahogase. La rubia le miraba como al sol en invierno o una flor que nace en el desierto y lo inunda de color. Y mi hermano, bueno, mi hermano procuraba no coincidir con ella más allá de las citas inevitables.

—¿Por qué ibas a necesitar tú eso, ojos de mar? —preguntó sin observarla directamente, con un tono ronco que le pertenecía a mi amiga, esa que tenía al lado y respiró las tres últimas palabras.

—Un imbécil le hizo unas fotografías en las que sale des... —Octavia negó angustiada. Leroy se tragó las palabras y se quedó atrancado sin saber cómo explicarlo sin mencionar la verdad—. No importa. Tu hermana ha pensado que quitarnos la ropa podría ayudar. —Rodrigo enarcó una ceja—. ¿Qué? Es Julieta. Buenas intenciones. Ideas pésimas. Capacidad de arrastrarnos.

—¿Quién? —Fue la única duda de mi hermano.

—Joel. —Pronuncié su nombre. Esperó para que le aclarase—. El idiota que se acaba de tragar sus agallas y corre con el rabo entre las piernas al baño. —Le señalé a través de la cristalera.

—Bien. Yo me encargo. —Octavia movió la mano para detenerle y, a pesar de que no le llegó a rozar, de un modo u otro él lo sintió y se paró—. No voy a destrozarle la cabeza. Ese crío no sería rival y, aunque te cueste creerlo, sé cómo ser convincente con palabras. —Sujetó la puerta abierta, se volvió y me clavó sus ojos azules—. Por cierto, ahora que voy a arreglar esto sin necesidad de enseñar mi glorioso trasero, podrías sacar un minuto para despedirte de Marco. Su tiempo en Salamanca se acaba y sigues empeñada en no dar señales de vida. Tu manía de huir de las despedidas le tiene machacado. Piensa, Julieta, ¿cómo sería marcharte sin decirle adiós?

No tenía respuesta. A diferencia de él, irme y dejarle atrás nunca había sido una opción. Sencillamente eso. No lo pensaba. No lo concebía. No lo quería. La energía arrinconada en mi vientre salió disparada y, de nuevo, llegaron los nervios, la electricidad y las ganas de moverme. La necesidad de eliminar la sensación de que no se había ido y Salamanca ya estaba cambiando hasta convertirse en un cielo sin luna, encapotado, en el que sabes que las estrellas siguen estando detrás de las nubes, pero no las puedes ver y tienes frío. La ciudad perdía su música. Perdía su voz. Sus carcajadas. El sonido de sus pies rebotando contra la piedra corriendo. Las citas de los libros de mujeres que me regalaba y yo pintaba en el suelo con tiza. Y no sabía por qué su imagen desapareciendo en la lejanía me asfixiaba.

Intentaba decirme que era algo normal, que me habría pasado lo mismo con cualquiera de ellos, y sabía perfectamente que me engañaba. No ocurrió cuando Alberto se decantó por la Universidad de Barcelona. No ocurrió cuando Fer se hizo mochilero y pasábamos semanas sin saber los kilómetros exactos que nos separaban. No ocurrió cuando Rodrigo amenazó con irse a Madrid a estudiar porque se rumoreaba que los preparadores de una academia conocían las preguntas que caerían en el examen. No ocurrió hasta que Marco llegó a cenar a casa, mantuvo ese aire tan misterioso suyo mientras devorábamos pizza y, con el postre en la mesa, nos desveló que le habían fichado en la Ponferradina y provocó que me sentase mal el flan.

Para mí, el fútbol era los diez minutos de la primera división del telediario en los que aprovechaba para recoger la mesa, el tiempo que tardaba en cambiar la radio en el coche si Rodrigo era el último que había montado, los ejemplares viejos del *As* con los que encendía la chimenea y los partidos de la liguilla en los que, poco a poco, Marco fue creciendo hasta obtener una merecida oportunidad. Casi no conocía a esos blanquiazules que habían subido a segunda tres años después, solo sabía que debería estarles agradecida y, en lugar de eso, despertaban un sentimiento extraño, el de que me quitaban algo irremplazable. Les culpaba del vacío.

No me quedó más remedio que separarme de Marco en nuestra tarde de cereales. Él llevaba trabajando de reponedor en el mismo supermercado desde que dejó el instituto, cogía todas las horas extras que salían y el único día que era libre cien por cien era el último domingo del mes, después de jugar, cuando caía agotado a mi lado en las gradas, esperaba a que sacase de la mochila un bol y leche y compartíamos el paquete de cereales con el nombre más raro que encontraba sin tener del todo claro que nos gustaría su sabor.

Ese día fue diferente, porque lo normal era que los temas se repitiesen. Que él se quejase de que su jefe le explotaba y yo le contase la nueva trastada que le tenía preparada a la profesora de teatro. Nada de eso ocurrió. En su lugar, Marco me hablaba con ilusión de la nueva perspectiva de futuro y yo pensaba que en el norte las montañas eran tan altas que no le podría ver ni viajando cerca. El agobio llegó al intentar memorizarle y darme cuenta de que no había manera, cuando creía que lo había logrado descubría algo nuevo. Me aparté sabiendo que era un acto cobarde. Pero es que hay situaciones en las que ser valiente escuece e intentas evitar el dolor.

Dejé a Leroy y Octavia en casa. Me despedí como si nada y, cuando me quedé sola y me aseguré de que ninguno de ellos me veía, me senté en un banco. Tenía que llegar a la mía sin verle, lo que me exigía concentración absoluta para enumerar las rutas alternativas, valorar la probabilidad de encontrármelo teniendo en cuenta sus costumbres y... las matemáticas no eran lo mío. Improvisar y cruzar los dedos se me daba bastante mejor. Claro que ignoraba un factor clave, él también era jugador de esa partida y a veces me conocía mejor que yo misma. Ya distinguía el portal y casi cantaba victoria en el momento en el que me cegó el faro de una moto. La suya. Me había pillado. Chasqueé la lengua y maldije mi suerte.

—¿*Stripper*? Esta vez te has superado, señorita Moreno... —Dejó que su voz se perdiese como el chocolate fundido de una fuente al extenderse sobre la fruta—. Al menos, me consuela saber que tu desaparición se debe a la entrega absoluta a tu nueva profesión y no a que te estés escondiendo de mí. —En su broma habitaba la decepción. También la inquietud. El reloj de arena que pendía de su cuello estaba girado y marcaba nuestro final.

—¿Nunca te vas a cansar de ser la línea novecientos de Rodrigo? No concibo nada más agotador que tener a mi hermano llamando cada cinco minutos para contarte mis novedades. —Me removí para verle por encima de la luz. Él hizo lo mismo con el volante y continuó cegándome.

—Existe. Yo llamándole cada cinco minutos para preguntarle por qué parece que la tierra te traga cuando aparezco y te escupe en la otra punta de la ciudad.

—Sinceramente, no hay quien te entienda, ¿sabes? Rodrigo y tú lleváis años repitiendo «piérdete» cada vez que nos encontramos y, cuando por fin pillo el concepto, parece que te molesta.

—Julieta... —repuso cansado.

—¿Qué?

—No tenemos que decir la palabra si es lo que te preocupa. —Habló despacio—. Podemos actuar con normalidad hasta que... Hasta que un día te despiertes y yo esté en León. Sin más. —La piel se me puso de gallina. Ahí estaba el problema. No quería que eso ocurriese y, a la vez, no era tan egoísta como para convertirme en el obstáculo de la primera cosa realmente buena que le ocurría en mucho tiempo.

—Hablas de normalidad y luego me persigues como no lo has hecho en la vida. Decídete. Tus palabras no encajan con tus actos.

—Ah, eso. —No me hizo falta verle para saber que sus labios se curvaban en una sonrisa arrebatadora, casi peligrosa, porque cuando la apreciabas, cuando notabas que le nacía de dentro, se convertía en un terremoto arrollador bajo tus pies—. Quería pedirte un favor.

—¿Cuál? —Dejó que la incertidumbre me consumiese un par de segundos antes de apagar el faro.

—Quería que te hicieses cargo de mi chica hasta que vuelva.

—¿No era yo? —bromeé.

—Discútelo con ella.

Podría haberme fijado en que la sombra de su mentón era más tenue porque se había rasurado la barba. Que, aunque las recortase, las puntas de su melena negra alborotada seguían siendo una brújula que marcaba todas las direcciones. O que la noche encerrada en su mirada brillaba más al apreciar mi reacción. Podría haber advertido que la chaqueta de su padre casi le encajaba a la perfección, que detrás de su postura controlada se ocultaban los nervios o que sus manos jugaban con el paquete del bolsillo interior, evitando sacar un cigarro porque sabía que yo odiaba verle fumar. Podría haber distinguido muchas cosas, las que se veían y las que se ocultaban bajo la piel, pero yo solo reparé en un color.

—¿Significa lo que creo que significa? —No contuve la emoción y pegué un saltito.

—No me la puedo llevar... —Le restó importancia.

—¡La has pintado de amarillo! —Se apoyó despreocupado contra el tronco de un árbol cercano y permaneció atento a mi reacción con el amago de una curvatura de labios naciendo. La rebeldía se inventó para que él la vistiese. Estoy segura.

—Una decisión práctica. Adoras todo lo que es... —No le dejé terminar. Tampoco pensé. Corrí y él me recogió entre sus brazos. La euforia por lo que entendía se trataba de la entrega de su bien más preciado, la Vespa que se compró después de ahorrar un año, se esfumó cuando me descubrí aspirando el aroma de su cuello, el de él y no el de la colonia, y me aparté como si acabase de sufrir un cortocircuito.

—Esto... —Estaba incómoda y a la vez quería más. Incomprensible.

—Nunca te has lanzado encima y has gemido al respirar aquí. —Rozó la clavícula con la yema del dedo.

—¡No lo he hecho! —me quejé.

—Es exactamente lo que acabo de decir. —Sonrió con suficiencia y me guiñó un ojo. Sin embargo, en lugar de parecer divertido, con ganas de encender mi cerilla, parecía... feliz por recuperar algo que había perdido.

—¿Me la regalas?

—Dejo que la cuides en mi ausencia —corrigió.

—Bien. —Coloqué la mano sobre su pecho y le empujé con suavidad para que se bajase.

—¿Qué crees que estás haciendo?

—Voy a probar mi nueva moto.

—Julieta, tú no tienes carnet —recordó.

—Marco, tú sí y no sabes conducir. ¿Cuál es la diferencia?

—¿Te das cuenta de que todavía puedo cambiar de opinión?

La alegría del momento se esfumó cuando escuché un golpe seguido de una voz conocida delante de nosotros. Papá llegaba borracho a casa. Otra vez. A esas alturas ya era habitual. Debería estar en las sesiones de alcohólicos anónimos a las que prometía a mamá que acudía cada vez que ella amenazaba con dejarle si volvía a llegar a casa de madrugada hecho un trapo. En lugar de eso, sus pies le habían traicionado de nuevo guiándole hasta un bar cualquiera en el que almacenar güisquis a palo seco en un vaso con tres hielos, peleas con amigos que dejaban de serlo y moretones al caerse tras una patética lucha contra la cerradura.

Si hubiera estado allí con cualquier otra persona, incluso con Octavia y Leroy, mis dientes habrían masticado excusas para adornar la realidad, puede que alguna disculpa rápida o una broma que camuflase mis sentimientos, aquellos en los que la vergüenza, el bochorno de ser testigo de cómo se revolvía en el suelo sin conseguir ponerse en pie, se disolvía en una preocupación alarmante. Pero era él. Marco. Entre nosotros no se interponían mentiras calculadas y las palabras sobraban.

Hablábamos con el silencio, los ojos y compartiendo sensaciones.

Confianza.

Por eso, no recuerdo quién de los dos dio el primer paso y sí que él le ofreció su mano a mi padre antes que yo para ayudarle a levantarse.

—La culpa es del puñetero escalón —balbuceó papá. Evitaba mirarme directamente e intentaba simular que iba sereno sin éxito. El olor a alcohol que desprendía mareaba.

—Maldito presidente de la comunidad —le distrajo Marco, y colocó un brazo por encima de sus hombros para sujetarle y ser el equilibrio que le faltaba—. Vamos a tener que empezar a ir a las juntas de vecinos para que dejen de cambiarlo de sitio. —Contuvo mis reproches y su apuro. Ganárselo era la única forma de conseguir que se dejase ayudar.

—Toda la razón, hijo.

—¿Cuándo no la llevo? —Logró quitarle las llaves y que diese una zancada. Mis labios dibujaron un «gracias» sin sonido y el moreno al que el suave viento le revolvía el pelo casi pareció ofendido. A veces se me olvidaba que él era así, uno más de nosotros, lo más parecido a incondicional que conoceré nunca. Mi sangre circulando en otras venas.

La persona que cargó con mi padre hasta nuestro piso. Mamá estaba en un congreso, Alberto en Barcelona y Rodrigo enseñándole a Fer todos los motivos por los que España era el mejor destino final cuando se cansase de conocer mundo. Quedábamos los dos y a mí me temblaban las manos. No supuso ningún problema. Marco me dejó la cazadora de cuero y le sostuvo la cabeza mientras vomitaba en el baño, dándole refriegas de agua en la nuca, hasta que no le quedó nada más que echar.

Luego le ayudó a ponerse el pijama, le tumbó en la cama y, cuando él se lo pidió, le tapó con las sábanas blancas y el edredón de lunares. Sospecho que, si mi padre se lo hubiera dicho con la voz lastimera que desprendía, no habría dudado en darle un beso de buenas noches. Yo les observé desde el marco de la puerta, quieta, agarrándome a la pared, confirmando que siempre existía un argumento más para querer que el mejor amigo de mi hermano estuviese a mi lado.

No me enamoré de Marco porque fuese el hombre más atractivo de Salamanca. No me enamoré de Marco porque me revolviese y me hiciese planteármelo todo. No me enamoré de Marco porque fuese la luz del verano, el viento del otoño, el abrigo del invierno o el color de la primavera. Me enamoré de Marco porque tenía la grandiosidad que buscaba en el firmamento las noches despejadas encerrada dentro del pecho. Y ni siquiera sé en qué instante concreto lo hice, porque amarle..., amarle para mí simplemente fue vivir. Él. El chico de las opciones. Los textos. El que se situó a mi espalda cuando hubo terminado.

—¿Se ahogará con su propio vómito mientras duerme?

—De lo único que tienes que preocuparte es de que los remordimientos no le dejen hacerlo. —Colocó su mano sobre la mía—. ¿Estás bien?

—Me siento impotente. —Enredó sus dedos en los míos—. Busco la solución, pero no la encuentro; ¿significa que no existe? —Me dejé caer sobre él y apoyó la barbilla en mi cabeza.

—La encontrarás, Julieta, porque eso es lo que haces. Desnudar a «imposible» de su prefijo «im» hasta que solo queda «posible». Haces que todo pueda suceder. —Me dio un apretón y un beso en el nacimiento del pelo antes de soltarme.

Estuvimos un rato allí, con su idea abriéndose paso en mi mente y los exagerados ronquidos de papá retumbando en las paredes. Finalmente, bajamos y, antes de que pudiese oponerse, me senté a horcajadas en la moto sin importarme que con la falda me pudiese ver la ropa interior. Tomé los mandos, el control, y a él no le quedó más remedio que explicármelo todo. Recuerdo que puso los ojos en blanco, la arruga del entrecejo no desapareció porque no paró de fruncir el ceño y acusó de una falta de paciencia preocupante al desquiciarse cuando decía: «Julieta... ¿Podrías dejar de distraerte con el vuelo de una mosca? Esto es importante, joder, ¡estamos hablando del freno!».

Sí, discutimos, nos gritamos y, cuando más o menos lo había entendido todo, tuve la tentación de mostrar lo buena alumna que era atropellándole. Se libró porque se adelantó a quitar las llaves del contacto.

—¿Y las prácticas? —pregunté.

—Las harás con la autoescuela. —Pegó golpes en el extremo del paquete de tabaco cerrado. Un cigarro salió despedido. Se lo puso en la boca hasta que se dio cuenta de que estaba conmigo y volvió a guardarlo con gesto de fastidio.

—¿Perdón?

—Disculpada.

—¿No voy a conducir?

—Cuando tengas una tarjeta que te evite una multa si la policía nos para, lo harás —sentenció.

—¡No es justo! ¿Para qué tanto rollo de clase teórica si al final...?

—¡Porque Rodrigo es un desastre al volante! Siempre pensé que sería yo el que te enseñaría a conducir y no quería que los cambios nos robasen el... momento.

El peso de la distancia cayó, solo que esa vez lo hizo sobre los dos. No me había planteado si a él también le afectaba, si bajo el telón de la mejora profesional habitaba la preocupación por lo que vendría, por lo que acabaría. Obtuve mi respuesta al verle sentarse en el banco y sacar un cigarro que, entonces sí, se encendió para fumar con ansia.

Marco expulsaba el humo en forma de esferas que lanzaba contra la oscuridad cuando reuní el valor suficiente para bajarme de mi nueva moto amarilla y colocarme en el otro extremo de la madera. Antes de que pasase la palma de mis manos por los muslos para arrastrar el frío, tenía la cazadora por encima.

—Pienso celebrar tu partida durante dos semanas...

—Yo también me alegro de haberte conocido. —Escupió y pegó una calada honda con la que provocó que la punta rojizo-anaranjada del cigarrillo resplandeciese.

—No me has dejado terminar —me quejé, y tragué saliva—. Pienso celebrar tu partida durante dos semanas porque estoy segura de que el resto del tiempo voy a despertarme echándote de menos. —Parpadeé para atrapar las lágrimas que amenazaban con salir—. Y tengo miedo porque no sé cuánto tiempo va a pasar hasta que vuelva a ver tu sonrisa de idiota. Sí, la que estás poniendo ahora mismo porque te piensas que voy a llorar, pero estás muy equivocado.

—Julieta...

—Marco...

—Podrás verla una vez a la semana en directo y sin pixelar. Rodrigo ha pirateado el canal en el que emiten los partidos. —Apoyó las manos, se impulsó y pegó un pequeño salto con el que se aproximó unos centímetros.

—Una pantalla no es suficiente para escuchar tu voz de macarra de los noventa. —Levantó una ceja y se rio.

—Existe un maravilloso invento llamado teléfono. Distorsionada por las ondas empeora, hazme caso. Podemos empezar a usarlo. —Deshizo un poco más la distancia.

—Es frío y no da abrazos.

—Tampoco lo hacemos en nuestro día a día.

—Porque todavía no hemos logrado llegar una sola noche a la cama sin sumar un enfado a nuestra lista interminable, pero si lo hubiésemos logrado, si hubiésemos conseguido ese logro imposible estando tú aquí, estoy segura de que te habría dado uno de esos que parten costillas. Uno como el que no te voy a poder dar en la estación de autobuses.

—No vas a venir, ¿eh? —Un nuevo movimiento y noté el tejido de sus vaqueros contra la piel.

—¿Te molesta?

—No más que verte triste y no poder hacer nada para remediarlo. —Miré sus cejas espesas enarcadas sobre sus atrayentes ojos negros, esos como los agujeros del firmamento. Los mismos que conseguían que se parasen el tiempo y el espacio—. Aunque espero que lo que hay en el bolsillo interior de la cazadora ayude.

Ladeé la cabeza y él le dio la vuelta a la prenda. Aparté la cremallera y metí la mano con curiosidad, sin apartar la mirada de sus labios divertidos y las líneas que delimitaban su mandíbula cuadrada sombreada con un manto suave. Saqué lo que había en el interior y lo sostuve entre las manos.

—¿Una cinta va a mejorar mi estado de ánimo? —Le di la vuelta al casete de ciento veinte minutos con escepticismo, en busca de algo que lo hiciese especial. Una dedicatoria, tal vez. En las de mi padre venía.

—Una cinta que te he grabado con música de esa antigua que tanto te gusta. El pasado. Contiene veintiséis canciones y una promesa. —Aplastó el cigarro con la suela de sus botas.

—¿Cuál?

—Ponte cada mañana una, solo una, y antes de que lo hayas escuchado todo estaré de vuelta. —Me recorrió un latido dulce y poderoso por el gesto. «Adiós», de repente, sonaba como «hasta pronto».

—¿Cómo empieza?

—*Para que no me olvides*, de Lorenzo Santamaría, ¿he acertado? —«Sí, claro que sí», pensé.

—Un notable. Estás a un paso del sobresaliente.

—Terminaré ganándomelo.

—Te lo diré cuando regreses dentro de veintiséis canciones.

—Veintiséis...

—Veinticinco si te interesa la matrícula.

Recuerdo el *skyline* de la silueta de Salamanca. Recuerdo que sus construcciones irradiaban luz cálida anaranjada. Recuerdo que, conforme más quería llorar, más sonreía, y que apretaba los puños cuando intentaba decirle «te quiero» y las palabras no salían. Recuerdo que él también abría la boca sin pronunciar nada. Pero, de entre todas las cosas, recuerdo cuando se puso de pie de un salto y señaló con la cabeza la moto.

—Vamos.

—¿Una última vuelta?

—La primera. —Me lanzó las llaves.

—¿Y la multa?

—Julieta, vamos a despedirnos de Salamanca haciéndole el amor con las ruedas. No existe dinero en el mundo que pueda hacerle sombra.

—¿Confías en mí? —Dudé con respecto a poder poner en práctica todo lo aprendido.

—¿Alguna vez no lo he hecho, chica de las estrellas? Quedan siete errores.

—Siete errores...

—Destinados a gastarlos contigo.

—Conmigo.

—Juntos.

Lo recuerdo porque sus manos se enredaron en mi estómago, sus labios casi rozaron el lóbulo de mi oreja cuando susurró «dale gas» y, contra todo pronóstico, lo hice bien. Lo recuerdo porque han pasado los años y soy capaz de sentir el viento de frente y sus gritos a mi espalda. Lo recuerdo porque el firmamento bajó a la tierra. Esa noche decidí que un chico llamado Marco, al que le gustaba el fútbol, los dibujos y compartir cereales conmigo, era mi cielo. Y, desde entonces, cada vez que miraba hacia arriba, que miro muy a mi pesar todavía, no busco astros parpadeantes, ni fugaces, ni que desprenden fuego. Busco una sensación. La que solo se puede alcanzar estando a su lado. La de que las alas a veces pueden ser los pies.

7

Marco

Rodrigo y Julieta compartían apellido, color de pelo, orgullo y la capacidad de disfrutar instantes pequeños, invisibles pero significativos, como si los fueran a prohibir. Poco más. Ella, de astros. Él, de agua, como esa noche cuando yo reflexionaba y mi amigo convertía una piscina en su hogar.

Ese momento suponía un punto de inflexión. El sol saldría otra vez por el este y todo cambiaría para mí. Llegaba la tan ansiada independencia y la agenda de tía Elle volvería a estar en blanco, sin mi nombre ocupando la primera y la última línea. Aire. Cortaba los tentáculos de una desgracia que no se acabó con las flores de la corona marchitándose y tuvimos que cargar, obligados a atender a las circunstancias, el deber, y no el deseo.

La hermana de mi madre podría decidir sobre el mañana y saberlo, solo eso, aflojaba la tensión acumulada. Me relajé con el abrazo del silencio, una cerveza al lado y los pies sumergidos en el agua. La épica fiesta de despedida en el chalet de Aitor se había terminado. Quedaban los recuerdos, el eco de las risas que nos habíamos echado, las sobras de la barbacoa, botellas vacías descargadas en gargantas, el dueño de la casa roncando en la tumbona y mi mejor amigo haciendo el muerto sobre la superficie acristalada.

Dada nuestra reputación, lo que todo el mundo esperaba era que continuásemos compitiendo con la luna para ver quién albergaba más noches, bebiésemos sin control y acabásemos dormidos en el banco de la estación donde salía mi bus. Sorprendimos al no desfasar, y es que puede que las casillas nos quedasen estrechas y tratásemos de huir, o que el primer stop en nuestra acelerada existencia de dieciocho años solo fuese casualidad. Quién sabe.

El sonido de la calle decidió ser banda sonora. Levanté la barbilla y me pregunté cómo la pequeña de los Moreno podía hacerlo sola, enfrentarse a la inmensidad y no sentir... miedo al escuchar la respiración de la noche sobre su cuello y el poder de que te clavase la mirada. Los segundos pasaban y parecía que el manto aumentaba hasta tragarte y convertirte en uno más de esos astros, que afirmaban que eran grandes y yo podía borrar con un dedo.

¡Joder...! Sacudí la cabeza, solo esperaba que Aitor no nos hubiese echado alguna de las mierdas que le había dado por consumir y, lo más preocupante, compartir sin advertencia porque le hacía mucha gracia vernos colocados. El pobre no acabó bien.

—Quita esa cara. —Rodrigo abrió los ojos y abandonó el rumor del movimiento del agua—. Eres futbolista profesional. Tu mano derecha se jubila. Te vas a hinchar a follar —apuntó tan bruto como de costumbre, sobre todo en aquella época en la que los músculos comenzaban a hacer su función y ligaba más de lo que se le debería permitir para que su ego no explotase.

—Lo sé. ¿Por qué te crees que firmé el contrato con sangre? Venía en la letra pequeña... —No pilló la ironía.

—Utiliza tus propios condones o me harás tío antes de tiempo. —Colocó la palma de las manos en el borde y se impulsó sin apenas esfuerzo para salir.

—¿Un consejo?

—¿Tuyo?

—De Dios, que está en todas partes. —Sacudí la cabeza y me enseñó el dedo corazón caminando descalzo hacia el balancín donde estaban las cazadoras—. Deja los ciclos. Se te va a quedar enana.

—Que te den.

Cogió su chaqueta vaquera y, de paso, se acercó a Aitor para comprobar que seguía respirando. Las gotas de su pelo rapado a cepillo alcanzaron mi espalda al pasarse la mano y me salpicó con las piernas al sentarse a mi lado. Sujetó con ambas manos lo que había ido a coger y silbó antes de mostrármelo. Un puro. El puro. El mismo que sostuvo delante de mi cara como si se tratase de una reliquia, ese al que pellizcó una esquina con gesto solemne para liberarle del plástico que lo contenía.

—Frena. —Era un habano que le había traído Fer de Cuba. Lo guardaba para un acontecimiento importante—. Tu entrada en Ávila tenía reservado el derecho de esta brutalidad.

—No, lo tenía el primero de los dos que lograse algo grande y, cabrón, me has pillado desprevenido y te has adelantado. Aprovecha, la próxima vez no tendrás tanta suerte.

—Voy a jugar en la Ponferradina. Para quitarle el balón de oro a Messi calculo que me quedan un par de años.

—No seas orgulloso, deja que me alegre por ti y, si ves que me atraganto cuando te diga que nunca dejes de perseguir tus sueños, no te preocupes, es que tener la boca llena de azúcar es empalagoso —acepté.

—Confiesa. Si llego a hacer antes el amago de pirarme, ¿me habrías regalado la Play? —Retiré el plástico y sentí el peso, no el real, el del significado. Rodrigo, el chico de «no toques mis cosas», me lo había dado. A mí. Fue... bonito.

—Ni loco.

—Ya...

—¿Es que no me has escuchado?

—Te he visto. Un par de pucheros y esa preciosidad habría coronado mi cuarto. —Me fulminó con sus ojos—. ¿Esta mirada intensa es tu manera de pedirme un beso? —Enarqué una ceja.

—Dos. Uno en cada pe...

—Suficiente. Pasa el mechero.

—¿Lo vas a encender tú? —Arrugó la nariz repleta de pecas y sus ojos azules dudaron.

—Las cosas se hacen bien. Mi despedida, tú te comes mis babas.

—Como si fuera la primera vez... —refunfuñó.

—¿Te haces una idea de lo raro que suena eso? —Chasqueó la lengua y yo dibujé una sonrisa lateral.

—Ceder contigo no se me da bien. —Lo dejó a mi lado a regañadientes.

—Ponerme motes tampoco. —Mordí la punta. Escupí las finas hebras de tabaco que se quedaron en mi lengua y disfruté de su olor—. ¿Indomable?

¿Qué se te pasó por la cabeza para llamarme así en el instituto? —Encendí el habano y el humo me rascó la garganta cuando le di una calada—. No me extraña que los gemelos te martirizasen medio año.

—Uno —puntualizó.

—Fueron buenos tiempos. —Rodrigo era experto en interrumpir mis frases o completarlas. No dijo nada—. A estas alturas no me digas que he herido tus sentimientos. Sé que no tienes.

—Has hablado como si ya no fuera a haber más buenos tiempos e intento acostumbrarme. —Miró al frente y movió las piernas debajo del agua.

Podía soportar que tía Elle llorase cada vez que metía algo en la maleta. Que los compañeros del equipo lamentasen la pérdida de mi pierna derecha y su capacidad innata de encajar goles. Las quejas de mi jefe porque encontrar a un pringado incansable que no se pudiese negar a un par de horas extra no era fácil. Incluso el hecho de caminar por Salamanca sin reparar en sus rincones porque Julieta ya no aparecía para asustarme y que se me cayese el pitillo.

Todo.

Menos separarme de él.

El hilo rojo del destino me unía a Rodrigo Moreno. Destinado a encontrarle sin importar el tiempo, lugar o circunstancias. Lluvia, nieve, sol, Cádiz, Salamanca, niños, adolescentes o adultos. Un hilo que se había estirado cuando nos enfadábamos, contraído cuando lo solucionábamos y enredado cuando pasábamos tanto tiempo juntos que era difícil distinguir dónde empezaba uno y terminaba el otro. Quedaba saber si era cierto eso de que nunca se rompería.

—¿Piensas que te vas a librar de mí? —inquirí.

—Pienso que te mereces ser feliz. —Se aclaró la garganta al darse cuenta de lo que acababa de pronunciar. Nosotros sentíamos juntos, claro que lo hacíamos, pero no lo decíamos en voz alta—. También pienso que estás abusando al no pasarme el puro.

—Cierto. —Se lo ofrecí y me lo arrebató—. Si voy a dedicarme al fútbol tendré que dejar de fumar.

—Suerte con ello, amigo. —Inspiró sin medir y, como le solía ocurrir, acabó tosiendo.

—Y tú tendrás que aprender a hacerlo de una maldita vez. ¿Cuánto hace que nos fumamos el primero? —Rodrigo se rascó la barbilla, pensativo.

—Fue en la fiesta de cuarto cuando se acabó la cerveza, ¿no? —Asentí al recordar—. Entonces molábamos. Que hayan sobrado tantos botellines en tu despedida es casi una ofensa a nuestra leyenda. —Señaló la nevera abierta con hielo por la que sobresalían.

—¿Le ponemos remedio?

—¿Cuánto queda para que te vayas?

—Menos horas de las que dura el trayecto para que supere la resaca.

Lo que más me gustó de esa noche es que acabó como todas las demás. Con nosotros hablando a gritos, el sabor de la cerveza amarga y escuchando rock y a Barricada, aunque no hubiese ningún escenario frente al que saltar y sí una piscina en la que nadar. Con una tregua de dos horas durmiendo en las tumbonas hasta que el sol nos cegó, la vida regresó a las calles y nos despedimos en la esquina de su casa con un «no ha estado mal, en la siguiente lo mejoramos».

Supongo que ya no era necesario evitar hacer ruido antes de entrar para que no me pillasen, del mismo modo que entiendo que hay costumbres arraigadas que nunca desaparecen del todo, y que hace falta ser padre para comprender el miedo a unas horas desconocidas que no lo son tanto, porque las locuras juveniles se inventan generación a generación, conoces los peligros a los que tú mismo les reíste en la cara y las palabras que te dedicaron fluyen años después con tu voz.

Atracar la nevera antes de abrazarme a la almohada era un clásico. El hambre que me devoraba conforme colgaba las llaves en la tabla de madera descolgada que pendía al lado de la puerta, un misterio de la humanidad. Andaba organizando el desayuno y abriendo mentalmente los armarios de la cocina donde guardábamos mis bolsas favoritas cuando el ruido que provenía de dentro me distrajo.

Tía Elle estaba allí con la televisión encendida sin sonido y mis fotografías infantiles extendidas por la mesa. La campana extractora iluminaba el moño del que se escapaban rizos pelirrojos y algunas canas. El pantalón del pijama se le estrechaba conforme las caderas y lo que había encima se ensanchaba. Y el brillo de las cremas antienvejecimiento alumbraba su rostro. A su lado, la anarquía de platos con pan rallado, cáscaras de huevo, boles con masa en los bordes y sartenes con aceite hirviendo que salpicaba el endeble folio que estaba leyendo ofuscada.

—Ya que tú no lo haces, lo diré por ti. ¿Te crees que vives solo? ¿Qué horas son estas de llegar? —Crucé los brazos a la altura del pecho y me apoyé contra la pared, esperando a que se volviese, esperando a comprobar si se repetía el efecto, ese de que no estaba en casa hasta que sus ojos verdes me saludaban.

—¡Calla! —Parecía alterada y me preocupó que casi no se inmutase cuando una gota de aceite aterrizó en su brazo.

—¿Se puede saber qué haces? —La agarré con suavidad y se soltó.

—Las croquetas se van a quemar... —Las bolsas que acompañaban a sus ojos enrojecidos demostraban que había dormido poco y llorado mucho. La corriente de su cuerpo me confundía.

—Elle... ¿Recuerdas eso de no aceptes regalos de desconocidos en la puerta del colegio? —Hundió la punta del tenedor para darles la vuelta—. También se aplica a los adultos cuando salen del trabajo.

— No me distraigas. Todavía no he empezado con la tortilla ni con los filetes empanados... —Colocó una servilleta sobre un plato para que absorbiera la grasa y nuevas gotas bañaron su piel. De nuevo, se quejó levemente e iba a continuar cuando agarré el mango y aparté la sartén.

—Deja las putas croquetas.

—Marco... —reprendió.

—Deja de actuar como una lunática y ya de paso para de freír las putas croquetas.

—No puedo... No llego a tiempo...

Apagué la vitrocerámica, coloqué las manos en sus hombros y la obligué a mirarme. Me pregunté en qué momento nos habíamos intercambiado las alturas. Cuando yo había pasado a ser el que la observaba desde arriba y se tenía que agachar. Y cómo era posible que sus ojos estuvieran rodeados de finas líneas de las que era incapaz de recordar su origen.

—Las madres utilizan la última noche para proveer de un equipaje de comida a sus hijos cuando se van de casa —balbuceó mirando el repertorio de masas empanadas quemadas—. Yo estoy aprendiendo a cocinar. Soy un desastre. —Hipó. Aproveché para abrir las ventanas y que se fuese el humo. Le traje una servilleta para que se secase el sudor.

—A las legumbres les faltaba caldo; por lo demás, el comedor del colegio estaba bien. Jugaba mucho al fútbol con mis compañeros y, mira tú por dónde, gracias a eso aprendí y el primer ojeador que me llamó «crac» fue un profesor sugiriéndome apuntarme a un equipo. Todas las historias tienen un inicio, y el de mi relación con el deporte comenzó allí.

Encendí el grifo.

—¿Fría o caliente para las quemaduras? —Pareció meditarlo un rato mientras el agua fluía e impactaba contra los platos usados.

—No estoy segura. Creo que fría... —Envolví su brazo con mis manos y lo coloqué debajo del chorro helado a la altura de la piel enrojecida para evitar que saliesen las ampollas—. Lo que decía. No valgo. Ni siquiera conozco lo esencial.

Vale, pasaba algo. Elle podía ser intensa y poseer la capacidad de ilusionarse por nada, que la mecía arriba y abajo en un tiovivo. Cero dramas. Unos zapatitos azules tenían la culpa de su actitud las últimas semanas. Los mismos que al verlos en el escaparate activaron el instinto maternal de mi tía y se toparon con la indiferencia de Carol. Ella quería inseminarse antes de que fuese demasiado tarde y su pareja no tenía claro si su futuro estaba acompañado de pañales, primeros pasos y entrega incondicional a la persona que algún día la acabaría llamando «mamá».

Dos posturas opuestas enfrentadas. La mitad del armario vacío. La separación. Un tiempo para reflexionar por distintos caminos del laberinto, con la esperanza de cruzarse en algún punto intermedio, conciliar, y la incertidumbre de qué pasaría si una alcanzaba la salida mientras la otra disfrutaba del paisaje de las curvas.

Me tocaba ejercer de consejero amoroso. Genial. Mi especialidad... No.

—Sé que desde que se ha ido Carol no estás atravesando un buen momento...

—Los tiros no van por ahí.

Su mirada se desvió y no tardé en averiguar el motivo. La imagen del televisor estaba congelada. Detenida en los alrededores de un río una mañana o una tarde soleada. Ofrecía una versión mía que solo reconocía por las fotos. La nariz blanquecina con crema. La gorra azul de propaganda en la que no se podía leer la marca. Las manos repletas de piedras. ¿Querría construir una fortaleza o lanzarlas contra el pacífico manantial para regalarle *rock and roll*?

Mi cara de póker no ayudaba a deshacer el interrogante. Las dos personas que me acompañaban tampoco podían confirmar lo que pasó. A mi padre se le resbalaban las gafas redondas por el puente de la nariz, se apartaba la melena de la cara y mantenía los ojos clavados en mis intenciones. Mi madre permanecía sentada en la silla de plástico con sus rizos negros acariciando sus hombros, el bañador naranja atado al cuello y las manos estiradas en mi dirección.

Verano. Primavera. Puede que inicios de otoño. Vacaciones programadas, salida dominguera o paraíso encontrado por casualidad. Nunca lo sabré, porque mis padres se fueron y se llevaron el título de las nanas antes de dormir, el nombre de la primera mascota, un gusano de seda, y una de mis versiones, la que solo conoces desde recuerdos ajenos.

Tragué saliva.

—Demasiada cebolla para la tortilla. —Tía Elle se solidarizó y colocó su cabeza contra mi hombro—. Helena ya tendría los *tuppers* listos y te estaría repitiendo que si no los traías de vuelta no te mandaría más. —Suspiró—. Y te habría hecho amante de Tom Sawyer, las películas con finales tristes, los conciertos sin letra y las cucarachas, porque le gustaban los animales feos supervivientes. Y yo...

—Gracias a ti tengo casi entera la colección de libros de *Pesadillas*, he visto España a través de festivales de rock como el Alcatraz o el Monsters, me has enseñado a escuchar, que no oír, a Antonio Flores y Vega, Bunbury, Manolo García y, sí, también Laura Pausini, aunque nos pese y no nos guste reconocerlo, y el dragón es mi animal favorito porque obligaste a todos tus amigos a hacer un disfraz a escala real en el que casi se asfixian cuando cumplí doce años y apostaste que me sorprenderías.

—Ninguna de esas cosas es responsable. No suenan a ejemplo.

—Espérame aquí.

No se me daba bien expresar las emociones ni escribirlas, pero sí dibujaba mis sentimientos. Lienzos que eran la única conexión visible de un interior atrapado desde niño. Fui a mi habitación, saqué la carpeta del equipaje de mano y rebusqué entre los folios. Seleccioné uno de tantos, de los primeros. Quizás no se trataba del mejor y, aun así, representaba todo lo que quería decir.

—Esto sois vosotras. —Se lo tendí evitando mirarla directamente a los ojos.

—¿Manos? —Le dio la vuelta y encontró las suyas, con las uñas pintadas de los colores del arcoíris, y las de Carol, con el anillo de la calavera.

—Las mías.

—Marco... —Me removí incómodo. La sensación de estar desprotegido, expuesto, me agobiaba más que un espacio cerrado a un claustrofóbico—. Ahora que me doy cuenta —sonrió, y algo me dijo que ese gesto era su particular manera de darme las gracias—, ¿te crees que vives solo? ¿Qué horas son estas de llegar? —Respiré tranquilo.

—¿Un último castigo?

—¿Una última película?

Dos hombres y un destino fue la elegida. No podía ser de otro modo. Me habría decepcionado que Paul Newman, el único hombre por el que tía Elle aseguraba que cambiaría de acera, no nos hubiese acompañado, ni las palomitas en las que ella buscaba el maíz sin hacer, la Coca-Cola a morro o el regaliz de postre para demostrarme que poseía la capacidad de hacer nudos con la lengua.

Exprimimos el tiempo y tuvimos que correr a la estación de autobuses. Allí cogería uno a Madrid y, dos horas de espera después, el que me llevaría a Ponferrada. Una paliza, como la pesada mochila rebotando contra mi espalda y la maleta que tuve que cargar a pulso cuando sus ruedas amenazaron con partirse contra la piedra de la ciudad.

El deporte era parte de mi vida. A diferencia de Elle, mi respiración no estaba agitada cuando alcanzamos la entrada. Lo que yo no sabía es que tres segundos después la perdería. Lo haría al verla a ella. Allí. Plantada. Repasando los horarios por si llegaba tarde. No, no era la morena de los cascos, era Carol. Y la sensación de que no había desaparecido con la ruptura y venía por mí.

Por mí. Por mí. Por mí.

La mujer fría con la mitad de la cabeza rapada de nuevo, los labios finos, la nariz alargada y, se me formó un nudo en la garganta, los ojos tan hinchados como los de su novia, exnovia, o como sea que se le pueda llamar a las relaciones cuando atraviesan un bache.

Mi tía se quedó unos pasos por detrás y me acerqué.

—Pareces sorprendido. —Levantó una ceja.

—Tú... Ella... Tú y ella ya no... Ya me entiendes.

—Lo hago, niñato desagradecido. —El labio le tembló y me escocieron los ojos.

—Supongo que acumulo méritos para merecerme los insultos, pero, Carol, ¿hoy? ¿Hoy también?

—Hoy más que nunca. ¿Cómo se te ha podido pasar por la cabeza...? —Apretó los dientes—. ¿Cómo crees que existe una manera de que...? ¿Cómo te atreves a insinuar que algún día dejarás de ser mi hijo, maldita sea? Pase lo que pase. Esté con quien esté. Amanezca contigo en la habitación de al lado o...

—Lo tengo. —La atraje y la abracé con fuerza. Ella me demostró que las rocas a veces tiemblan al ser rozadas.

—Dos horas y veinte minutos. Dos horas y veinte minutos. Dos horas y veinte minutos —repetía contra mi camiseta.

—Dos horas y veinte minutos, ¿qué? —Me separé y pude verla.

—Dos horas y veinte minutos es el tiempo que tardaré en estar allí si te metes en algún lío, como gastarte todo el sueldo en una semana, pegártela con el coche que seguro que te vas a comprar y conducirás flipado o... si tú me... —Sorbió por la nariz. La comprendía. No quería llorar. Yo tampoco—. Dos horas y veinte minutos desde que descuelgue hasta que me tengas allí.

—Apuntado... —Cogí aire. Lo iba a hacer. Después de tanto tiempo reservando las letras, estaba preparado. Dos vocales y dos consonantes unidas dejaban de doler para ser un regalo. Tres, concretamente. Se lo habían ganado—. Mamá. —El pecho se le hinchó y no pudo retener una lágrima.

—Es la alergia.

—No pensaba otra cosa. —Exploté la gota con el pulgar.

Tía Elle y Carol me ayudaron a colocar el equipaje en el maletero del bus Alsa. Entregué al conductor el billete y, cuando subí los escalones, me di la vuelta para despedirme de ellas, de la ciudad que me había visto crecer, de todos los momentos que se venían conmigo y, joder, quien no haya estado allí no lo entiende, pero también le dije adiós a su magia. La del ruido de los estudiantes. La de sentirte parte de su historia con una litrona apoyando la espalda en sus monumentos. La de que el oro sean rayos y bañe las fachadas por las tardes. No se ha creado nada igual que Salamanca, ni en la Tierra ni en el universo desconocido.

Mi asiento era de ventanilla y agradecí que nadie se pusiese al lado para poder dormir más cómodamente durante todo el trayecto. El bus arrancó, salimos de la estación, coloqué la cazadora como si fuera una almohada contra el cristal e iba a apoyarme para dormir cuando algo me dijo, llámale corazonada, que mirase una vez más el exterior. Una.

Podría haberme atragantado de la risa al encontrarme a los Moreno corriendo atropelladamente al lado del vehículo, con Fer gritando palabras que no alcanzaba a oír, pero reparé en la que se quedaba atrás, la que al final había venido y no podía moverse, la que sostenía un cartel entre las manos que decía: «En lo bueno». La que queriendo llorar me sonrió con dulzura. La que seguramente se había despertado con *Hombre lobo en París* y había restado una canción. La que cuando tomamos la curva creyó equivocadamente que yo no la veía y se lanzó a los brazos de su madre abrazando el cartón. La que me estremeció el alma.

Julieta.

También sentimiento.
También corazón.
Última imagen de Salamanca.

8

Julieta

Cari, la profesora de interpretación, siempre dejaba mi audición de la obra de invierno para el final. Le quitaba chacras, energía o alguna tontería de esas que aseguraba colocada de incienso. Leroy me acompañaba durante mi espera, con más razón desde que me había apuntado a clases de cocina con él porque no le gustaba ir solo. Solidaridad. El sitio elegido antes de salir al teatro era el almacén de detrás de los vestuarios y los puestos de maquillaje. Había cajas y baúles con decorados pasados, muebles cedidos por productoras y trastos recogidos de vertederos que podrían ser útiles en el futuro.

—No depilarte los sobacos te aproxima al prototipo de mujer del barrio bohemio de París antes de los sesenta. No te convierte en un chico —apreció mi amigo. Cogió una boa de plumas blancas y grises y se la enrolló alrededor del cuello.

—No quiero ser un chico.

—Disculpe usted mis inexactas palabras. —Puso los ojos en blanco—. —No depilarte los sobacos no te convierte en un soldado.

—No es un soldado cualquiera. Es el Cascanueces.

La luz que estaba sobre el espejo de pie se había fundido la primavera anterior y nadie parecía tener intención de cambiarla. Abrí la bolsa y me coloqué el sombrero alto que había comprado por eBay, la camisa ancha roja que disimulaba mis pechos y, como detalle estrella, un bigote curvado en los laterales que se adhería a la parte superior de mi labio.

Revisé el resultado con la tenue iluminación que llegaba de la única bombilla superviviente de la dejadez extrema. El disfraz no era perfecto, pero tampoco se trataba de una representación en un teatro de la Gran Vía. La función del *Cascanueces* se haría en la propia escuela y el público estaría compuesto por nuestros familiares, amigos obligados y algún incauto que sucumbiese al efecto llamada de observar gente congregada frente a una puerta y se detuviese a curiosear.

—Sigo sin verlo. —Vino a mi lado y tiró un poco del postizo para ver si se despegaba.

—No sé por qué pido consejo al chico que no reconoce que se ha echado agua oxigenada en el pelo para conseguir mechas rubias.

—Porque soy el único que se atreve a decirte a la cara que tu esfuerzo es en vano. Cari nunca te dejará representar un papel masculino. —Me ayudó con el cinturón dorado que se ceñía a la cadera—. Tengo que preguntártelo, ¿por qué no lo dejas pasar?

—¿Rendirme? —Fruncí el ceño a su reflejo en el espejo.

—Llámalo así si quieres. —Se encogió de hombros y una pluma salió volando.

—Porque tengo la opción de intentarlo y no hay que dejar que se pierda ese avance hasta transformarlo.

Mi amigo no insistió y una compañera vino a darme el relevo. La falta de confianza no impidió que Leroy me desease «mucha mierda» y depositase una espada de plástico en mi mano antes de que me fuese. Los artistas decían que lo que más le gustaba del teatro era el calor del público, sentir las emociones fluir de su cuerpo e impactar contra ellos. Debía ser la rara. Una chica afincada en los segundos previos que disfrutaba pasando la mano por el tejido de las suaves ondas que caían del telón y arrastrando los pies por la madera con los ojos cerrados.

Asomé la cabeza por el hueco en el que las dos cortinas se encontraban y pedí permiso para entrar.

—Cómo no. Pasa, dolor de cabe... Julieta.

—¿Sabes que te he oído? —Me reí, porque entonces, en ese momento, las ofensas me parecían más cosquillas que dagas.

Cari no contestó. Siguió apuntando sus impresiones de la prueba anterior en un folio. Era la única habitante de un patio de butacas a oscuras y vacío. Los altavoces dormían y los focos estaban apagados, a excepción del faro del fondo que dibujaba el círculo del escenario sobre el que me situé.

La profesora se tomó su tiempo. Tenía muchas cosas que recordar y pocas ganas de prestar atención a su alumna más indisciplinada. No disimulaba el rechazo que le producía la prueba. Para ella, yo era solo una cría que no me tomaba en serio su trabajo. Un fastidio. Para mí, Cari malgastaba el abanico de posibilidades que ofrece el arte ciñéndose a lo que otros transgresores habían creado. Venda.

A veces, en clase, definía a los artistas como incomprendidos. Habría preferido que les llamase «movimiento». Un impulso despierto que necesitaba propagarse, extenderse e inventar luz por si el sol decidía tomarse un día libre. Locos. Consumidos en papel, pentagramas o las voces de sus cabezas. El anhelo de sentir. La intención de transmitir. La seguridad de intentarlo. Puede que ya ahí les admirase y por eso, porque estaba convencida de que cuando lo alcanzabas las emociones te lanzaban a otra dimensión, no podía ceder y trataba de buscar mi camino, la manera de ser uno de ellos, de parecerme a Octavia.

—¿Qué toca este año, señorita Moreno? —No fingía el acento francés ni escondía sus intenciones de hacerme vestir de nuevo el disfraz de sombra dejando la carpeta reposar en el asiento de al lado—. ¿Alguna sugerencia de obra? ¿Algo que hay que cambiar en el texto? —Reparó en mí por primera vez y sus ojos se abrieron como platos—. Supongo que tu atuendo revela las respuestas.

—Quiero ser el Cascanueces. —Subí la hombrera derecha que se había caído.

—No.

—Pero... —protesté.

—Si tienes tanta ambición como para probar un papel protagonista, Clara es tu elección más acertada. —Bajé de la tarima de un salto.

—¡No es justo! Todo el mundo sabe que Clara es de Octavia.

—¿No te has enterado?

—¿De qué? —Ladeó la cabeza y pareció dudar unos segundos. El gesto le cambió cuando aclaró apesadumbrada:

—Tu amiga lo ha dejado.

—No puede ser... —Me senté a su lado, arrugué la nariz y me rasqué la cara con cuidado para no quitarme el bigote. No podía ser cierto. Ella era la apasionada. Me lo habría contado—. Debe tratarse de un error.

—Ojalá. —Nuestras opiniones se acoplaban por una vez—. Enterrar tanto talento es una desgracia para todos. —«Enterrar» era un verbo que no me gustaba. Sacudí la cabeza.

—Deja que hable con ella antes de dárselo a otra. Sabes que es la mejor, por favor.

Cari asintió y sellamos un pacto. Una semana para ejercitar mi habilidad persuasiva. Siete días para convencer a la rubia de que subiese al escenario, hiciese lo que mejor se le daba y Clara se le metiese bajo la piel.

Salí con la sensación de que no era un reto tan difícil y la cara con la que me recibió Leroy me demostró lo contrario. No me hizo falta preguntarle si sabía la decisión de nuestra amiga. Mi *shock* era su resignación. Se dio la vuelta para que me cambiase y, cuando anuncié que tenía luz verde para volverse de nuevo, remoloneó hundiendo las manos en los baúles antes de acercarse con una nueva boa rojiza que colocó alrededor de mi cuello antes de tirar de los extremos.

—El tema de Joel le ha venido demasiado grande. —Hizo una mueca rara con la boca—. No soporta las miradas, la hunden de la cresta de la ola y su soltura nadando apenas le llega para flotar, ¿entiendes?

—Joel es un impresentable y ella... —escupí. No me podía creer que después de quitarse la venda el chico hubiese conseguido acceder al interruptor y bajarlo.

—Ella no es como tú. No es tan echada para adelante, ni posee tu valentía, tu garra, tu golpe en la mesa... No la asustes con tu ímpetu. Tiene miedo de decepcionarte. —Clavó sus ojos en los míos—. No le impongas un peso que se ve incapaz de levantar.

—¿Qué propones?

—Que la aceptes como es, aunque no estés de acuerdo con todo lo que hace. Y que le recuerdes que sigues siendo su dragón. Fuerte por ella.

Descubrí lo curioso que es la diferencia entre cómo te ves tú misma y cómo te proyectas en los demás. Opiniones que te quitan o te dan. Me sentí más pequeña conforme asimilaba lo grande que me convertían mis amigos. Sentí que ser algo de alguien, aunque se tratase de un dragón, era importante. Debía hacerle justicia al título impuesto y no revelar cosas como que mis hermanos me habían preparado para responder con la boca o con los puños, no para evitar esa especie de ansiedad que escarba dentro de las personas cuando sientes que no das todo lo que podrías, el miedo a ser un fraude porque tras tu sonrisa a veces también se esconde la tristeza o la presión de no alcanzar el dibujo idealizado que los demás tienen de ti. Ella siempre será más fuerte y mejor. Tú, una mentira de purpurina y cartón.

La bicicleta amarilla me estaba esperando a la salida. El carnet de conducir se estaba alargando más de lo planeado y mamá custodiaba las llaves por si las moscas. Pedaleé con los cascos puestos hasta la casa de Octavia y me quedé un rato abajo para tranquilizarme antes de llamar al telefonillo.

A menudo parecía que mi víscera tomaba el mando de los impulsos nerviosos y la mente y no atendía a razones. Sin embargo, lo hacía. Estaba cabreada porque mi amiga dejase a una mala persona ganar. Repasaba el esfuerzo de Joel para anularla, más en el aspecto profesional que personal. El actor tenía el don de gentes del que Octavia carecía. Ella le superaba en talento. Con un aspecto controlado, lo lógico era centrarse en el que descolgaba. En la batalla, si tus méritos no pueden hablar por ti lo mejor es utilizar la palabra para hundir los del otro. Eso había hecho, recalcar los errores en los diálogos, las actuaciones menos sentidas y las críticas de compañeros que anhelaban robarle el puesto.

No había funcionado. Hasta ese momento. Hasta que la rubia que caminaba por los pasillos del instituto se había sobrepuesto a la que repasaba guiones en la parada del autobús. Me apetecía zarandearla para que espabilase, enumerarle las razones por las que se equivocaba y explicarle que cuando echase la vista atrás este año solo sería un mal recuerdo por el que pasar de puntillas. Pero Leroy llevaba razón, forzándola no la ayudaría y me convertiría en parte de su pena. A tus amigos no los manipulas, a tus amigos les aconsejas y aceptas su decisión. Tuve que asumir que en la vida real los buenos no salían siempre victoriosos antes de los créditos.

Octavia quería un jardín, poseer una porción de océano y que los cuentos infantiles nunca pasasen de moda. Vivía en un piso pequeño de protección oficial y colocaba macetitas de todos los colores con cactus al lado de la ventana, un acuario redondo con un único pez y coleccionaba libros infantiles de pintar. Su madre me abrió la puerta y la encontré en el escritorio con los rotuladores esparcidos por la mesa. Tardó en darse la vuelta cuando entré. Joseph, su gato pardo, me recibió entusiasmado enredándose entre mis piernas.

—No hay manera de hacerle entender que no es un perro... —Adivinó que el felino me iba a acercar la pelota azul.

—Y nada me hace más feliz que formar parte de su confusión. —La lancé de un puntapié y salió disparado haciendo extrañas piruetas cuando la bola se le escapaba de entre las patas.

Me senté en la cama y esperé a que terminase con el libro. Me pareció distinguir ardillas en su interior, aunque no alcancé a leer el título antes de que lo guardase en el primer cajón. Después se extendió un silencio denso entre nosotras, extraño, uno que me vi forzada a terminar.

—Me habría gustado saberlo por ti.

—¿Te has enfadado conmigo? —Dejó de guardar los rotuladores en el estuche de *Fantasía* que Leroy le había traído de Disneyland.

—¿Contigo? —vacilé—. Conmigo. Algo he tenido que hacer mal para que no confíes. —Conseguí que girase en la silla y la claridad que solo desprendían sus ojos se posase en mí—. No he venido a regañarte. Quiero que me expliques en qué me he equivocado para no repetirlo, y para cansarle. —Joseph volvía a estar a mi lado, sentado sobre sus patas traseras esperando a que repitiese el movimiento. Era insaciable. No me hice de rogar y volví a tirarle la pelota, solo que esa vez lo hice contra la pared para ver cómo saltaba intentando atraparla en el aire.

Todavía con la risa por la estampa del animal, le hice un hueco a mi amiga a mi lado en la cama y me centré en el felino mientras ella ordenaba ideas. Cuando se ponía nerviosa le gustaba tener algo entre las manos para evitar morderse las uñas. Por el rabillo del ojo me di cuenta de que repasaba los padrastros en busca de alguno que arrancar. Le tendí el único peluche que habitaba sobre la colcha, el león repleto de remiendos, porque tenía un interior tan puro, tan bonito, que era incapaz de rechazar a nadie o tirar los juguetes rotos. Quería de un modo que envidiaba, regalando huecos de su interior incluso a lo inanimado.

—Joel no es el eje de esta decisión. Ha ayudado, no lo negaré. Sin embargo, una sola piedra no frena.

—¿Aunque sea gorda, afilada y tenga un par de hostias bien dadas? —Junté las palmas de las manos y le pedí disculpas. Intenté suavizar el discurso y la sangre hirviendo. Si ella se viese como lo hacía yo... Ser tan dulce es un don y no una debilidad—. Cuando una rueda se pincha, la cambias por la de repuesto y sigues circulando...

—Pero, antes de ponerte en marcha, has tenido unos minutos para descansar. Ver otras direcciones ... —Abrazó el peluche—. ¿Puedo hacerte una pregunta? —Asentí—. ¿Hay alguna cosa que de pequeña te encantaba y ahora te es indiferente?

—Los cromos, las cartas de olores...

—Algo más profundo. Por ejemplo, ¿qué decías que querías ser de mayor?

—Astronauta.

—¿Contestarías lo mismo hoy?

—Depende. —Fruncí el ceño—. Lo mío es dudar hasta del color de mi pelo.

—Y lo mío siempre han sido las certezas —repasó levantando los dedos—. El chico con el que quería estar. Los vestidos que me quedaban bien. El teatro. Todo programado. —Bajó la voz—. El otro día, cuando estaba preparando las pruebas, me di cuenta de que lo hacía con desgana, medio obligada, sin entusiasmo real, solo porque era lo que tocaba, lo que se espera de mí. Si ya no siento la magia, ¿merece la pena seguir haciéndolo? —No sabía qué contestar—. Actuar es sufrimiento, me creo más una crítica negativa que cien positivas y eso me lleva a no disfrutar de lo previo, del instante ni de lo que viene después.

—Se puede solucionar trabajando la autoesti...

—Julieta, ¿es malo barajar otras opciones más cómodas?

Acarició el pelo del peluche y sus ojos azules penetraron en mi interior buscando resolver la ecuación. Mi opinión. Admiraba a las mujeres fuertes, las decididas, las que se revelaban ante el sistema y se ponían Próxima Centauri, la estrella más cercana a la Tierra, como bandera. Sin embargo, eso no significaba que las demás estuviesen por detrás, restarles valor, ser la culpable de que se sintiesen la nada. Todas las personalidades eran aceptables, por eso el ser humano es social, porque las personas somos piezas de un puzle global y, si encuentras a las que encajan contigo, nunca te faltará impulso o abrazo.

Juntas. Sin juzgar. Especiales sea cual sea nuestro universo, la calma o el caos. No hay que saltar para ser una heroína.

—Acumular experiencia nunca puede recibir ese nombre. —Me tumbé sobre sus rodillas y miré las olas que había dibujado en el techo. Agaché la mano y recogí la pelota—. Apuesto un gofre de caramelo a que soy capaz de darle a esa —señalé.

—¿No vas a insistir? —Pareció contrariada.

—Voy a decirte que olvidar cómo recitabas a Shakespeare es imposible, pero porque tú tienes el don de hacer las cosas bien, tuyas. Tomes la dirección que tomes, será la correcta porque la habrás elegido.

—¿Quién eres y qué has hecho con mi amiga? —Sonrió—. Has sido capaz de mantener una conversación sin desembocar en las mil maneras de cargarte a Joel.

—Cianuro, he oído que le gustan las almendras, su veneno perfecto. —Alcé un par de veces las cejas.

Apartó mi cabeza y se tumbó a mi lado. Tiré la pelota intentando dar a las líneas azuladas y blancas pintadas sobre nuestras cabezas, retumbó al lado en la pared y Joseph saltó sobre mi barriga cuando descendía y nos la robó con un sencillo movimiento de garra. Pensé que iba para futbolista y me di cuenta de que simplemente meditar sobre la profesión agitaba el vacío de mi estómago.

—Por cierto, ¿el bigote se debe a algo especial o es porque sí?

—¿Insinúas que me queda mal? —Apoyó su cabeza contra la mía.

—Te hace interesante.

—Eso sospechaba —bromeé.

El gato no nos devolvió la bola y, en cierta manera, no nos importó. No sabía a qué se debía ese mar que poco a poco Octavia completaba en la pared del techo, pero era hipnótico, casi podías escuchar el poder de las olas. Casi podías sentir su dolor.

—Deberías intentarlo.

—¿Asesinarle?

—¡La audición, tonta! —Me dio un codazo y al minuto pasó la mano por encima por si me había hecho daño. Ella, protección—. Te he visto cuando crees que nadie lo hace y... Julieta, llevas años enamorada de actuar sin darte cuenta.

El amor no tuvo nada que ver en la decisión. La cara de satisfacción de Joel al enterarse, un poco. Ante su anhelo de silencio, me apetecía hablar más alto. Ante su deseo de otorgarnos el poder de la invisibilidad, más quería que me viesen desde el espacio. Sin embargo, si cada tarde durante esa semana estuve encerrada en casa, si me lo tomé en serio, si memoricé frases en las que no creía y hasta inventé el helado favorito de Clara para comprenderla y hacerla mía, fue por Octavia.

Quería ser su alternativa. Su Plan C. El paso atrás. Me urgía conseguir el papel para cedérselo si cambiaba de opinión. Sentí por primera vez nervios entre bambalinas y el «mucha mierda» de Leroy fue verdad. Al salir... Al salir Cari se negó a hacerme la prueba, mis antecedentes eran mi principal obstáculo. No sé cómo la convencí. Sí debo dar las gracias a mis súplicas, a las palabras que salen del pecho o a que, durante esos días, el espíritu de esa pasión de la que hablaban me poseyó y salía despedido por cada partícula de mi ser. Solo sé que al final me concedió cinco minutos, ni uno más, y que cuando terminé la escena experimenté algo similar a despertar de un trance en el que no recordaba por qué estaba llorando, por qué la perspectiva de no ver más al Cascanueces me partía en mil pedazos, por qué me apetecía bailar con cisnes... Por qué Clara ya no era papel y existía en mi voz.

—¿Cómo lo has hecho? —Cari se levantó—. ¿Cómo has logrado tanto tiempo ocultarme tu luz?

Aplaudió con los ojos empañados.

El papel fue mío. Llegué a casa sin poder creerme que lo hubiese conseguido. Apaciguando la emoción de quien obtiene resultado de un esfuerzo. Lo lógico habría sido contárselo a toda mi familia nada más encontrármelos en el salón. En lugar de eso, fui a mi habitación, comprobé que no venía nadie y abrí el cajón de Rodrigo. Allí estaba, pequeño, con la tinta difuminada en algunos detalles de su rostro y la camiseta azul.

El recorte del periódico de Marco.

Y le eché de menos. Mucho. Más que nunca. Porque él debería haber estado allí para ser la primera persona a la que le diese la noticia. Porque solo a su lado era Julieta, solo Julieta, sin filtros, colores añadidos o corazas. Porque al mejor amigo de mi hermano podría haberle dicho que me daba miedo ser el dragón de Octavia por si se me acababa el fuego. Porque solo al chico de la sonrisa rebelde ladeada le podría haber confesado bajito al oído lo mucho que me había gustado interpretar a Clara. Porque Marco me habría puesto la cazadora de cuero y todo habría dejado de parecerme desconocido y nuevo.

Ese día me di cuenta de que daba igual lo que lo intentase; la vida sin él era peor, incluso los buenos momentos.

Esa noche terminé la cara A de su cinta, hice trampas y escuché la primera de la B, *Cuéntame*.

Y busqué una constelación que se pareciese a él.

Y leí sus libros subrayando frases.

Y le escribí una carta cortita.

Y nunca se la envié.

9

Marco

Supongamos que ocho de cada diez jóvenes siguen queriendo ser con diecio-cho lo mismo que con trece. La mitad, es decir cuatro, además poseen las capa-cidades necesarias. Dos, tirando por lo alto, tienen la suerte de conseguirlo. Y uno... Uno lo pierde justo cuando sus pies empiezan a acostumbrarse a las rozaduras de los talones de las nuevas zapatillas. Yo.

Mi inmersión en el mundo del fútbol duró lo mismo que un piti mal liado o un paseo una semana de lluvia cuando parece que las nubes te abandonan. Al salir, caminas cauteloso sin dejar de levantar la barbilla y el sol cegador que asoma entre la masa gris provoca que te confíes. Te quitas la chaqueta, te ale-jas de casa y, cuando te quieres dar cuenta, el cielo está negro de nuevo, descar-ga y no hay ningún lugar en el que refugiarte. El engaño de la tormenta llega cuando estás debajo de los rayos.

Mi palmarés cuenta con una presentación a la que acudieron unos trescien-tos aficionados, los veinte últimos minutos de un partido disfrutados y una re-visión médica rutinaria. Los estudios mostraron un síncope agudo por esfuerzo de origen cardiológico por trastornos de la repolarización o, lo que venía siendo lo mismo, una alteración en el funcionamiento del corazón. El club no quería arriesgarse a que me convirtiese en uno de esos deportistas que se desploman inconscientes en el césped en mitad de la segunda parte, nadie me preguntó mi opinión y me prohibieron seguir jugando, al menos de manera profesional.

Tía Elle y Carol vinieron de inmediato. Cuando ocurren cosas realmente malas, de esas que revocan a un segundo plano todo lo demás, no hay tiempo para posturas intermedias. La cuerda se parte y decides si quieres quedarte con tu mitad o hacer un nudo que la junte de nuevo. Será diferente. Nunca peor. Las dos entraron en mi piso alquilado de Ponferrada de la mano. La desgracia enlazó sus dedos.

Se valieron de la cena para intentar consolarme. Pronto advirtieron que no tenían nada que hacer. Estaba machacado y furioso. La rabia es un sentimiento que te agarra, zarandea tus cimientos y, pese a destrozar lo construido, tiene el poder de volverte dependiente, de conseguir que la necesites, porque mientras ella esté ahí no llega lo demás. Mantienes alejada a la nueva realidad, la impotencia y la aceptación.

—Todo volverá a ser como antes. —Elle me siguió al pasillo.

—Nada lo hará. —Agarré el pomo de la puerta con fuerza y me adelanté a sus buenas intenciones—. Prefiero estar solo. —Cerré de un portazo que le dediqué al universo y su maldita manía de ponerme la zancadilla.

La rabia también te chupa la sangre. Pesa. Deseas gritar y romper cosas. Espantarla y alimentarla con un puñetazo. Arranqué el cajón donde guardaba el contrato y lo empotré contra la pared. Partí por la mitad la fotografía con la equipación que pensaba enmarcar. Cogí la pelota que me habían regalado de mi único partido, la apreté entre las manos y abrí la ventana para que volase, igual que los sueños que no regresarían.

Dos suaves golpes contra la madera.

—¡No quiero ver a nadie! —rugí y continué aprisionando la bola con fuerza para reventarla. Explotar. Yo. Ella. El mundo.

Sin atender a mi orden, la puerta se abrió. Reconozco que me di la vuelta dispuesto a descargar la metralleta para que las balas dejasen de agujerearme las entrañas. Verla me confundió, como si ella perteneciese a otro sitio, un lugar seguro en el que no me podía sentir tan jodido.

Julieta llevaba pantalones rojos, cazadora vaquera, el pelo largo despeinado de cuando salía de la ducha y no le daba tiempo a secárselo, y me miraba con el rostro ladeado de otra manera. No con reserva. Ni precaución. Ni pena. Era algo más físico. Búsqueda. Una chica intentando hallar la manera de turnarnos el huracán de sentimientos que lo lanzaba todo por los aires. Una chica que me quería plantada en la puerta.

Mi chica.

Ya entonces.

Ya siempre.

—Tú también eres nadie... —Mastiqué las palabras.

—Pero traigo pancarta. —Descubrió uno de los laterales de la cazadora y sacó la cartulina enrollada amarilla que llevaba debajo. La sujetó por los extremos y se encogió de hombros mientras yo leía: «En la salud y más en la enfermedad»—. Espero que no te importe que la haya tuneado.

—¿Tanto echabas de menos mi cara bonita que has venido corriendo con la primera oportunidad? —Tragué la emoción.

—¿Cuántas veces voy a tener que repetirte que los chicos con barba no son mi estilo para que te lo creas? —contraatacó.

—No deberías estar aquí —repuse serio. No deseaba que me viese así. Fracasado. Perdido. Sin perspectiva.

—Como si ahora mismo pudiera estar en otro lugar que no fuese a tu lado, cabezón orgulloso.

Soltó el papel y salió corriendo antes de que la cartulina hubiese impactado contra el suelo. Venía directa hacia mí y abrí los brazos con un gesto involuntario para recibirla. Rodeó mi cintura y me estrechó con energía. Me quedé pillado, sin saber muy bien qué hacer más que mirar esa coronilla que me traía la paz de los veranos en Caños, las yincanas y los gritos de celebración cuando marcaban un gol que terminaban en cuanto la miraba.

—¿Julieta?

—¿Sí?

—Me has clavado la costilla en el pulmón. —Tosí, fingiendo que me ahogaba y ella se dio cuenta del arrebato por el que se había dejado llevar y se apartó de golpe—. ¿Tus padres saben que estás aquí o voy a recibir una llamada de la policía para conocer tu paradero?

—Me han pagado el bus y, espera, mamá me ha echado un par de Huesitos en la mochila, ¿a que ahora te alegras de verme?

Salió al pasillo y volvió con ella colgada al hombro. No pidió permiso. Se quitó las zapatillas, colocó la cazadora en el respaldo de la silla, se sentó encima de la cama con las piernas cruzadas y abrió la cremallera en un parpadeo.

—Tú como en casa...

—Rodrigo tenía academia. —Rebuscó en el interior. Dejó caer contra el colchón el cepillo que no había usado, un libro, la cartera que solía llevar vacía y el *walkman*—. Mañana viene y me ha pedido que te diga que no te faltará cerveza. —Negó con la cabeza—. Hasta entonces, tendrás que conformarte con la hermana que merece la pena. —Me enseñó un bote de pasta de dientes lleno y movió un par de veces las cejas, tentándome.

—No voy a pelear contigo como cuando éramos críos...

—Es mucho más efectivo cargarte el mobiliario —ironizó. Encontró solo una barrita de chocolate. Estaba casi seguro de que no me dejaría probarla, pero le quitó el plástico, pegó un pequeño mordisco y la colocó en la palma de mi mano—. Recarga pilas. Quedan muchas cosas intactas.

El dulce se derritió en el interior de mi boca y no tenía ni la más remota idea de qué pintaba la pequeña de los Moreno deambulando por la habitación hasta que la observé agacharse y cargar el cajón. Me di cuenta de que Julieta se hacía mayor, maduraba y, daba igual en qué punto estuviese, seguía siendo mis manos cuando no las podía utilizar, ayuda, y había algo en lo que no había cambiado.

—Me parece recordar que te dije que era una canción por día. —Detuvo esa especie de canturreo que más bien parecía un silbido al son de *My girl*, de Temptations, el último tema de la cara B. Se mordió el labio con ese gesto tan suyo de «me han pillado» y me crucé de brazos a la espera de una explicación que en realidad no me importaba.

—Lo entendí mal. —Habló con vocecilla inocente—. Creía que el requisito para volver a verte era haberlo terminado y, como venía de camino, he procurado ceñirme al trato.

—¿Cuándo lo escuchaste entero? —Ladeé la cabeza. No se hizo de rogar. Ella siempre clara. Cada vez con menos barreras.

—La primera noche que quise descolgar el teléfono para pedirte que volvieras. —Me quedé inmovilizado y me asustó el modo en el que se disparó mi corazón. Los médicos habían dicho que podía llevar una vida normal. Los médicos habían dicho que solo tenía que cuidarme. Los médicos no conocían a Julieta y las verdades que te atravesaban.

—¿Hubo más de una?

—Después de esa, todas. —Encajó el cajón y jugueteó haciéndose una trenza que soltó cuando estaba terminada—. Mi casa sin ti es aburrida. La calle un poco también. —Tiró los restos del contrato a la papelera—. Ya lo dice Leroy, los héroes necesitan antagonistas. Marvel es una fuente de sabiduría absoluta. —Intentó restarle hierro a mi silencio.

—Julieta...

—¿Sí? —La esperanza de sus ojos me desarmó. ¿Por qué no sabía ya las cosas? ¿Por qué tenía que escucharlas?

—Yo... —Le señalé el móvil que estaba cargando en la mesilla. Quise hablar. Lo prometo. Hice todo lo que estaba en mi mano, en mi garganta, en ese lugar donde viven los sentimientos, pero, en el fondo, yo era el niño asustado. Yo era el que no entendía su poder. Yo era el que se había olvidado de que ya no podría jugar al fútbol por una sonrisa. La que me dedicó cuando terminé—. Todos los días. —Le mostré su nombre en esas llamadas que se colgaban antes del primer tono.

—¿Seguro?

—Tanto como que el eje de rotación de la Tierra apunta a la estrella polar...

—Eso te lo enseñé yo —repuso divertida.

Lo único que me pidió esa tarde-noche fue un bote de pagamento. Luego recogió la cartulina y, evitando tapar las letras, fue colocando con paciencia pieza por pieza hasta que recuperó la fotografía que minutos antes yo había roto. Habló poco y se concentró mucho conforme echaba la gota de cola y presionaba para que se adhiriese.

—Quédatelo —apunté antes de que me lo regalase y no me quedase más remedio que aceptarlo—. La camiseta también. —La recogí del armario y procuré no ver la serigrafía con mi nombre grabado. Estiré el brazo con el azul ondeando y Julieta la sostuvo entre sus brazos.

—No deberías hacer eso. —Frunció el ceño—. No deberías desprenderte de recuerdos con tanta facilidad.

—Solo fueron veinte minutos.

—Veinte minutos tuyos. ¿Tú sabes cuánta gente no llega a eso?

—¿Para qué? ¿Para perderlo?

—Para haberlo tenido y ahora...

—Ahora bajarme los calzoncillos, pedir que me readmitan en el súper y poner mi sonrisa más perfecta cuanto más me den por detrás cada noche con un contrato para limpiarse el culo.

—Te equivocas.

La manera en la que sus labios se curvaron en un gesto dulce y travieso me puso sobre aviso. Recuerdo que se acercó con lentitud y algo de solemnidad, disfrutando de mi desconcierto y el modo en el que se me erizaba la piel. Veo la timidez llena de chispa de sus ojos marrones. Siento el aire que se agitó al mover la mano en busca de mi cara.

—Soy una experta en constelaciones y, además, hay algo que he aprendido a leer. —Me reí al reconocer la conversación.

—¿El futuro en las pecas? —Julieta era fuerza y, a la vez, la ilusión por detalles diminutos, como volver al faro estando en Ponferrada—. Dejé de creerme tus mentiras con diez.

—¿Acaso no te atreves? Cierra los ojos.

Obedecí por ver por dónde salía. ¿Qué tendría? ¿Un lunar? ¿Dos? Pocos puntos que unir. La electricidad de la yema de sus dedos recorriéndome la línea de la mandíbula fue algo novedoso. Y el hormigueo cuando ascendía por las mejillas. Y mis labios entreabriéndose conforme los surcaba deteniéndose en las paradas invisibles que le marcaba mi respiración.

—Mi don me dice que serás... —Un olor mentolado me hizo arrugar la nariz.

—¿Vas a ponerme una mascarilla de pasta de dientes, ¿verdad?

—Te vendrá bien. Es exfoliante.

—Es una manera de tocarme los huevos.

—Ya te gustaría...

—Deberías aprender a consolar —resoplé.

—Deberías asumir que no me das lástima.

—¿Qué más necesitas? Enfermedad, pérdida de trabajo...

—Y pese a todo sigues siendo Marco Cruz y eso... es maravilloso.

—¿Incluso con barba? —Levanté una ceja.

—Sin ella, mejor.

Aguanté hasta notar sus dedos pegajosos sobre mi rostro y me dejé hacer esa especie de mascarilla con la que tanto se reía, atenta, precavida, preparada para reaccionar ante cualquier movimiento. Basé mi estrategia en el despiste. Ninguna queja. Quieto. Como si no me importase.

Que se confiase solo fue cuestión de paciencia y segundos. Sin resistencia, no era entretenido. Paró. Una gran equivocación. Despegué los párpados, la agarré de la cintura y la atraje para poder limpiarme en su tripa con más facilidad. Julieta se rebeló, gritó y sus carcajadas se comieron el sonido de todo mi barrio un minuto de octubre.

No sé cómo acabó sobre mis piernas y estoy convencido de que fue ella misma la que se pringó el pelo, la cara y el cuello, aunque después me echó la culpa. Solo estoy seguro de que no se levantó. No se movió. No hizo nada más que rozar el cabello de detrás de la oreja y acariciar mi mentón rasurado como si llevase haciéndolo años.

—¿No hay nada que escribir?

—Al contrario. Eres un folio en blanco, Marco. Todo tiene espacio.

—Folio en blanco... No está mal. —Carraspeé—. Supera al de los periodistas locales. —Bajé la voz, porque ese apodo atravesaba la armadura y hería—. El chico del corazón más débil del mundo.

—Déjales. Ellos no lo saben.

—¿Que tengo un reloj de arena?

—Que nunca se va a parar... —Su mirada se deslizó a mi pecho. —Puede que yo no sea oro, ni venga de otra galaxia, pero siempre estaré ahí para inventar la manera de que los latidos vibren, sean puro rock. Te doy mi palabra.

—¿Siempre?

—Un poquito más.

Una ráfaga de aire se coló por la ventana y arrastró su pelo hasta que algunos mechones me envolvieron salpicando con sus puntas mis mejillas. La presión de mis dedos sobre su espalda aumentó para alcanzar su calor. Y no me pregunté por qué el contacto cada vez era más necesario, por qué nos arañábamos con las palabras que dejábamos de ocultar y por qué a su lado cerca parecía lejos.

—¿Planeas quedarte encima hasta entonces?

—Esperaba a que se te durmiesen las piernas.

Se levantó en el acto y, sin darse cuenta, miró el hueco que abandonaba con nostalgia. Quise pedirle que regresase. Explicarle que, de un modo que se me escapaba, ese sitio le pertenecía. En lugar de eso, me acojoné al no poder apartar la vista de sus labios, le tiré el mando de la Play y le ofrecí salir a cazar zombis juntos para descargar adrenalina. Parpadeó coqueta y me contestó que una chica nunca podía rechazar una cita si se lo pedían de esa manera.

Nos quedamos unos segundos que dejaron de pertenecer al tiempo. Ella sentada en el borde de la cama. Yo en el suelo con la espalda rozando sus piernas. La carpeta de cuero de los dibujos a nuestro lado. *Resident Evil* en la pantalla. Sangre. Vísceras. Sustos. Ponferrada apagándose. Tía Elle trayendo un plato con san jacobos, patatas congeladas y mucho kétchup. Carol asomada con la sonrisa mal disimulada de quien ve cómo alguien está pintando el aire. La puerta que se cierra, la soledad de dos personas y muchas conversaciones que compartir. De familia. Amaneceres que sabían a chocolate con churros. Teatro.

—En resumen, Cari ha cambiado de camello, la hierba le sienta de lujo y me adora.

—¿No se la habrá pasado Fer y eres su precio?

Me guardó el codazo hasta que me senté a su lado usando la almohada contra la pared como respaldo. Subió la colcha y apoyó su cabeza en el hueco de mi hombro, bostezando.

—Se ha venido tan arriba que está empeñada en que la acompañe a Madrid a hacer un *casting* para un personaje secundario de una serie... —Poco a poco se acurrucó y su voz sonaba cada vez más adormilada.

—¿Irás?

—¿Por quién me tomas? Rechazar un viaje gratis, comida... —bromeó.

—Y conseguir un papel, chica de las estrellas. —Se estremeció.

—Chica de las estrellas... —Dejó que su voz se perdiese y cerró los ojos.

—¿Vas a dormir aquí? —Saltaron las alarmas.

—Ya lo estoy haciendo.

Julieta sucumbió al cansancio. Se puso de lado, rodeó mi cintura con un brazo y su cabeza reposó contra mi pecho. Permanecí quieto. Rígido. Alerta. No dejé de recordarme que era como mi hermana pequeña. La misma a la que conocía desde siempre. La misma a la que me apetecía estrechar...

Negué con la cabeza y me reí sin dar crédito. La presión... Los cambios... Tanta alteración me estaba afectando. No era yo mismo. Joder, algo así no se me podía pasar por la cabeza. Aunque sintiese su respiración irregular, me llegase el olor del manto negro de su cabello extendido o no pudiese dejar de mirar el modo en el que la nariz se le arrugaba de vez en cuando y emitía ruiditos con los que parecía que se iba a poner a hablar.

No. De ninguna manera. Chasqueé la lengua.

Tía Elle. Carol. Rodrigo. Todos confiaban en que nada raro ocurriría si Julieta y yo compartíamos habitación porque éramos nosotros. Los de estar más tiempo sin hablarse que dirigiéndose la palabra. Los de pintar la tirita del otro cuando se raspaba la rodilla. Los que daba igual espalda contra espalda, cucharita o con qué postura acabasen en la cama, no deseaban enredar el dedo en un mechón del otro, ni sentir el tacto de posar los labios sobre su piel, ni se pasaban media noche con el corazón dando un concierto por tenerla al lado.

Quise que las horas pasasen más rápido. Quise que no pasasen nunca. Estaba convencido de que todo volvería a la normalidad cuando se despertase. La confusión desaparecería y me reiría en la cara de las dudas por lo absurdo de la situación. Pero lo hizo, se puso en pie, estiró los brazos y, con el sol bañándola por detrás, se frotó los ojos y sonrió.

Supe que era imposible sacarse tanta luz de encima.

Supe que le iban a dar el papel, que ella brillaría y yo solo sería alguien a quien deslumbró a su paso. Por eso el cigarro apurado me supo a poco cuando volví a Salamanca y acompañé a los Moreno a desear a su hermana pequeña suerte en la prueba. Por eso la cara de confianza de Cari antes de subir al autobús confirmó mis sospechas. Por eso no corrí detrás, solo la miré, arriba, haciendo muecas en el cristal y llorando de la risa, y sentí que ella era demasiado grande. Sentí que esa noche que me abrazó durmiendo fui un afortunado. Y sentí la culpa de sentir tantas cosas por quien no debía.

Julieta.

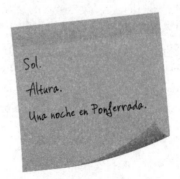

Sol.
Altura.
Una noche en Ponferrada.

10

2011

Julieta

2011 fue el año de la muerte de Bin Laden, Steve Jobs y Amy Winehouse, el nacimiento del ciudadano número 7.000 millones en la Tierra, el terremoto en Lorca, el fin de ETA, el 15-M, la desaparición del *Códice Calixtino* en la catedral de Santiago y las protestas ocupando Wall Street. Para mí, el segundo viaje en autobús sin mi familia a Madrid. La segunda prueba.

Parecía que Cari había perdido la cabeza. Me veía en la pequeña pantalla, literalmente lo hacía. Aprendí que los locos saben más que los cuerdos y llaman a los sueños realidad. Conseguí el papel y terminé viajando todos los fines de semana a unos estudios en la sierra de Gredos, donde di vida a un personaje secundario, algo alocado y entrañable, que se ganó el cariño del público.

Cancelaron la ficción en mitad de su única temporada. Como experiencia no había estado mal. Conocí lo que es que una orden de rodaje se convierta en tu despertador y el chico del tiempo, los coches de producción que desembocaban en cruasanes calentitos, las siestas en la sala de maquillaje y la persecución del sonido de un *walkie talkie*. Claro que hubo más.

Los productores de la serie golpearon mi puerta. Buscaban una cara fresca, que sonase sin llegar a ser reconocible, y les encajé. Me dieron el papel protagonista de la adaptación cinematográfica de la exitosa novela *Todos los juguetes rotos*. Abandoné Salamanca con un gorro rosa, dos maletas y la cinta que Marco me había grabado el día antes de empezar el turno de noche de la gasolinera. Una caravana se convirtió en el instituto, mis horas se medían en escenas y conocí al compañero de reparto que se ganó el título de la persona más fácilmente detestable: Martín.

Un chico encantador hasta que de mi boca brotó la negativa con la que nunca se había topado y se transformó. Como aquella tarde otoñal en la que yo había estado hablando por teléfono con Leroy y Octavia de sus planes futuros, escuela de cocina y magisterio, y me entraron ganas de mirar universidades porque echaba de menos compartir su camino.

Me encontraba sentada frente a la chimenea del hotel perdido entre las montañas de Huesca, observando la sinuosa danza de las llamas para descansar del ritmo frenético de los últimos días de rodaje. El actor entró y me quitó el móvil.

—Te ahorraré tiempo. —No debí darle el beneficio de la duda y sí un derechazo—. Tú no vas a ir a la Complutense, la Rey Juan Carlos, la Autónoma o la Carlos III. El esfuerzo te da pereza. Eres un golpe de suerte.

Me pregunté qué veían las chicas en él. Músculo, cara bonita y dientes afilados. Descubrí que las imágenes son mentiras carentes de personalidad y ese aliento que le olía a rancio.

—Te cuesta horrores aprenderte una línea. ¿Cuántas veces tuvimos que repetir ayer la escena por tu culpa? —La sangre me hirvió—. Quince. Si no sabes contar, ¿cómo pretendes memorizar un manual?

—El problema es mirarte a la cara y recitar una declaración de amor sin vomitar. No te preocupes. Estoy trabajando en ello. —Apelé a mi lado más zen.

—Busca un vestido con un buen escote para la *première*. Es la única manera de que los periodistas se olviden cuando abras la boca.

—¿Has terminado? —Recogí el abrigo y me levanté con toda la tranquilidad del mundo. Extendí el brazo para recuperar el teléfono.

—¿Las verdades escuecen? —Me lo tendió.

—Disculpa, no acostumbro a contestar a los cachos de mierda de la suela de mis zapatillas. —Digna, me di la vuelta y escuché que gritaba a mi espalda.

—Brilla hasta que tu estrella se apague, luego serás el polvo de un astro que la gente barre fuera de casa.

Me marché. Ni sumisa ni aceptando sus palabras. Lo hice por darle en las narices. Martín buscaba mi reacción. Algo. Lo había hecho tratando de activar mi cuerpo y ahora se esforzaba en hacerme picadillo la mente. No tenía ese poder. Nunca había sido suyo. Mi fortaleza era su castigo. Dejarle atrás sin dudar, la manera de convertirle en la nada. Escupir en la bebida que llevaba su nombre garabateado, una satisfacción personal a la que no me pude resistir.

Me reí por mi hazaña y, en mitad de la carcajada, me acordé de Marco. No sé si lo hice porque era tan asqueroso, con flemas y todo, que supe que se habría sentido orgulloso o porque sencillamente me apetecía que estuviese allí y pensarle era la única forma que conocía de traerle.

Los picos de las montañas estaban teñidos de blanco, los pinos tapaban el riachuelo que se escuchaba y mis botas aplastaban el césped húmedo. Faltaba poco para anochecer. Me subí la cremallera del abrigo verde musgo con el que me mimetizaba con la naturaleza y me puse un gorro con una enorme bola en el pico que se balanceaba cuando movía la cabeza. Escuché una rama crujir detrás.

Daniel.

Las canas que salpicaban su pelo corto desvelaban que cuando decía que tenía treinta y pocos en realidad era treinta y muchos. Tenía los ojos castaños, un enorme lunar en su mejilla derecha y era un maldito desastre. Una revolución de mente. Unas manos que se rascaban la mandíbula. Pantalones de vestir conjuntados con camisetas infantiles.

También era el director, pero, aunque nadie me crea, eso siempre fue secundario.

—Tres escenas. —Saludó con una curvatura cauta—. A Martín le quedan tres escenas, después tendrás vía libre para lo que se te está pasando por la cabeza. —Media hora y todo el equipo se había enterado de nuestra bronca. Permanecí de pie cuando se sentó en una roca—. Gracias.

—¿Por qué?

—Algo me dice que todavía no has acabado con él para no retrasarnos.

—No te lo tomes mal. En realidad, no quiero ir a la cárcel.

Me hizo un hueco y me coloqué a su lado. Nos llevábamos bien. De algún modo, conectábamos. Nos entendíamos. Nos perdíamos en las palabras del otro. Me recordaba a alguien.

—Quedando tan poco ya no me puedes despedir, ¿vienes a regañarme? —Froté las manos y me tendió unos guantes que me quedaban enormes con los que jugué en lugar de ponérmelos.

—Lamento ser yo quien te diga que no eres la primera que se lleva a matar con su compañero. Estoy acostumbrado a que los besos en la pantalla se traduzcan en gritos cuando suena «¡corten!»; por eso a veces tardo un poco más de lo que debería en decirlo. —Una hoja se desprendió de la rama del árbol más cercano y seguimos su caída—. ¿Comprendes la necesidad de rodar las escenas sentimentales primero?

Reconozco que me sorprendió cuando leí la orden de rodaje y descubrí que los besos, las caricias y toda la ñoñería del mundo estaban contenidos en las primeras semanas, cuando casi no nos conocíamos. Lo agradecí. Si me costaba pronunciar frases bonitas a ese chico sin darle un cabezazo, mucho más rozarla.

—¿Qué ha sido esta vez? —se interesó.

—Me ha pillado mirando universidades. —Una carcajada—. ¿Tú también? —Pensaba que era diferente, alguien que se fiaba de mi criterio.

—No me malinterpretes. Me rio de Martín. ¿Sabes una cosa? —Se puso de lado, dobló la pierna y me rozó con la rodilla—. Yo te admiro, Julieta. Eres despierta, divertida y desbordas talento. Respiras cielo. Lástima que ese niñato no se dé cuenta de que el futuro es para los valientes. El futuro es para ti.

Esa frase, maldita selección perfecta de palabras que lo cambiaron todo, porque le miré como se mira a un hombre, él me devolvió el gesto y moví la mano hasta que nuestros dorsos se rozaron y ninguno se inmutó. Surgieron dos sonrisas nerviosas. Y olvidé que quería proponer los atardeceres de Huesca como maravilla del mundo, que me había dejado *Up where we belong* de Joe Cocker en el *walkie talkie* a la mitad y todas las razones por las que fijarme en Daniel era, de entre todas mis ideas, la peor.

Pero, sobre todo..., sobre todo me pregunté si Marco también sentía ese aleteo en el estómago con las chicas con las que se acostaba, si olía el bosque de Aragón estando en Salamanca, si alguna vez me había llamado valiente y si cada noche, sin excepción, soñaba con la misma persona.

Yo lo hacía. Lo hag...

11

2012

Julieta

2012 fue el año que superamos la profecía maya que anunciaba el fin del mundo, España ganó la Eurocopa, Nelson Mandela, Carrillo, Fraga y Peces-Barba se marcharon, la tragedia del Madrid Arena, Cecilia Giménez restauró el *Ecce Homo* en Borja, la economía visitó las ojeras de un rescate llorando al son de los desahucios y los arcoíris llegaron a las bodas con la aprobación del matrimonio homosexual por el Tribunal Constitucional. Para mí, el año en el que Sol se disfrazó de mi rostro ladeado.

El rodaje duró seis meses. La posproducción, cuatro. Llegó un abril seco y me encontré con un vestido largo brillante con una abertura lateral que nacía del muslo y se perdía en mi pierna estilizada con esos tacones a los que era imposible coger cariño, caminando sobre una alfombra roja con el norte señalando el cine de Callao y el sur dividiendo la calle Preciados.

El Palacio de la Prensa y el Edificio Carrión y La Adriática nos resguardaban del viento inexistente. Las fotografías y los besos con las personas allí congregadas me hacían reír por encima del sonido de los flashes. Los nervios se perdían conforme repasaba las respuestas que había preparado para la *première* de *Todos los juguetes rotos*.

Lástima que los interrogantes deseados no llegasen y otras dudas surgieran en su lugar. Un cómo ha sido meterte en la piel de un personaje tan complejo que duró un suspiro y me cortaron a la mitad. El diseñador de mi impresionante vestido. Mis secretos de belleza. La presión de tener que estar siempre perfecta. Líos amorosos en el set. La única que me pareció interesante fue qué me llevaría a una isla desierta, solo que no me dieron la opción que habría elegido, una barca a motor para escapar cuando quisiera, y sí maquillaje, móvil o un hombre fornido con el que pasar un buen rato, véase Martín, y los periodistas no tenían excusa, ellos habían olido su aliento putrefacto en la rueda de prensa.

Me quedé perpleja. Por eso, tardé en reaccionar a la última cuestión.

—¿Podrías dar una vuelta para tenerte desde todos los ángulos? —Tenerme. Dudé. La mirada petulante de mi compañero de reparto me llevó a cuestionar lo que estaba sucediendo.

—¿Él no tiene que hacerlo?

—Estos planos son solo para las mujeres. —La cámara sonrió con la condescendencia de quien se encuentra ante una novata.

Quise imaginar que era la Tierra girando sobre su eje de rotación. Solitaria. Bailando. Dando luz y quitando. Obviando la sensación ácida de verme sometida ante un serpenteante objetivo que buscaba la carne que se escapaba de mi pierna. Ignorando que todo el esfuerzo se diluía a mi paso y solo quedaba «mira qué mona va siempre esta chica». Para rematar, la despedida.

—La fiesta de después estará llena de chicos guapos, ¿planeas volver al hotel del brazo de un hombre atractivo?

Lo acompañó con un guiño de ojo juguetón. Dejaron de importarme las luces parpadeantes rojas que señalaban que lo que allí sucedía estaba recogido para la posteridad. La bilis ascendió por mi garganta y un brazo rodeándome los hombros frenó mi lengua. Marco seguido de todos los demás en la jornada destinada a convertirse en todas las primeras veces y una última.

La primera vez que cambió la cazadora de cuero por la negra del traje sin corbata. La primera vez en mucho tiempo que iba totalmente afeitado. La primera vez que sus ojos me recorrieron de arriba abajo y durante unos segundos no habló.

—¿Has escuchado lo que me han dicho? —repuse indignada.

—Deberías haber contestado que sí. Vas a volver conmigo, ¿no? —Su sonrisa ladeada socarrona se tiñó de confusión. Ganas contenidas. La duda de que lo que estás rozando pueda desaparecer.

—Solo si te portas bien.

—Me pones el listón muy alto.

—Eres incorregible.

—Y tú estás a punto de mostrar al mundo lo que nosotros llevamos viendo años. No te olvides de los pobres, Julieta.

—Aunque quisiera no podría. Tengo cicatrices de las veces que nos hemos caído juntos en la bicicleta.

Fiel creyente de mis palabras, le convencí y le fallé en cuanto entramos. El *photocall* provocó que sustituyese su tacto por el de los otros miembros del equipo. Los asientos asignados que once filas se interpusiesen entre nosotros. Vi toda la película con un nudo en la garganta y, al terminar la proyección, pararon la imagen, subimos al escenario y nos bañamos en aplausos, silbidos y rostros en los que latía la emoción.

La gente abandonó paulatinamente la sala antes de que reanudaran la película. A nadie le importaban los créditos. A nadie excepto a mí. Me senté en una butaca de la primera fila y pensé en lo irónico que era que ya hubiesen pasado los meses imaginando ese momento para acabar durando todo cuatro carcajadas, tres escenas de lágrimas y un adiós con un regusto dulce. Ocho instantes. Tanto tiempo queriendo llegar a los ciento treinta minutos y, cuando por fin sucedía, surgía el deseo de rebobinar y volver a empezar de nuevo.

La vida y su afán de mirar hacia delante y nunca los pies.

Leí todos los nombres que salían en el fundido a negro en voz alta, personas que eran mañanas, tardes o noches. Invierno a primavera. Tossa de Mar, San Juan de Gazletugatxe y Huesca. Prisas, conversaciones y jugar al escondite en vestuario. Lo que me llevaba.

—Te ha faltado alguien —señaló Daniel y, como solía pasar, me recorrió un escalofrío que traté de ocultar.

—¿Quién?

—Julieta Moreno Ramírez. —Se sentó a mi lado con su esmoquin.

—Ah, esa.

—Esa que va a ser la dueña de todos los titulares. Ha estado soberbia.

—¿Te cuento un secreto? Puedes dejar de hacerme la pelota. Todo ha terminado. Ya no corres el riesgo de herir mis sentimientos y que haga alguna locura como dejaros en mitad de la producción con el culo al aire. Siendo sincera, eso realmente nunca ha sido una amenaza, me habría salido demasiado caro.

—¿Te cuento un secreto? —Asentí—. No mentía cuando te decía que hay gente que llega a tu vida para convertirse en tu trébol de cuatro hojas y tú eres el mío.

—¿No habrá críticas negativas?

—Las habrá. Los mismos que hoy se han dejado las manos mañana nos despellejarán en carne viva. ¿Y qué? No estás hecha para gustar a todo el mundo. No estás hecha para la indiferencia.

—La película es de muchos...

—Y yo solo te recordaré a ti.

Le miré y noté el aguijoneo en el pecho. El sudor. El temblor que se iniciaba en mis pies y terminaba en su boca. Encontrar una distracción para no sucumbir al embrujo de su voz cada vez era una tarea más complicada. Daniel no era realmente guapo, pero tenía palabras y su poder era infinitamente mayor. Evité que nuestros ojos tropezasen y, entre el claroscuro de las luces que no se encendían, encontré su pajarita torcida. Estiré el brazo para colocarla.

—No. —Apoyó su palma contra la mía—. Es mi manera de rebelarme porque no me hayan dejado venir en camiseta. —Sonrió y no sé si fueron sus dedos los que se atrevieron a enlazarse o los míos, pero la unión acabó encima de su pecho—. Gracias por hacer que vivir merezca la pena de nuevo, Julieta.

Me aparté y me puse de pie. No podía ser. No... Le empujé cuando intentó acercase.

—¡Estás casado, joder!

—Tengo una alianza.

—¡Es lo mismo! No quiero ser la amante. No quiero doler en otra persona. —Sentí ganas de llorar, porque hacer lo correcto nunca escoció tanto como entonces.

—No lo harás. —Me sujetó por los brazos—. Mi matrimonio es un cadáver. Los dos lo sabemos. Hacemos nuestra vida por separado y, si no nos divorciamos, es porque su padre está enfermo y no lo soportaría. Tenemos que mantener las apariencias hasta que mejore. —Sus dedos viajaron por mis hombros, el cuello y aterrizaron en mis mejillas—. Ven a mi habitación del hotel cuando acabe la fiesta, por favor, hazlo. No puedo pasar una noche más preguntando a la almohada qué estarás haciendo, cómo es sentirte soñar o con qué palabra te levantas.

Lo hizo. Me desarmó. Cerré los ojos y noté sus labios cortados sobre los míos. Un beso suave, cauto y breve. El de una revolución. El de un primer amor. Sospecho que Marco lo supo desde que salí, porque evitaba mirarle a los ojos, rehuía el fuego de su piel y, cuando le pregunté si lo habíamos logrado, porque la película trataba del amor, de sentirlo, contestó:

—No creo en el amor. Creo en ti y parece lo mismo.

Pero en lugar de escucharle, de interiorizar lo que se acababa de pronunciar, el moreno fue testigo de cómo le sobrepasaba hasta reparar en Daniel y esa invitación a la que tenía que dar respuesta. Y no sé qué me molestó más, si la tortura de su pecho agitado, lo rápido que se resignó o la absurda esperanza que me acompañó durante toda la fiesta al verle en una esquina con los demonios comiéndole por dentro. Esa que me hacía desear que cruzase los metros que nos separaban con determinación y me besase, sin necesidad de ser una revolución, cambio o explosión, sin necesidad de ser nada más que Marco haciéndolo, demostrándome que me quería del mismo modo del que yo nunca había podido escapar, gritando al mundo que daba igual chica, chico, pelo largo, corto o aparatos, yo era la imagen de sus amaneceres.

Le esperé. Con Leroy dando indicaciones a Octavia sobre la fusión de sabores que apreciaba en los canapés para apuntarlo en su libreta. Con Alberto sintiéndose culpable por no estar estudiando. Con Fer alucinando cada vez que una modelo le tiraba los trastos descaradamente. Con Rodrigo y mi madre asegurándose de que mi padre cumplía su palabra y se mantenía a una distancia prudencial de la barra.

Le esperé. Le esperé. Le esperé.

Y vino.

—Los karaokes se han inventado para los borrachos, ¿vamos? —Parecía inseguro. Yo le necesitaba con coraje.

—He quedado. —Apretó la mandíbula—. ¿No te importa?

—Eres libre.

Pensó que querer bien era dar alas. No se dio cuenta de que también es aceptar que sus plumas te abracen. Aquel día de abril fue el de las primeras veces y la última cinta, porque cuando la dejó en mis manos algo le dijo que esa vez las canciones no me llevarían de vuelta a Salamanca, a él, y no se equivocaba.

Llamé a la puerta de la habitación de Daniel y terminó haciéndome el amor con la Gran Vía de fondo. Confié en su palabra, en matrimonios que solo comparten cuatro paredes por ancianos frágiles a los que hay que cuidar hasta su partida. Le dejé dibujar un sendero de besos en mi espalda, trenzar mi pelo y pedirme que no le abandonase. Le permití entrar en un corazón reservado que se abría.

A la mañana siguiente desayuné con mis hermanos en el elegante hotel en el que tanto desentonábamos. Alberto tenía los apuntes esparcidos para compensar el tiempo perdido, Rodrigo intentaba expulsar la resaca frotándose la sien y Fer se reía al recordar cómo Marco lo había dado todo cantando *Gavilán o paloma*, de Pablo Abraira, hasta que les echaron del karaoke por pesados.

El moreno bajó al rato y se despidió en la puerta de la pelirroja con la que había compartido cama. Llevaba la ropa de la *première*, con la camisa blanca por fuera, el cabello despeinado y olor a sexo. Parecía que le había pasado un camión por encima. No dijo nada. Yo tampoco. Ni siquiera nos miramos. E incluso en la despedida nuestras voces parecían las de otros.

—Adiós, Marco.

—Adiós, Julieta.

Fríos. Distantes. Dolidos. Sin fuerza para engañarnos de nuevo. Sin fuerzas para asumir que me mataba imaginar a Marco con otra del mismo modo que yo había estado con Daniel. Sin fuerzas para no poner el tema del karaoke en bucle mientras preparaba la maleta para la nueva parada de la promoción.

Sin fuerzas para no volverme un poco Octavia y pedir a las estrellas que cumpliesen el dicho de que el primer amor no siempre llega en el orden que debería. Con fuerzas para admitir que llevaba enamorada del mejor amigo de mi hermano desde que se pensó que me iba a tirar por el balcón, o puede que desde que me dejó cantar en el entierro, o puede que desde siempre.

12

Julieta

Conocí toda España de promoción durante un verano. Perdí las olas rizadas de Caños. Dejé el instituto y mis padres me alquilaron una bohardilla con vistas a la plaza de Chueca para que pudiese dedicarme a la actuación. La lluvia llenó mi mesa de propuestas en lugar de agua los pantanos. Mi representante aseguraba que teníamos que aguardar a que lo mejor llegase y yo calmaba mi ansiedad memorizando los rincones de mi nuevo hogar con las manos del director desnudándome.

Daniel llamaba nuestra a la noche y, cuando intentaba explicarle que pertenecía a las estrellas, me silenciaba con un beso que anunciaba que el sol se estaba escondiendo y él corría a buscarme subiendo a hurtadillas por las escaleras. Su sudor se convirtió en el mío, mezclábamos gemidos y al marcharse revisaba que ninguno de mis cabellos se hubiese adherido a su ropa y me recordaba que en su móvil yo me llamaba Manuel el de producción porque, durante las visitas al hospital, su suegro jugaba con su teléfono a la serpiente.

Quería creer que mentir con una sonrisa mirando a los ojos no era posible y que el modo en el que empujaba entre mis piernas y me llamaba «mi paraíso» significaba compromiso. Extrañaba el aire entre los dos, sentarme sobre sus rodillas en las barcas del Retiro e ir juntos por la calle de la mano. Para compensarme, nos escapábamos un día a la semana a ver una película en la sesión golfa de los cines Renoir. Uno pedía las palomitas y el otro llevaba gominolas. La condición era entrar por nuestra cuenta y reunirnos en el interior sin llamar mucho la atención.

No fue suficiente. La gente me reconocía. Un día llegó la fotografía en un portal digital.

—La productora ha pensado filtrar que sientes algo por mí —me contó tirados en el suelo recordando cómo se respiraba después de dos polvos seguidos.

—¿Por qué yo?

—Queda infantil, casi dulce, y parece que es más admiración que amor. —Se dio cuenta de que dudaba—. La verdad puede hacernos mucho daño.

—Tu suegro...

—Eres menor.

—¿Qué pasará cuando cumpla dieciocho años?

—Todo lo demás dejará de importar.

—¿Y si él no mejora?

—Le diré a mi mujer que la situación es insostenible.

Era un hombre de rutinas. Sabía que mi momento favorito no era el que la ropa acababa echa un ovillo en nuestros pies, sino cuando se ponía la camiseta de dibujos y el aliento de su «ya te echo de menos» rebotaba contra mi frente con un beso. La confianza pausada de una relación. Una intimidad casi mágica que desaparecía cuando me regalaba una nueva flor, salía por la puerta y el piso de los calendarios de cactus parecía un cementerio de tallos muertos.

No le confesé que ponía aspirinas en los jarrones para que durasen más y que, conforme se marchitaban, les pedía perdón bajito por robarles color y pétalos. Igual que no me opuse a su plan de cargar con las consecuencias y asentí a su petición de paciencia y vernos con más cuidado y menos frecuencia.

A la prensa le encantó el titular. La Lolita de minifalda intentando seducir al madurito de voluntad férrea y matrimonio de postal. Mi familia no me dijo nada alejado del respeto y, aun así, en el puente de Todos los Santos me dio vergüenza enfrentarme a sus caras. Los hilos de comentarios insultándome no me importaban, la idea de Marco juzgándome me obligaba a abrir la ventana y respirar el ruido que todo lo silenciaba.

Los encuentros pasaron a ser más breves y el sexo más rápido y duro. Un mes después, ya no quedaba la charla del después ni los labios cayendo sobre mi piel, mi boca y mi alma. Sí los ramos con tarjetas sin firmar que me tenían todo el día disculpándome delante de margaritas, rosas, amapolas y hortensias. Y cumplí la mayoría de edad sola, con una botella de vino sin descorchar y una vela sobre una galleta comprada en un chino. Le llamé de madrugada. Me contestó su mujer.

—¡Déjanos en paz, puta!

—No tienes que fingir, sé lo de tu pa... —Colgó.

Daniel dio de baja la línea. Ese algo mejor que esperaba mi representante no llegó, las propuestas se evaporaron como el agua y la mentira se convirtió en verdad. Le busqué. Lo único que mantenía los fragmentos de mi corazón roto era no saber exactamente lo que había sucedido. Aferrarme a que, de un momento a otro, el director subiría los peldaños evitando golpear fuerte con la planta del pie, me explicaría que la noche del insulto estaban en el hospital, todo volvería a la normalidad y le pediría que la próxima vez trajese una maceta con tierra y semillas para que la vida se multiplicase.

Me negaba a formar parte de ese grupo de tantas a las que han engañado. Pensar en mí como una ingenua a la que las ilusiones le traicionaban. Entonces llegó el diciembre más soleado y, volviendo de correr cinco minutos de récord por el Retiro, me congelé.

«El aclamado director Daniel Hernández y su mujer anuncian que esperan su primer hijo», citaba el titular. Le seguía un artículo en el que hablaban de cómo habían cerrado filas ante el conflicto con la joven actriz obsesionada y el modo en el que ella nunca había dejado de confiar en que su marido le era fiel. No conté la verdad, porque lo que quería no eran polémicas, lo que quería es que nunca hubiese sucedido. Tampoco me habrían creído, aunque eso lo supe después.

No eres consciente de lo que es el frío hasta que se encierra en tus huesos. No sabes lo que es necesitar a tu gente hasta que no puedes volar a quemar su telefonillo y compartir una bolsa de pipas y las lágrimas que inundan el pulso que te tiembla. No sabes lo que es ser mujer en el mundo del arte hasta que pasas de ser la chica que siempre va mona a la golfa con tantos trapos sucios como centímetros de su carne quiera tostar al sol.

Mis padres ya tenían bastante. Fer estaba de mochilero en Islandia sin teléfono. Alberto me parecía demasiado perfecto para que comprendiese mis taras. Rodrigo le partiría las piernas. Leroy lo intentaría y acabaría con las suyas rotas. Octavia no podía saber que el fuego del dragón me había abrasado. Solo me quedaba él y, aunque le pensé en último lugar, siempre fue mi primera opción.

Convivía con Lennon, el gato negro al que encontré rebuscando en la basura y que, en lugar de huir, me lamió la mano con su rugosa lengua. Le puse más comida blanda de la que debería y me senté en el sofá con el teléfono reposando en la mesa. Lo miré como si se tratase de un problema de física cuántica. Me duché, me puse el pijama y volví al mismo sitio.

Lo miré. Lo miré. Lo miré.

Pensé. Pensé. Pensé.

Llamé con un arrebato, los ojos cerrados, angustiada, el día haciéndose noche y mis nervios aumentando.

Descolgó al cuarto tono.

—Vaya, resulta que la famosa no ha borrado mi número. —Su tono era hostil y lejano.

Me dolió que creyese que el tiempo en que habíamos estado distanciados era capaz de eliminar esos dígitos de mi memoria. No sabía cómo empezar ni qué le quería contar exactamente. Recurrí a uno de los viejos trucos cuando estábamos enfadados y no sabíamos quién debía pedir perdón o si era necesario.

—Una de cal y otra de arena. ¿Qué es lo bueno? ¿La cal o la arena? Creo que lo bueno es la arena, porque es un dicho de hace mucho tiempo y lo más seguro es que lo pusieran los agricultores. La arena deja crecer la cosecha y la cal la mata. —Hablé a toda velocidad para que no se diese cuenta de que estaba a punto de romper a llorar.

Silencio. Solo su respiración y mis manos retorciéndose.

—Esto, Julieta... —Iba a disculparme, pero me pareció intuir su sonrisa, el tono que desprendía cuando estaba ahí, pequeña, surgiendo, y le dejé hacer para verificar si mi pecho tenía derecho a reventar—. Todo el mundo sabe que es por la obra, la cal era más cara y la arena más barata.

Dios mío, gracias.

—Te equivocas. Es algo más sentimental, de cosas que nacen y no de dinero.

—San Google nunca miente.

Le siguieron otros de los grandes dilemas de la humanidad, del tipo qué fue primero, el huevo o la gallina, o por qué a la evolución le llamaban teoría si se suponía que era real. Los meses ignorándonos seguían estando allí, pero poco a poco logramos esquivarlos.

Hablamos mucho. Yo más. A diferencia de mi soledad, él les tenía a ellos. Le conté que en navidades las luces llegaban a Madrid, que me ponía la peluca del mercado de la Plaza Mayor para limpiar la casa y que la vecina de abajo fumaba a escondidas en el hueco de las escaleras y se dejaba las colillas en el suelo. Le enumeré todas esas cosas que no hablaban de un dolor que, simplemente, sabiendo que estaba al otro lado se hacía pequeñito. Perdía fuerza y dientes.

Revisé el reloj. Las once.

—¿Trabajas en la gasolinera esta noche?

—¿Algún plan apasionante por el que me quieres despachar de repente?

—Qué va. Voy a quedarme en casa. Hay una bolsa de palomitas para microondas que lleva mi nombre.

—Menuda manera de desperdiciar un sábado en la capital. Pensaba que te habíamos enseñado mejor.

—Saluda a Rodrigo de mi parte cuando os pidáis la primera. —Me levanté y fui al armario de la cocina.

—Oye, una cosa. ¿Por qué no me has dicho que tu vecina, la que fuma a escondidas, tiene un millón de años? —Abrí el plástico.

—Porque no me parecía un dato relevan... —El corazón se me paró—. ¿Tú cómo lo sabes?

—Me ha ofrecido uno cuando subía y creo que también me ha tirado los trastos... Lo estoy asimilando.

—¿Estás...? —La voz se me cortó y me quedé en el sitio.

—Llevo casi tres horas conduciendo. Sería todo un detalle que corrieses a abrirme. Eres actriz, seguro que sabes cómo fingir que te hace ilusión.

Llevo sintiendo la música dentro toda mi vida. Una sutil banda sonora de canciones susurradas. Solista. Piano. Violín. Batería. Canciones separadas para los diferentes estados de ánimo. Nunca se habían juntado todas. A la vez. Destronando cualquier partitura anterior. Cualquier sensación por magnífica que pareciese. Hasta que le vi plantado, cazadora colgando, botas, pantalones vaqueros y la camiseta gris oscuro de manga larga que se subió.

—No tengo pancarta. Tengo bolígrafo... —Descubrió el antebrazo en el que ponía: «En lo malo»— y mariposas dibujadas para que le dé un toque. —Me reí, porque cuando descubres que tu lugar al que volver está enfrente no puedes hacer otra cosa. Es un sentimiento. Uno tan grande que temes no soportar si te lo quedas dentro.

—Parecen riñones —bromeé. Llevaba el pelo más largo que la última vez. Quise hundir mis dedos para comprobar si mantenía el tacto—. ¿Por qué has venido?

—Joder, Julieta, ¿lo dudas? —Se rascó la barba recortada y rebuscó en el bolsillo. Sacó el móvil—. Tenía que demostrarte que llevo razón. Una de cal y otra de arena lo inventaron los albañiles. —Puse los ojos en blanco y moví los dedos sin saber muy bien qué hacer—. Déjame pasar. —Leyó mi mente y me aparté, Lennon serpenteó entre sus piernas y se agachó a acariciarle la cabeza—. Tienes diez minutos para estar lista. Vamos a quemar Madrid hasta que le pongan a un cóctel tu nombre y mi apellido.

—No me he duchado.

—¿Desde cuándo?

—Ayer.

—Podremos soportarlo.

Continuó ganándose a mi compañero de piso e iba de camino a mi cuarto cuando me di la vuelta.

—¿Está todo bien?

—Está. Trabajaremos en el segundo tiempo.

La única puerta de la buhardilla de Chueca era la del baño. El resto estaba comunicado. La cocina integrada con el salón por una pequeña barra americana. La terraza, una ventana con un saliente al que Lennon se podía asomar. La habitación en el tejado ascendiendo agachada unas escaleras. Subí y me di cuenta de que no importaba la ausencia de madera. Él no era la clase de chico que busca que se te escape una teta en la playa. Él era de los que esperaban hasta que no deseabas nada más en el mundo que sentir sus párpados contra tu piel.

Seleccioné un pantalón blanco de cintura alta con un cinturón negro a juego con el top de escote recto que mostraba mis hombros y mi tripa. No dejé de echar ojeadas a la planta inferior temiendo haberme imaginado todo. Pero cuando bajé seguía estando allí, imponente, frente a la ventana, con un Lennon que parecía que había encontrado a su mejor amigo humano.

—No me extraña que no quisieras irte. —Solo hay una cosa capaz de superar al Madrid vivo, el Madrid silencioso, apagado en tonos anaranjados, romántico—. Es impactante. —No me pasó desapercibido que echaba una ojeada a mi colección de flores marchitas y quise explicarle que ya no significaban nada, pero no podía dejarlas marchar cuando habían muerto por mi culpa. Era mi deber recordarlas para no permitir que algo así sucediese de nuevo. Sin embargo, la manera en la que me miró hizo que brotase otra cosa.

—Si me pides que me tape saldré en sujetador.

—¿Y si te digo que vas jodidamente sexy y preciosa? —Tragó saliva.

—Querré besarte y estamos en el descanso.

Pretendía impresionarle. Le llevé a un sitio de esos que ponen vasos grandes, muchos hielos y adornos, y escasa bebida. Lujoso. Uno de los que cuando reconocen tu cara te ofrecen un reservado a cambio de una imagen que demuestre que has estado ahí. Coleccionarte. Marco se marchó al baño y la música alta me provocó y me puse a bailar.

No sé cómo lo hice. Tal vez sugerente. Tal vez sensual. Tal vez mis curvas solo buscaban disfrutar del aire que salía del cañón del techo. No quería exhibirme. No quería insinuar. No quería que unas manos portando la humedad del vidrio de un cubata me tocasen. No importó. El hombre en cuestión no me preguntó. Lucía una de esas camisas en lo que lo importante es la marca, pantalones de pinzas y la tarjeta platino sobresaliendo del bolsillo para que se viese bien.

Comenzó como un juego en el que los pasos cortos pero decididos alejándome le desvelaron mi respuesta. No estaba interesada en entablar contacto.

Le rehuí y su mirada lasciva intimidatoria y desfasada a base de polvo blanco hizo que mis pies se detuviesen y las manos dejasen de volar. Estaba quieta cuando noté sus dedos rodeándome y descendiendo por el límite de la espalda. Sonreía bravucón satisfecho de su actuación, considerándose genio y figura, y casi parecía que esperaba que me sintiese halagada por su elección y le diese las gracias.

—Déjame en paz, por favor. —Evité comentarle que me acompañaba alguien. Deseaba que lo hiciese porque así se lo había pedido y un «no» nunca debería requerir explicaciones.

—Mi padre es productor y va a grabar un nuevo proyecto. —Me quedé perpleja—. Venga, todos sabemos de lo que eres capaz de hacer por un papel. —¿Todos? ¿El mundo? ¿Él? ¿Quién me conocía?—. No te hagas la estrecha. —Parpadeé y recobré la compostura.

—Te lo diré de otra manera. Tu forma de hablar me da asco y si sigues tocándome voy a cortarte las manos. ¿Mejor?

Escupió una carcajada que salpicó de babas mi cara. Logré zafarme del contacto y se perdió entre la gente, no sin antes recomendarme que me comprase las buenas rodilleras que iba a necesitar en un futuro muy próximo para suplicar que me dejase que le comiese la polla. Gustosamente le habría retorcido las pelotas, como ocurrió cuando amedrentaron a Octavia, pero no iba de farol al asegurar que me producía asco, rechazo, ganas de dejarle pasar. Y lo habría conseguido si alguien no hubiese llegado justo a tiempo para escucharlo.

—Perdóname. —El moreno estaba rígido. Sonaba a encontrarse a dos puñetazos de romper la promesa de un balancín y la vuelta atrás en el tiempo.

—¿Vas a pegarle? —Un asentimiento brusco y seguro—. Te espero fuera.

No quería ser testigo. Sorteé a la gente, recogí mi abrigo rosa del ropero y al salir no me lo puse. Estaba angustiada. El hombre de las pinturas que no se enseñaban a nadie podría con el impresentable, pero no quería que me defendiese. No así. No con tanta gente insultando, opinando y vejando, porque cada vez que observase sus nudillos hinchados o un ojo morado tendría la prueba de que había ocurrido una vez más, que las mentiras ganaban a la verdad, que si hubiese sido verdad entregarme a las personas que me diese la gana podría enterrarme. Tierra pesada sobre mi cuerpo. Adiós luz.

Una cazadora familiar cayó sobre mis hombros.

—¿Ya? —Dudé—. Ni Van Damme...

—Quería ir detrás de él, pero mis pies te han seguido a ti. —Se revolvió el pelo.

—Si te sirve de consuelo, mis apuestas estaban a tu favor. —Copié su gesto y le tendí el abrigo rosa que tan estrecho le quedaba.

—Han hecho caso a las manos, ¿sabes? —Las extendió para que las viese—. Podían deshacerse en violencia o... —Las colocó sobre mis mejillas y noté que el suelo había desaparecido sin avisar.

—¿O qué? —balbuceé, disfrutando del tacto rugoso y curtido por las cajas cargadas durante la adolescencia. Disfrutando de que lo duro pudiese acariciar de forma suave. Disfrutando de que sus pulgares trazasen círculos que se iban haciendo grandes.

—O ser usadas para un fin mejor.

—¿Cuál?

—El de que abrazarte merece ser tan prioritario como tú.

—¿Después de tanto tiempo?

—Después de todo el que queda, Julieta Moreno, después de todo el que vendrá.

Marco Cruz demostró ser alguien de palabra. Me envolvió entre sus brazos hasta que no quedó más que el latido de ese corazón que algunos seguían empeñados en llamar débil y a mí me parecía que estaba repleto de mis temas de cabecera de rock. Me sostuvo con firmeza y me apartó para poder mirarme a los ojos directamente, como haría un bebé que empieza a ver, un niño que descubre con las manos las cosas que le rodean y un hombre que averigua que su sabor favorito es que otra persona no deje de sonreír. Me gustó que me hiciese sentir que lo sentía de ese modo. Así.

Necesité hablar.

—¿No vas a preguntarme si lo que se rumorea es cierto?

—¿Quieres que lo haga?

—Me he acostado con el director casado.

—Yo también he follado mucho. —Resolvió, y que no le diera importancia, que siguiese siendo el niño que veía por primera vez, el adolescente que descubría las cosas que le rodeaban y el hombre cuyo sabor favorito era una risa, me salvó. Rompí con el miedo de quien se piensa error—. ¿Desde cuándo cambiamos el futbolín por un garito de estirados?

Enarcó una ceja y paré un taxi. Acabamos jugando en un local cutre de Malasaña. Bebimos cerveza barata y puede que más chupitos de los que deberíamos de botellas con cristal lacado y sin etiqueta. Le acompañé a fumar a la calle y accedió a que inventase nuestro propio lenguaje de humo. Volvimos dentro y, mientras Madrid se despertaba, sonó *Chiquilla*, de Seguridad Social, me subió a sus hombros y gritamos al solitario altavoz como si fuera una orquesta de verbena.

La chica de la cazadora de cuero y el chico del abrigo rosa que amenazaba con reventar regresaron a casa borrachos perdidos, quitándose las llaves porque ninguno era capaz de meterla en la cerradura y pidiéndole perdón a Lennon por chocarse contra los muebles. Llegó el momento de separarnos. Yo me hacía daño mordiéndome el labio en mitad de la escalera y él abría la boca y apretaba los puños en su inicio.

—Estoy superando una ruptura.

—Estoy saliendo con alguien —confesó. Podría haberle preguntado si era buena chica o la quería.

—¿Sonríe cuando llueve?

—No tanto como tú.

Dormí abrazada a la cazadora. Marco se resguardaba bajo el abrigo cuando me desperté con el felino a sus pies. Salí a dar una vuelta y a mi regreso le encontré en el portal cargado de bolsas. Desayunamos, con la peluca de la Plaza Mayor puesta, los cereales de distintos tipos que había comprado. Se pegó una ducha rápida y anunció que había llegado el momento de marcharse. Le acompañé. No estaba preparada para separarme. No estaba preparada para lo que vi.

Un Ibiza.

De segunda mano.

¡Amarillo!

La emoción siendo tono.

—¿Qué? El color no te pertenece. —Se apoyó contra la chapa.

—Lo sé. —Sonreí.

—No tardes tanto en volver a Salamanca —pronunció con voz ronca.

—La revancha al futbolín te espera en Madrid.

Los dos asentimos. Le vi perderse entre las callejuelas de la capital y entonces lo recordé. Había, hay, un antro de mala muerte en Malasaña que tiene un coctel estrella que se llama Julieta Cruz y en el que todavía recuerdan a los dos locos que saltaban cuando no quedaba nadie frente a un triste altavoz, se subían la camiseta al marcar un gol y se pasaron toda una noche gritándose lo mucho que se habían echado de menos sin emitir ningún sonido.

13

Marco

El apacible funcionamiento de mi corazón me permitía olvidar que era defectuoso salvo en tres situaciones. Las revisiones para ver si manteníamos la medicación, la visión de los campos de fútbol que llevaba tiempo sin pisar y cuando rara vez un grupo de clientes me reconocían trabajando, se daban un codazo y murmuraban «es él», «le ficharon para un equipo, ¿no?», «mira cómo ha acabado», «menuda lástima». Asco de falsa pena de las personas con el tono proyectado para ser escuchados. Asco del morbo por el mal ajeno.

Lo mantenía bajo control. Los botes de pastillas no aumentaban en el armario del baño, evitaba el deporte manteniéndome alejado de los televisores durante los partidos de Champions, Liga, Mundial o Eurocopa y pedía a mi compañero salir a los surtidores a pegarme el chute diario del olor a gasolina, esperando a que los que no me quitaban el ojo de encima se largasen. Era un buen chico. Nada de sustos.

Hasta la tarde anterior.

No era la primera vez que me subía al coche, pisaba el acelerador a fondo y un cartel anunciaba que entraba en Madrid. Algo me decía que sería diferente, que no me pararía en doble fila en una calle del centro, con las dudas aprisionando las ganas, para terminar dando marcha atrás cuando un pitido me sacaba de mi ensimismamiento y la opción del rechazo nublaba la determinación.

Su voz fue determinante para que pagase el *ticket* de la zona azul. Estaba apagada, como sus ojos despiertos cuando me vieron y su nuevo flequillo. Mostré seguridad. Así era yo. El chico de actitud chulesca formado a base de mala suerte y cicatrices al que nada podía afectarle. Una cara de póker. El mejor actor. Alguien a quien no se le notaba que se había fumado hasta los dedos en el portal consciente de que era lo más cerca que estaba de la morena en meses, el que subió las escaleras al borde de la taquicardia y la abrazó en la puerta de una elitista discoteca porque sentía que si no la tocaba a la de ya iba a morirse.

El que cuando el brillo regresó a su mirada le dijo a su corazón que si tenía pensado estallar en algún momento lo hiciese en ese, que no encontraría otros fuegos artificiales iguales. El que se acojonó en un sofá con un gato que ejercía de manta pensando por qué parecía que su órgano vital iba a hacerle caso si ella seguía canturreando las canciones de su noche en la planta de arriba de la buhardilla y no subía a perderse en su cuerpo. El que se esforzó en hacer las cosas bien, no cagarla y cuando salió se recorrió varios supermercados para surtirla de los cereales que le habían faltado durante la separación de los celos, el dolor y la sensación de que cuando se encontraban había algo que les obligaba a correr en direcciones opuestas.

Los párpados me pesaban cuando aparqué. Recogí el vaso del café que había pillado de camino y me di cuenta de que la pantalla de mi móvil estaba encendida. Tenía un WhatsApp de Julieta esperando. Sonreí como un bobo, me percaté de lo que hacía y cambié a un gesto neutro. Mejor.

Julieta: La vecina que fuma es reincidente. Acabo de ser testigo de cómo
    metía a otro jovencito en el portal... ¡Escándalo!
Marco: Unas horas y ya estás inventando la manera de restarme méritos...
    Reconoce de una maldita vez que soy irresistible ;)
Julieta: ¿Para la tercera edad?
Marco: Para todas.
Julieta: ¿No te cansas de ser tan engreído?
Marco: No.

Me castigó del modo que se mortifica con las nuevas tecnologías. Permaneciendo en línea, escribiendo, borrando y repitiendo el círculo vicioso sin pulsar enviar. Me recosté en el asiento, bajé el parasol y abrí su foto de perfil. Salía con el flequillo recto, el cabello ondulado echado hacia un lado, labios rojos y una de sus caras raras en las que abría mucho los ojos, ponía morritos y arrugaba la nariz. Mal. Y era tan ella que me pareció perfecta.

Julieta: ¿No estarás contestando mientras conduces?
Marco: ¿Por quién me tomas? Te he ignorado hasta echar el freno de mano y ya me estoy arrepintiendo.

Parecía que repetía la jugada. Una vez, vale; dos, ensañarse. Mi paciencia era limitada. Resolví zanjar el tema con la intención de llamarla. El texto apareció con su nombre encima de color mostaza.

Julieta: Me alegro de que haya ido bien el viaje de vuelta.
Marco: Me alegro de haber hecho el de ida.

Salí del coche con la extraña sensación de que era posible estar en dos sitios a la vez. Caminar bajo el engañoso sol de invierno de Salamanca notando el aire de Madrid. Subir las escaleras cargando sobre mis hombros sus gritos suplicando que la subiese más alto, su respiración agitando la mía y sus piernas a punto de asfixiarme. El sudor de la fiesta. Las miradas de deseo y las manos que un par de veces se enlazaron y fingimos que no nos habíamos dado cuenta de lo bien que encajaban nuestros dedos y el potencial que tendrían dibujando sombras en una pared desnuda.

Pegué el golpe necesario a la cerradura para que se abriese. Mi piso de la periferia pertenecía a una señora mayor que se había marchado a vivir con su hijo y tenía dos condiciones, la vitrocerámica no llegaría a sus dominios y los muebles se quedaban. Convivía con una cocina de gas, fundas horrorosas en los sofás y unas tenebrosas muñecas de porcelana castigadas con los cristos en un baúl.

Dejé pasta cociendo a fuego lento y me pegué una ducha rápida. Al peinarme fui consciente de que el pelo había alcanzado el estado largo crítico por debajo de las orejas. Me enrollé una toalla a la cintura, resignado. La calefacción centralizada convertía el pequeño espacio en una sauna que me permitió cenar sin más ropa y con *Spartacus* en el ordenador, sufriendo esa delgada línea que separaba la serie del famoso gladiador de una porno sanguinaria que mi cuerpo no encajaba del todo bien.

Me tomé el segundo café del día y fui a cambiarme. Cepsa había modernizado el vestuario de los profesionales de sus estaciones de servicio. Se suponía que se trataba de prendas de algodón traspirables, flexibles, resistentes al fuego, reciclables y fáciles de lavar y secar sin arrugas. Lo vendieron así. Mis peleas con la plancha habrían tenido un par de cosas que objetar.

Me puse la camisa azul con el logo rojo de la marca en el bolsillo y la metí por debajo de los vaqueros salpicados de una línea grisácea a la altura de las rodillas. Me senté para atarme los cordones de las botas negras y le dirigí una mirada de soslayo al chaleco. Me encantaba... No.

Hice un esfuerzo en vano para que el pelo quedase echado para atrás. Los casi bucles no me obedecieron cuando el estridente timbre sonó.

Claudia había llegado y es que, aunque durante unas horas lo hubiese olvidado, tenía novia. Una estudiante de pelo rubio platino, sonrisa dulce y que siempre tenía frío. La conocí volviendo de fiesta. Me pidió que vigilase que ningún pervertido se acercaba mientras meaba entre dos coches. Nos acostamos en su casa. Al día siguiente en la mía. Y así hasta entonces.

Supe que algo iba mal, y poco tuvo que ver el hecho de que pasase de largo, no se quitase el abultado abrigo y el beso nunca llegase. Fue más una sensación. La de que no quería que lo hiciera. La de que el único sentimiento que navegaba entre nosotros era cariño por mi parte y el cansancio por la suya. La había cagado olvidándome de nuestro aniversario.

—Ayer hacíamos cuatro meses. —Se apoyó en la mesa.

—Una amiga me necesitaba en Madrid y se me pasó. Lo siento. —Debí arreglarlo diciendo que le compensaría en los siguientes aniversarios, pero no quería más y el silencio se tragó una mentira útil para enredar.

—Antes de conocerte me preocupaban mis rarezas, que mis diferencias me separasen de mis parejas —repuso con la calma de quien sabe lo que va a decir y solo tiene que dejarlo fluir—. Después de ti, sé que son las semejanzas la señal de alarma de que algo no va bien. Como el día que fuimos al huerto de Calisto y Melibea, me agaché para leer qué flor era la morada y al levantarme te habías evadido y no te recuperé el resto de la tarde, ni la mañana siguiente. O cuando te reté a demostrarme en Caños lo bien que surfeabas. Estaba de coña, Marco, y palideciste. Algo me dijo que ese era tu lugar con alguien que no era yo, alguien que no querías traicionar ni en Andalucía, los bares de Salamanca o abrazándome flojo después de acostarnos...

—Claudia...

—Lo has intentado. Valoro tu esfuerzo. Eres un chico divertido, con cerebro y que no se disfraza de capullo. —Ladeó la cabeza y sonrió—. Tu única tara es no ser capaz de sacarte a otra persona de la piel y en cierta manera también es mi culpa. Nunca has disimulado. Siempre me has hecho creer que me querías, pero que estabas a años luz de estar enamorado.

—¿Y ahora qué?

—Ahora voy a alejarme a tiempo. Antes de que dejar de sentir duela.

Nos dimos un abrazo de despedida y ella le restó importancia a su mala cara, afirmando que había comido algo en mal estado. Detuve sus lágrimas haciéndole prometer que me incluiría en los agradecimientos si algún día inventaba algo parecido a la penicilina por las tardes compartidas en la biblioteca sin dejarla estudiar, y ella me confesó que la noche que me paró no se hacía pis, que todo fue una excusa para llevar al moreno de la chupa de cuero al que no le obedecían los pies bailando a su cama. Nos reímos. Nos apretamos. Nos miramos a los ojos y repasamos un recuerdo que no se enturbiaría.

La vi perderse con su metro y medio de bufanda y, antes de volver a la rutina, visité a Elle y Carol en su casa. Me recibió la pelirroja con un bote de cebolletas en la mano, el pelo recogido en dos trenzas infantiles, pantalón jipi ancho, sujetador negro y en la barriga, pintado con lápiz de ojos y letra irregular, un anuncio: «¡Es niño!». La inseminación había dado su fruto. Estaban embarazadas, en plural, sin importar que solo una lo cargaba en su vientre. De treinta y dos semanas. Semanas, que no ocho meses.

Al final habían cambiado de opinión y habían decidido saber el sexo del bebé que ocuparía la habitación verde esperanza, porque ellas no habían querido usar la mía como les ofrecí. La mantenían intacta. Su particular manera de recordarme que seguía siendo mi sitio, aunque cada mes el alquiler de un piso a las afueras se restase a mi discreta nómina, aunque yo les explicase que cuando alguien me preguntaba qué era un hogar imaginaba películas de Paul Newman y tiendas de campaña en festivales de rock. Cabezotas... Adorables.

El universo de la maternidad tenía su propio lenguaje y millones de cosas que hacer como, por ejemplo, la sesión de fotos con el vientre pintado. Vivirlo hacía que se me quitasen las ganas.

—¿Cuál te gusta más? —Carol aprovechó que Elle iba al baño para enseñarme nueve modelos de bata para acompañar al dibujo.

—Me temo que no encuentro la diferencia. —Me echó una mirada asesina y rumió.

—No me ayudas. —Los repasé de nuevo.

—Nada. —Sus ojos volvieron a caer y apretó la mandíbula—. Joder, Carol, son iguales. Clones.

—Pues, por lo visto, para Elle no. Tirante más ancho, manga, la caída de la tela... —enumeró con un deje de exasperación en la voz.

—Elige uno al azar, el más barato, y a muerte con él.

—Puede funcionar... —meditó—. Antes Elle no era así...

—Antes Elle no era un saco pelirrojo de hormonas amante de los diminutivos. Camisita, zapatito, abriguito...

—Son las otras madres, que le están practicando una lobotomía.

—Sácala de allí.

—¿Cuándo dices que la secuestramos?

Mi tía regresó en mitad de nuestra carcajada.

—Ya me estabais criticando...

—Qué va. Marco se ofrecía a hacer un boceto para mañana.

No recordaba haberlo hecho. Su cara de ilusión fue mi inspiración para pintar al futuro bebé una bola del mundo con lugares inventados que me recordaban a sus madres. Ellas, que en realidad no se dieron el sí quiero al firmar en el ayuntamiento, porque no anhelaban alianzas caras con las que no poder fregar y fáciles de perder. Eran mujeres de tinta. De tatuajes. Y sellaron un juramento con el sonido de fondo de una aguja que trazaba frases de Nirvana alrededor de su muñeca. «Lléname en tu nueva visión, despiértame con indecisión, ayúdame a confiar en tu poderosa sabiduría», Elle. «Ven, como eres, como eras, como yo quiero que seas», Carol.

Parecía que todo estaba hecho en el día. Kilómetros de carretera. Ruptura. Nuevo intento infructuoso de elegir el nombre del bebé. Solo quedaba trabajar. O eso creía, porque Rodrigo me llamó. Su abuela les acababa de avisar de que su abuelo había empeorado del cáncer de pulmón. Los Moreno iban de camino.

—Hace una semana que está ingresado en Madrid y nos lo dice ahora. ¡Ahora! —Le pegó un golpe al volante y sonó un pitido.

—Relájate.

—Estoy muy tranquilo.

—¿Vas solo?

—Hay pocos coches en la carretera y conozco los radares, tranquilo.

—Las multas me resbalan. Sabes a lo que me refiero.

—Fer y Alberto tienen que coger un avión y mi madre ha salido a buscar al borracho. Le tendrá que dar una ducha fría para que llegue consciente y sin olor a mierda.

—Rodrigo, intenta tragarte la mala ostia. Es su padre. Estará destrozado.

—Como si a ese egoísta le importase alguien.

—Atraviesa un mal momento.

—Es débil.

—Intenta ser su fuerza. Te sobran músculos.

—Me faltan ganas.

—Mientes. —No pudo negarlo.

La máscara de dureza que vestía mi amigo flaqueó. Tenía que llegar ese momento. Era inevitable. El instante en el que Rodrigo Moreno asumiese que daba igual lo mucho que entrenases, no podía salvar a todo el mundo. Y es que él siempre aseguraba que el gimnasio era un medio para aprobar las oposiciones y ligar más. Fingía que le creía. Era testigo de cómo utilizaba el resultado para cargar a su padre alcohólico, amenazar a cualquiera que se metía con Julieta después del *affaire* con el director y recoger cajas de más y más cuentos infantiles que no sabía dónde iban a parar.

—Llama a Julieta. Tiene que estar hecha polvo. Lo suyo con mi abuelo es... Le enseñó las estrellas.

—Sus estrellas... —Noté el peso de la afirmación.

—Tengo que volar.

—Tienes que llegar. A poder ser, de una pieza. No es momento de salvajadas.

—¿Eres mi conciencia?

—Soy alguien que te quiere vivo.

—Pero Julieta me...

—Julieta no es una niña. Es una mujer que planta cara al miedo. Ya no tienes que cuidarla. Tenéis que apoyaros. Los dos.

Cada hermano Moreno tenía predilección por uno de sus abuelos. Rodrigo era de Antonia y la manera que tenía de mostrarle que sus manos, enormes y brutas, no solo rompían y también servían para cuidar a los animales abandonados que se encontraba en la calle y que le cambiaban el brillo de la cara. Julieta... Julieta hasta se tiró un verano vistiendo como Pedro, repetía sus palabras como si fuera un lorito y, cuando venían de visita a Salamanca y me quedaba con ellos a dormir, la veía marchándose con las luces apagadas a su cuarto para pedirle que le contase una historia más, solo una, y él obedecía en el balancín, y la traía en brazos horas después con una sonrisa.

Marqué su número cuando colgué a Rodrigo.

—¿Vas a venir? —preguntó la morena al descolgar.

—¿Es lo que quieres?

—Sí.

—Ya salgo. —La oí trastear por su habitación mientras iba a por el coche.

—¿Cuál era su canción favorita?

—En las barbacoas ponía mucho *Libre*, de Nino Bravo, a toda pastilla hasta que los vecinos se quejaban.

—Decía que le recordaba a mí. —Sorbió por la nariz.

—Dice —la corregí.

Silencio.

—Gracias por ser mi memoria.

—Seré lo que necesites. —Carraspeé—. Cualquier cosa. Solo tienes que imaginarla.

No intenté colar en el trabajo que estaba enfermo. Directamente me pedí la semana de vacaciones y, conforme encendí el motor, supe que debía haber dicho que lo dejaba. No volvería. No la abandonaría sola ante algo así. Uno de los dos tenía que plantar cara a las circunstancias y correr a contracorriente, en la dirección no marcada y con total seguridad más complicada. Uno de los dos tenía que arriesgar y estaba dispuesto a ser ese uno. Nunca me sentí más valiente que en ese viaje. Nunca me sentí más enamorado.

Julieta.

Y nada más que añadir.

14

Julieta

—Me dijo que los resultados de las pruebas habían salido bien. Es un menti-
roso —escupió mi padre en la sala de espera del hospital Virgen de la Torre.

Mi madre se había cerciorado de que llegase aseado y sin peste a alcohol y
otras mujeres. La rabia había sobrevivido a la bañera y la ropa elegante. Lo
lógico sería pensar que no le reconocía. Lo doloroso era no recordar al hombre
de las cintas, el tocadiscos y las postales de distintos lugares del mundo, que
llegaban cuando ya estaba en casa y leíamos juntos. Ese ya no existía. Se había
marchado. La esperanza de recuperarle era escasa y, aun así, cada vez que vo-
laba y el avión llegaba a su punto más alto, le buscaba perdido en las nubes.

—No sucedió así. Yo estaba allí. —La abuela Antonia se subió las gafas redondas que se le resbalaban por el puente de la nariz—. Te contó que no se
daría más quimio, tú confiaste en la victoria sin preguntas y os disteis un abrazo. —No creyó en sus palabras.

—Actuó por compasión.

—Te equivocas, cariño. Él pensó que si alguien era capaz de verle invenci-
ble tal vez lo acabaría siendo.

La terquedad de Julio era abrumadora. Cualquiera se habría dado por
vencido. Todos excepto ella. La fuerza de los Moreno provenía del interior de
sus venas, de debajo de su falda. Se sentó a su lado y relató que todos los años
volvía a su pueblo de la sierra de Madrid e iba con una botella de vino caro al

cementerio, se sentaba, repartía un vaso y brindaba con sus muertos, menos con Ramón, con el que compartía una copita de coñac.

Uno tras otro repasando su trayectoria común. Sonriente y cada vez un poco más mareada. Ahí vio la luz. No se detenía con los que más vivencias tenía, ni siquiera con los que mejor le caían; paraba delante del féretro de Urbana. Pura ironía. Se dejaron de hablar al alcanzar la treintena y nunca lo arreglaron. ¿Por qué lo hacía?

—El misterio de la vida es que empiezas a conocer a esa gran desconocida cuando la agotas y no te interesa quién tuvo la culpa ni lo que pasó, solo lo mucho que has echado de menos a la persona. Y es demasiado tarde. Desgraciadamente, el polvo nunca vuelve a ser carne. —Desvió la mirada hacia Rodrigo, de pie, balanceando la máquina expendedora porque se había tragado un billete de cinco—. El secreto de la vida es que perdonar es nuestro mejor don. Todo el mundo lo merece, incluso tú, incluso ella.

Papá continuó obcecado con el monotema de que el mundo giraba con el único fin de ocultar su debilidad etílica. Rodrigo también continuó balanceando la máquina que se había tragado su dinero, pero, a diferencia del primero, la respiración se le ralentizó, cogió mucho aire y sus ojos se desplazaron con un extraño brillo hasta mi padre. Dos segundos. No más. Y contar el tiempo me pareció absurdo. Si alguien tenía motivos para estar enfadado con él era mi hermano el proyecto de policía. Conocía su peor versión, los gritos despiadados y, en ocasiones, su piel había terminado teñida de un verdoso que acababa siendo morado cuando era escudo y manos ajenas aterrizaban en su cara en lugar de la del hombre tambaleante de detrás.

Me levanté para ayudarle antes de que se cargase la máquina. Rumió que no lo iba a conseguir, le di un par de golpecitos acompañados de un empujón y la bolsa de pelotazos cayó seguida de las vueltas. Mi hermano estaba insinuando que debería dedicarme a abrir cajas fuertes como los ladrones de Amberes que robaron cien millones en diamantes cuando mi padre y mi abuela se levantaron para ir a la habitación. Rodrigo hizo amago de seguirles.

—Yo me encargo. —Mamá le detuvo apoyando su mano en su antebrazo—. Julieta y tú tenéis que poneros al día. —Se marchó dirigiéndonos una mirada significativa.

El reventón de la bolsa me hizo pegar un respingo. Mi hermano rio de lado para que no le viese y me ofreció. El tamaño engañaba. Estaba medio vacía. Las pelotitas crujieron en mi boca conforme me sentaba.

—Es Alberto. —Revisó el móvil—. Ha conseguido billetes mañana a primera hora.

—¿Se sabe algo de Fer?

—Le ha recogido un coche haciendo autostop y va camino de Reiki... Como se llame la capital de Islandia. —Se dejó caer a mi lado y se colocó la sudadera gris ancha con capucha.

—¿Qué se le habrá perdido allí? —Últimamente repetía mucho destino.

—Un circo. —Le miré enarcando una ceja—. No podemos esperar una respuesta coherente. Es Fer y lleva sin lavarse la cabeza años. Lo mismo ha criado algún insecto que se alimenta de su cerebro.

—Si va a resultar que tienes sentido del humor y todo.

—Lo mantengo a raya para que no os acostumbréis.

Se encogió de hombros. Nos quedamos en un silencio incómodo. Le había evitado después de todo lo de Daniel. No quería que chocásemos y ese tema era una bomba de relojería.

—¿Qué tal las oposiciones?

—Psss. —Engulló el contenido de la bolsa y me la tendió para que me comiese las miguitas que quedaban al fondo como tanto me gustaba—. ¿Y tú?

—Mi representante me ha sugerido que me apunte a clases de arte dramático para no enfriarme y está a punto de conseguirme un par de *castings*. —Chupé la yema del dedo—. Supongo que tengo que intentarlo.

—Intentarlo no, hacerlo.

—Como si fuera sencillo con el ambiente caldead...

Me detuve. Él chasqueó la lengua. Habíamos desembocado en el conflicto sin pretenderlo. Rodrigo era el tipo de hermano sobreprotector. Tenía fichados a todos mis compañeros, mantenía *la conversación* con mis rollos y, después de encontrar una caja de condones en mi cajón, su programación favorita era la de *realities* de madres adolescentes. Intuía su opinión, más semejante a la de las revistas que a la de su mejor amigo, y no estaba preparada para escucharla. Para temer que lo seguro también exigiese defensa.

—¿Conoces a Derek Redmond? —Se rascó la mandíbula cuadrada.

—No tengo el placer.

—Es un atleta británico retirado. —No me decía nada. Rodrigo miró al frente sin poder creerse mis nulos conocimientos deportivos—. Se había clasificado con el mejor tiempo de su ronda en las semifinales de los cuatrocientos metros lisos de los juegos del noventa y dos en Barcelona. Partía como favorito. Todo el mundo le veía con la medalla de oro y apuesto a que él también fantaseaba con colgársela frente al espejo. La carrera empezó, se llevó la mano a la pierna y cayó al suelo lesionado. Se levantó cuando sus compañeros ya rebasaban la línea de llegada.

—Pobre...

—¿No me escuchas? Ese cabrón se levantó lesionado, jodido, cojeando, y, en lugar de subirse a la camilla, avanzó hecho papilla física y psicológicamente. La gente no miraba a los triunfadores, solo a él, solo a su esfuerzo.

—No hay que rendirse, lo pillo. El coste de la inactividad es mayor que el del error —resumí.

—Esa es la teoría y ojalá las buenas intenciones fuesen todo. La práctica es que a ese tío, viendo cómo se le había esfumado su sueño en un chasquido de dedos, se le tuvo que pasar por la cabeza abandonar. No le dejaron. —Entonces sus ojos azules se posaron en los míos—. Su padre saltó, corrió, sorteó a los de seguridad y le sostuvo agarrándole de la cintura hasta la meta. El último, pero lo consiguió. Superó la maldita línea.

—¿Qué quieres decir, Rodrigo? —Noté un nudo en el pecho.

—Que no importa lo que pase. Mi incapacidad para dejarte un mensaje con un corazón diciéndote que estoy ahí y que me la suda que te vayan casados, solteros o con tres pezones. Tú eres Derek Redmond. —Esperó para que lo repitiese.

—Derek Redmond.

—Y yo soy su padre.

—¿Mi padre? —bromeé sobrepasada de que todo estuviese bien con él.

—Quédate con el concepto.

—Lo hago. —Sonreí, agradecida.

—Julieta, si no fuera imposible que algo así me sucediese, casi se podría decir que se me escapó una lágrima la segunda vez que vi *Todos los juguetes rotos*.

—Casi. —Apoyé la cabeza en su hombro—. ¿La segunda vez que la viste?

—Alberto estaba a mi lado en el estreno —aclaró—. Y se pasó toda la película explicándome cada detalle como si fuese cine norcoreano. Le tendrían que prohibir la entrada.

La profundidad había pasado. Volvió a ser el chico crispado que criticaba a uno de los gemelos. Yo seguía siendo Julieta y, sin embargo, me sentía Derek Redmond. Avanzando lesionada. Sin aplausos. Con la certeza de que ganar ya no era una posibilidad. Las mejores producciones se habían caído. Pero la línea seguía allí, estaba sobre la pista y sabía que, si no podía llegar, si me veía sobrepasada, un tío enorme bajaría corriendo y me ayudaría.

Rodrigo, ese ser cromañón con un fondo repleto de mar.

El mismo que nunca admitiría que necesitaba que de vez en cuando le cuidasen. El mismo que cuando Marco apareció negó con la cabeza, dijo «estás ido, ¿cómo se te ocurre presentarte con esas pintas en el hospital?» y deshizo la distancia para palmearle la espalda, sintiéndose más seguro y protegido con cada contacto.

El chico que había abandonado Madrid una horas antes me buscaba detrás de mi hermano. Nunca le había visto tan nervioso como cuando nuestros ojos se encontraron y su sonrisa dejó de ser socarrona, chulesca, para convertirse en una cálida invitación que acompañó de un movimiento de cabeza y los brazos estirados. No me hice de rogar. Le llevaba esperando desde que su olor en mi buhardilla eran mariposas cobrando vida en pétalos de rosas apagadas.

Traía un aspecto demacrado. Ojeroso. Cansado. Sin dormir. Desapareció cuando le envolví con fuerza y me sostuvo en su pecho. Corazón acelerado. Respiración contra mi cuello. Sonido ronco de las entrañas fluyendo de su garganta. Calma. Mi hombre con uniforme vaquero. El mismo que antes de separarnos unió pecas en mis mejillas de pasada con la mirada sostenida en la boca. Dudó. Igual que yo. Gravedad. Nadie puede verla. Asegurar que existe. Y, siendo solo una teoría, es la razón de la atracción que te mantiene sobre la Tierra.

—¿Y tu trabajo? El castillo no se paga solo —bromeó Rodrigo.

—Tengo todas las esperanzas depositadas en que te toque el Euromillón y ser tu parásito. —Se pasó la mano por el pelo y la dejó caer de manera que nuestros dorsos se rozasen. Enlazamos el dedo meñique.

—Anda, te invito a cenar. —Le echó el brazo por encima de los hombros con brusquedad y, sin pretenderlo, separó esa necesidad de piel con piel—. ¿Vienes?

—He picado.

—¿Un sándwich?

—Muchos cereales. —Marco y yo, complicidad.

—No sé cómo te mantienes en pie. —Sacudió la cabeza y tiró de su amigo, que no pudo hacer otra cosa que dejarse llevar—. Por cierto... —Rodrigo paró y se volvió—. Se queda en tu casa, ¿no? —Nos sobresaltamos, temiendo que sospechase algo.

—¿Sí?

—¿Sí? Que parezca un vagabundo no significa que tengamos que abandonarle en la calle. —Marco le pegó un puñetazo en el hombro—. Vamos, hombre, no te lo tomes a mal. No puedo meterte en el hostal. Claudia debe pensar que nos traemos algo sucio entre manos. Pasas más tiempo conmigo que con ella. Mejor no alimentar teorías descabelladas. Sabe cómo hacer una bomba, es química.

—No va a hacerte estallar por los aires... Me ha dado la patada. —El estómago me dio un vuelco. Traté de que no se notase. No debí hacerlo muy bien.

—¿Qué pasa contigo? —me regañó Rodrigo—. No puedes alegrarte del mal ajeno, aunque sea Marco. Esto no es como cuando se le colaba la pelota en un tejado y lo celebrabas sin piedad. —Negó con la cabeza—. Déjala, ¿estás bien? —Me mantuve atenta a su respuesta.

—No la quería. —Bajó el tono y fue casi más un movimiento de labios—. No a ella. —A Rodrigo le pasó desapercibido el detalle que me atravesó.

—No. Tú nunca lo haces. ¿Cuántas van ya? ¿Sabes qué? Deja de intentarlo. Te quedarás soltero con tu piti, tu chupa y la melena. Bueno, eso no. Algún día te la cortaré mientras duermes.

—Si lo haces te mato.

—Como si pudieras...

Marco y Rodrigo se marcharon discutiendo. El moreno me dirigió una mirada cargada de intenciones en la puerta y asentí varias veces por si con una no le había quedado claro que tenía sitio en el sofá con Lennon o... arriba conmigo. Me sudaron las manos. Bebí sin sed. Procuré no darle más vueltas de las necesarias, lo que se tradujo en que fue el único pensamiento durante el tiempo que estuvo en un bar de Vallecas tomando algo con mi hermano.

¿Quería que pasase? ...Sí.

¿Se trataba del momento adecuado?... ¿Eso existía?

Era una locura... ¿De qué otro modo sería justo llamarle «amor»?

Estaba tan atacada que cuando regresó y mi familia se marchó a la pensión de Santa Eugenia, anunciando que regresarían sobre las siete, no se me ocurrió otra cosa que entablar conversación con un:

—Hueles a fritanga. —Ladeó la cabeza.

—Tú siempre tan encantadora.

—Necesito que me ayudes con una cosa... —Cambié el peso de un pie a otro con cara de niña buena.

—¿Cuántas leyes vamos a vulnerar?

—No tantas como para acabar en la cárcel y los antecedentes... Rodrigo podrá borrarlos cuando sea poli.

Mi abuela llevaba quedándose a dormir desde el ingreso. Me ofrecí para sustituirla y mi decisión arrastró al exfutbolista al que le pesaban los párpados y le costaba mantenerse en pie. Y no solo eso, también tendría que ser cómplice de mi elaborado plan. Un efecto colateral.

Cuando el cáncer te acerca a la caída del telón las últimas veces absorben las acciones, los pensamientos y las emociones. Despedidas. Lloros. Deseo de recobrar la pelota azul de la niñez a la que nunca más podrás jugar y no recuerdas dónde está o si la desgastaste lo suficiente. Quise que con él fuera diferente. Demostrarle que los inicios son una piscina a la que no se le acaba el agua y te puedes bañar en un diciembre helado. Darle una primera vez sin edad. ¿No es eso lo que todos queremos? Descubrir. Experimentar. Vivir con todas las consecuencias de la palabra.

El planetario de Madrid organizaba, organiza, cursos de introducción a la astronomía de manera intermitente. Expertos en la materia o personas que solo desean situar las constelaciones más famosas se reúnen recostados en los sillones bajo la cúpula mágica, oyendo sobre el origen de todo y su posible destrucción, viendo los cielos del mundo en sus diferentes estaciones transcurrir en pocos minutos.

No me dio tiempo a inscribirle. Me dio tiempo a algo muchísimo mejor. Había una jornada, hay, en la que los acompaña una asociación de aficionados con sus potentes telescopios apostados sobre el césped que rodea la explanada. Cada uno busca un destino diferente por la mirilla, sacan sus sillas plegables y esperan a que los asistentes salgan para llevarlos arriba sin el sonido de un motor despegando.

Pedro iba a experimentar su propia misión espacial.

No se me pasó por la cabeza «secuestrarle» dado su delicado estado de salud. Se lo mencioné a mi abuela y ella a su vez al médico, que cedió tras su insistencia/tenacidad, cerciorándose de que no tenía fiebre y el *port a catch* respondía. Dos horas como mucho fue su decisión, e iba a explicarles todo cuando presencié su deducción de que se trataba de una de mis locuras y lo mucho que la perspectiva de abandonar la cordura y rebelarse al sistema le animaba. Parecía un niño con botas nuevas en busca de un charco sobre el que saltar.

Les dejé hacer, asomarse para asegurarse de que tenían vía libre en el pasillo, el amago de carrera rumbo al coche y salir haciendo ruedas. No sabía cómo iba a reaccionar cuando por fin estuviésemos allí con sus rocas brillantes libres por el infinito. Se paró mientras le ayudaba a subir las escaleras del *parking*, miró el edificio redondo y las figuras de los hombres y sus máquinas, los señaló y tembló. Un estremecimiento que nada tuvo que ver con la enfermedad o el dolor, de los que merecen la pena.

Solo había una decena de asistentes. El resto permanecía en el interior de una ponencia que se había alargado. Nos libramos de hacer cola y nos situamos al lado del primer hombre, le preguntamos si podíamos asomarnos y él contestó que tuviésemos paciencia porque la luna era un poco vergonzosa y sonreía cuando pensaba que nadie la miraba. Dejamos que mi abuelo fuese el primero en asomarse a la ventana del espacio. Le vi agacharse y guiñar un ojo. Después, el hombre al que le faltaba pelo y se le marcaban los huesos sonrió.

—¡Parece una maqueta! —exclamó sorprendido. Hizo un gesto para que me acercase y me apretó la mano—. Nuestro único satélite y está tan cerca que se distinguen sus cráteres y sus mares perfectamente, Julieta. Si hay vida podría verla y ellos a mí.

—Saluda por si acaso.

Siempre fui la chica del cielo. Esa noche fue mi aproximación más real y, en lugar de llevármelo, me quedé con mi abuelo moviendo la mano ante unos hipotéticos extraterrestres, con la barbilla levantada, un abrigo que le pesaba y feliz. Me quedé con su risa, sus ojos muy abiertos y el modo en el que no paraba de decir «es como mi maqueta, idéntica, te tengo que regalar una el año que viene para tu cumpleaños».

Fuimos recorriendo los distintos puestos. Diferentes lugares y perspectivas. Pocos metros acumulados en las suelas y millones de kilómetros en la retina. Nos quedamos en la nebulosa de Orión y vimos cómo el tono verdoso desvelaba que en mitad de las turbulencias nuevas luciérnagas del firmamento cobraban vida. Destrucción y nacimiento.

Pedro hizo buenas migas con el dueño del telescopio y le prestó su silla y su sabiduría: algunas cosas que ya sabía, como que el carro de la Osa Mayor apunta a la Estrella Polar, o que el cenit es el punto más alto de la esfera terrestre y el nadir su opuesto. Y también otros conocimientos nuevos, como que Bayer asignaba la primera letra del alfabeto al astro más brillante, Flamsteed le puso números y entre astrónomos utilizaban el latín.

Poco a poco, la gente comenzó a salir del interior del Planetario y Marco y yo nos alejamos para no molestar. Doblé las piernas al sentarme en el césped y apoyé la cabeza encima de las rodillas con el moreno a mi lado. El tumulto aumentaba detrás y delante Madrid permanecía silencioso, esperando escuchar los secretos de los amantes.

—¿Por qué gustará tanto algo tan lejano y complicado de descifrar?

—Las estrellas dan esperanza. Parecen pequeñas y esconden un planeta, como las personas. —Ladeé la cabeza nostálgica y me topé con sus profundos ojos negros. No sé si la barba le había crecido o era efecto de la sombra. No sé si su boca me llamaba o era yo la que quería que pronunciase mi nombre—. Demasiada intensidad, ¿no?

—Eres así. Supernova.

—¿Una explosión?

—La de mi pecho.

Su voz áspera y baja se perdió en mis labios entreabiertos cuando los suyos los cubrieron sin previo aviso. Fue un movimiento suave. Apenas un roce húmedo, sin lengua y sin saliva. La necesidad de demostrar que la incertidumbre no existía y entre todo y nada se quedaba con mi boca. Suficiente para descubrir que eran el tacto sobre el que quería dormir cada noche y para que la electricidad recorriese mis terminaciones nerviosas y saliese despedida enredándose en las pestañas.

—Ahora es el momento de decir que no sientes nada... —susurró atrapando mi labio inferior entre sus dientes para soltarlo con una lentitud excitante y cruel—. Para no perder las buenas costumbres. —Comencé a recorrer la línea de su mandíbula con las manos.

—Te queda un largo camino, pero te vas acercando —mentí.

Continúe la trayectoria, hundí mis dedos en su nuca y, como experta en sentir mucho y pensar poco, le besé exigente, con la fuerza de un ciclón que deja a su paso labios hinchados, estremecimiento en la parte baja del vientre y deseo en las pupilas. Nuestras lenguas se enredaron. Deseé que la ropa desapareciese y la oscuridad fuese nuestra aliada para seguir redescubriéndonos con otros sentidos. No era comparable a nada de lo que había experimentado. Entonces me reí.

—¿Te crees que es el momento de echarnos unas risas? —rumió.

—¿No te parece raro?

—Calla.

—Tú y yo... Si viajases al pasado y me lo contases no te creería. Te lo juro. Nada de nada. Pensaría que te has dado un golpe en la cabeza.

—¿Por qué?

—Eras insufrible.

—Y este es el momento en el que has asesinado al romanticismo.

Se dejó caer teatralmente y colocó los brazos cruzados detrás de la cabeza. Le miré, rocé la zona donde continuaba la huella de su barba rasurada y estallé en una nueva carcajada. Estaba sucediendo. Marco me había besado e intentaba que no me diese cuenta de que tenía la piel de gallina. Por mí. Después de tantas declaraciones de guerra. Quería gritarlo para escuchar el eco.

Quería saltar y dar vueltas ridículas. Quería que nuestra próxima discusión fuese en la cama. En lugar de todo eso, se me escapó un «wiiiii».

—No me extraña que el director te dejase. Hundes la virilidad a cualquiera.

—No me extraña que Claudia te dejase. Gruñes todo el tiempo —le imité.

—¿Tienes algo más que añadir?

—A Daniel le encantaba que hablase antes de irnos a la cama. Decía que mis palabras activaban el alma de su pasión o algo así.

—Espera, ¿te acostabas con él después de escucharle decir eso? —Levantó una ceja.

—¿Qué habrías hecho tú?

—¿Huir del alma de su pasión? —Se rio y me entraron ganas de besarle de nuevo.

—Seguro que tus frasecitas de chulo piscina eran mucho mejores, ¿eh?

—Yo te habría enseñado que las manos y la lengua sobre la piel tienen su propio lenguaje. —Un escalofrío me recorrió la espina dorsal.

—Eso también es palabrería barata.

—Eso es la manera de que entiendas que me muero por hacerte el amor. —Su intensidad me paralizó el corazón. O lo activó. O hizo ambas cosas en tiempo récord y se merecía una medalla. Prefería picarle.

—¿El amor? —pronuncié con retintín.

—Contigo incluso el sexo duro debería bautizarse con ese nombre —concluyó con seriedad.

Me hice un hueco sobre su pecho y Marco me envolvió con el brazo para atraerme sin parar de negar la cabeza, contrariado, divertido y, me lo voy a permitir, un tanto ilusionado. Descubrí el colgante del reloj de arena que le había regalado hacía ya tantos años pendiendo de su cuello. Ahí. A mi lado. Quieto. Con los granos claros detenidos trazando un camino que unía ambas partes.

—¿Será este el secreto del tiempo? ¿Que hay veces que se detiene?

—Espero que no. Nos robaría el futuro. —Deslizó la mano por mis hombros y mis dedos se movieron por su torso haciéndole cosquillas—. Ya tenemos el pasado, el presente y nos queda...

—Siempre —le interrumpí.

—Ojalá siempre.

—Ojalá contigo.

Una promesa. No hizo falta añadir nada más. Nos quedamos tirados sobre el mullido césped. Dos personas abrazadas mientras el cielo bajaba a la Tierra. Y Marco sacó un *ticket* de la compra para que pudiese seguir completando mi mapa de estrellas, quise encontrar su constelación y, como todas se me quedaban cortas, le di su nombre a la Vía Láctea.

Dormimos lo que pudimos en la habitación del hospital con la espalda pegada a la pared, las piernas rozándose y mi abuelo contando historias en sueños. Tenía ganas de crear. De vivir. De viajar a la Luna y la nebulosa de Orión. Mi familia nos dio el relevo y nos fuimos al piso de Chueca. Abrí la puerta imaginando que era cuestión de tiempo que me devorase la boca, la piel y se colase dentro. Empujando certero. Levantando las caderas cuando yo me subiese encima. Compartiendo sudor. Robando gemidos. Comprobando si es real que cuando estallas en un orgasmo con la persona adecuada nace un nuevo color que solo vosotros podéis ver y la voz desaparece un rato.

Nada sucedió. No cedió a mis intentos de seducción al bajar con la camiseta de hombro descubierto y braguitas, ni la invitación para ver el fuego del cielo rosado desde la ventana de la buhardilla sobre mi cama. Dijo que quería hacer las cosas sin la sombra de relaciones pasadas enturbiando. Le creí. Le pedí que, a cambio, compartiésemos una canción. Y así, una chica aferrada a un chaleco de Cepsa y un hombre apretando la mandíbula en busca del autocontrol acabaron meciéndose en una noche que ya era día al son de *Bailar pegados*. Una vez. Y otra. Y otra. Hasta acabar en el colchón.

Antes de dormir le conté que no era la primera vez que bailábamos, que lo habíamos hecho antes porque siempre estaba conmigo, en mi mente, cuando escuchaba sus cintas o leía los libros que me había regalado. Cerré los ojos convencida de que lo único que podía superar al hoy era el mañana. Confiada. Me abandoné al sueño con la determinación de que había llegado la hora de grabarle yo una, la que contuviese todos los «te quiero» de sus canciones.

Y lo habría hecho. Y le habría querido como decían las letras. Y le habría... Tantas cosas. Pero ahora ya sé lo que pasó. El Retiro. La estatua del Ángel Caído. El aire que se va de los pulmones. El retorcimiento que llega al corazón. Mi mundo, pasado, presente y, por la culpa de esa noche, siempre, hecho pedazos. Y, aun así, no la cambiaría.

Hay segundos...

Hay segundos con los que silenciar el ruido que quema, escuchar su voz pronunciando «Ojalá siempre» y sentir que hubo una noche de diciembre en la que fuiste supernova, bautizaste a la Vía Láctea y creíste que te merecías ser feliz. Lo suficiente para recordar que durante unas horas de frío Marco y tú os besasteis, dormisteis abrazados y creíste que eso era respirar directamente por encima de las nubes.

15

Marco

Un banco en los alrededores de Santa Eugenia una mañana nublada fue el punto de encuentro. Rodrigo acudió de inmediato y me encontró allí postrado, con el uniforme de la gasolinera, cuatro cigarros menos en el paquete y totalmente perdido. No esperé a que se sentase, me ofreciese desayunar en un bar o criticase mis pintas. Disparé al aire todo. La llamada que me había hecho huir del piso de su hermana con la cabeza a punto de estallar y lo que había sucedido entre ambos. Nuestro secreto. La realidad que se tambaleaba por una noticia inesperada.

Si hubiera sucedido algo entre Julieta y alguno de nuestros amigos, el imponente pecoso de ojos azules habría hecho el amago de acariciar uno de sus ojos con el puño, porque era lo que la gente esperaba de la imagen implacable que se esforzaba en mantener. Solo yo sabía que sus «conversaciones» con los ligues de la pequeña de los Moreno no estaban impregnados de violencia, sino de la petición de que la tratasen bien o se arrepentirían por perderla.

—¡Joder! —dijo robándome el paquete.

—Ya lo has dicho.

—¡Hostia! —Encendió el piti.

—Eso también.

—¡Joder, hostia, joder! —Dio una calada—. ¿Tanto la quieres?

—Más. —Sonreí con tristeza—. A todo lo que pienses súmale un mundo y ni siquiera estarás cerca. Ella ha sido mi vida, literalmente.

Rodrigo asintió. Estaba convencido de que le costaría hacerse a la idea, rumiaría por lo bajo insultos y se daría una vuelta para calmarse. Lo aceptó con la naturalidad de quien siempre ha sospechado que llegaría el momento de que su hermana y su mejor amigo se diesen cuenta de que llamaban «odiar» a algo diferente.

—Tienes que dar la talla. —Rompió el silencio—. Con las dos.

—¿Es posible?

—Alguien saldrá herido. Ya hay un incendio. Lo sabes. Te quemas. No está en tu mano cambiarlo, pero sí controlar que el fuego arrase lo menos posible. —Se quedó pensativo y habló con franqueza—. Claudia te necesita a su lado y Julieta te perseguiría al infierno sin dudarlo.

—¿Puedo pedírselo? Que venga.

—Claro, es lo que la terca de mi hermana va a intentar por todos los medios. Por eso debes valorar a cuántas cosas estás dispuesto a verla renunciar, porque lo dejará todo y te apoyará de manera incondicional, sin reproches o enfados, y serás tú el que por la noche la mires mientras duerme y te preguntes si fuiste justo al aceptar que pagase parte de tu descuido.

Di un paseo por el Retiro para meditar y la llamé cuando estaba en la fuente del Ángel Caído. Julieta llegó por el paseo del Duque Fernán Núñez. Venía con un abrigo rojo, un gorro de panda con orejas enormes y la sonrisa que había estado clavada en mi hombro toda la noche. Se puso de puntillas para saludarme con un beso y fui tan egoísta como para permitírselo. En mi defensa diré que no sabía qué iba a hacer, ni en ese instante ni en los meses que vendrían. Solo deseaba sentirla y olvidarme de los viandantes que paseaban, los que corrían y los que patinaban. Que desapareciesen los demonios escupiendo chorros de agua, el balanceo de los árboles y la agonía que arrastraba.

Lo consiguió.

La convertí en los últimos instantes de paz de ese domingo. Exprimí la sensación al máximo y me cargué de fuerzas para confesarle lo que había pasado. Se quedó perpleja. Fue tan resolutiva como esperaba y contestó a la pregunta instalada en mi cabeza desde que había abandonado a Rodrigo.

—Encontraremos la manera de que funcione.

—Julieta... —Adivinó mis intenciones.

—No siempre se puede elegir. Esta vez sí. Ahora. Aquí. Y te pido que elijas que nos enfrentemos a lo que viene juntos.

El flequillo se le escapaba por debajo del gorro y sus ojos pesaban demasiado. No podía hacerlo. No. La morena que se mantenía firme tenía que superar al puto Daniel y triunfar salpicando el mundo con su risa, sus ganas y su talento. Juntos era una cadena amarrada a mi destino. La deseaba más libre que el viento.

—No te quiero lo suficiente para compartir esta etapa —resolví, y me di cuenta de que cuando mientes por proteger a otra persona se te concede el deseo de que parezca real.

También, que los corazones rotos tienen su propio sonido. El de los ojos que se humedecen. El pecho que se agita. Los labios que se entreabren. Tu propio pecho fragmentado. Mantuve la compostura y le pedí varias veces perdón, aunque creo que no me llegó a oír. Descompuesta. Esperando que lo arreglase de alguna manera hasta que nos despedimos en la puerta del hospital y sacó un bolígrafo del bolso que no llegó a usar para pintarme una pancarta.

No me pude quitar su imagen esperanzada durante todo el trayecto de vuelta a Salamanca. Hecho polvo. Confundido. Aparcando mal y llamando al timbre de tía Elle y Carol porque no era capaz ni de encontrar las llaves.

—Claudia está embarazada —les dije a modo de saludo y se quedaron heladas en el pasillo.

—¿Vais a...? —preguntó Carol con cautela.

—Ella no sabe lo que quiere.

—¿Y tú?

—Tengo que pillarle el truco a esto de ser hijo por si dentro de unos meses soy padre.

Las dos me abrazaron. Mi exnovia me había llamado por la mañana. Había bajado a la cocina para que Julieta no nos escuchase. Estaba poniéndole el desayuno a Lennon cuando me contó la noticia. La noche anterior había salido con unas amigas para tomarse unas copas por la ruptura y entre cubatas y chupitos les había contado que estaba tan estresada por los exámenes y nuestra relación que se le había retrasado la regla dos meses. Ocho semanas. Una de las chicas le había dicho de coña que podía estar preñada. Se rieron de la ocurrencia. Cuando volvían a casa, pasaron por una farmacia abierta veinticuatro horas y compraron un test para cachondearse antes de tomarse la última en su piso.

Dos rayas. Adiós, borrachera. El grupo en su totalidad había bajado corriendo a pillar tres más, de diferentes marcas e idéntico resultado. Tenía la voz tomada. No sabía qué iba a hacer y rompía a llorar por si inflarse a tequila cargando un bebé en su vientre la convertía en mala madre. Yo me había apoyado en la encimera, le había prometido que estaría ahí decidiese lo que decidiese y después había salido a buscar el aire que me faltaba marcando el número de Rodrigo.

Padre. Yo. No podía ser. No estaba preparado. Me aferré a las dos mujeres.

—Chicos... —susurró tía Elle—. Creo que el bebé se adelanta.

—No estamos para bromas —la regañó Carol.

—Ni yo. Pero, o he roto aguas, o me he meado muy fuerte.

Nos separamos en el acto y el camisón mojado y el charco a nuestros pies nos hizo reaccionar. Cogimos la bolsa que tenía preparada y fuimos con el Ibiza al hospital. El parto duró catorce horas de espera y ansiedad. Entré en la habitación sin estar del todo seguro si seguía siendo una persona o el reflejo de una sombra barbuda. Las articulaciones me fallaban y la cabeza regía lenta y, a pesar de todo, cuando me senté en el sofá, colocaron a mi hermano/primo encima y me pidieron que le pusiese un nombre porque ellas no eran capaces, tuve un instante de lucidez. Y lloré al ver que no se le sostenía el cuello, sus manitas pequeñas debajo de las manoplas azules y el modo en el que bostezaba.

Yo no podía haber creado algo tan grande.

Yo no sabría cuidarlo. No valdría. Sería penoso. Mi sueldo era una mierda... Yo lo acuné, se durmió y me sentí Dios.

Claudia decidió tenerlo. Volvimos. Éramos conscientes de que cargar en un bebé la responsabilidad de conseguir que dos personas se quisieran era mucha presión, del mismo modo que nos parecía lo adecuado intentarlo, acompañarnos, ser uno en algo tan desconocido y que tanto nos asustaba. Después ya se vería.

Durante meses, no supe nada de Julieta. Se lo debía a la mujer que cuando comía algo dulce me hacía poner la mano encima de la tripa para que sintiese el movimiento de las patadas de nuestro futuro hijo o hija. No la llamé. No pregunté. La borré de mi vida como nunca antes. Pedro nos volvió a unir en marzo. Falleció de madrugada con las persianas subidas y la pequeña de los Moreno agarrándole la mano como había hecho durante la enfermedad, cantándole *Let it be* porque su abuelo decía que con los Beatles el dolor perdía las uñas de sus garras. El tanatorio fue algo íntimo y, por primera vez, no me creí con derecho a ir sin invitación previa, un extraño con una vida que ya no formaba parte de la misma línea. Paralela.

Rodrigo me reservó un hueco en el coche para que los acompañase a Cádiz al «entierro». Claudia no se atrevió con un viaje tan largo. Llegamos a Caños por la tarde. Lo único que sabía de camino al faro de Trafalgar era que iban a tirar sus cenizas. Lo único en lo que pensaba era que la iba a ver y no estaba preparado para no quererla. No todavía. No nunca. Uno no pronuncia siempre si no piensa cumplirlo.

La encontré al final del muelle que rodeaba la blanquecina construcción, sentada sobre la roca delante de la cual se extendía el mar con Octavia y Leroy a su lado. Tenía mala cara y parecía más delgada. Quise agarrarla de la mano y darle un abrazo que me entregase toda su tristeza. Me mantuve entre los gemelos y mi mejor amigo mientras el sol se escondía y teñía el horizonte de naranja. Su padre no se dignó a aparecer. Les abandonó consumido en la culpa de no haber hecho las paces con Pedro antes de que fuese demasiado tarde.

Ella esperó a que la oscuridad lo dominase todo y, junto con su abuela, cogió la lámpara de papel blanca de la que prendía las cenizas, encendió la vela y todos los Moreno la rozaron uno por uno para despedirse antes de soltarla y verla volar. La vimos flotar, hacerse cada vez más pequeña, hasta que brilló como si fuese una estrella más y su abuelo desapareció en su firmamento.

Julieta se movió para marcharse, tropezó y me adelanté por impulso para agarrarla antes de que se derrumbase, aunque no debiese, aunque sostenerla ya no fuese mi papel. Nuestros ojos se encontraron y no necesité llegar a casa y toparme con las cintas rotas encima de la cama para saber que la había perdido. Su mirada no era enfado. Contra la víscera se puede luchar y recuperar posiciones. Hay solución. Desaparece.

Su mirada era de desengaño por no haber estado a su lado cuando más me necesitaba. Ella no habría sido capaz de abandonarme ante algo así sin importar que el cielo se cayese a pedazos sobre nuestras cabezas. La decepción es algo más complicado de superar, porque escarba hasta ser el tatuaje invisible que hay tras una mirada y no puedes ver a la otra persona del mismo modo. No disimuló y me dejó ser testigo de cómo permitía a la emoción entrar y desdibujar nuestros recuerdos con unas lágrimas que recorrían sus mejillas y creaban cicatrices bajo mi piel.

Esa noche supe que la había perdido, le dije a Rodrigo que me quedaba un rato más allí y, con el frío golpeando la cara, fui consciente de que hay noches en las que tu corazón siente toda una vida y la mía había terminado frente a la estatua del Ángel Caído desprendiéndome de la chica que lucía un gorro de oso panda con orgullo.

Adiós, Julieta.

16

2016

Julieta

2016 fue el año que España repitió elecciones por primera vez, sucedió el Brexit, las fallas de Valencia fueron declaradas patrimonio de la humanidad, se llegó al acuerdo de paz entre el gobierno colombiano y las FARC, Bob Dylan ganó el Premio Nobel de Literatura y murió David Bowie, Prince, Gene Wilder y Alan Rickman con su «¿Después de tanto tiempo? Siempre».

2016 fue el año que salí de una lujosa urbanización madrileña temblando, con ganas de vomitar y dejando mi cuerpo atrás. Nunca volví a usar el amarillo o trazar un mapa de estrellas en un cuaderno desgastado, porque morí allí, de alguna manera lo hice.

Y, a pesar de dejar de existir, continué respirando y caminando con los rechazos laborales trepando por mi garganta, incluso aquella mañana del veintidós de diciembre mientras repasaba las calles de Madrid con la suela de mis Vans. No contaba con que la música de un violín me retendría en las tripas del laberinto del metro. Un hombre de unos cuarenta años, ataviado con una coleta y que cerraba los ojos al acariciar las cuerdas, daba un concierto gratuito en los pasillos de Alonso Martínez.

Las notas de la melodía que salían despedidas en todas direcciones me atraparon. Me deleité en el modo en el que sostenía el instrumento entre la clavícula y la mandíbula y la magia que desprendía. Ciego para todo lo demás, viendo lo que le surgía de aquello que no puedes controlar, su pasión.

Me pregunté si ese sería el destino del arte y me enfadé, porque ese hombre debería estar llenando teatros, robando emociones, apretando corazones, y no allí como parte de un mobiliario de una estación cruel que olvidaría que él la convirtió en pentagrama. Al terminar la actuación, aplaudí y le dejé un billete en la gorra que voló como una pluma mecida por el viento antes de aterrizar sobre las monedas.

Las palabras brotaron solas y le consulté si merecía la pena vivir de eso. Él me contestó que tenía un trabajo aburrido con el que pagaba sus facturas y seguimos hablando hasta que me atreví a pronunciar la cuestión que frenaba mis pies.

—¿Qué tiene que pasar para atreverse a renunciar a algo que..., que es todo?

—La duda es cuándo. El número de oportunidades convertidas en ceniza hasta que no te queda más remedio que aceptar que la realidad es más nítida que el sueño, que vives allí. Y ser consciente de que nadie te lo puede robar. La ilusión y la pasión no desaparecen, solo se transforman. Es lo bueno, ¿sabes? Siempre lo podrás hacer, aunque sea invisible en una estación.

—¿Cómo le dijiste adiós? ¿Cómo te despediste de hacer de ella tu profesión?

—Le dediqué el mejor de mis conciertos.

El violinista miró mis ojos tristes y tocó un tema para devolverles la luz. Le escuché con los párpados bajando e imágenes de girasoles en mi cabeza. Campos y más campos en los que el color abandonaba a la planta de tallo grueso, pétalos en forma de corazón y pipas hasta ser solo una extensión de tierra desolada. Y, cuando el hombre terminó, me limpié una lágrima que rodaba por mi mejilla, porque supe que ese día de suerte en el que algunos celebrarían ganar el gordo, me acababa de deshacer de las canciones, como las flores, hasta ser una extensión infinita habitada por la nada. Y ya no volvería a cantar.

PRESENTE

17

Marco

El olor a colonia fresca de *Frozen* en el envase de Olaf y el sonido de la banda sonora de *La La Land* son las señales de que mi hijo, Leo, está revoloteando cerca. En casa de nuevo. Claudia y yo tardamos tres años en reconocer que cuando el amor se fuerza se convierte en otra cosa. Indiferencia. Frustración. Ansiedad por un vacío que no se llena y repele lo que le colocas encima.

No nos unieron ayuntamientos ni iglesias. Nos separamos de manera civilizada. Somos amigos. Regresé a mi antiguo piso a las afueras de Salamanca y decidimos que una agenda no controlaría los movimientos del pequeño que, una tarde cualquiera, bate los brazos como si fueran alas de mariposa. Hablamos casi todos los días y nos ponemos de acuerdo. Solemos coincidir. Es lo que tiene perseguir lo mejor para la personita que me demostró que el hogar estaba allí donde se escuchasen sus pies correteando.

El móvil permanece apoyado en el lavabo mientras nos lavamos los dientes juntos. Tiene el pelo corto pelirrojo y los ojos verdes como Elle, los tres lunares de la mejilla de su madre y no le quita la vista de encima al bote de pasta para lanzármela cuando finjo que estoy despistado, como aquella en la que evito pensar y siento con fuerza. A veces me da la sensación de que se parece a todo el mundo menos a mí, a lo que los que me rodean responden con una tos seca entre la que se les escapa un «cabezonería» con el que no estoy de acuerdo. Él es cabezón. Yo no.

Es increíble que se maneje mejor con las tecnologías que nosotros. La pantalla táctil no le supone ningún misterio. Desliza su dedo por la reproducción y vuelve a poner su tema favorito, *City of stars,* ese que le llena de pura electricidad y ganas de saltar. Se enjuaga la boca y escupe. Le tiendo la toalla y le ayudo a bajar del taburete con la prueba de su inminente fechoría oculta en su espalda con gesto inocente.

Mantengo la calma. Llega mi turno. Muevo el agua de un lado para otro y la suelto.

—Ni se te ocurra —amenazo al ver por el rabillo asomar el bote. Ni caso. Mi sonrisa de lado conforme me agacho tampoco es que imponga mucho. Se la echa en las manos y me las restriega por la barba como si fuera crema de afeitar—. Verás cuando te pille.

—¡Sherlock me defiende! —Sale corriendo.

He aprendido que los padres hacen cosas que no reconocerían ni con un revólver apuntando a su sien para entretener a sus hijos. Lo mío es ponerme a cuatro patas y salir detrás ladrando. Prefiero no imaginar lo que parezco. Ejem... Doy pena. La imagen que me devuelve el pequeño cuando le encuentro detrás del pastor alemán es el motivo por el que lo repetiría un millón de veces.

El perro se interpone entre ambos y menea la cola. Traidor. Yo fui el que lo encontró cuando era un cachorro sentado sobre las patas traseras al lado de los surtidores de la gasolinera esperando a que regresasen a por él. Solo, asustado y sacudiendo la cola con esperanza. El mismo que conforme pasaban las horas y llegaba el frío le metió en el almacén con agua fresca y comida. El primero que se dio cuenta de que le habían abandonado y le ofreció el asiento trasero del Ibiza y el hueco libre del sofá.

—Deberías apoyarme a mí. ¡Somos compañeros de piso! —ladra. Debe de creer que es una conversación y tengo la capacidad de comprenderle. No le culpo. Hago igual.

—Soy su persona favorita.

—¿Cómo lo conseguiste? —El perro se aproxima con cautela y me olisquea la nariz. El dentífrico le debe gustar, porque saca la lengua y me pongo de pie de un salto antes de que me llene de babas toda la cara.

—Le doy filete por debajo de la mesa. —Trato de poner mi máscara más seria—. Me lo dijo el tío Rodrigo...

—Tendré que hablar con él. —Le malcría a conciencia.

—Es mi persona favorita. —Pues sí, escuece.

—¿Más que yo?

—Tú eres papá —dice con solemnidad, como si lo aclarase todo.

Los ojos se me humedecen. Mierda. Desde que Leo llegó a mis latidos acuso una irritante sensibilidad. No hay manera. Soy un maldito paño de lágrimas. Puro drama tras aguantar sin desmayarme el parto y caer redondo después de darle un beso cuando le colocaron sobre la barriga de su madre.

Mi presentación sería algo así como soy Marco Cruz, tengo veintiocho años y hace cinco que dejé de fumar. Me dedico a llorar por todo lo relacionado con él. ¿Que se le sostiene la cabeza, se mantiene sentado y gatea? Lloro. ¿Que empieza a hablar, andar, come solo y me dice que quiere ir al baño? Pues sigo llorando. ¿Que le quitamos el pañal, el chupete y se viste solo? ¿Para qué parar? ¿Que evita los peligros, se ata los botones y se peina? Una fábrica de clínex pone mi retrato en sus pasillos porque la mantengo.

Pero... ¿cómo no lo voy a hacer si nunca me acostumbraré a que papá salga despedido de sus labios y me observe como si el mundo empezase en mi cabeza y acabase en mis pies?

Leo aprovecha para ponerse el pijama mientras me limpio la barbilla. El mobiliario antiguo se ha marchado, al menos de los cuartos. Imagino que la dueña advirtió que esas muñecas le crearían un trauma. En su lugar, hay una cama con forma de coche de carreras, estanterías coloridas y el columpio de IKEA que habría colocado en el jardín que no tenemos.

Mi hijo se tumba sobre las sábanas y espera emocionado a que me tire bruscamente y salir disparado unos centímetros por encima del colchón. Pide que repita la hazaña hasta que pierdo la cuenta y me quita el cuento. Su profesora Octavia me aconsejó *El momento perfecto*, de Susanna Isern y Marco Somá. Con muchos dibujos, narra una historia de esas con valores de una ardilla que recibe una carta, tiene mucha prisa para llegar a su destino y, aun así, ayuda a todos los animalitos que se encuentra en el bosque.

—Se llama como tú —señala el niño acurrucándose a mi lado. Es capaz de interpretar algunas palabras sueltas, lo que no evita que sea él y no yo el que lee la historia antes de dormir. Imaginación.

—Es el nombre del éxito.

—¿Qué es el éxito? —¿No podría haberme grapado la boca?

—Cuando a alguien le salen las cosas bien.

—¿Y fracasado es que te salen mejor? —Abre mucho los ojos—. El amigo de mamá te llama todo el rato así. —Genial. ¿Sabría el amigo de mamá hacerlo sin dientes?

—Es que no ha conseguido llegar en la vida a lo que aspiraba... —Me adelanto a que pregunte qué es aspirar y liarme—. Por ejemplo, papá quería ser futbolista, le empezó a doler el corazón y no pudo.

—¿Te sigue doliendo? —se asusta.

—Desde que existes tú, no.

No sé si entiende exactamente lo que significa lo que le acabo de decir, pero está más sonriente que un segundo antes. Abre el cuento y se inventa lo primero que se le ocurre pasando las páginas concentrado. El único nexo que mantiene el arco argumental es que el mejor amigo de la ardilla es nuestro perro Sherlock, e ignora los dibujos que acompañan al final y decide situarlo en la gasolinera con los Reyes Magos comprando leche para los camellos. El año pasado no me dieron libre la madrugada del cinco de enero y cuando llegué la mañana del seis le aseguré que sus majestades habían pasado a saludarme. Fue casi tan alucinante como cuando a mi hermano/primo se le cayó el primer diente y Rodrigo se hizo pasar por el Ratoncito Pérez llamándole por teléfono. Quién nos ha visto... Los expertos en balbucear idiomas ajenos de madrugada en su faceta tierna e infantil.

Bosteza y me levanto para sacar de su mochila el peluche de un león repleto de remiendos que le dio su profesora un día que lloró mucho en el que prefiero no pensar. Encuentro un par de juguetes nuevos debajo y se los enseño por si también quiere que los acerque para montar una fiesta en la cama. Se apresura a negar con el dedo y gesto contrariado.

—¿Te los ha regalado Juanma porque Octavia dice que eres su mejor alumno? —Juanma es el bocazas esnob que se acuesta con Claudia, conduce el Audi de mis sueños, por lo visto opina que soy un fracasado y se está quedando calvo antes de los treinta. Sin rencor.

—Sí —asiente—. No le gusta Lolo. —Lolo es el peluche viejo, desgastado y que tiene botones por ojos—. Lo quiere tirar porque el resto de papás deben de pensar que no tenéis dinero para comprarme otros. —Repite lo que ha debido de escuchar. Me lo quita de las manos y lo abraza con fuerza. —¿Se puede quedar aquí con Sherlock?

—¿No prefieres que vigile tu habitación desde una estantería? —Si se lo dejo al pastor alemán, adiós peluche.

—Se harán compañía. Al perrito le da miedo dormir solo y araña mi puerta.

—Lo pensaré. —Hace un puchero. Ha salido inteligente. Un nuevo remiendo tampoco será para tanto—. Está bien. —Nota mental: comprar hilo y habilidad para coser.

Me apetece escribir a Juanma y decirle que como ponga sus putas manos encima del muñeco le quemo su colección de mocasines y subo el asesinato en directo a Instagram. El Marco visceral lo habría hecho orgulloso sin medir las consecuencias. He madurado. Soy adulto o, por lo menos, lo pretendo. La violencia no es buena aliada. Me contengo y tecleo a Claudia que el niño está preocupado por el León, que le tiene mucho cariño y sería un error que su pareja hiciese algo. Contesta que se encargará del asunto con una carita guiñando un ojo. La conozco. No tenía ni idea. Va a destrozarle los tímpanos con gritos. Que le den. Sonrío.

Los juguetes caros sobresalen por la mochila abierta y, de nuevo, me siento un poco impotente por no poder permitirme darle los lujos que me gustaría. Mi sueldo sigue siendo modesto y la necesidad de ahorrar se ha ido incrementando, ahora más. Sin embargo, soy un hombre de recursos. Cojo aire. Ha llegado el momento.

—Yo también tenía algo para ti —digo. Me agacho y saco una vieja carpeta de cuero junto con mi bolígrafo usado de debajo de la cama.

—Es la de tu papá —reconoce. Parece sorprendido y sus manos, lejos de ser cautas, rozan su tapa.

—Él habría querido que la compartiésemos. —Regreso a su lado y esa entrega, la generacional, me zarandea y alivia. Le encanta.

Deja a Lolo con cuidado al lado y la coge como si fuese un tesoro.

—¿Puedo? —Se sienta encima de mí, saca un folio en blanco, lo coloca sobre la tapa y traza la primera línea de tinta.

Dibuja y maneja el boli con mayor seguridad y precisión. Otro paso de esa confianza en sí mismo que está adquiriendo, como cuando empezó a usar las tijeras y... sí, lloré. Joder.

—¿Cómo era el abuelo? —¿Le recuerdo?

—Tenía el pelo largo...

—Como tú. —Continúa con los garabatos y me pierdo en la memoria.

—Me enseñó a usar los patines, montar en bicicleta y en navidades hacíamos un puzle.

—Me cae bien. —Presente. Se me revuelve el alma.

—Y a mí. —Carraspeo.

—¿Te pone triste que hablemos de él? —Detiene el movimiento del bolígrafo y me observa con sus inocentes ojos enormes.

—Me gusta que me obligues a no olvidarle.

—No lo harás. —Coloca las manos sobre mi barba rasurada y acaricia—. ¿Cuántos puzles se pueden comprar con cinco euros?

—¿Por qué quieres saberlo? —Baja el volumen.

—Porque tengo el billete que me dio Rodrigo escondido en el estuche de las ceras. —Razona como un adulto, preparado y dispuesto—. Puedo gastármelos en puzles cada Navidad hasta que sea muy mayor, por lo menos hasta los once. Y los montamos con Sherlock en el salón, hablamos del abuelo y si lloras no se lo cuento a nadie. —Aprieta los labios y se los agarra con los dedos para que permanezcan cerrados. Por un momento, me parece ver a Julieta en el balancín y no sé si me da un vuelco el estómago porque la noticia de Fer sigue muy presente o por ser consciente de que, si ella estuviera aquí, si yo no la hubiera cagado hasta un punto sin retorno, probablemente la perfección bailaría sobre una cama con forma de coche de carreras.

Sus manos van perdiendo fuerza, los párpados se le cierran y cada vez se deja caer más encima de mi pecho. Los bostezos son contagiosos. Es tan testarudo que solo se deja llevar cuando me tiende un borrón que se supone que es mi retrato. Pongo la fecha y lo guardo en la carpeta junto con mi primer dibujo, el de unas flores cobrando vida que repetí al mejorar la técnica.

Leo ha heredado el frío bajo los huesos de su madre. Lo tapo con el nórdico de plumas y le echo por encima la cazadora de cuero. Fue su requisito para empezar a dormir solo. Es un culo inquieto. Puede arrancar las sábanas, tirar la almohada y acabar con el pantalón en la cabeza. Cualquier cosa menos despertarse sin ese trozo de tela entre sus dedos.

Abandono el cuarto a hurtadillas y dejo la puerta entornada por si me llama. ¿Cuál es mi plan de sábado por la noche? Limpiar el desastre de la cena y recoger las pruebas de que cualquier trasto es susceptible de convertirse en juguete cuando anda cerca. Sherlock me sigue y roba un par de pelotas que guarda en el agujero negro que debo tener en algún rincón del piso.

Termino a tiempo de escuchar el par de golpes flojos en la puerta.

—Que vivas en la casa de una señora de cien años no te convierte en ella. —Rodrigo balancea un *six pack* de cerveza y le dejo entrar. Silba—. Te lo ofrezco por última vez. Podemos provocar un incendio de nada en los sofás y liberarte de las fundas horrorosas.

—Habla más bajo. Está durmiendo.

—¿Sabes una cosa? Tu hijo no tiene un oído ultrasónico. Lo siento —bromea, y deja el abrigo en el respaldo de la silla.

—Tú tampoco te has tragado un megáfono y gritas igual.

—La edad pasa factura...

—No llegamos a los treinta —le recuerdo.

—Y hace tiempo que dejamos de saber qué canciones están de moda en los garitos.

—El reguetón es siempre la misma mierda.

—Ya. Hazte el duro. Seguro que te sabes *Despacito* del revés. —Puede.

Le paso dos cervezas y dejo el resto en la nevera para que no se calienten. Las discotecas y los *pubs* cada vez son algo más lejano y, sinceramente, las resacas criminales de dos días de duración cuando salgo tampoco ayudan a que lo eche de menos.

El trigo y la cebada es nuestro pequeño capricho de los fines de semana. Una cita puntual los sábados. No falla que mi mejor amigo pase por la tienda de al lado de su trabajo y aparezca en la gasolinera (solo una) o en casa (caen más). Al final, el deporte poco a poco fue absorbiendo su tiempo, se olvidó de las oposiciones y se hizo entrenador personal. Compagina el gimnasio con ser entrenador personal de particulares que le contratan a través de los anuncios que ha puesto en Internet y su curso de adiestrador canino.

Lo último, su pasión. Lo descubrí cuando Sherlock llegó a nuestra vida y los manuales que estudiaba salían despedidos por su boca. «No te desesperes, ni le grites, ni le pegues, ni utilices collares de ahogo, ni le llames de diferentes maneras, ni...», repetía sin cesar. Como si alguna vez se me hubiese pasado por la cabeza que la crueldad, los castigos físicos o psicológicos, lo que él nunca me haría a mí, fuesen una opción... Con el pastor alemán. Con Rodrigo no lo descartaría cuando me toca mucho las narices.

Está practicando lo aprendido cuando vuelvo al salón y me dejo caer en el sofá. Mi mejor amigo se coloca delante de Sherlock, presionando con la mano derecha sobre su espalda, a la altura de su trasero, tratando que pliegue las patas traseras y se siente.

—*Sit.* —Le mira a los ojos y el animal le lame la cara.

—No entiende inglés. —Doy un sorbo a la cerveza helada.

—Siéntate. —Ni caso—. Es un tocapelotas. Ha salido al dueño.

—Compañero —puntualizo—. Si no le hubieras aconsejado a Leo que le premiase por debajo de la mesa, te haría caso con un trozo de salchicha...

Recoloca la capucha de la sudadera por debajo de su pelo corto negro, viene conmigo y, ahí sí, el pastor alemán se sienta. Mi carcajada camufla su gruñido. Abre la lata y pega un trago profundo.

—Es de coña verte con ese —apunta cuando saco mi cigarro de plástico.

—Es de coña que tantos años después siga teniendo miedo a darle una calada a uno de verdad y fumarme dos paquetes del tirón.

El tabaco es una de las cosas que me hacen sentir mayor. Lo dejé por Leo. Cuando veo a los adolescentes expulsar humo a hurtadillas, mi experiencia les quiere hablar. Decirles que se engancharán a una mierda que tiñe los pulmones de negro y los dientes de amarillo, ahoga y provoca que sepas a chupar un cenicero.

—¿Estás nervioso por lo de mañana? —pregunta—. Los bancos imponen.

—Voy a conseguirlo. Si no con ese, con otro... o diez años más ahorrando hasta que sea mío.

—Esa es la actitud. —Levanta su lata para brindar. Mi cerveza choca con la suya y bebemos.

—En realidad, creo que cuando entre mis pelotas se van a volver canicas.

—Marco... —Parece que se va a poner profundo—. Son años compartiendo ... —Escucho atentamente—. Ducha. Siempre han sido enanas—. Le enseño el dedo corazón—. ¿Qué? A estas alturas de la vida no me pidas que me ponga sensible. Además, tú ya sabes todo eso de que confío en ti, ¿para qué repetirlo?

A pesar de lo que piensa el pijo estirado que invita a Claudia a restaurantes finos que la obligan a atracar la nevera a la vuelta (sin rencor, de nuevo), tengo espíritu emprendedor. De crecer. De conseguir algo más que el grupo de jubiladas que se conocen mis turnos mejor que yo y vienen a comprar el pan riéndose nerviosas por mi uniforme irresistible. Elle me va a acompañar a pedir nuestro primer préstamo y, si todo sale bien, por la tarde firmaré unos papeles que me acercan al local vacío por el que evitaba pasar y los sueños de mis padres. Ya casi lo distingo, pequeño, con sonido estéreo.

—Sin vértigo no hay salto —trato de convencerme.

—Amén.

Sherlock se levanta corriendo. Le seguimos y descubrimos a Leo en la puerta frotándose los ojos.

—¿Qué ven mis ojos? ¿Lluvia? ¿Terremoto? ¿Ola? —Rodrigo pone voz de pito y espera a que el pequeño le revele qué fenómeno climático es hoy.

—Volcán. —Continúa medio dormido.

—¡Ay, ay, ay! —Se pone en pie y salta como si hubiera lava. Y, de vez en cuando, me fulmina con la mirada para que me quede claro que si le grabo me parte el cuello.

Mi hijo acaricia al pastor alemán y juguetea con el adulto, pero parece ido. Le hago un hueco encima de mis rodillas y se recuesta.

—¿Soy un fracasado? —Se frota la nariz con el puño. Le ha estado dando vueltas.

—¿Por qué pensarías algo así?

—Es alguien que no ha conseguido llegar en la vida a lo que aspiraba.
—Repite mis palabras. ¿Ya la he liado?—. La mamá de Tania dice que da igual cómo me cortéis el pelo o me vistáis, nunca seré un chico.

—La mamá de Tania es imbécil. —Cierro los ojos y chasqueo la lengua. ¿Lo he dicho en voz alta? «No, Marco, los tacos no».

—Chaval, si alguien te pregunta quién te ha enseñado la palabra «imbécil» —Rodrigo se palmea el pecho—, di que he sido yo. Y ya de paso le comentas de pasada a la madre de Tania que da un poquito de asco y que si tiene algo que objetar venga a mi despacho a lamerme las...

—Suficiente —le corto. Rodrigo se pone muy efusivo con este tema y, aunque me consta que lo hace porque posiblemente mi hijo sea lo único de este mundo que adora más que a sí mismo, tiene que entender que es muy pequeño y se puede asustar.

Leo nació con cuerpo de niña. Los expertos aseguran que te das cuenta cuando tienen uno o dos años. La verdad es que creo que Claudia lo sintió así en su vientre y por eso todos los nombres que barajamos eran neutros. La pista definitiva no fueron los juguetes, los juguetes no tienen género. Mi hijo ha tenido muñecas, carritos, coches, pelotas y palos de parque. Fue verle incómodo con el tipo de ropa y el peinado. Le cambiamos y, un día en el parque, me lo confirmó. A mí y no a otro. Fui la persona con la que se abrió y nunca existirá nada que se le pueda comparar.

—Papá, sabes que soy un niño, ¿verdad?

—Claro, mi hijo.

Desde entonces, Claudia y yo empezamos a educarnos. Leímos cosas útiles y gilipolleces que provocaban que me hirviese la sangre. Supimos que le íbamos a apoyar en todo. Teniendo en cuenta su personalidad, sus dudas y que el amor es la base para que el resto salga bien. Preparados para luchar contra lo que hiciese falta y evitar verle triste, retraído o aislado. No es un niño transgénero. Es mi hijo y, queda mal decirlo, muy guapo. Ha salido al padre.

—No lo serás... —digo, y me mira asustado—. Porque ya lo eres.

—¿Como el niño del álbum? —Dudo, y se levanta.

Las manos me tiemblan cuando me percato de que se dirige al cajón de Caños en el que guardo las imágenes con las que me torturo más de lo que debería. ¿Masoquista? Un poco. Las va pasando hasta localizarla. Antes de que mi hijo se me siente encima de las rodillas de nuevo, ya sé a quién me va a enseñar y que debo evitar el contacto visual con Rodrigo. Delante de mí aparece un verano, Julieta y su cresta.

Ladeo la cabeza. Está oscura y, sin la pista del moreno de nuestra piel, no puedo distinguir si era de aquellos días en los que huía de su presencia o cuando la admiraba cabalgando olas con el bañador de su abuelo. Sé que me tengo que contener. Sé que me lo cargué todo. Sé que no me merezco sentirla.

Sé que rozarla es un dolor profundo en las extremidades al que no me puedo resistir.

—No es como tú. Tú eres un chico. Ella es Julieta y solo lo probó unos meses —le explico.

—¿Se puede? —Abre mucho los ojos.

—Con ella todo era posible, sin límites. —Rio con voz ronca sin levantar la vista de la imagen.

—¿Incluso volar?

—Solo si te daba un puñetazo. —Me doy cuenta de lo que acabo de decir y rectifico—. Aunque los abrazos también valían. Puñetazos mal. Nunca. Prohibidos. —Leo no me hace caso. Está ensimismado con su descubrimiento.

—¿Podré conocerla algún día? —Ojalá. Noto el nudo en la garganta y la sensación de que echarla tanto de menos no debe de ser sano y me ha quitado años de vida, empezando por los que no hemos compartido.

—Si alguna vez has mirado el cielo, ya lo haces —interrumpe Rodrigo—. Vivía allí arriba. —Le ofrece la mano y el pequeño se la da.

Van a la ventana y se asoman a ver los lunares que inundan el firmamento de luz. Mi mejor amigo le narra los grandes éxitos de las anécdotas de su hermana y el pequeño parece fascinado por las palabras que se le escapan. Yo siento que algo va mal. Le conozco. Sé interpretarle. Por eso, cuando regresa y acostamos a Leo, dejo atrás los formalismos, los tabúes y pregunto:

—¿Vivía?

—Julieta no es la misma. —Su seriedad se transforma en algo que no reconozco en él, inquietud.

Nos quedamos en silencio. Su presencia en Salamanca para asistir a la cena de pedida de Alberto es inminente. Y que volvamos a dormir en la misma ciudad. Y que me gire en las esquinas por si aparece para darme un susto. Y que busque el amarillo por todas partes. Y que le pregunte al viento si anda cerca. Y que...

—¿Todavía la quieres?

Y que siga enamorado.

—¿Necesitas respuesta? —Aprieto los dientes.

Ya está. Ya lo he soltado. El azul se enfrenta al negro y, en lugar de desatarse una batalla, se suaviza.

—¿Jodí lo vuestro? Si no hubiera dicho nada, ¿te habrías ido con ella y no estaría...? ¿La rompí? —Se mira las enormes manos. De repente, me doy cuenta de que nunca ha estado enfadado conmigo por pillarme de su hermana, sino que su actitud brusca y a la defensiva se debía a que se sentía culpable por aconsejarme que hiciese lo correcto cuando evitar el dolor a una de las dos no era una posibilidad.

—No. —Elimino la carga—. Habría intentado ser un buen hombre con la mujer con la que esperaba un hijo. Estábamos sentenciados.

—Marco... —baja el tono y se roza el pecho—. Tiene hielo.

—Tenemos suerte de que el corazón de las estrellas sea puro fuego y yo guarde uno. —Descubro el colgante con el grabado de oro que la morena me dio en el entierro de mis padres.

—Sigues llevando el regalo de Julieta...

—El reloj de arena es lo de menos. Estoy condenado a que tu hermana sea mi piel y lo que hay debajo de ella. Estoy condenado a que tu hermana sea mi todo contenido en unos ojos despiertos.

—Vaya, ella te odia en varios idiomas...

—Adoro tu sinceridad aplastante.

—Marco... Suspira después cuando cree que nadie la escucha.

—¿Lo hace?

—No lo puede evitar. Le nace.

18

Julieta

La vida: ese pozo sin fondo que cargamos de ilusiones y que rara vez cumple las expectativas.

No sé de quién es la culpa. Del mundo, por una inmensidad que nos obliga a ponernos metas a su altura, o de nuestra capacidad de imaginar a lo grande, inventando colores para la fantasía e incluso una banda sonora que vista de emoción los instantes vacíos. Sea como sea, te encuentras en el cuarto de siglo, las previsiones de los críticos cinematográficos que recortabas no se han cumplido, y permanecen almacenadas en un cajón y en esa cabeza que memorizó cada letra, su curvatura y los sueños que escondían. Sin flores, sin fuegos artificiales y con un tiempo enloquecido que inunda de sol el norte en marzo, de lluvia el sur y el centro de un aire impregnado de los momentos que te volvieron vulnerable, frágil y desconfiada.

Viajas un año y medio atrás. Vuelves a estar con tu compañero de artes escénicas de Metrópolis, Paco González, que se puso un nombre en inglés para que le diese más glamur, Jude Crawdford, y las conversaciones compartidas de camino al metro, el grito ahogado contra su pecho el día que le dieron el papel y te pedía que le ayudases a memorizar el guion. Y de repente le ves construir una cabaña de sábanas, convertirse en el pico de una montaña de besos en las que las ramas hacían cosquillas y llamarte, la semana previa al estreno, para avisarte de que se pasará un par de horas antes por el apartamento que compartes con Lennon en la Gavia desde que los precios del centro se volvieron prohibitivos. Le escuchas llamar con los nudillos suavemente contra la madera y no recuerdas que ese gesto le pertenecía a Daniel el de los pétalos muertos, solo sales corriendo ilusionada con el vestido por el que tu cuenta tiembla, casi capaz de tocar el nuevo inicio que te brinda. Un pequeño paso para dejar la fatídica noche atrás.

—Nena, eres una sorpresa impredecible. —El actor se apoya contra el marco de la puerta y te repasa sin pudor mientras su mirada se enciende. Va enfundado con unos vaqueros Levi's y una camisa lisa blanca que, conociendo sus gustos, llevará la rúbrica de algún diseñador en la etiqueta. El traje reposa en la bolsa negra que deposita en una silla tras su paso.

—¿Te gusta?

—La pregunta sobra. Eres tú. —Sonríe, haciendo gala de la perfecta dentadura que se blanqueó semanas antes de comenzar el rodaje.

El gesto se te contagia, la risa de tu garganta acaba navegando en su interior cuando desliza sus labios sobre los tuyos y piensas que es suave, seguro y te podrías acostumbrar al sabor de los batidos de chocolate a los que es adicto. Te dejas llevar, su lengua te invade y sus pulgares trazan un sendero por tu cuello que provoca que olvides el tacto rasurado de una barba contra tu piel que echas de menos.

Sus manos continúan bajando y se ciernen sobre tu cintura dominantes y exigentes, tirando de ti con fervor hasta que notas su sexo, un gemido ahogado brota de tu garganta cuando te muerde el labio inferior y te controlas para empujarle sin obedecer a la demanda del burbujeo de debajo de tu estómago.

—No puedo. —Jadeas con la respiración entrecortada—. El vestido...

—Ni que lo fueras a llevar puesto mientras nos acostamos... —Jude disimula mal su irritación y suaviza el gesto para intentar volver a la carga. Tú notas que algo va mal.

—No me dará tiempo a arreglarme para el estreno si nos lo montamos ahora. Este desagradecido peinado lleva más horas de las que parece a simple vista —insistes.

—Un momento... —El actor se masajea la sien con gesto cansado. Su respiración se acompasa poco a poco—. ¿Te han invitado a la *première*? ¿A ti?

Esperas que prorrumpa en una carcajada. No sucede. En lugar de eso, cada vez parece más confundido y optas por soltarlo todo de golpe.

—Soy tu acompañante. —Jude abre mucho los ojos y bajas el volumen—. ¿No?

—¿Tú, conmigo? ¿Por qué narices iba a suceder algo así? —Sigue molesto por tu negativa.

Balbuceas que te escribió y lo diste por hecho, y él te pregunta: «Julieta, ¿qué es lo que hacemos tú y yo?». Ordenas las ideas. Y se te ocurren tantas cosas que dejas que paseen por tu mente antes de pescar una. Tú y yo encestamos palomitas en la boca del otro, acurrucados en el sofá viendo nuestras películas favoritas. Tú y yo subimos a la azotea de mi edificio y nos inventamos el argumento de la vida de los vecinos, con crímenes, magia y algún que otro *troll*. Tú te ríes porque tengo una taza de Groot y al día siguiente yo te compro una...

—Tú y yo echamos polvos brutales con los que nos desestresamos —sentencia.

—¿Y qué hay de la taza? —Lanzas el último pensamiento y Jude parpadea incrédulo.

—Por el amor de Dios, madura, solo es una ridícula taza de *Guardianes de la Galaxia*.

Sientes frío. Tormenta de nieve. Ha conseguido la meta. Es una estrella o lo será si se cumplen las previsiones de taquilla. Ya no finge. Las capas de ilusión que durante este tiempo te han abrigado caen a tus pies. Desnuda. Expuesta. Te tiembla el labio. El corazón se estremece. Vuelves a ser esa casa que no es lo suficientemente acogedora como para retener a las personas.

—Nosotros nunca... —Aspira y clava sus ojos en los tuyos. No hay titubeo. No hay vacilación. No hay espacio para la oportunidad—. Nunca habrá más.

—¿Por qué? —preguntas, sin desesperación, evitando que tu tono muestre tus sentimientos fracturados.

—Ya lo sabes.

—Quiero oírtelo decir.

Te recreas en el dolor. En la marca sobre tu piel. En escuchar cómo lo fastidiaste todo. La opinión que tienen los demás, para tener un arma contra la magia de las fantasías. Y sabes que nunca podrás dejar la etiqueta atrás cuando compruebas que le importa una mierda estar haciéndote daño y lo único que quiere es saber si le has contado a alguien lo vuestro.

—¿Qué más da?

—¡Joder! —Da un puñetazo al aire—. Lo sabía. Me lo habían avisado, pero soy un gilipollas confiado...

—¿Qué? —Le interrumpes seria y, deshaciéndote por dentro, haces acopio de la fuerza de a quien le quedan unos segundos en pie y quiere disfrutarlos con la máxima dignidad posible.

—Que eres esa clase de chica.

—¿Podrías concretar?

—Sé lo que pretendes. —Te señala con un dedo acusador—. Beneficiarte de mi fama.

—También soy actriz —le recuerdas.

—Protagonizaste un taquillazo, supéralo. —Habla la ira más profunda que nace de que le puedan relacionar contigo y... araña saber que produces ese nivel de ofensa—. ¿Acaso has olvidado lo que vino después?

No.

—¿Hago una lista? Daniel, Raúl, Luis y Ric...

—¡Fuera de mi casa! —gritas, y Lennon se aproxima sigiloso y clava sus uñas en la bolsa de Jude—. ¡Vete!, ¡ya!

—No vayas de víctima. —Te agarra las manos por la muñeca y escupe—. Hasta que no me dieron el papel ni me veías.

¿Eso piensa? ¿De verdad? Le llevas observando desde el primer día cuando entró en la escuela con una sonrisa tímida, los ojos más azules del mundo y jugando a hacer sombras de animales cuando se aburría en clase. Él, que no se mofaba de que hubieran relegado el cartel de tu película al baño de las instalaciones. Él, que te colocaba el casco de su iPhone y ponía música de los setenta cuando te disparaban comentarios para que las notas te llevasen a otras ciudades y convertía el resto de la clase en amarillo.

Él, una mentira. Más. Nada es real.

—¡Tú marcaste los tiempos y decidiste cuándo lanzarte!

—Porque sabía que para colarse entre tus piernas hay que tener nombre. Alguien de quien poder sacar provecho.

—¡Es mentira! —Notas que te escuecen los ojos y te arde la garganta. Es una señal. Le tiras la bolsa y, mientras Jude la aprieta contra su pecho, le empujas fuera.

—Productores, actores, deportistas... ¿Quién coño va a querer ir contigo del brazo a un evento cuando te han visto desnuda todos los asistentes? No eres una mujer... respetable. Tu cuerpo es público. Tu piel, también. Julieta, hazte a la idea, solo eres un buen coño del que fardar.

La madera retumba a tu espalda y sabes que Jude grita algo más, pero no le oyes. Con el pitido de una nueva decepción llegas hasta el sofá y te dejas caer sin fuerzas. Lennon se acerca, guarda las uñas y acaricia tu mejilla con su pata. Coges el móvil con manos temblorosas y buscas la escena de Aibileen y Mae Mobley en *Criadas y señoras*. Te haces un ovillo y pulsas el *play*. «Tú eres buena. Tú eres lista. Tú eres importante», le dice la criada y, como hace la niña que sostiene en su regazo, lo repites una vez. Y otra. Y otra. Hasta que casi te lo crees. Hasta que te prometes a ti misma que, si se te presenta una nueva oportunidad, lo conseguirás y silenciarás todos los monstruos. Te queda fuerza que consumir. Fuego acunado en un recuerdo que no quieres olvidar para que sea impulso en el futuro.

Por eso hoy es importante.

Hoy es día de *casting*.

Ajusto los cascos, me tumbo en el suelo y pongo mi lista de Spotify. Suena *La llamada*, de Leiva. El buen rollo de la voz rasgada masculina, unida al rítmico acompañamiento instrumental, me invade hasta colarse por algún hueco que provoca que mi cuerpo se contonee y ceda al cóctel de sensaciones que me arrollan.

De pequeña me gustaba pensar que era una veleta afortunada que se había desprendido del robusto palo que la mantenía anclada. Libre. Volando con la tela extendida. Ahora sé que es mentira. Tengo rutinas, manías y comportamientos predecibles. Como todos. El ser humano se parece más a sus semejantes de lo que está dispuesto a admitir. Por ejemplo, ante una prueba, intentamos combatir los nervios, la diferencia es el cómo.

Lo inminente del momento ha provocado que la electricidad invada la madrileña escuela de arte Metrópolis con reacciones de lo más diversas. La fuerza del rayo ha dejado a algunas personas petrificadas en las sillas del pasillo que une las distintas aulas, con la cabeza enterrada entre las manos repasando los diálogos, y a otras la energía no les permite parar y se mueven con el contenido del estómago cada vez más cerca de la boca.

Por mi parte, me he alejado del gentío para no contagiarme. Entre las clases, la sala de montaje y el despacho de creatividad, se esconde el pequeño teatro en el que los estudiantes de arte escénico improvisamos lo aprendido en funciones plagadas de familiares y amigos.

Repaso con la yema del dedo las líneas que delimitan las frías tablas y elevo la vista. Ahí está lo necesario para apaciguarme. Cables entrelazados. Estructuras metálicas. Focos. Las vísceras de la función. Me relajo. En un mundo condenado a convertir la realidad en ficción, en el que solo se muestra lo que ocurre delante del telón con fotografías, vídeos y textos en las redes sociales, me reconforta ser testigo de lo de dentro, aquella parte que tal vez no es tan brillante y llamativa, el rincón oculto que permite que todo funcione en el que no sientes decenas de ojos clavados en ti, juzgándote.

La claridad del exterior penetra cuando abren la puerta y me incorporo sentada antes de que den la luz. Sarah aparece al fondo de la pequeña extensión que supone el patio de butacas. Tan solo me da tiempo a ponerme de pie, atusarme el peto vaquero y bajar las mangas del jersey azul celeste que llevo debajo antes de que ella suba los tres escalones y esté a mi lado.

Sarah es mi caótica representante. La única que atendió a mi llamada cuando parecía destinada a que las puertas se me cerrasen en la cara. No es de primer nivel. Lleva figurantes, extras, películas y series B y algún que otro protagonista de anuncio. La elegí después de que todos los demás me descartasen con sus correos tipo y sus silencios interminables. Su respuesta no fue un «sí» inmediato. Parpadeó, se puso a dar vueltas por el despacho y mis pulsaciones se dispararon. Creí que estaba tan enredada en el lodo que ni pagando alguien se arriesgaría a que relacionasen su nombre con mi fama.

Entonces me miró muy seria, me pidió perdón bajito y se puso a dar saltos lanzando los folios por todas partes eufórica, antes de ver el estropicio y agacharse a recogerlos. No puedo negar que tanteé la opción de huir, pero entonces escuché cómo me llamaba. No era vulgar, hiriente o juicio. «Qué suerte he tenido», se escapaba de sus labios. Y noté el cosquilleo de volver a ser algo bonito conforme me arrodillé para ayudarla.

Llegamos a un acuerdo que nos beneficiaba a ambas y firmé ante sus ojos muy abiertos. Supongo que era inevitable que nos hiciésemos amigas, porque ese día aprendí que hay personas que sonríen constantemente y su carcajada te impulsa a que vuelvas a nacer en vida. Tal vez no destaca por ser la más profesional, pero me ofrece un hueco en la tabla sin tener claro si cabemos las dos y permanece a mi lado a flote, aunque los papeles que presuponía cuando firmamos no llegan y sabe, porque lo tiene que hacer, que la única culpable de que el éxito se nos escape es mía.

Me doy cuenta de que está moviendo los labios y me apresuro a detener la reproducción para escucharla. Un detalle se interpone y provoca que no pueda prestarle atención. Sarah es un pañuelo enrollado a su cuello, camisetas anchas de civilizaciones antiguas, pantalones caídos, ausencia de bolso y despiste. Lleva el teléfono asomando por el bolsillo trasero y lo atrapo antes de que se caiga al suelo.

—Eres la salvadora oficial de este trasto. —Coloca un dedo sobre la montura de las gafas y empuja para ajustárselas.

—No te olvides de la cartera. —La señalo y ella presiona para que vuelva a estar en el interior del bolsillo. Se ríe y el gesto se me contagia.

—¿Y bien? Dime que has huido de la histeria colectiva que hay fuera.

—He escapado a tiempo con mi velocidad ninja. Estoy lista —confirmo, y mi determinación provoca que Sarah aplauda.

—Lo sé. Naciste preparada, Julieta.

—¿Discurso de entrenadora ante la final del Mundial a la vista? —Le doy con el hombro.

—Como si hiciese falta. Como si no fuera el arte el que tuviese que dar las gracias porque le dejes vivir dentro de ti y no al revés.

Los ojos se me humedecen en contra de mi voluntad. Luchar agota, y más cuando la cuenta atrás se aproxima peligrosamente a su fin.

—¿Has hablado con ellos? —pregunto.

—Todo bajo control.

—¿Podré hacer la audición para la protagonista? —Su mirada se tiñe de lástima y la vena de la frente palpita de la rabia antes de sacudir la cabeza.

—La tía. —Confirma mis sospechas y me agarra del brazo—. Eh, no es malo, todo lo contrario, la audiencia va a adorar al personaje, tiene chispa, alma, y tú mejor que nadie sabes que a veces los pececillos secundarios se adelantan al tiburón y su trama crece.

—Me quedaban meses para superar esa línea...

La industria del cine precipita las etapas. Niñez. Adolescencia. Madurez. Vejez. La juventud dura un suspiro y, cuando te quieres dar cuenta, ya eres mayor para el sector. El paréntesis masculino es más amplio. Ellos pueden protagonizar un filme sacando varios años a su compañera de reparto. Nosotras no compartimos su suerte. Tenemos que estar perfectas, con una belleza exótica que nos diferencie, aparentando menos edad sin que se note la mano del bisturí. Si no has despuntado antes de estar más cerca de los treinta que de los veinte, tienes complicado despegar. Has perdido tu oportunidad. Contaba con los meses que me separan hasta mi cumpleaños para poner los motores a punto y lograr la proeza de mandar de nuevo mi cohete al espacio.

—No te pongas plazos tan cortos. Esa idea es una idiotez. —A Sarah se le da muy bien indignarse y a mí me encanta que nade contra marea.

—Que rige este mundillo. —Su piel adquiere el tono rojizo de tener que admitir que es cierto. Intento arreglarlo. Es un buen día. Al menos tengo una posibilidad—. Llevas razón, la tía no suena mal. Tendré que encontrar la manera de darle un toque que la haga memorable.

—No hagas eso. —Se pone seria.

—¿Ofrecer mi mejor versión?

—Rendirte. —Sopla. Lleva el pelo canela un poco más largo de lo habitual, por debajo de la oreja, y le molesta—. Lo conseguiremos y a todos los que te han puesto zancadillas les...

—... dedicaremos un «que te den» en la rueda de prensa —completo por ella y hago una reverencia para que mi apreciación sea más visual.

—Iba a proponer que les meásemos encima. Mejor nos quedamos con lo tuyo. Es más elegante. Más de estrella de Goya. —Se encoge de hombros.

Pegamos un pequeño bote cuando le suena el teléfono. Mi representante lo recupera del bolsillo trasero de su vaquero y frunce el ceño al observar de quién se trata. Su mueca contrariada me agita y la alerta se incrementa cuando se separa unos metros para hablar. No es buena señal. Mucho menos que sus manos se desplacen hasta los ronchones rojizos de dermatitis que solo se rasca si le hierve la sangre.

La observo desde la distancia, hasta que sus uñas impactan contra las pequeñas manchas y sus labios se tornan una línea recta imperturbable. Me temo lo peor. No puede ser. Otra vez. Le hago un gesto con la cabeza para indicarle que voy al baño. Paseo las manos por el respaldo tapizado púrpura de las butacas para llevarme la potencia de las emociones que los espectadores han dejado allí.

El positivismo era, ¿es?, parte de mi esencia y trato de recuperarlo sorteando a los aspirantes al papel por los pasillos, los futuros guionistas apretando el bolígrafo contra el folio en blanco y los estudiantes de dirección cinematográfica cargados con cámaras y trípodes para algunas de las prácticas que llevarán a cabo. Casi todos más pequeños.

Cierro la puerta del baño detrás de mí y compruebo que no haya nadie más antes de ir a mi particular tortura. La institución es una oda al mundo del cine, desde el mural al lado de la puerta con una escena de *Pulp Fiction*, con Vincent y Jules con un palo *selfie* en lugar de sus pistolas, el cartel que reza «Todos esos momentos se perderán como lágrimas en la lluvia», de *Blade Runner*, o los pósteres de películas en cada rincón.

Cuando empecé a estudiar, cuando lo hice por perfeccionar, evitar enfriarme y no por necesidad, pusieron una copia de *Todos los juguetes rotos* en la entrada. Era otra época. Una en la que tenerme dentro del alumnado significaba motivo de orgullo que gritar a los cuatro vientos. La misma imagen que ahora descansa en el tercer baño, desgastada en aquellas partes en las que tuvieron que borrar mensajes ofensivos escritos con rotulador permanente en los que se intuye la silueta de las palabras que mordieron mi moral.

Entro y cierro. Una fotografía de dos personas, el cartel de la película, Martin alias Aliento Putrefacto y yo, deshaciendo la mente, el corazón y las fronteras del otro enredados en un beso y un abrazo. Un portazo al otro lado hace que detenga el involuntario movimiento de mi mano rumbo a rozar a su «yo» del pasado. Bajo la tapa y me siento, esperando a que se vayan para salir.

—No tienes competencia. Es tuyo. —Escucho una voz en los lavabos y el agua del grifo cayendo.

—Dicen que Julieta se presenta... —Me tenso. Mi nombre no suele venir acompañado de palabras agradables.

—¿La vieja gloria? Es... ¿Cómo decía su único éxito? Un juguete roto.

—Tiene otras armas...

—¿Te refieres al muelle que le impide cerrar las piernas? Tranquila, nadie volverá a caer después de...

Agarro la cuerda metálica y tiro la cadena, más para no escucharlas que para que se percaten de que no están solas. Mis pecados son míos, los conozco, sé su sabor y su relieve, no es necesaria la enumeración de una boca ajena que no me ha visto reír hasta que se me sale la Coca-Cola por la nariz para que los tenga presentes.

No tengo que esconderme. La época de anhelar desaparecer y evitar los espejos por miedo a comprobar en el reflejo que lo que decían es cierto hace tiempo que pasó. Cojo aire, me cuadro, levanto la barbilla y lo suelto lentamente cuando salgo. Solo son dos crías que, en cuanto se percatan de mi presencia, se lanzan una mirada furtiva ocultando una risita nerviosa antes de moverse de un modo precipitado para ocupar mi antigua posición al lado del retrete.

Les corto el paso. Procuro no encararme. Procuro no hablar. Lo que persigo es otra cosa. Contacto visual. Necesito que me miren a los ojos para que vean que son iguales que los suyos, como los dedos, la nariz, la piel y los sentimientos. Insultar al aire o una pantalla es fácil, ponerle cara y respiración a la víctima no debería serlo. Y digo «no debería» porque solo una de las dos parece afectada, tal vez arrepentida, y, a pesar de eso, sus carcajadas se unen a coro con las de su amiga cuando me aparto, dejan de verme y olvidan que tengo sus mismos ojos, nariz, piel y sentimientos.

No sé de qué me extraño.

No sé por qué me sigo extrañando.

El eco del sonido del secador de manos me persigue cuando regreso al pasillo y descubro que Sarah me está esperando con cara de circunstancias.

Ya está.

—No podré hacer el *casting* —confirmo, porque la conozco y sé que las malas noticias se le atragantan y las mastica demasiado antes de pronunciarlas. Prefiero arrancar la cera de un tirón certero.

—Hay sombras demasiado alargadas y poderosas...

—No importa, tampoco me apasionaba ser la tía.

Miento y, por una vez, agradezco que la exteriorización de mis sentimientos se haya tornado defectuosa, porque pica, y esa emoción me permite mostrar mi sonrisa más convincente.

—Gracias por seguir intentándolo —balbuceo. Es más común de lo que parece que tu representante te abandone cuando dejas de servir, que desaparezca en un buzón de voz y correos sin contestar.

—No me las des, en tiempos injustos la tarea de fingir ser un héroe es fácil. —Acerca su mano y acaricia mi brazo—. No hiciste nada malo, Julieta Moreno, y te cargaron con el peso del villano. Alguna vez le enseñaremos el poder del gris al mundo.

—¿Lo haremos? —dudo.

—Lo haremos —asegura—. Y le patearemos el culo a los productores que trataron de salvarse ahogándote. Unos ignorantes desgraciados que no se dieron cuenta...

—¿De qué?

—De que ellos son tiburones, sí, de los que no pueden parar de nadar porque se hunden y se asfixian, pero tú, tú eres el pececillo que escapó cuando lo trataron de aplastar y vaga por el océano en busca de nuevos rincones, haciéndose dueño de él, saltando para que el sol le acaricie. Más libre. Más fuerte. Más tú.

Se viene arriba y termina envolviéndome con sus brazos. Cuando el resto de chicas se reúnen para ir juntas a la prueba, me aprieta y noto el hielo apoderándose de una parcela más de mi interior. Frío. No me miran personas. Son calculadoras que me dejan atrás, que no preguntan por qué me quedo, contabilizan competencia. Una menos.

Coger el metro e ir a casa es una opción. Allí me espera Lennon... Que está enfadado conmigo desde que el veterinario sugirió que le pusiese a dieta para que dejase de parecerse a una pelota negra a la que le cuesta lamerse la barriga. Me castiga evitando utilizarme de sofá y mordiéndome los dedos de los pies cinco minutos antes de que suene el despertador.

Quedo con Leroy. Mi mejor amigo lleva dos años viviendo en Madrid. A él le va mejor, mucho mejor. Llegó para ser ayudante de cocina y en pocos meses se convirtió en chef. Crea platos de nombres con dos líneas de presentación y poca comida. Lo justifica con el pretexto de que los sentidos no podrían aguantar una bomba de tal magnitud en cantidades industriales. Debo de ser yo la que no comprende el concepto de cenar quedándose con hambre. El restaurante tiene una lista de espera de meses y récord de *stories* de *influencers*.

Nuestro punto de encuentro es Atocha. Cuando el chico de las recetas que come hamburguesas de McDonald's a escondidas llegó, la capital se le antojó demasiado grande, impersonal y se agotaba de ver a sus habitantes ir deprisa a todos los lados. Me pidió que buscásemos un resquicio de paz, llovía, nos metimos en la estación y el resto surgió solo entre el jardín tropical y el estanque de las tortugas.

Pudimos elegir la vegetación, la fauna o uno de sus bares. Nos quedamos con el *hall* de llegada del AVE. Fuimos pretenciosos y nos gustó la idea de ser lo primero que veían los pasajeros tras un viaje. El contacto con una ciudad. Y, un día entre cervezas, decidimos que cuando consiguiese un papel nos plantaríamos con una cartulina enorme en la que pintaríamos un nombre al azar y, si alguien se identificaba, le invitaríamos con nosotros a celebrarlo.

Le distingo apoyado en la barandilla, con su tupé infinito, el abrigo de estampado de saltamontes y un papel enorme verde entre las manos.

—¿Lo hemos conseguido? —Sacudo la cabeza y le dedico una sonrisa triste.

—No me han dejado hacer la prueba. —Frunce el ceño y le arrebato la cartulina antes de que me consuele. La sedación adormece el agujero y necesito ser consciente de la realidad para tomar una decisión—. ¿Cleopatra? —Leo el nombre.

—Tenía que ser aleatorio, no popular. Además, alguien que se llame como la última reina del antiguo Egipto tiene que ser muy *top*.

—¿Muy *top*? —Enarco una ceja.

—Me actualizo a la velocidad de mis gigas. —Pongo los ojos en blanco—. Anda, quita esa cara de brócoli y ven aquí. —Su tono es de coña. Su abrazo, la manera en que sus manos tienen de decirme, recorriéndome la espalda, que están ahí para mí y nunca se van a ir.

Las ruedas de las maletas nos desvelan que un nuevo tren ha llegado. Nos separamos con la marea humana y nos dirigimos a la papelera más cercana.

—Adiós, Cleopatra. Te juro que vengaré la fiesta que unos productores no te han dejado disfrutar. —Enrolla la cartulina y la deja en un lateral por si alguien la encuentra y la quiere reutilizar—. No sé cómo pueden cargar con algo así en la conciencia.

—¿Evitar que una hipotética desconocida se vaya de juerga?

—Dejarte pasar.

—Tú, que me ves con buenos ojos.

—En realidad, conozco todos tus defectos.

—¿Todos?

—Eres especial.

—¿Gracias? —dudo—. La confianza da asco.

—La confianza te permite contarme lo que sea que te está pasando por la cabeza.

Me ha pillado. Espera. El violinista de la estación de Alonso Martínez y sus palabras regresan. Su reflexión. ¿Cuántas oportunidades convertidas en ceniza puedo soportar hasta aceptar que la realidad es más nítida que el sueño, que vivo allí? Me he apuntado a tantos cursos en Metrópolis que Leroy bromea con el tema de que deberían ofrecerme un puesto de profesora. Los trabajos a tiempo parcial que cojo no me dan lo suficiente como para mantenerme y mi madre tiene que nutrir mi cuenta a final de mes. Y nada cambia. Nada mejora. Nada asoma al final del camino.

—Creo que me voy a dar un tiempo en Salamanca para pensar si merece la pena que... —confieso.

—¿Si merece la pena que Alberto se case con una estirada que le va a convertir en un palo más rígido? —La futura mujer de mi hermano es una *dominatrix*, un tanto quisquillosa y que se centra en que sea todavía un poquito más serio, si eso es posible. Sin embargo, es su elección, la respeto y cuando ella habla hay un mono tocando los platos en mi cerebro.

—Si merece la pena seguir actuando o ya es hora de que le dedique el mejor de mis conciertos. —Sacudo la cabeza—. Olvida la última parte y céntrate en lo primero.

—Tomarse un respiro aumenta la perspectiva —sentencia, y asiento.

—¿Hice mal en hablar?

—Nunca. —Me agarra las manos y se pone muy serio—. Te faltaron más voces para que se convirtiera en un grito. Quién sabe si alguna vez...

—No va a ocurrir. Soy el ejemplo de que calladitas nos va mejor.

—¿Estás segura? Porque encima de nuestras cabezas tenemos la prueba de tu gran error.

—¿De qué hablas?

—Sígueme y prepárate para quedarte afónica.

Nuestros dedos se enlazan conforme abandonamos la estación de Atocha. A veces, estoy tan concentrada/obsesionada con conseguir lo que perdí, que olvido que en 1473 Nicolás Copérnico nos enseñó que la Tierra gira alrededor del Sol y el movimiento no se detiene, como la vida, como la evolución humana.

Es el día de la mujer y ellas han salido a tomar las calles con el mar más impresionante que he observado. Morado. Repleto de olas formadas por mujeres. Niñas. Jóvenes. Maduras. Ancianas. Rubias. Morenas. Pelirrojas. Pelo largo. Rapado. Calvas. Con faldas cortas o pantalones largos. Cabezonas. Soñadoras. Amables. Bordes. Con sonrisas expresivas o líneas rectas que hablan de injusticias. Hombres. Niños. Personas. Todas. Diferentes. Únicas. Especiales. Y en mitad de ellas, yo, sintiendo que por mis actos no merezco acompañarlas, que soy un fraude, que no tengo derecho a una lucha a la que fallé al abrir una puerta y dejar que un vestido cayese arremolinado a mis pies.

Y entonces. Las letras de sus pancartas me llaman. «Ni una menos.» «Pelea como una chica.» «Somos las nietas de las brujas que quemasteis en la hoguera.» «Mi cuerpo no quiere tu opinión.» «No nací de la costilla de Adán, tú naciste de mi coño.» «No soy un perro, no me silbes.» «Igualdad.» «Eres libre, así que vuela.» «Harry Potter no habría pasado del primer libro sin la ayuda de Hermione...» Brota una carcajada y la emoción se enreda en mi pecho al ser testigo de algo tan bonito, una unión casi palpable y que se transforma en respirar la construcción de un futuro.

—Sube. —Leroy se agacha.

—No vas a poder conmigo. Te he sido muy infiel con la pizza.

—Espalda, demuestra a mi desconfiada amiga que la hora y media de gimnasio sirvió para algo. —Coloco las piernas alrededor de su cuello y me aferro a sus hombros conforme comienza a ascender—. Aprovecha, luego te toca a ti cargar conmigo y, sí, yo también te he traicionado con la comida italiana.

La multitud se pierde más allá del paseo del Prado. Hay gente por todos los lados. Música. Y una chica que no lleva camiseta y tiene escrito en su espalda: «Si ser puta es ser libre, nací con vocación». Los ojos se me inundan de lágrimas e intento escuchar lo que gritan a mi alrededor para imitarlas.

—Sin... —susurro—. Sin... —La respiración se me acelera—. ¡Sin nosotras se para el mundo! —chillo, y un par de señoras se suman. No aparto la mirada de la chica con el torso desnudo y su «puta».

Puta.

Puta.

Puta.

Las mismas palabras. Distinto sabor.

Veo las letras transformarse en Julieta y grito más alto.

—¡Sin nosotras se para el mundo! ¡Sin nosotras se para el mundo!

No puedo contenerme. Detenerme. Es como vomitar dolor y llenarme de apoyo, pegamento que une fragmentos rotos. Y ellas no lo saben, no me conocen, pero vuelvo a quererme a la velocidad que pierdo la voz. Cierro los ojos y no importa Daniel, Jude, la habitación de la figura de bronce y cola, ni ningún otro de los que en algún momento me echaron tierra encima. No me importa si volveré a actuar o todos mis logros se disuelven en una serie que cancelaron pronto, una película con un compañero impresentable y un par de anuncios. Solo mi propia reconciliación entre mujeres creando olas moradas con sus manos levantadas con las que la palabra «puta» pierde el poder de ser una herida abierta.

19

Marco

Nunca he tenido tantas cámaras enfocándome desde mi breve paso por la Ponferradina. Mire donde mire veo móviles en alto y ojos atentos a mi reacción. Hola, pánico escénico, gracias por pasarte y robarme el aire de los pulmones. La gasolinera se ha llenado de color, música y actividad para la fiesta de despedida que ha organizado mi gente. Parece un cumpleaños infantil y, como buena celebración que se precie, en el mostrador hay comida en platos de plástico, penden globos del techo que me suenan sospechosamente de los cuatro años de Leo y hay un paquete envuelto entre mis manos.

Soy pésimo abriendo regalos. Sudo. La barba me pica. Pongo la sonrisa exagerada de no saber cómo actuar para cumplir con las expectativas de los que esperan impacientes. Es un hecho probado que tengo que practicar la expresión facial; mientras tanto, la cara de horror quedará recogida para la posteridad en los teléfonos de Elle, Carol, los Moreno, Claudia, Juanma, algunos amigos, mi grupo de fieles seguidoras de la tercera edad y mi jefe, corrijo, exjefe Ramón. A Leo y mi primo/hermano no los menciono porque están demasiado ocupados martirizando a un pobre Sherlock, que es el perro más feliz del planeta desde que se nos ha caído una bandeja con jamón que atesora bajo sus patas y come cuando cree que no nos damos cuenta.

Despego el celo con cuidado y me acerco la caja al oído para hacer tiempo. Levanto la tapa. Descubro lo que escondía su interior.

—Jod... —Hay niños. Controla la bocaza—. Jo, es demasiado.

Saco la camiseta roja de Cepsa a estrenar con mi nombre serigrafiado en la espalda. Me recorre un hormigueo. La gasolinera ha sido mi segunda casa durante años. Llegué siendo un adolescente enfadado con el funcionamiento de un corazón débil, pasé noches de café, Red Bull, una cerveza con Rodrigo y clientes de lo más diversos, algunos memorables, otros que olvidaba a su salida. Un trabajo que me impregnó de olor a combustible, me hizo adicto a las Ruffles de jamón york y queso y me ofreció estabilidad. Madurez.

El mismo curro que hoy abandono, sin intención de dar marcha atrás y con la seguridad de que la vida solo tiene billete de ida y hay que aprovechar el viaje. Tenemos el préstamo. No tengo ni idea de cómo hemos engañado a los del banco para que confíen en nosotros, pero no tengo intención de preguntarles por qué nos lo han dado. Solo sé que las bromas de mis padres cada vez que pasaban por un local vacío bien ubicado en el centro Salamanca ahora son planos extendidos en la mesa de mi casa, y que la emoción de un final que también es un inicio se contagia a todos los asistentes. Menos al del Audi, que chupa mucho y sufre alopecia temprana que oculta con una cortinilla de lado. Es de esas personas que miden el valor de las cosas por los números que otros ponen en una etiqueta. Un desgraciado que aprovecha que su novia acompaña al baño a su hijo para abrir su boquita de piñón.

—No tengas envidia porque en el despacho donde trabajas no te regalen una de estas para colgar en tu habitación. Es que Marco fue futbolista. —Mi mejor amigo le da un codazo cómplice a Juanma como sustitutivo de mandarle lejos por tratar de restarle valor a un momento.

—Tengo entendido que jugó un solo partido... —deja caer. Él, experto en hacerse querer.

—Y sigue teniendo club de fans... —Señala al grupo de señoras que se han tranquilizado cuando les he confirmado que sí, venderemos pan, les reservaré una mesa con buena luz para que jueguen al julepe y les serviré anís en tacitas de gatos para que sus nietos no sepan que se están poniendo a tono—, y es empresario.

—Ahora le llaman «empresario» a cualquier cosa. —Coloca las solapas de su chaqueta al apartarse de mi amigo.

—Ahora los idio... —Carraspeo para captar la atención de Rodrigo. Le advierto con la mirada que los niños están cerca y debe tragarse los tacos—. Ahora algunos hombres se cuelgan una medalla por alardear de su ignorancia. —La pareja de Claudia no esconde su asombro. Es jefe. Uno de los que hacen méritos para caer gordos. Está acostumbrado a que le den la razón sin rechistar y le insulten por las esquinas—. Te he dejado rotito, ¿no? Los monitores de gimnasio sabemos usar verbos pomposos y tenemos la educación que les falta a algunos que presumen de máster en Cambridge en su currículo para ceder el protagonismo, no ser ridículos y alegrarnos por el que tenemos enfrente. Clase, amigo, búscala en tus apuntes de la vida.

Leo canturrea una canción de la reproducción de la nueva generación de *Operación Triunfo* cuando sale del baño seguido por su madre. Le apasiona el programa. La tensión se palpa en el ambiente. Tengo que hacer algo para contrarrestarla, antes de que alguno invite a Juanma amablemente a desaparecer de nuestra vista. Sacudo la cabeza pasando de uno a otro para que no hagan ninguna tontería. Se me olvida uno.

—¡Maldito perro! —Juanma levanta la pierna en dirección a un Sherlock que ha decidido utilizarle como esquina sobre la que marcar su territorio. Aprieto los puños y la imagen que le devuelvo no deja lugar a dudas. Como le toque un pelo, le mato, pero con amor y dibujando un corazón palpitante con los dedos. Sacude la pernera del pantalón evitando rozarle—. ¿Es que es tonto? —Puede, solo puede, que haya empleado la ropa usada que me daba por caridad o, traducido a su lenguaje, para que no tuviese que «vestir siempre de tiendas de segunda», para limpiar su meado cuando llego a mi casa y confunda el olor.

—No sé qué ha podido pasar —miento. La falsedad se borra con mi sonrisa ladeada y mi mano paseando por el lomo del animal para felicitarle—. Seguro que tenemos algún uniforme de repuesto. Puedo prestártelo. —Se horroriza. Nace un coro de risas. Se pone recto y nos observa con arrogancia. «Hombre, relájate, te lo acaban de hacer encima.»

—Voy a casa a cambiarme —anuncia, y se encamina con actitud altiva a la salida. Claudia asiente con su melena corta blanquecina despeinada contoneándose arriba y abajo.

—Vale.

—¿No me acompañas? —Parpadea incrédulo, deteniéndose. La madre de mi hijo mantiene la calma. No le ha gustado nada la escena que ha montado su pareja.

—¿No eres mayorcito para necesitar ayuda para vestirte? —Su novio espera que cambie de opinión y ella le dice adiós con la mano pizpireta. Brava. A sus pies. Juanma sale rumiando por lo bajo y Rodrigo suelta:

—¿Por qué no le dejas?

—En el fondo es un buen hombre. —¿Intenta convencernos a nosotros o a ella misma?

—Una bomba de varilla última generación no encontraría su petróleo.

Mi jefe, exjefe (todavía cuesta asimilarlo), espanta la niebla instalada sobre nuestra cabeza proponiendo que me pruebe el regalo con los extremos de su espeso bigote negro elevándose. El resto me jalea. Sustituyo la camiseta que llevo por el nuevo trofeo, escuchando a Rodrigo bromear con que a alguna de las mujeres le va a fallar el marcapasos, y esa sí que será buena. Me queda enorme. El hombre que asegura que soy insustituible con la manguera explica que lo ha hecho con vistas a ese futuro en el que la fuerza de la gravedad de la cerveza hará acto de presencia y heredaré su protuberante barriga. Nunca he deseado más que se equivoque.

Me despido de la tarde en familia. La de las venas y la de elección. Una buena mezcla. La que provoca que los niños se conviertan en protagonistas involuntarios con sus:

—¡El primo me ha enseñado el dedo del insulto! —se queja Leo.

—¿Cuántas veces tengo que repetirte que eso no se hace? —le regaña Carol y, masajeándose la sien, murmura—: Estoy segura de que se ha tragado el mismo demonio que te poseyó años.

O su:

—Fer, ¿tienes serpientes en la cabeza? —Mi primo/hermano señala las rastas.

—Es una excusa para no lavarse el pelo —bromea Rodrigo, y su hermano, al que le sigue importando todo entre poco y nada, asiente satisfecho con la respuesta.

O su... Utilizarme como probeta de experimentos. El hijo de Elle y Carol es de esos niños que ves a kilómetros de distancia. Travieso, con un don innato para las malas ideas y algo básico para la ejecución. Por el contrario, Leo es más despierto, agudo y perspicaz. Juntos, el equipo perfecto. Uno te distrae con las manos en la espalda mirando fijamente la estantería de las botellas de cristal, te centras en evitar que lance un proyectil y el evento termine siendo la fiesta de la mercromina y los puntos y, cuando te quieres dar cuenta, el otro está saltando a tus piernas con la paleta de pinturas que le han quitado a Claudia del bolso para usarte como lienzo virgen.

—¿Es necesario, cariño? —Sonrío tenso.

—Tenemos que practicar para plástica —resuelve mi primo/hermano con esa cara de pillo que no hay por donde cogerla.

¿He dicho ya que soy un facilón? Por si acaso, sí, lo soy. La paternidad me ha convertido en un ser achuchable incapaz de negarse a un puchero manipulador que bebe cerveza de lata y fuma de un cigarro de mentira mientras se sienta en el suelo y se deja hacer. Cada niño se coloca a un lado, cierro los ojos y noto la almohadilla contra los párpados, las mejillas y creo que también las orejas.

No quiero pensar en el estropicio que me están haciendo para que mi mejor amigo no pare de reírse, muy solidario él, y les compre una caja de gomas para que perfeccionen su obra cogiéndome moñitos a ambos lados de la cabeza. Supongo que queda poco del chico de barrio, la chupa de cuero, el pelo largo y que se creía un rebelde apoyado despreocupado contra la pared de un garito, sin atender al sonido de sus pies. El mismo que no se imaginaba que un niño inesperado provocaría que su todo fuese diferente. Mejor, si quitamos los enredos que me han hecho.

Una fuente repleta de sándwiches provoca que los pequeños suelten los pinceles improvisados. No puedo competir contra la hora de cenar.

—¿Un último servicio antes de colgar la manguera? —Mi jefe sacude la cabeza en dirección a la calle. Su uso excesivo de la palabra «manguera» cuando se dirige a mí me confunde. Intento no desviarme y distingo los faros del coche que acaba de aparcar para repostar.

—Procuraré dar la talla —contesto con solemnidad.

—Es gasoil —apunta.

Da la sensación de que voy a hacer algo importante cuando dejo atrás una canción que habla de llevar años enredado en otras manos, cabeza y rarezas, *No puedo vivir sin ti*, en versión de Aitana y Cepeda. En el fondo, pienso que así es. Cambiar de etapa es como cruzar un puente muy alto. Abandonas la seguridad de la tierra firme a la que estás acostumbrado. Caminas. Vislumbras un destino lejano que adquiere su forma real al acercarte. Tus pisadas son diferentes. El suelo, también. El aire te trae susurros desconocidos. Las vistas, una pendiente apabullante. Dejas huellas en las paradas. Las borras al correr. Alcanzas la meta. Y te recibe un nuevo territorio virgen que descubrir en busca del siguiente puente, tal vez menos ambicioso, tal vez más, siempre un desafío por el que avanzar.

La luna ofrece su versión coqueta con una sonrisa sutil. Salamanca emerge recortada por la luz y te invita a piropearla. El viento helado se arremolina alrededor de tu cuerpo y te trae el sonido de la noche, uno en el que los grillos parecen brillo chispeante contra tus ganas de entender su idioma. En mitad de toda la naturaleza, conspirando para causar impacto, una mujer peleándose con unos guantes de plástico.

La misma que está apoyada contra el capó de un Ford Fiesta que se cae a pedazos, con una bufanda a medio poner que le cuelga de un lado, un abrigo verde por debajo de las rodillas y una coleta mal hecha de la que se escapan mechones sueltos. La que provoca que unas baquetas golpeen la batería de mi caja torácica, me recoloque la camiseta roja de Cepsa y mis zancadas se aceleren cuando en realidad me apetece disfrutar del instante despacio. Del reencuentro con la chica de ayer.

Los veranos.

El nombre de tragedia.

Ha vuelto Julieta.

Y Rodrigo dirá que ha cambiado mucho. Hielo. Nieve. Iceberg. Pero siendo testigo de su lucha para colocarse el plástico por encima de la tela de lino que recubre sus manos, me parece la misma. Poca paciencia. Perdida en estímulos. Guiñándole un ojo al caos. Ensimismada en lo que hace sin darse cuenta de que el resto del mundo la observa danzar de puntillas. De que hay un hombre que se para a un par de metros sin tener muy claro si prefiere saludarla con un «hola, chica de las estrellas» o ir al grano y averiguar si sigue sonriéndole a la lluvia.

Me aclaro la garganta.

—Siempre me lío. No sé si hay que entrar primero a pagar, esperar a que te atiendan o llenar el depósito y salir pisando el acelerador a fondo. —No me ha visto. Bromea. A su voz le falta luz.

Cruzo los brazos a la altura del pecho y pego una bocanada de aire. Ha llegado el momento. Aquí no puede ignorar mis llamadas o devolverme las cartas sin abrir. Soy yo, en carne y hueso, entregado, y no le queda más remedio que escuchar de una maldita vez las palabras que se han perdido en letras, tonos y kilómetros.

—¿Es una de tus preguntas trampa? —Detiene el movimiento.

—¿Como que Rodrigo me diga que os vais de fiesta y te encuentre aquí? —Parece confundida y molesta. Me evita.

—Nuestro concepto de juerga ha cambiado. Acaba en piñata y confeti que barrer. Los pulmones y el hígado lo agradecen. —¿Qué se le estará pasando por la cabeza? No lo sé. Necesito ver sus ojos para que el tiempo vuelva a contar—. Puedes mirarme. No he cambiado tanto.

—Marco...

—Si pronuncias mi nombre con tanta intensidad, conseguirás que me pertenezca. —Intento sonar con la chulería de antaño. Parezco una mala imitación de mí mismo.

Levanta la barbilla. Su mirada sigue siendo caramelo, chocolate y un águila volando por encima de las nubes. Sus labios, una línea recta carente de emoción. Se ha hecho un *piercing* en el tragus de la oreja y lleva un aro plateado. Por lo demás, sigue igual. Flequillo recto. Algunos lunares rodeando la nariz. El gesto de decepción que me dedica.

—Estás distinto.

—¿Desconocido?

—No tanto. Más...

—Si me llamas «viejo», me hundes.

—Hay algo en lo que no has cambiado. Un par de chascarrillos y solucionado, ¿verdad? —Sacude la cabeza—. No funciona así.

—Habló la de una de cal y otra de arena.

—No es comparable.

—¿No? —Frunzo el ceño.

—Entonces no había perdido la cuenta de los días que llevábamos sin vernos. —Julieta se frota los brazos.

—Te llamé. Te escribí...

—Lo único que quería escuchar era el timbre de mi puerta. —Directa.

—No podía hacerle eso a Claudia.

—¿Qué? —Ladea la cabeza.

—Ya sabes. —Noto que me pongo nervioso.

—Marco, podría haber sobrevivido sin que tuviésemos sexo. Lo que necesitaba era un amigo que me dijese que todo iba a ir bien cuando mi abuelo agonizaba y pensaba cosas que... Cosas que me hacían sentir mala persona.

—¿Por ejemplo...?

—Que el sufrimiento se acabase lo antes posible.

Silencio.

La culpa aprieta las costillas y retuerce mi estómago.

—Lo siento.

—Lo sé.

—¿Servirá?

—No somos las mismas personas —sentencia. Sin duda. Sin sonrisa. Sin nada que denote que hay salvación.

Julieta parece un muro infranqueable. Hormigón. Cemento. Altura. Movimiento rápido para apartarse cuando me aproximo por si voy a hacer una locura similar a atraerla y pedirle perdón bajito, hasta que no le quede más remedio que aceptar todo lo que me arrepiento por no cumplir nuestro juramento y acompañarla en los momentos que escuecen y crean cicatrices invisibles. Paso de largo y saco la manguera del surtidor.

—Eres mi último servicio. —Abro el tanque.

—Veinte euros de gasoil, por favor. —Acciono la palanca y el combustible viaja por el tubo.

El ruido de la bomba nos acompaña. Me remuevo incómodo. No esperaba un reencuentro con ella apoyada en la carrocería con la mirada desviada a un lateral en el que no hay nada y yo silbando carente de ritmo. Sin dos besos. Sin darnos siquiera la mano. Sin piel contra piel, de donde sea. Como sea.

—Pues se ha quedado buena noche... —Oficialmente soy idiota.

—¿Qué haces?

—Si vamos a ser dos extraños, es hora de actuar en consecuencia. —Habla mi interior herido y asustado. Confiaba..., confiaba en que cuando nos tuviésemos enfrente, lo que siento, lo que no puedo explicar porque sería restarle valor, ganaría la partida.

—¿Crees que dos extraños pueden dolerse tanto?

Echa un vistazo furtivo a la gasolinera. No tiene intención de pasar dentro. Su monedero de golondrinas asoma y me tiende un billete azul. La punta de nuestros dedos se roza cuando lo recojo. Descarga. Energía. Intensidad. El modo en el que se me eriza la piel me da la respuesta. Una batalla no está perdida hasta que los dos bandos dejan de luchar, y no me da la gana tirar la toalla. No ahora, cuando la tengo tan cerca como para interpretar las letras de sus mechones despeinados.

—No.

—¿Es falso? —duda.

—Me niego. —Sacudo la cabeza y sé que estoy pensando atropelladamente, pero no quiero poner en orden las ideas. No puedo permitir que se vaya sin pronunciar las cosas que me he callado. He tardado años en aprender que solo hay algo peor que no ser capaz de decir «te quiero»: no ser capaz de decírselo a la persona que te hace sentirlo—. Prefiero la rabia visceral a la indiferencia cordial, así que, querida Julieta, estás de suerte. Hoy, por el mismo precio, tienes incluido depósito, gritos de reproche o puñetazos si sirve para que te desquites más.

—¿Cuántos años tienes?

—Los que hagan falta para que dejemos de ser dos tristes acumulando amargura debajo de las uñas. No me importa si tengo que volver a pringarte de pasta de dientes, perseguirte con mi Vespa...

—Mi moto —puntualiza.

—Has vuelto y llevo esperando este momento desde hace seiscientos cincuenta y cinco mil doscientos cincuenta y un días —me embalo—. Porque yo sí que he llevado la cuenta. Y si el hecho de que me sepa esa cifra imposible de pronunciar no te impresiona, también puedo contar las estrellas fugaces que han caído desde entonces, que son... —Contabilizo con los dedos de las manos. Si en las Perseidas caen una media de nueve mil, tengo que multiplicarlo. Me llevo una. Le sumo dos—. Un millón trescientas veinticinco mil quinientas cuarenta y seis —invento. Suena bien.

—¿Qué pretendes?

—Que entiendas lo mucho que me importas, que si pudiese volver atrás me dejaría los nudillos contra tu puerta de Chueca, y que soy un crac en las matemáticas desde que me saqué el bachillerato en la escuela nocturna porque quería tener el poder de ayudar a mi hijo con los deberes cuando creciese.

—¿Por qué haces esto?

—Porque pretendía esperar, ganarte poco a poco, darte tiempo, y te veo y todos los planes de mañana pasan a ser de hoy.

—Marco, tú y yo nunca más. —La fusión de esas cinco letras no deberían abrigarnos a nosotros.

—No busco que nos liemos. Solo una sonrisa, una pequeñita que signifique que es posible conseguir que dejes de odiarme.

Mueve la comisura de los labios. La promesa de unas palabras o un gesto brotando se pierde por el terremoto que estalla a nuestra espalda. El interior de la gasolinera se ha percatado de su presencia y las personas fluyen como un torrente para sumergirse en un baño de reencuentros y abrazos a una mujer que ha perdido la cuenta de los besos que ha dado.

Fer se queda en última posición, aparta al resto de gente y espera a que Julieta asienta resignada. La pequeña de los Moreno coge carrerilla, salta y envuelve a su hermano con las piernas. El hombre de rastas la sujeta por la cintura y gira sobre su propio eje. Las vueltas originan que se le caiga la goma, el pelo ondee, le tape la cara y pegue un grito.

—Es ella. —Leo la ha reconocido. Tira de mi camiseta para que me agache. Atiendo a su petición y me encuentro con sus ojos verdes analizándola con la asombrosa inocencia de quien confía en que su tío Rodrigo no le mintió y está frente a una persona que ha habitado en el cielo.

—Se llama Julieta. —Levanto la vista y la chica nos está mirando. El pecho le palpita. Solo su dueña sabe si es por la actividad, porque ha escuchado las palabras o porque tiene delante la versión más cercana de mi alma—. Él es mi hijo, Leo. Y si no te da un beso es porque los tiene conta...

El niño se escapa de mi protección y avanza. Julieta se pone de cuclillas. Tía Elle me frota la espalda al erguirme. Se encuentran. El sonido del beso exagerado del pequeño se confunde con el abrazo con manos temblorosas de la mayor. Se saludan con un «me gustan tus zapatillas», «a mí también las tuyas» y una sonrisa compartida. Juntos. Me doy cuenta de que cuando los pulmones y el aire se miran a los ojos a ti no te queda más remedio que respirar. Soñar con él, ella y tú. Ignorar que juntos era todo lo que necesitabas por si no se cumple.

Sherlock se cuela entre ellos.

—Siéntate. —El perro obedece. Rodrigo murmura un «serás...» al que le desaparece el enojo cuando los dedos de su hermana y mi hijo se enredan acariciando el pelaje y la actriz parece más sol que tormenta—. Buen chico.

—Quiere ser tu amigo —dice Leo, porque el pastor alemán se tumba boca abajo para que le rasquen la barriga.

—¿Y tú? —Camufla el estremecimiento de su tono con sus uñas recorriendo a mi compañero de piso.

—El tío Rodrigo dice que estás un poco loca. —Arruga la nariz—. Y papá... Papá se ríe solo cuando ve tus fotos y me deja repetir postre. —Acepta. La acepta—. Me gusta repetir postre.

—Y a mí.

—¿Chocolate?

—Nata.

—¿También chupas el plato y tu mamá te regaña? —Julieta mueve la cabeza a ambos lados teatralmente, se aproxima a su oído y susurra: «Sí».

La magia no son grandes cosas. La magia es esto. Verlos hablar y que un ateo rece para que no se les acabe la saliva lo que queda de noche.

Anne y tía Elle insisten en que se quede con nosotros a cenar. Utiliza a Lennon y el cansancio por llevar horas tras el volante para negarse con educación. Le recuerdan que las distancias en Salamanca son distintas a Madrid, que le puede poner comida, agua fresca y arena al felino y regresar antes de, se les escapa, sacar una tarta, que tiene mi cara y puede cortar. Se lo piensa. La idea de que sostener un cuchillo contra mi rostro le haga dudar me devuelve un poco a la muchacha de antaño.

Termina sacudiendo la cabeza, se sube al Ford Fiesta oscuro y enciende el motor. La ventanilla está bajada y no puedo evitar advertir que dentro reina el silencio. No lleva la radio. El ambientador no es de esos de animales que compraba en los supermercados para el día que tuviese su propio coche. Es uno básico, un frasco de cristal sobre una base de madera colgando, tan poco ella que me entran ganas de arrancarlo y pedirle a Leo que dibuje encima.

Algo capta mi atención.

—Amigo, ni se te ocurra. —Pillo a mi primo/hermano con la mano en el tirador del coche. Justo a tiempo. Con la revolución interior de ver a Leo y Julieta juntos, no me había dado cuenta de que el trasto de la familia no había hecho acto de presencia. Nada para destacar. Él no es de los que pasan desapercibidos. Y odia los barrotes en las ventanas y las puertas cerradas. Va a intentar rescatar a Lennon del trasportín.

—¡No iba a hacer nada! —se defiende.

—Nos conocemos... Huelo tus fechorías a distancia. —Sé que es más veloz que una bala. Me coloco a su lado y pongo la mano sobre su hombro.

—¿Los pedos también?

—Pedro...

El nombre se escapa de mi boca sin mayor pretensión. Es el suyo. El del crío que me llama primo si está enfadado y hermano si quiere conseguir algo. El que le lleva acompañando tanto tiempo que ya no le doy importancia. El que se me olvida que a ella sí que le afectará.

—¿Pedro?

—Me lo puso mi primo. —Lo que yo decía. Enrabietado—. Es de abuelo. —Se zafa del contacto y se va con Sherlock y Leo.

Entonces lo recuerdo. Elle y Carol con un bebé al que no sabían cómo llamar. Yo entrando en pánico por si se me caía cuando lo colocaban entre mis brazos. La cabeza allí. En sus ojos claros y las manos con guantes para que no se arañase. Y en otro sitio. Una ciudad diferente. Esa a la que me gustaría viajar para sostener a la persona que conseguía que la Vía Láctea me perteneciese. Un solo nombre saliendo despedido de mis labios. Pedro, el hombre del que no me despedí e imagino como una maqueta de la Luna, un bocadillo de fiambre en un faro y una mirada dulce al despertarse y encontrarnos a Julieta y a mí enlazados en la habitación del hospital.

Julieta.

Los faros se encienden.

El coche se mueve.

Antes de marcharse, me dedica una sonrisa. Pequeñita. Fugaz. Impregnada de sorpresa, tristeza y puede que un poco de agradecimiento. Sonrisa, al fin y al cabo. Combustible. Tengo que recuperarla. No intentarlo. Hacerlo. Sin importar cómo, cuándo o que sea de un modo romántico. Cuando necesitas a alguien, no persigues beberte sus labios, solo su presencia, que esté a tu lado sumando edad sobre la piel y experiencia en los huesos. Estar es el mejor sinónimo del verbo «querer».

No me importa que lleve la radio apagada o no acepte que le grabe cintas. Las canciones siguen existiendo, aunque sean nuevas y no antiguas. Y es que el propio mundo es un concierto sin notas de pentagrama. El de la gente. El de las ciudades. El de los animales. El de los coches. El del viento. El del silencio. El de los errores. El de las segundas oportunidades. El de darte cuenta de que la música de su voz es el sonido al que perteneces. Tu banda sonora. Suena dentro.

Y... Espera. No puede ser. Dime que no.

—Leo, cariño.

—¿Sí?

—Papá lleva la cara pintada y tiene moñitos en la cabeza, ¿verdad?

—¡Sí!

—Genial...

20

Julieta

Adaptar el hueco de la cama de tu infancia a tu nueva forma. Taparte con el edredón dejando un pie fuera. Dormirte de madrugada sin sentirte culpable y despertarte ignorando relojes. Nada más. Te sacas el estrés del cuerpo. La ansiedad cae y vuela lejos. Una semana en Salamanca y ves que, antes de la meta, hay días que os separan y lloran cuando pasas por ellos sin hacerles cosquillas con las pestañas.

No sé qué haré. La comprensión de mi madre y mis hermanos tampoco ayuda a inclinar la balanza. Puede que vuelva al kilómetro cero de Madrid con las pilas cargadas, o que abrace currículos antes de entregarlos en algún punto indeterminado de España, del mundo si Fer me vende una noche más en el balancín las auroras boreales de Islandia con una manta sobre las piernas. Los interrogantes amplían el abanico que acotaban las certezas.

El hecho de que Rodrigo se haya independizado a la calle Duque Sesto no libra al pobre cojín del sofá de que lo babee la media hora de siesta. Regresa después de las lecciones de adiestrador, me invita a acompañarle a pasear por la orilla del Tormes con el pastor alemán y cronometra lo que tardo en ponerme el abrigo y la bufanda. Le han debido de practicar una lobotomía, porque ofrece la mejor versión de su sonrisa cuando derrapo en la entrada.

Tiene la custodia canina compartida con Marco. También, una copia de sus llaves, que balancea cuando me asegura que puedo subir a por el perro, porque su mejor amigo vive más en el proyecto de cafetería sin nombre que entre esas cuatro paredes, y no estará. Solo trabaja, sueña con una casa en la que su hijo se pueda columpiar más alto que en la habitación y dibuja con los dedos manchados de negro y los ojos cerrados.

Evito hacerlo. No ver en lo que se han convertido sus rutinas sin mí. Encontrarnos de nuevo me demostró que la frase de Rabutin Roger «La distancia es al amor lo que el viento al fuego; apaga el pequeño, aviva el grande» es más cierta de lo que me gustaría. Sentí las llamas de observarlo totalmente ridículo con la cara hecha un Cristo y del pelo mejor no hablar. Quise perdonarle. Quise pedirle disculpas por no estar mientras el niño con esmeraldas por ojos aprendía a atarse los cordones. Y, lo más preocupante, quise juntar mi rostro al suyo y pringarme hasta ser igual de ridícula, un poquito más por ganar.

No puede ser. Somos dos errores que se echan de menos sin lograr la fórmula para estar juntos. El incendio quema. Soy la consecuencia de una decisión que no quiero que él descubra. Siempre será mejor que me vea ayer.

—La boca de Sherlock es un hervidero de bacterias —explica Rodrigo, alias Enciclopedia Animal, al ver que me lame la mano mientras se agacha a recoger la cagada monumental de nuestro amigo, para la que va a necesitar un par de bolsas y prescindir del olfato.

—¿Envidia por los mimos?

—Higiene —corrige—. Chupa el trasero a cualquiera que se deje. Aunque no me extraña que esté desatado viviendo con un monje al que la polla le ha mutado al sexo de los ángeles. —Se muerde la lengua. Sabe que es un tema incómodo.

—¿Marco? ¿Monje? Apuesto a que hay un millón de historias absurdas desde que lo dejó con Claudia. —Destenso la situación para que no se note que imaginarle con otra, con tantas manos como me han desnudado a mí, anuda mis tripas.

—Ser el padre soltero que se reboza en la arena con su hijo le ha dotado de un plus de morbo, pero, como ha firmado un periodo de abstinencia, no las ve o puede que lo haga y no le interesen porque no son la chica con los ovarios del tamaño de Castilla que no tiene intención de ponérselo fácil.

—¿La chica?

—No te pega hacerte la inocente.

—Claro, porque pensar que lleva años esperando por mí es muy lógico. —Pongo los ojos en blanco. Las pulsaciones se aceleran.

—Seiscientos cincuenta y cinco mil doscientos cincuenta y nueve días. —Reconozco el número. A mi hermano no le pasa desapercibido—. Somos seres de inteligencia reducida. Mejor contar juntos.

Me siento fuera de mi zona de confort, con ideas que me llevan a ajustar el abrigo y calar la capucha para distraerme. Rodrigo elevaba la vista al cielo y deja de insistir. Se centra en conseguir que Sherlock le haga caso. Saca una golosina del bolsillo del chándal y la sostiene entre el índice y el pulgar. La teoría es sencilla. Se la acercará al hocico, la bajará al suelo, el animal se tumbará para cogerla y ahí dirá la palabra clave. Nada de eso sucede y, como cabía esperar, mi hermano se desespera un poquito tras cinco intentos fallidos.

—¡Échate! ¡Plas! —Se pasa la mano por la cabeza rapada y cambia la chuchería por el móvil—. ¡Platz! ¡Giu! ¡Couche! ¡Lehni! —El animal abre la boca, barre el césped con la cola y ladra.

—¿Qué haces?

—Descarto nacionalidades. —Desliza el dedo por la pantalla—. No es español, inglés, alemán, italiano, francés, croata...

—Es más listo que tú.

—Tu confianza ciega me abruma, hermanita.

—Te va a... —El animal aprovecha que Rodrigo está ensimismado para caminar sigiloso y extraer con los dientes la barra del bolsillo—. Te ha robado la chuchería.

Sale corriendo con el premio rojo en la boca. Mi hermano suelta una oda satánica de insultos. La garganta vibra cuando empiezo a reírme a carcajada limpia por la estampa, y su cuerpo se relaja. Apoyamos la espalda contra la corteza de un árbol y hablamos. Temas típicos. Temas profundos. El cielo de mi abuelo en su boca cuando me cuenta que el primer ser vivo terrestre en orbitar la Tierra fue una perra espacial soviética que se llamaba Laika, «ladradora en ruso». Hundo los dedos en la hierba y me bebo la ciudad con los ojos cerrados y los pulmones abiertos. El sonido insoportable del WhatsApp me arranca de mi instante zen. Grupo familiar activo a la vista. Lo silencié en su primer segundo de vida.

—Alberto acaba de poner que Lisa no puede venir a la cena para darnos la invitación de la boda —anuncia—. Qué tragedia.

—¿Te cae bien? —pregunto.

—¿Alguien en su sano juicio puede tenerle cariño a ese bicho? —Contesta «ok» en el grupo.

—Nuestro hermano, espero.

—El gemelo está absorbido por la sociedad. Supera los treinta. Buen curro. Ático con vistas en Barcelona. El rostro del éxito. Le toca casarse.

—Él la quiere. —Habla la culpabilidad del rumbo que está tomando la conversación.

—Él se conforma. Eso, hermanita, es lo contrario del amor.

—¿Qué es el amor?

—Se lo preguntas al único de la familia con su expediente intacto de relaciones. —Emite una carcajada seca sin sonido. Ladeo la cabeza y piensa. Sus ojos azules se pierden, aprieta la mandíbula cuadrada y suspira. Habla atropelladamente—. Es andar. Un paso por delante. Uno por detrás. A los lados. Pisándote los pies. Solo así puedes ver a la otra persona desde todas las perspectivas y descubrir por qué punto cardinal debe soplar el aire para que sea jodidamente feliz.

—¿Algo que contarme?

—Buen intento.

—Me gusta tu definición. Parece bailar.

—Es que quizás lo es y nos comemos demasiado la cabeza. —Suelta el aire lentamente—. Y necesitamos que nuestras neuronas supervivientes se alíen para evitar que el listo de la familia cometa su primera y gran estupidez.

—¿Qué propones?

Descubro los planes de mis hermanos. Fer confía en que varias manos se levantarán cuando el cura haga la pregunta que termina con callar para siempre. Rodrigo pretende celebrar la despedida la noche anterior y alcoholizarle al borde de la muerte para que no llegue al altar. Y yo... yo propongo organizarle una yincana y, en mitad de las pruebas, preguntarle si es feliz. Al final, con el paso del tiempo, te das cuenta de que lo único que deseas para las personas que quieres es que sientan y vivan bien, y mucha salud.

Los ruidos que emite mi hermano calentando para la carrera diaria con Sherlock son una mezcla de gemidos y estreñimiento. Pregunta si me quiero unir y me imita con los brazos desplegados, dando tumbos y chillando para ahuyentar el cansancio. Le confieso que solo hago ejercicio en casos de extrema necesidad, acotándolos a echar a correr cuando veo el vagón parado en el andén al bajar por las escaleras mecánicas del metro. Además, Octavia y yo vamos a tomar algo.

El colegio donde da clases mi amiga ofrece un par de horas de apoyo al finalizar la jornada para poner su granito de arena en la conciliación familiar. Está trabajando. La vemos a través de los barrotes azules con un grupo de alumnos bajitos y ensimismados. En su jardín. El compuesto por vasos con algodones envolviendo legumbres de las que crece un pequeño tallo que busca saludar al sol.

—¿Qué les estará contando?

—Uno de sus cuentos. —Rodrigo da una patada a una piedra pequeña. —Es buena imaginando mundos repletos de dragones que no queman con su fuego.

—¿Los has escuchado? —Mi amiga escribe en la intimidad de unos cuadernos que habitan debajo de su cama y nunca deja leer.

—Leo es una grabadora digital. Imita el tono dulce y su manía de soplar velas en las escenas que aparece el villano, porque cree que en la oscuridad no le hará falta seguir siendo eso, el malo, y mostrará su verdadera personalidad. O algo parecido.

—El poder del gris. —Recuerdo a Sarah y todos los antagonistas de los que hemos perdido su versión.

—El poder de confiar en que hay más de lo que verdaderamente existe —replica con cierta amargura—. Vigílale un momento. —Enreda la correa del animal en mi muñeca.

Cruza la calle al trote y se mete en unos ultramarinos. Sale con una botella de plástico de Coca-Cola a la que retira la anilla roja de la base del tapón. Localiza a un par de críos que parlotean alto.

—¿Vas a atreverte a pedirle a la señorita Octavia que se case contigo?

—Ya te lo he dicho antes, sí —contesta cansado su amigo con las manos en los bolsillos y las risas de los allí presentes.

—¡Eh, tú! —chista mi hermano para captar su atención—. Necesitarás un buen anillo. —Le miran desconfiados y lanza el círculo del refresco. La madre de uno de ellos asiente y lo recogen—. Aficionados. —Rodrigo se jacta de sí mismo.

Presenciamos la pedida del niño y no sabemos la respuesta hasta que Octavia llega a nuestro lado.

—Reserva tu agenda dentro de veinticinco años. Me acabo de prometer. —Mueve los dedos de sus delicadas manos para que vea la alianza. Después me abraza y le dirige un levantamiento de cabeza a mi hermano.

—Las olas están mucho mejor en tu pelo que en una pared —aprecia por los mechones azules que se ha teñido en la capa inferior de su melena rubia y se va con su típica sonrisa de todo me importa una mierda y, a la vez..., no.

La calle Meléndez es nuestro destino. El café Erasmus, concretamente. Unos jóvenes permanecen en las mesas de la terraza ocultos tras cervezas en vaso grande y muchas capas de ropa. Octavia y yo preferimos sumergirnos en el Ámsterdam más cercano que conocemos. Sin la legalización de la marihuana o los canales. Con una porción del Barrio Rojo en una de sus esquinas y la silueta recortada y en relieve de los edificios de la ciudad holandesa en las paredes.

La primera zona está a reventar de turistas y estudiantes. Subimos las escaleras a la salita lateral en la que cuelgan bicicletas del techo y nos lanzamos a por la mesa de la que una pareja se levanta. Antes de ir al baño, mi amiga me dice que coja una tercera silla porque vamos a tener visita.

La costumbre del local es que la gente deje ranas y notas garabateadas entre el cristal y el tablero. Lo repaso con la yema de los dedos en busca de la mía, una carta compuesta por un solo párrafo que no envié mucho tiempo atrás. Un grupo de chicas de despedida de soltera capta mi atención chillando la letra de *Me inventaré*, de Dani Martín y Funambulista, que suena por los altavoces. Sumergida en una canción que habla de *ayudar a subir a la luna esperando abajo sentado por si va mal el vuelo, malos que son buenos, verano en enero, últimas lluvias mojando tu piel* e *inventarse estrellas para que el cielo no pinte tu sueño de negro al oscurecer,* distingo una silla vacía.

—¿Está ocupada? —La arrastro unos centímetros adelantándome a la respuesta del hombre que sostiene un folio enorme entre las manos.

—¿Qué más da? Te la has agenciado por toda la cara. Mal, Julieta, mal.

La cerca enarcada de Marco asoma cuando baja el papel. Lleva un jersey grisáceo de cuello largo, algunos mechones ondulados se escapan por su frente y no parece que vaya a liberar el labio inferior de entre sus dientes. ¿Qué hago? ¿Pedirle a Octavia cambio de destino? ¿Utilizar las frases vacías de los conocidos? ¿Dejar que me presente los planos de la cafetería que ha metido en la carpeta de los dibujos?

—Una palabra mágica y podrás evitar partirte el cuello. —Soy el libro del que conoce el texto antes de que se haya escrito—. Enséñamelos. Los extenderé, te hablaré de que todo lo que pueda salir mal cuando montas un negocio lo hará y te suplicaré que lo bautices con ese nombre que se nos resiste.

—¿Qué haces aquí?

—Beber una sin... —Levanta la copa de su cerveza a la mitad—. Y comer cacahuetes. Nada de forzar encontrarme contigo, aunque bien pensado evitarlo es un juego imposible. Toda esta ciudad podría ser nuestro escenario circunstancial. Tenemos la mala costumbre de desgastarla con los pies. Tú, yo y hubo un día que nosotros. —El muy cabrón deja que el mensaje cale y se recuesta en la silla.

—Marco... —le advierto.

—Sin intensidad, entendido. Bebo una sin, como cacahuetes y he quedado. ¿Te sirve más esta respuesta? —Bien, Rodrigo, las mentiras tienen patitas muy cortas. ¿Monje? Claro—. He quedado con la decoradora.

—No tienes que darme explicaciones.

—El sonido de tus dientes chirriando me da dentera.

—Relaja tu ego. No estaba celosa.

—¿Quién ha hablado de celos? —Sin previo aviso surge esa media sonrisa arrebatadora que ha incrementado su efecto en la versión madura del moreno—. Habías venido a por una silla, ¿no? Tengo tres. Necesito dos. Toda tuya.

—Nos conocemos...

—En la gasolinera dijiste que no, ¿me lo aclaras?

—Te leo la mente.

—Bien. ¿En qué estoy pensando?

—En alternativas para solucionarlo. Y ya te adelanto que se te tendrá que ocurrir algo mucho mejor que leerme las pecas con ceniza en los dedos...

—Apuntado.

—Mejor que usar los discursos de las bodas...

—No vayas tan rápido.

—Y, desde luego, tendrá que superar una partida de futbolín en la que acaben poniendo nuestro nombre a un coctel que sabe a rayos.

—Hecho.

Coloca la mano de lado para tapar uno de los folios que saca de la carpeta. Noto un burbujeo en el estómago que intento camuflar con gesto neutro. El puntero roza el papel y se concentra jugando a despeinarse. Tiene tinta en las yemas y bajo las uñas. Se mesa la barba corta. Me fijo en su movimiento de muñeca para evitar concentrarme en cosas como que tiene dos líneas finas en el lateral del ojo que no reconozco, los labios le brillan cuando se pasa la lengua concentrado o su pecho sigue hinchándose de manera exagerada para luego soltar el aire con suavidad.

—Ya —anuncia. Le da forma en un par de segundos—. ¿Quieres leerlo?
—Asiento con el ceño fruncido. Me lo tiende.

—Ja. ¿Besarla? ¿No se te ocurre algún plan menos kamikaze?

—Si existe, dímelo, porque llevo con ideas suicidas desde que te he visto subir las escaleras, Julieta. —Clava sus ojos negros en los míos y canturrea—. Si los besos matan, sé de qué quiero morir.

—Dios, ¿qué le han hecho a tu cerebro?

—Maniobra de distracción.

Las patas chirrían contra el suelo cuando se levanta de un impulso. Intento hacer algo, pero su mano acoge la mía y tira. Actúa rápido. Preparo la rodilla para darle un golpe certero cuando sus labios caigan sobre los míos. Más o menos un segundo después de notarlos, porque, sí, quiero experimentar cómo su tacto despierta las partes de mi cuerpo dormidas. Cojo aire y cierro los ojos.

Su boca acaba contra mi mejilla y sus dedos descienden por la línea de mi cuello hasta los hombros.

—¿Qué querías? —Roza mi piel de gallina. «Que tu lengua trazase el sendero de tus yemas.»

—No querer nada cuando hicieses algo similar. —Nos miramos—. Y dejar de sentirlo todo.

—Vámonos. Ya. Sin pensar. Cancelo la cita, pago la cuenta y salimos corriendo a donde nos lleven los pies.

—Octavia. —La observo caminar detrás de él hacia nosotros y se queda pensativo.

—El huerto de Calisto y Melibea cuando terminéis con una tarrina de avellana y crema tostada y otra de ron con pasas.

—¿Has abandonado tu clásico de vainilla y chocolate?

—Alguien tenía que seguir negociando temas con el guitarrista.

—¿Qué le pedías a cambio?

—Que me contase si saludabas a tus flores durante esas visitas exprés en las que te negabas a verme.

—¿Nada más?

—Soy básico, Julieta, un único folio de instrucciones, y me bastaba con saber que estabas bien y te seguían gustando leer nombres raros. *Cordyline terminalis,* parterre de agapantos y *Washingtonia filiferre* no sé qué.

—Las has memorizado... —Noto un nudo de emoción.

—Cualquier cosa que me llevase a ti. Daba igual pétalo o asfalto.

Octavia rescata a mi corazón de que sufra un tornado que le arranque del pecho para marcharse con el hombre que vuelve a su lugar a una mesa de distancia. La decoradora con la que ha quedado no tarda en hacer acto de presencia y no reprime la agradable sorpresa que le produce encontrarse con alguien como Marco tan... empótrame cantando los grandes éxitos de Metallica. No lo digo yo, ojo, lo dicen sus piernas temblando, el modo en el que se aparta el pelo coqueta y la forma de hablarle melosa y poco profesional.

En fin, no me importa. Es verdad. No hay problema. Activo el superpoder de escuchar dos conversaciones a la vez y solucionado. La de mi espalda, con la mujer preguntándole, como quien no quiere la cosa, que si no le parece mejor que barajen opciones cuando esté su esposa e inclinándose hacia delante cuando él le responde que está soltero y su tía Elle ha debido de perder la cabeza porque se fía de su criterio. La de delante, hablando de niños, un gato que sigue creyéndose perro y pidiendo pizza y tres chupitos de Jägermeister.

—¿Perdón? —Sacudo la cabeza al darme cuenta—. ¿Dónde está mi amiga la responsable?

—La culpa es de Leroy. —Señala el móvil—. Quiere que lo hagamos en su honor.

—¿Emborracharnos?

—Un brindis de celebración.

—¿Por qué? —Choca el cristal contra el mío y la pregunta desaparece cuando el líquido asqueroso cae por mi garganta.

Es lava. Ácido. Sabe asqueroso. Me giro llevándome la mano a la boca y mi frente choca contra los muslos de Marco.

—Aquí no, por favor, hay gente —bromea al ver mis ojos llorosos.

—No iba a chupártela.

—Me ruborizas, señorita Moreno. Era un comentario inocente para todos los públicos, más tipo escupitajo sobre mis zapatos.

—Tú de inocente tienes poco.

—Tú de preciosa lo tienes todo.

Vuelvo a ser una adolescente en las gradas del estadio en el preciso instante que la decoradora me fulmina con la mirada y se encarama a su brazo para seguir con el temita de no sé qué luces, que si son led le darán un toque más real e íntimo. Íntimo pronunciado con morritos y aleteo de pestañas. No estoy celosa ni paranoica, pero es que...

—¿Te parece normal que se lo esté tirando con los ojos? —Estudiantes. Grupo de despedida. La pareja en la que el chico parece que tiene una cita con su móvil—. Todas, sin excepción, y seguro que tiene el culo peludo. —El exfutbolista pide la cuenta y se aferra a la carpeta—. ¿Octavia? —Compruebo que mira en mi misma dirección—. ¿Tú también?

—No le veo de ese modo. Yo le admiro.

—¿Le admiras?

—Le admiro como padre. —Coloca los codos encima de la mesa—. Cuando su hijo empezó a experimentar cambios, cuando mostró que era un niño por fuera, algunos pequeños se apartaron. Los críos pueden ser muy crueles, y más con algunos progenitores con mentalidades ancladas en la prehistoria. No le hablaban. No querían jugar con él. No. No. No. Entonces llegó Marco... —sonríe—, cada día cambiando la cazadora de cuero por un disfraz de animal diferente. Gorila. Mantis. Vaca. Y sus juegos. Castillos de arena. Escalada de árboles. Lo que fuera para que, poco a poco, los amigos de Leo se acercasen.

—¿Lo consiguió?

—Oh, sí, es el rey del parque. Si aparece, adiós niños. Normalizó la situación de Leo y le hizo el más popular. Todos quieren ser amigos del hijo del hombre animal.

Le imagino en todas esas versiones y mis ojos se desplazan para ver cómo los suyos se despiden desde la distancia con una mirada significativa. Sacudo la cabeza. No es el momento. Ahora toca comer la pizza de beicon y queso tostada en los bordes que nos acaban de traer, tirar el chupito de Leroy por el retrete y adelantarle al camarero que queremos que nos sirva una muestra de toda la carta de postres. Es hora de ponernos al día, leer los mensajes de debajo de la mesa y...

—¿Cari? —Mi antigua profesora de teatro aparece y se sienta en la tercera silla.

—Hola, tormento.

El pelo sigue siendo una amalgama de rizos y los meses que pasó en Francia debieron de ser la leche, porque lleva una boina roja a juego con sus labios. No se anda con rodeos y suelta un manuscrito encuadernado delante de mí a la vez que se pide una copa de vino blanco. ¿De dónde? Sí, del país galo.

—¿Qué es esto? —Rozo la tapa en la que se puede leer *Nadar en fuego*, de Blue Wave.

—¿Demasiado «¡tía, qué fuerte, estás aquí!» y no te ha dado tiempo a darle las buenas noticias? —Octavia niega. Recuerdo la palabra «celebración» surgiendo de sus labios al mencionar a Leroy. Lo abro por una página al azar y lo cierro de golpe al ver de qué se trata.

—Es un guion —advierto.

—Es su guion. —Las uñas largas de Cari señalan a mi mejor amiga, que me dedica una sonrisa tímida con gesto culpable.

La profesora no se anda por las ramas. Por lo visto, además de los cuentos que solo conocen los niños, Octavia también escribe historias audiovisuales con el seudónimo Blue Wave. Cortos. Largos. Su primera obra de teatro *Nadar en fuego*. Y no debe de ser mala, porque en el Juan del Encina quieren tenerla en cartel para otoño.

—Somos ambiciosas. En septiembre damos el pistoletazo de salida aquí y, quién sabe, en diciembre estamos en la Gran Vía y el año que viene firmando con una productora —explica la francesa de Valladolid.

—*La llamada* empezó en el *hall* del teatro Lara y mira. —La rubia repite palabras que en algún momento han debido de salir de la boca de su mentora.

—¡Enhorabuena! —Me quedo atrapada entre la mesa y la silla cuando me levanto para felicitarla y mi amiga aprovecha para añadir un detalle insignificante.

—Quiero —Cari carraspea—, queremos que seas la protagonista.

La euforia inicial desaparece. ¿He oído bien? ¿Yo? ¿Protagonista? ¿Es que no sabe que arruino todo lo que toco? ¿Que en lugar de cero empezarán con un menos tres si me tienen en su elenco? Él no permitirá que la ficción despegue si yo estoy dentro. Me dio su palabra y la lleva cumpliendo todo este tiempo. No sería justo hacerle algo así a Octavia, aunque me muera por una oportunidad, por pisar las tablas y que los focos me cieguen cuando me convierto en otra persona.

—No puedo —sacrifico, enterrando las ganas de gritar sí.

—Veamos. —Cari se coloca las gafas y se pone seria—. Tú y yo no nos caíamos bien...

—A mí sí me caías bien.

—Bueno, tú te me atragantabas un poco. Eras indisciplinada, quisquillosa y estabas repleta de ideas revolucionarias. Sin técnica. Sin constancia. Sin aparente pasión. —¿Puede pisotearme un poco más?—. E hiciste la prueba de Clara y, a día de hoy, no me he podido sacar tanta sensibilidad de la cabeza. Descubrí un diamante bruto, al que le faltaba que lo tallaran, y, aun así, la más brillante de las piedras. Sé que no será fácil y que me vas a subir la tensión, pero si lo lees, te maravillas con los complejos engranajes de la mente de tu amiga como yo y aceptas, caminaremos juntas hacia el éxito. Las dos os lo merecéis... Y yo también.

Terminamos la cena. La mirada ilusionada de Octavia me obliga a asegurarles que me pensaré la respuesta. Salgo del Erasmus con el peso de un manuscrito en mi bolso. El viento golpea fuerte la ciudad y la gente que recorre sus arterias la inunda de calor humano y sonido. Camino por el centro histórico, buscando la rana en la universidad y el astronauta en la catedral, con la capucha calada y las dudas taladrándome la mente.

Ir o no ir. No ir o ir.

Un paso.

Una dirección.

Cruzo las piernas al sentarme en el pavimento de baldosas grises con marcas rosas de la Plaza Mayor. El ambiente hace que se respire vida y es así, observando a estudiantes reunirse y familias tomar fotos, como me doy cuenta de que es exactamente lo que quiero hacer. Vivir sin pensar en las consecuencias. Abandonar la estabilidad del hielo y fluir como el agua. Dejar de huir del chico que ha memorizado nombres de flores en latín, llaman «el hombre animal» y provoca que mi mejilla arda allí donde ha posado sus labios. Escucharle y comprobar si los veranos se acabaron en marzo o el faro de Trafalgar sigue en Caños esperando con un atardecer solo para mí.

Los nervios de una quinceañera me agarran para no soltarme. Los jardines cerraron hace más o menos una hora. Espero encontrarle en algún punto de la calle Arcediano o apoyado en las verjas. Incondicional. Suyo y de nadie más. Eligiendo estar ahí para mí como cuando cruzaba la puerta del colegio, el teatro o mi casa y no le buscaba porque su presencia se daba por hecho.

No le veo. Ni a él. Ni a su silueta. Ni a su sombra. Ni a la esperanza de que alguna vez uno de nosotros dejará de llegar tarde y se subirá al autobús de Ponferrada, Madrid o la noche que nos separa.

—¿Julieta? —pregunta el vigilante. Miro detrás de mí. No hay nadie.

—¿Sí?

—Pasa —ofrece apresurado.

Cruzo el arco de piedra sin saber muy bien qué está pasando, por qué un extraño me incita a darme más prisa y, lo peor, cierra la verja tras mi paso. ¿Secuestro a la vista? No creo. Los motivos que me han llevado hasta allí se me olvidan al verlo a él. El huerto de Calisto y Melibea. Arropado por la imagen de las catedrales y la ribera del Tormes. Repleto de olores exóticos, ramas que se zarandean y arena en las que las huellas de los visitantes se mezclan.

El pozo me acoge cuando me dejo caer y me froto los brazos al darme cuenta de que no soy capaz de levantar la mirada y reencontrarme con ellas, los astros que no me merezco porque le fallé al hombre del cielo al convertirme en algo que le habría decepcionado.

—Este es el momento en el que te confieso que soy el único heredero de una fortuna y nuestro helicóptero nos está esperando en la plaza de San Bartolomé. —Marco aparece por entre las sombras y se aproxima lentamente.

—Mientras no me digas que si los besos matan sabes de qué quieres morir...

—Sin paños calientes. Ha sido horroroso, ¿verdad? —Aterriza a mi lado y se cruza de brazos.

—Un poquito. —Juego con los candados cerrados en el acabado metálico del pozo—. Me gusta más cuando suenas como tú.

—¿Dejamos de lado ser un multimillonario de apellido Grey y aceptamos que le he ofrecido al vigilante barra libre de cafés en mi futura cafetería para que me hiciese este favor? —Me estremezco.

—Solo a ti se te ocurre caer en la corrupción, señor tráfico de influencias.

—No te olvides de tener las deudas antes de la barra, señora no me impresiona estar en mi lugar favorito con un hombre irresistible.

—¿Irresistible? —Frunzo el ceño.

—Tenía que intentarlo.

Nos quedamos en silencio y no sé quién de los dos es el que mueve la mano para rozar el dorso del otro, pero sí que ninguno se aparta y la respiración deja de ser una elevación del pecho para convertirse en sonido ronco.

—¿Por qué querías que viniese? —suelto, acostumbrándome a su piel dura capaz de acariciar por debajo de la mía.

—¿Versión corta o extendida? —El hielo del vaho de su aliento le hace decidirse—. Lo que iba a hacer era la hostia. Nadie lo olvidaría. El guitarrista interpretando a los Beatles en una esquina, todos los carteles de las flores tapando sus nombres con estos *post it*... —Se remueve, los saca de la cazadora y me los tiende. Los despego y comienzo a leer mientras habla. Ceniza. Sol. Altura. También corazón. Faro— y, ¡joder!, tirar la casa por la ventana y putos fuegos artificiales. —Nombre de flor. Sonrisa con aparatos. Helado. Una noche en Ponferrada—. A lo grande. —Secreto del tiempo. Atardecer. Lluvia—. Pero ese no soy yo. —Última imagen de Salamanca. Primer beso.

Termino los papelitos amarillos confundida. Marco da un paso y se coloca enfrente. Seguro. Vulnerable. Dispuesto. Dedicado. Apretando los dientes. Dejando el volcán salir cuando habla.

—Yo soy el que te veía de todas estas maneras y mil más, el que pensaba que los días tienen cuarenta y ocho horas y un millón de detalles para descubrir lo especial que eres y el maldito cobarde que nunca te lo dijo. El que cada vez que no pronunciaba lo que este susurraba —aprieta la tela de la cazadora a la altura del corazón— notaba al amor morir en su boca y, sí, esta vez va a en serio. Lo he sentido agonizar, sufrir y quemarme la garganta suplicando que lo expulsara. Y me he dado cuenta de que no hacía falta guitarrista, *post it* en carteles o putos fuegos artificiales, solo atreverme a decirte que estoy enamorado de ti, Julieta Moreno, y no me preguntes por qué lo hago, porque no hay aproximaciones ni frases correctas para explicarte que, en mi vida, querer siempre ha tenido nombre de mujer. El tuyo. El de tus estrellas. El de que un beso tonto dado en el Planetario de Madrid me mantenga en pie. El de que sea ese niño, adolescente y hombre cuyo mayor miedo es que la hermana de su mejor amigo desaparezca de sus latidos. —Traga saliva—. Lo siento muchísimo y te amo todavía más.

¿Estoy enfadada? ¿Realmente lo estoy? ¿Tengo derecho? Las respuestas llegan solas y todas tienen el mismo sonido: «no». Reducir a Marco a un momento cuando hemos compartido miles ha sido probablemente mi mayor error, dejar que una cosa mala pese más que todas las buenas, recrearme en mi indignación sin cambiar posiciones y advertir que yo también le fallé en un horizonte nuevo como es la paternidad que le tenía aterrorizado.

Debería hacer algo. Estar a la altura. Responder. Explicarle que la misma declaración que ha brotado de sus labios también podría hacerlo de los míos.

Que, si las sábanas hablasen, le contarían las noches en las que ha sido mi único pensamiento. Que le he echado de menos. Que le he buscado en el pelo rizado negro de los hombres de la capital. Que si escuchaba su nombre me daba la vuelta. Que, si veía un Ibiza, una Vespa o una pareja besándose, su voz ronca me gritaba «¡Hey, tú, chica de las estrellas!» en las venas.

Pero, en lugar de eso, mi cabeza se inunda de mi propia imagen desnuda, la boca abierta y las piernas temblando. Manos. Manos. Manos. Lengua. Lengua. Lengua. Dolor. Correr con los pies descalzos y piedras clavándose a la planta. Las capas caen. La verdad me come. No puedo respirar.

—Sujétame, por favor —suplico, y sus brazos me agarran con firmeza antes de que me rompa y llore. Solo llore. Estática. Petrificada. Veneno. Culpa. Fantasma.

—Tus secretos están a salvo conmigo. Tú lo estás. —Me estrecha contra su pecho.

—Yo soy... Yo soy... Yo soy... —balbuceo. No puedo. Dios, no sale.

—Tú eres Julieta Moreno y eso es maravilloso. —Noto la vibración de su voz.

Repite «maravilloso» asociado a mi nombre tal y como hice yo en Ponferrada. Una vez. Y otra. Y otra. Sus manos por encima de mi cintura. Mi cabeza contra su pecho. Sus dedos desplazándose con dulzura por la espalda. Sigo sin reaccionar hasta que decide..., decide..., decide posar sus labios en el nacimiento de mi pelo, darme un beso con el que me aferro al bosque que esconde su cazadora y me doy cuenta de que sus abrazos siempre serán una alfombrilla con el mensaje «bienvenida a casa» tras un viaje agotador. Y estamos así hasta que la ciudad de los monumentos dorados bosteza, el búho que nos observa desde la rama se esconde y coloca un dedo en mi mentón para levantarme la barbilla.

—Necesito tiempo —musito.

—No tiene que ser esta noche. Los «te quiero» nunca caducan si son de verdad.

21

Marco

El «un último *gin-tonic* y para casa» se nos ha ido de las manos...

—Estamos exactamente donde deberíamos. —Fer se ríe divertido y guarda las monedas de las vueltas en el bolsillo de los pantalones jipis a rayas de Aladdín.

—Alberto parece desatado.

—Menos contenido —puntualiza.

—¿Qué diablos le han echado a sus Malibú con piña?

—Ni idea, pero tengo que probarlo. —El gemelo camina con sus babuchas para unirse a sus hermanos.

¿Cómo hemos acabado en la calle Varilla la noche que pertenece a los estudiantes? Era una cena inocente en el salón de Anne para recoger las pomposas invitaciones de una boda que se celebrará en una masía catalana. Tortilla de patatas, jamón y queso manchego. La cubertería de los cuchillos con el mango amarillo desgastado. Vino en vaso redondo. Tarta de queso y arándanos casera. Cafetera italiana. Una copa de las botellas que llevan años empezadas en el minibar.

Nada hacía presagiar que terminaríamos en el Var 22 con Rodrigo sudando de saltar delante del enorme ojo decorativo porque es la única forma que conoce de bailar, Fer pegando sorbos al ritmo de sus caderas y Alberto hablando con todo el mundo, incluso los árboles pintados en las paredes.

—¿Azul cielo, zafiro, océano, marino o cobalto para las flores, cariño? El tono es un detalle fundamental. Como la música. Como los regalos de los invitados. Como la forma de los lazos de las damas de honor. Como las mesas. Como... ¿Qué más da? Es azul. La gente que nos importa nos mirará a nosotros y no los ramilletes de los bancos —balbucea, y mi mejor amigo le coloca la mano en el hombro para que deje de mantener una conversación con la nada.

—Avísame por dónde salen las bandejas del *catering* y le diré a Lisa que es el azul más cojonudo que he visto en mi vida.

—¿Lo harás?

—Si es necesario, lloro emocionado —dice arrastrando las palabras.

—No sabes lo que significa para mí —hipa. Entra peligrosamente en la fase de exaltación de los sentimientos.

—Para eso estamos.

La culpa es de la madre de los Moreno. Le ha sugerido a Fer que hiciésemos algo para que la celebración no fuese tan sosa. A Fer. Fernando. El hombre mochila. El que odia la prisión de las paredes y extraña dormir en una tienda de campaña con la cremallera bajada y vistas a la cascada de Gullfos. El mismo que, cuando hemos llegado al Irish Theatre y había un concierto, ha demostrado una agilidad mental innata para la fiesta y nos ha organizado una yincana por la zona de los Bordadores, la calle Prior y la plaza San Justo con más copas que pruebas.

Recojo mi tónica con Seagram y me apoyo en una de esas mesas altas con la base publicitando a Fanta, y pienso que el paseo con Sherlock a las ocho de la mañana va a estar curioso. Es lo que tiene ser padre de hijo y perro y padecer resaca. Una mujer ocupa el asiento de enfrente. Ladeo la cabeza e intento interpretar su atuendo de mallas negras y plástico rojo.

—Sobre de kétchup —aclara, ajustando la diadema negra—. Venimos a despedir la soltería del bote de tomate. —Me fijo en el grupo de treintañeras que acaba de entrar y viste el mismo uniforme.

—Canguro. —Señalo a mis amigos con la barbilla y ella sube los codos encima de la mesa—. Me espera una noche muy larga.

—No está pagado. —Me sigue la corriente.

—Para nada.

—Deberían recompensarte. —Coloca la mano en la barbilla con aire pensativo.

—¿Se lo comentas a ellos?

—Puedo hacer algo mucho mejor.

La mujer abre el bolso que lleva cruzado y saca una agenda pequeña. Arranca el veintisiete de enero y garabatea un número con lápiz de ojos. Deja la nota en mitad de la mesa.

—Todavía quedamos algunas románticas. —Se muerde el labio y lo que era un juego tonteando se convierte en una invitación en firme—. Puedes llamarme cuando mandes a los niños a dormir, o mañana, y me cuentas si te tuviste que poner serio con ellos antes de acabar la noche.

Tiene una sonrisa dulce y unos ojos rasgados preciosos. Sabe lo que quiere y no le avergüenza estirar el brazo para cogerlo. No diré que es mi tipo, porque es el tipo de quien a ella le dé la gana. Unos años antes, habría mantenido mi pose chulesca mientras no me podía creer mi suerte y memorizaba el teléfono para evitar que la tinta del endeble papel se mojase. Pero, claro, en el Var 22 no está solo Alberto, Rodrigo y Fer. También se encuentra ella. Acompañándonos. Sin necesidad de imaginármela como las noches en las que Julieta solo era un pensamiento con risa propia en mi cabeza.

—¿Ves a esa chica?

—¿La que va colocada de LSD?

La luz violácea acaricia a Julieta bailando al son de *Lo malo* sobre el paso de peatones dibujado en el suelo. Tiene las manos levantadas y no le importa que su movimiento provoque mareas en el puerto de indias con el Sprite que sostiene, y entonces se viertan gotas por encima de su peto vaquero corto con una camisa de manga larga fina de un azul cuya tonalidad exacta solo conoce Lisa. Clava los ojos en los vinilos pegados del techo y muerde las palabras reivindicativas hasta convertirlas en un particular grito de guerra.

—Tenemos una relación complicada. —Empujo con delicadeza la hoja del veintisiete de enero.

—¿Complicada de que os habéis acostado esporádicamente y me liará alguna?

—Complicada de que, hace un par de días, le dije que la quería y suscribo cada una de las letras. Has ido a dar con el tonto enamorado del pub. —Cierro la puerta.

He tardado mucho en hacerlo. Ser sincero y transparente, con ella y conmigo mismo. Puede que su reacción de cine mudo no fuese lo que esperaba y que me cueste entender que tenga un secreto inconfesable. Pero dijo «necesito tiempo». Tiempo. Sinónimo de esperanza. Y comprendí al amor.

El amor es que tengas alas y desees pisar suelo firme a su lado. Crear un jardín colorido. Sentirte viento. Querer como si fueras una ola. Que la risa del otro acabe en tu boca. Viajar por el mundo o de la mano a la cama. Tener la complicidad del lenguaje de las miradas. Imaginar un futuro con todas sus versiones. El amor es decir «sí, contigo» y saber que significa «te acompañaré al fin del mundo». Es conoceros desde siempre y pensar ojalá siempre contigo.

Ojalá siempre.

Es despedirte con educación de un sobre de kétchup y acudir a la llamada de los Moreno. Agarraros por los hombros en círculo y dar vueltas. Gritando porque sí, con su pelo salvaje planeando sobre tu cara, y sentir que esa es la libertad que deseas para todo lo que la compone.

Es que Julieta rompa tus reflexiones profundas mareada con un:

—La voy a echar.

Y se te olvide al notar que te da la mano a ti, y no a otro, para que la acompañes corriendo fuera. Es que te elija cuando no piensa y te piense cuando no elige. Es colocarle por encima de los hombros la cazadora que has cogido al vuelo hasta que Rodrigo salga con la suya y que...

—¡Las zapatillas...! —Demasiado tarde. Julieta aguanta hasta la salida y expulsa el líquido sin arcada previa—. No sé cómo tomarme que te entren ganas de vomitar cuando estoy a tu lado. Tendré que mantenerme alejado cuando vayas de dama de honor en la boda de Alberto —digo bromeando para no ver el estropicio de las Converse.

—Lo siento. —Se limpia la boca.

—No pasa nada. —Marco, no hagas sangría, no mires el desastre. Ella sí que lo hace y abre mucho los ojos llorosos.

—La tela blanca está... Madre mía, creo que han pasado a mejor vida.

—Tampoco me gustaban mucho. —Eran mis favoritas. Mis jodidas Converse favoritas. Sonrío para calmarla.

—Tal vez si lo limpio antes de que se seque....

—¡No! ¡La cazadora nooo! —grito.

Demasiado tarde. La pequeña de los Moreno se ha agachado con toda su buena intención para resolver el problema y mi cazadora de cuero, mi adorada cazadora, se le cae de los hombros sobre los restos de tortilla, el jamón y el queso ibérico, la tarta de queso y arándanos casera y los bares de los Bordadores, la calle Prior y la plaza San Justo.

Me va a dar un infarto.

—Tranquila, no pasa nada. —Sonrisa tirante—. Solo es...

—Tu cazadora —pronuncia palideciendo y, como lleva un pedo para enmarcar, hace un puchero seguido de un nuevo intento de agacharse—. Soy lo peor. A Marco Cruz se le puede tocar cualquier cosa menos...

—Solo es una cazadora, dramas. —Curvatura de labios tensa.

—Porque es como si le cortas su talón de Sansón. —No me escucha y me estoy poniendo un poquito desquiciado. Solo un poquito. Espera, ¿va a llorar? ¿Es eso lo que va a hacer? Le tenía que haber arrancado las copas de las manos.

—Es el talón de Aquiles y la fuerza del pelo de Sansón. —Pierdo el control—. Y esto es un trozo de tela —mi precioso trozo de tela— y ya te he dicho que no pasa nada. —La recojo del suelo y me la coloco por encima—. ¿Lo ves? Solucionado. —Bufo. Se queda inmóvil.

—¿Sabes que te está chorreando...?

—Sí —la corto con la máxima dignidad posible, notando el asqueroso vómito contra el jersey. Sin problema. Bajo control. Abrazo al próximo coche que pase en marcha y listo.

Entonces se ríe de ese modo que solo sabe hacer Julieta. A trompicones. Escupiendo babas. Con un ojo más cerrado que el otro. Arrugando la nariz. Cerrando los puños y balanceándose hacia delante. Lo único que importa es lo que tengo delante. Una mujer claramente perjudicada partiéndose en culo por mi miseria. La del flequillo recto, peto y ojos marrones que empiezo a recuperar.

Nos interrumpe un:

—No tan deprisa. —El miedo tiene dos interpretaciones, la de los pulmones y la de las entrañas. Alguien utiliza la segunda.

Una pareja se estaba devorando contra el lateral de un coche de un modo exagerado en el otro extremo de la calle. Ella, con la cabeza inclinada hacia atrás y las manos cerradas en torno a él. Él, recorriéndole el cuello con la lengua y masajeando sus muslos para abrirlos y restregarse. No he seguido mirando. Demasiado explícito para no sentirme *voyeur*.

Sin embargo, algo ha cambiado. La entrega y la pasión han desaparecido en el lenguaje corporal de la muchacha para convertirse en recogimiento y defensa. Los «aquí no» y «no subas la falda» han sustituido a los gemidos involuntarios. Sus ojos cerrados buscan ayuda tras el cuerpo que la aplasta, con un deje de culpabilidad que activa mis pies.

Es una persona ahogándose, atrapada en una marea de carne y hueso, porque hay algo que no funciona en la respuesta masculina. Silencia sus quejas con besos húmedos forzados y un «eres deliciosa». Le envuelve las muñecas cuando la palma de su mano presiona el pecho para apartarle. Le acerca su sexo en el preciso instante en que las piernas de ella se retuercen para cerrarle el paso. No se da cuenta de que no existe argumento que altere que un no deje de ser no, con indiferencia de que haya salido por su propio pie o que, en un principio, pareciese que quería follar. Es su derecho a cambiar de opinión y existe la obligación moral y legal de respetarla sin rechistar.

Cruzo la carretera que nos separa. El hombre está despistado, demasiado centrado en acorralar y pasear los dedos por carne que le rechaza. Le agarro del abrigo y le empujo contra la pared con brusquedad.

—¡Déjala en paz!

—¡No te metas en lo que no te incumbe! —replica, llevándose la mano al codo que ha impactado contra el ladrillo.

La muchacha aprovecha la liberación de los tentáculos para huir sulfurada dando tumbos con sus tacones. Julieta la intercepta y le pregunta si está bien. No sé qué provoca que me hierva más la sangre, si la mirada avergonzada de la víctima asintiendo con la cabeza para marcharse apurada o reconocer al agresor.

Está demostrado. El dicho piensa mal y acertarás fue inventado para definir a gente como la pareja de Claudia, espero que expareja después de esto, Juanma.

—¿Marco? —Su actitud combatiente se torna prudente y astuta—. Menos mal que has llegado. No había manera de quitármela de encima. —Sonríe con una máscara de aparente confianza y retira la cortinilla de pelo con manos alteradas—. Becarias, ya sabes...

—No.

—Cierto, tú no tienes.

—Tampoco abusaría. —Aprieto los puños, intentando mantener la calma.

—Si hubieras oído las cosas que me ha prometido para ponerme cerdo antes de salir, no lo llamarías así. —Tiene los ojos inyectados en sangre y el polvo blanco de su nariz es una atracción de feria en su boca.

—Cuéntaselo mañana a primera hora a Claudia o lo haré yo —resuelvo.

—Venga, hombre, solo ha sido una canita al aire. —Sus ojos me miran con complicidad. Mi hombro rehúye de la palma que pretende posar—. Soy humano. Y a ellas las pone tan cachondas la erótica del poder y se pasean con esas falditas cortas con las que se les ve todo al agacharse en la impresora. Es una reacción natural. Propongo que salgamos una noche juntos para demostrártelo. —Busca mi silencio.

—En todas las cosas que me apetece hacer contigo acabo durmiendo en un calabozo. Tienes un día —puntualizo de nuevo.

Doy media vuelta. La morena parece más fresca por el golpe de realidad que acaba de presenciar. Dedica una mirada de asco a Juanma y estira la mano para que nos vayamos de allí.

—En el fondo, me haces un favor —mascula el empresario de pandereta—. Vuestra familia da pena. Una mujer desesperada por que la quieran porque se hace vieja. —Te intenta provocar, no entres al trapo—. Un fracasado con miedo a pisar un campo de fútbol y un negocio cutre que no saldrá adelante. —Clase, Marco, no se merece más que tu indiferencia—. Y una niña travesti que nunca tendrá pelotas. —Por ahí, no. Leo no.

Me planto delante con la rabia salpicando mi cara. Juanma es como uno de esos perros pequeños que ladra a los grandes y se mea haciendo círculos alrededor de su dueño cuando le devuelven el gruñido. Coloca las manos como escudo, cierra los ojos y suplica que no le haga daño.

—Si no te pego un puñetazo que te mande directo al basurero del que no debiste salir es porque quiero que ella sepa que mantengo todas nuestras promesas, incluso las de niños. —Trago saliva. Él se relaja. Busco la fórmula más eficaz para decirle que si el nombre de mi hijo vuelve a salir despedido de sus labios olvidaré todo y veinte años en Soto del Real o la Modelo dejarán de sonar mal. El hombre parpadea y, ante mi inactividad, se relaja e hincha el pecho.

—¿Yo también te juré que me despedía de la violencia? —No es el momento para preguntas, Julieta.

—No, tú, no.

—Gracias.

Para soltar una amenaza con efecto hay que ser convincente. Crujo el cuello y los nudillos, pongo cara de póker y carraspeo para que ningún gallo se interponga en mi voz de perdonavidas. Y no lo hace. No, debido a que la hermana de mi mejor amigo se adelanta y le da un guantazo con la mano abierta que le gira la cara.

—Serás... —Presiona en el punto donde debe picar. Levanto la pierna para interponerme y noto una mano a mi espalda. Rodrigo aparece haciendo gala de su imponente imagen. El alcohol le ha abandonado al vernos en peligro y actúa como lo que es, salvavidas, en el mar y en la orilla.

—Él no puede porque es padre y hay que pensar en los niños. Ella corre el riesgo de partirse la muñeca si sigue empeñada en no escuchar mis consejos de defensa personal. Pero yo, Juanma, yo no tengo nada que perder y dormiría de lujo en el catre después de hacerte picadillo. —Ladea la cabeza y le observa como un depredador a la comida—. A Leo ni lo pienses.

La futura expareja de Claudia se da cuenta de que el moreno de ojos azules no va de farol y, por si le quedaba alguna duda, Alberto y Fer asienten a coro. Se marcha con el rabo entre las piernas rumiando que nos falta la camisa de fuerza y me acerco a Julieta.

—¿Estás bien, Van Damme?

—Espero haberle hecho el mismo daño que él a mí. —Sonríe y se frota la mano.

—Deja que te vea. —Coloco la mía sobre la suya y trazo muy concentrado las líneas de su palma. Me las doy de profesional. En realidad, no tengo ni la más mínima idea de medicina, así que deduzco que el hecho de que no se queje es buena señal.

El mal cuerpo que me ha dejado Juanma después de dirigirse a mi hijo de ese modo tan despectivo, rabia en forma de saliva, provoca que me siente en el escalón del portal más cercano con los demonios removiéndome las tripas. Nunca me acostumbraré a la falta de empatía y al dolor gratuito a lo desconocido, a lo ajeno, a la pureza de un niño obligado a luchar por un error de la naturaleza.

La pequeña de los Moreno no lo duda y se deja caer a mi lado. Dobla las rodillas y apoya la cabeza encima. Me dedica una de sus miradas absorbentes en la que cada parpadeo es una idea cruzando su mente para intentar dar con la solución mágica que me ayude.

Fer se propone hacer lo mismo cuando Rodrigo le detiene y le explica que entre Julieta y yo existe «algo» a base de gestos poco sutiles. El gemelo de las rastas pasa de alucinar a abrir mucho los ojos, formar un «¡lo sabía!» con los labios y enseñarme varias veces el pulgar de manera descarada, para que yo y todo el vecindario nos demos cuenta de que acepta lo que sea que es lo nuestro y, es más, le entusiasma. Alberto se santigua por lo que sea que pueda salir de la conjunción de su hermana conmigo. Y los tres nos dejan intimidad para seguir quemando el Var 22.

—Cuéntame algo que me distraiga —le pido. Julieta se muerde el labio y piensa. El viento le mece el pelo.

—¿Recuerdas que la ducha de Caños siempre estaba estropeada?

—Caían estalactitas de hielo por la alcachofa —rememoro los diez minutos tiritando.

—Éramos nosotros. Rodrigo entretenía a la abuela, Fer al abuelo y Alberto me ayudaba a dar al botón que apagaba el calentador.

—En realidad, con cuéntame algo que me distraiga me refería a una pregunta tipo qué vas a hacer este fin de semana, pero nunca está de más conocer una alianza ancestral a favor de tu hipotermia... —rumio, y ella ladea la cabeza.

—Este fin de semana nos vas a acompañar a Caños a darle la invitación a la abuela, ¿no? —pregunta.

—Pensaba adelantar temas de la cafetería. Además, es vuestro plan familiar y no pinto mu...

—Te necesito allí —interrumpe. Parece angustiada.

—Vale.

—Porque... —Me he adelantado. Parpadea, sorprendida—. ¿Vale?

—Me has dicho que me necesitas. —No hay quien la entienda.

—¿Sin más?

—¿Te parece poco?

Pega un pequeño salto de aproximación. Sus Vans al lado de mis Converse. Los *leggins* contra los vaqueros desgastados. El abrigo verde que le ha traído mi mejor amigo rozando mi cuello con el pelo que lo rodea.

—Papá está con la abuela —revela. Y no tengo ni idea de cómo sabe el paradero del desaparecido Julio, pero sí que se va a liar una monumental cuando los cuatro trenes choquen en un mismo espacio cerrado—. Ellos no lo saben.

—¿Planeas comentárselo?

—Si lo hiciera, no irían.

—Jugar a ser Dios no suele salir bien. Con Fer y Alberto, quizás. Manejar a Rodrigo es un deporte de alto riesgo.

—A ti te hace caso. —Tengo mis reservas. Sé mejor que ella lo mal que lo pasó mi amigo, y que ese hombre le dejó heridas que no se cierran en la mente—. Julio se lo merece. —Baja la voz—. Confía en mí, por favor.

—Julieta, te creería si me dijeses que el sol sale por el oeste.

—¿Por qué?

—Porque no sé cómo separarnos y, si tú no eres una verdad, me convierto en mentira.

De nuevo, esa emoción en su rostro palpable. De nuevo, mi incredulidad ante cosas que daba por ciertas. A veces, hay que hablar. Gastar aliento y dejar que se cuele por oídos ajenos. Sentir con las palabras y hablar con los sentimientos. Algo se me remueve por dentro cuando Julieta sacude la cabeza y, sin pensar, coloca una mano en mi mejilla.

Hunde los dedos en mi barba y me gira la cara hasta que lo único que existe en Salamanca son sus ojos embelesados, sus dudas desapareciendo y sus labios recortando la distancia que nos separa. Un rayo. El de mi cuerpo al respirar su aire al ritmo que inclina la cabeza y su boca cubre la mía. Cae como la lluvia en verano. Inesperada. Para refrescar y mojar. Para morder y recrearse en mi lengua.

Para devolver el rock al corazón cuando se sube encima de mi regazo, mis manos envuelven su cintura y tira de mi pelo para reclamar más. Y no parece que le baste con los dientes chocando, la saliva mezclándose y la ropa sobrando en una noche bajo cero.

Terminamos sin saber si seguimos respirando o los pulmones han reventado, con los ojos cerrados, la frente apoyada en el otro y las ganas de que entre un vecino trasnochador, colarnos y que la escalera de un portal se convierta en la cama improvisada de dos adolescentes inexpertos que visten piel adulta.

—Marco... —Voz ronca.

—¿Vas a romper el momento?

—Puede.

—Ya duraba demasiado la calma.

—Hueles fatal...

—Calla.

—... a vómito.

—¿El que ha salido de tu boca, dices?

—Y después me has besado...

—Es muy asqueroso.

—Lo más asqueroso que hemos hecho.

Aunque el hecho de que signifique que nunca más vamos a dejar que se instalen barreras entre los dos lo suaviza, ¿repetimos?

—¿Hasta que amanezca?

—Hasta que amanezca... en dos mil ochenta y tres.

El vecino que esperamos no llega y nos quedamos en el escalón de un portal. Con nuestros besos. Con nuestra risa. Con nuestro «esto es más que compartir fluidos». Sus manos alisando mis rizos. Las mías enredando su melena lisa. Los amantes olvidándose del frío de una ciudad a la que abandona el ruido y se apaga para volver a encenderse. El perdón serpenteando por la espalda. El tiempo enfrascado en un colgante pidiendo a los granos de arena que no se muevan, que se queden quietos y en silencio, viendo al mundo deshacerse en nuestra boca, porque eso no ocurre todos los días, porque este sí que es el reloj al que pertenecen nuestros latidos.

22

Julieta

El salón de Caños de la abuela Antonia ha albergado múltiples guerras. Trincheras en forma de sofás. Armas que eran proyectiles sobrevolando la estancia. Un tratado de paz de la mano de las palabras de la mujer que, en lugar de saludarte con un sonoro beso, medía la distancia entre nuestros hombros y se reía al ver cómo crecíamos.

«Sana, sana, culito de rana, si no sana hoy sanará mañana», sobre su regazo frotando rasguños. «Mis arbolillos de férreas raíces que van a encontrarse con el sol, no dejéis que los edificios os metan miedo, es la envidia de un ladrillo al que el cemento mantiene anclado», cuando nos hacíamos mayores y los problemas dejaban de ser consecuencia de peleas infantiles para convertirse en un grito ahogado del alma.

Lo conseguía. Cien por cien de victorias para traer la tranquilidad, tal vez por su sonrisa bondadosa o porque sabíamos que los imposibles a su lado cambiaban de suela, las noches duraban más, los desayunos eran en pijama y sin prisas y la campana para volver a casa era verla asomar en la arena de la playa gaditana.

Hasta hoy al llamar a la puerta después de un largo viaje, proponiendo saborear el mar nocturno de los primeros días de primavera, y descubrir quién se hallaba en el interior. Julio. Nuestro padre, el hombre al que he dejado sin su habitual escapatoria de coger una habitación en un hostal de

Conil cuando alguien de la familia visitaba Caños para que no supiesen de su presencia.

—Olvidamos porque nuestro corazón tiene un espacio limitado y selectivo. No podemos ceder al odio el hueco de un buen recuerdo y arriesgarnos a perderlo —defiende mi abuela vistiendo los pantalones que no le dejaban ponerse de joven—. Perdonar es la única medicina y ayuda a sentir que no está todo perdido cuando somos nosotros los que nos equivocamos.

No convence a nadie entre esas cuatro paredes de ventanas sin cortinas para que entre más luz. Sabía que no sería fácil cuando surgió la idea y me callé la información que poseía. No me pilla por sorpresa que los gemelos se apoyen en su conexión invisible con una seriedad nunca vista. Tampoco que Rodrigo aparte a Marco y tenga ganas de pelear con el hombre al que no mira. O que mi padre se siente en una silla con la cabeza gacha y asuma que su culpa es un vaso que nunca se dejará de llenar.

Puede que lleve razón. Nos hizo daño. Muchísimo. Le despidieron por beber en horario laboral y, en lugar remediarlo, se convirtió en un borracho malhumorado, hiriente en las formas y al que no echamos de menos al desaparecer. Su partida nos liberó en muchos sentidos. Su partida colocó el fantasma de abrir la puerta y que fuese la policía la que nos desvelase su paradero, en un hospital con los segundos apretando las conversaciones pendientes o tirado en un descampado con una botella llena en la mano y los pulmones cerrados. Pero no he tomado el timón por su partida, sino por su reaparición y el deseo de que es posible dejar atrás el pasado que nos ha convertido en lo que somos.

—¿Se te ha olvidado que no tuvo la decencia de despedirse del abuelo? —Rodrigo se desespera.

—Mi marido no creía en el rencor, ¿quién soy yo para contradecirle? —Nuestra abuela habla con la barbilla levantada, sin amedrentarse por la decisión de acoger a su hijo el de los disgustos—. Es vuestro padre.

—Nosotros solo tenemos un desgraciado que nos jodió la vida con el que compartimos apellido. —La crueldad de su afirmación es el vello de punta en sus brazos, y es que, por mucho que lo intente ignorar, mi hermano es un ciclón de emociones. El más afectado y a la vez el que más creyó en su salvación durante todos esos años que le buscaba en bares en lugar de estudiar como Alberto, viajar como Fer o resguardarse en los amigos como yo.

—Estaba enfermo.

—Eligió no curarse.

—Hasta ahora.

—Llega tarde. —Cruza los brazos—. ¿Sabes lo que hice cuando me di cuenta de que no volverías? —Se dirige por primera vez a mi padre, tembloroso, incapaz de que sus ojos se encuentren con los del único de sus hijos que comparte color—. Revisé todos los marcos y los álbumes de fotos. Buscaba una puñetera página en blanco en la que faltase una imagen. Una que te hubieses llevado. Antigua o actual. Algo que me demostrase que te marchabas porque la situación era insostenible, pero que te importábamos un poco y de un modo u otro nos llevabas contigo. Y solo con ese detalle habría dejado la puerta entreabierta en lugar de cerrarla y fundir la llave. Pero las hojas estaban completas. No volviste. No nos llamaste. No cuidaste a ninguno...

Las balas continúan saliendo despedidas de la boca de mi hermano. No las escucho. Me he quedado en «no cuidaste de ninguno». Me remuevo incómoda y froto las manos. Sé algo que, sin ser determinante, ayudaría en la defensa del hombre que tiene más arrugas de las propias de su edad. Carraspeo para aclarar la voz y mi padre averigua mis intenciones.

—No tienes que volver, Julieta —susurra por primera vez.

Se equivoca, como en tantas otras cosas desde que se ganó que le quitaran pilotar el cielo. Una parte de mí sabía que viniendo aquí no me quedaría más remedio que arrancar la tirita de un secreto anestesiado. La manera de forzarme a hablar. Confesar el pecado que nunca debió llevar ese nombre.

Tengo que lanzarle un salvavidas en mitad de la tormenta. Tengo que dejarles que sepan por qué la hermana que se colocaba fresas en los dedos y soplaba como si fueran dientes de león antes de comérselas se convirtió en piedra y les evitó durante meses con planes inventados. Tengo que regresar al año en el que España repitió elecciones por primera vez, sucedió el Brexit, las fallas de Valencia fueron declaradas patrimonio de la humanidad, se llegó al acuerdo de paz entre el gobierno colombiano y las FARC, Bob Dylan ganó el Premio Nobel de Literatura y murió David Bowie, Prince, Gene Wilder y Alan Rickman con su «¿Después de tanto tiempo? Siempre».

Deshacer los pasos que me llevaron a desprenderme del amarillo, dejar de escuchar canciones, recopilar citas de libros de autoras feministas y abandonar los mapas de estrellas que trazaba en mi cuarto de Salamanca. Morir de nuevo allí. Arder y volverme ceniza.

Le dedico un último vistazo a Marco. Ahora que estábamos tan cerca, que casi le podíamos rozar... Ahora le toca saber qué hacía la chica de las estrellas y cascos mientras él se transformaba en padre, emprendedor y el hombre animal. Me observa confundido, inquieto por no saber de qué se trata el capítulo cuando doy un golpe en la mesa y me levanto para hablar, y antes de hacerlo solo puedo pensar que la letra *Olvídame*, de Sidecars, se inventó para este momento. «Será una gota en el diluvio. Un buen final estropeado. Un monumento ya enterrado. Solo quedo yo mirándonos caer.»

Ha llegado la hora.

2016

Viví unos años locos en Madrid. Era joven, la ciudad se me presentaba llena de oportunidades tras los duros meses con mi abuelo y quería experimentar. Divertirme. Clases de interpretación. *Casting*. Aprovechar el día tomando té en cafeterías cuquis, acariciando gatos callejeros y repasando escenas en parques aleatorios. Quemar la noche con vestidos cortos, labios pintados de colores llamativos y *pubs* o discotecas donde me acababan doliendo los pies de tanto bailar con los ojos cerrados.

Corrí. Bebí. Reí. Me acosté con muchos hombres, porque me apetecía, podía y el sexo me parecía un acto sublime. Famosos de las fiestas que me conseguía mi representante. Desconocidos que aparecían de manera imprevista para activar mi piel y la parte baja del vientre. Con el morbo de los lugares públicos o la intimidad de un hotel o una casa.

Descubría a la persona que me acompañaba desde el primer aliento y estaría presente en el último, Julieta Moreno, y estaba bien averiguar mis propias contradicciones, gustos y lo que me acercaba a la felicidad. Dejar de enamorarme de otros y quererme, aunque en ocasiones no me soportara y otras me amase a rabiar.

El único fallo era la obsesión por triunfar. Ya no eran ganas ni pasión, sino algo más parecido a la desesperación y la ansiedad. La ironía que trituraba mi moral de saber que lo había logrado en el pasado sin pretenderlo y, de la mano del esfuerzo y la constancia, cada vez lo viese más lejos. Ese día parecía que todo iba a cambiar. El representante que tuve antes de Sarah me llamó con una noticia inesperada.

—Ricardo Cantalapiedra quiere conocerte. —Hasta ahí bien. Ricardo Cantalapiedra era/es uno de los productores con más éxitos en su haber de la industria. Un golpe de suerte—. Te hará la prueba en su chalet. —Arrugué la nariz.

—¿El equipo de *casting* estará allí?

—Solo él. —Mi intuición activó la luz de alarma—. Los genios son excéntricos y tienen manías raras. Ya sabes, la locura de los que abrazan el arte. —Le restó importancia.

—¿No pretenderá que nos acostemos? —pregunté medio en broma, medio «suena turbia la oferta».

—Julieta, no somos un vulgar burdel y tú no eres nuestra ramera a domicilio. —Ofendido, se echó hacia atrás en la silla y anudó el elegante pañuelo de flores que llevaba. Notó que no me convencía—. Simplemente, el productor con el que sueñan todas las actrices se ha encaprichado de tu luz y te está sirviendo la oportunidad de tu vida en bandeja de plata. Serías idiota si te negases... —No me gustó que me insultase. Se dio cuenta y reculó—. Volverás por todo lo alto tras *Todos los juguetes rotos*. Un impulso a tu carrera.

—Me da miedo que entienda...

—Entiende que eres una profesional con talento.

—Pero...

—¿Sabes cuál es la única manera de que acabes en su cama? Desde luego que no porque figure en un contrato o te sientas forzada. Solo si te apetece, como cuando sales y follas porque te lo pide el cuerpo.

La ferocidad con la que defendió su argumento me llevó a ignorar la vocecilla de mi cabeza que me advertía de que algo no iba bien y aceptar. No voy a mentir. Sospeché que no existía el nivel de transparencia que pretendía que creyese. Ya no era la cría inocente que confió en Daniel. Era la mujer que no sabía el precio que estaba dispuesta a pagar por volver a leer el tiempo en la orden de rodaje y cargar otra persona en el interior. La chica que se veía capaz de manejar situaciones desconocidas.

Un taxi me recogió en la Gavia con mi melena rizada hacia un lado, un vestido corto palabra de honor amarillo mostaza con la falda corta de vuelo y los labios tan granates a juego con mis zapatos y mi bolso. Llegamos a una lujosa urbanización a las afueras de Madrid, el conductor silbó cuando el vigilante abrió la verja y los nervios recorrieron mis articulaciones.

Dentro, la ostentosidad de que el valor de las personas se mida por el tamaño de sus chalets y la privacidad de envolver las construcciones en jardines que eran más bosques de pinos altos y figuras de piedra petrificada en posiciones enrevesadas. Otro mundo. Con sus propias farolas, calles, parques y Ricardo Cantalapiedra esperándome en la entrada.

Podría tener la edad de mi padre. Vestía como Marco. Elegante y educado, sujetó la puerta para que bajase y depositó la mano en la parte baja de mi espalda para guiarme a la mesa al aire libre colocada al lado del jacuzzi y la piscina. No tenía ni idea de quién era. Él. La persona más allá de sus logros. Candidaturas a los Óscar, premios europeos, taquillazos, buenas críticas y películas de culto.

—¿Es cierto que guardáis los Goyas en el baño? —Rompí el hielo.

—Uno en la productora, otro en el cuarto y el resto regalo navideño para mi madre cuando no puedo pasar los Reyes con ella. —La melena canosa le cubría los pequeños ojos marrones.

—Es muy bonito.

—Vaya, te lo has creído. Lamento romper la magia, pero los demás los perdí en la fiesta de celebración por desfasar más de lo que debería.

—Sé de lo que me hablas. —Reí al recordar.

—No. Créeme. Las producciones me absorben tanto que cuando termino pierdo la cabeza y bebo como si no hubiera un mañana —bromeó.

No me pareció mal tipo. Incluso algo entrañable cuando me contó que había empezado porque su madre tuvo una enfermedad temprana que la mantenía postrada en la cama y le prometió que crearía historias para que siempre estuviese viajando.

Durante la cena a la luz de las velas hablamos de cine, teatro y un guion lamentable que escribió con sus propias manos y reposaba en un cajón del comedor. Una historia que produciría solo para comprobar si, a esas alturas de su carrera, el mundo alababa cualquier mierda con su rúbrica o era cierto eso que aseguraba la prensa de que sus filmes eran puro arte para los sentidos.

Ricardo Cantalapiedra fue educado y atento. Rellenó mi copa de vino blanco Domaine Leroy Musigny Grand Cru Borgoña francés (como le habría gustado a Cari) y me cedió la mitad de su postre al ver los ojitos que le ponía a la tarta Red Velvet. Olvidé lo surrealista que era obtener un papel así y, afianzada en la sensación de seguridad, no me pareció raro que con un par de copas de champán me confesase que se había fijado en mí en la serie cuando era una niña.

—¿Te cuento un secreto? Llamé a la cadena para que no la cancelaran. No podía renunciar a nuestra cita los miércoles en *prime time*. —Sonrió y se desabrochó el botón de arriba de la camisa blanca.

Me lo tomé como un halago y, sumida en ese estado de confianza, acepté cuando me dijo:

—¿Quieres verlo?

—¿El Goya?

El busto de cera y bronce reposaba en la estantería en la que tenía los guiones encuadernados de su obra. Lo rocé fascinada con suavidad y le escuché hablar detrás de mí con voz ronca e intensa.

—Te convertiré en la siguiente Penélope Cruz. El mundo a tus pies, Julieta Moreno... —Me emocioné y el latido de dicha se transformó en el escalofrío desagradable cuando completó su frase—. Pero antes bájate las bragas y negociemos.

Lo anterior había sido la previa. El calentamiento. Llegaba el momento de que el disfraz cayese y las intenciones tomasen forma. Noté su aliento recorriéndome la espalda y las manos sobre la cremallera del vestido. Ese fue mi momento. Debí disculparme por si le había dado a entender algo que no era y con las mismas marcharme, sin explicaciones, como que no me atraía o que imaginarle entre mis piernas con su cuerpo sudoroso encima me daba tanto asco como que pretendiese comprar mi cuerpo con el futuro que anhelaba. En lugar de eso, me quedé quieta. Paralizada. Valorando si no podría soportar quince minutos como máximo y después despedirme de la frustración de las negativas y ser una estrella.

«¿Cuánto vales? No lo sé.»

—Te convertiré en Audrey Hepburn.

Bajó la cremallera y la tela amarilla se arremolinó a mis pies.

—Greta Garbo.

Rocé el pelo frío y duro de la estatuilla y noté su erección en mi trasero.

—Elizabeth Taylor.

Los dedos envolvieron mis pechos y los apretujó, restregándose por detrás.

—Ingrid Bergman.

Me dio la vuelta. Sus ojos recorrieron mi desnudez con lascivia

—Bette Davis.

Se relamió, anticipándose al placer que vendría.

—Judy Garland.

Tiró de la costura de la braguita y la fue retirando por el sendero de mis piernas. Levanté los pies para que la sacase y, entonces, olió la tela y gimió.

—Marilyn Monroe.

Sus labios impactaron con rudeza contra los míos cerrados y apretados. La tensión habitaba en mi cuerpo y en los puños cerrados. Seguía sin saber qué quería hacer. Hasta dónde estaba dispuesta a llegar sin cruzar un camino de no retorno que me devolviese mis principios. Solo era sexo y a la vez me convertía en carne en el mercado.

El mundo a mis pies. Boca. Saliva. Lengua. Un Goya clavándose en mi espalda. Manos. Su erección al descubierto... Falta de aire. Temblor. Asco, por él y por lo que había estado a punto de hacer. Adiós a Hepburn, Garbo, Taylor, Bergman, Davis, Garland y Monroe.

«¿Cuánto vales? Más que un papel.»

—Chúpamela de rodillas y mirándome a los ojos —ordenó.

—No. —Soné quebrada. Sus dedos se aferraron a mi piel hasta que dolió. Me revolví y él me arrinconó contra la esquina, la estatuilla y un pánico creciente.

—Te voy a reventar ese coño peludo.

—¡No! —La lucidez volvió, y con ella la garra y el fuego del dragón. Mi voluntad no era el trofeo ni el capricho de nadie. Luché y, como tenía mis brazos inmovilizados y no recordaba las llaves de karate, le di un cabezazo con todas mis fuerzas. Le salpiqué con la sangre que salía de mi nariz y él crujió la dolorida mandíbula.

Me dio el margen de maniobra para escapar. Corrí, deshaciéndome de los tacones para ir más rápido y con el vestido contra los pechos que rebotaban de la velocidad y seguían teniendo la marca de sus dientes.

—Si sales por esa puerta me encargaré personalmente de que no consigas ningún trabajo en lo que te queda de vida, puta —advirtió enfurecido.

No me detuve a escuchar el resto de las amenazas. Aceleré con su «puta» arañando mis costillas para colarse en las profundidades, allí donde las palabras parecen verdades que no te abandonan. Deshice el camino hasta la puerta desnuda y muerta de miedo. Y no me importó que las piedras se clavasen en la planta de mis pies en el exterior. El dolor solo era un concepto eclipsado por la necesidad de borrar la lujosa urbanización madrileña en la que, de un modo u otro, una parte de mí murió, porque me acurruqué en una esquina, lloré y me culpé por los segundos de duda, un pecado que nunca olvidaría.

Seguí sumergida en la montaña rusa de malas decisiones. Tuve que acudir directamente a la policía y me pudo la vergüenza de tener que confesar lo que sí le había permitido antes del no rotundo. Durante unos días, solo quería ducharme para arrancar la suciedad y su rastro y dormir abrazada a Lennon.

Cuando recuperé fuerzas, se lo conté a un representante que no creyó a la actriz que había intentado cazar a un director casado en su primera película y casi le arruina la vida. Dejamos de trabajar juntos. Ricardo Cantalapiedra también comentó a su círculo más cercano una versión adulterada y, como buen patio de colegio de adultos, la voz se corrió. Por lo visto, yo era esa clase de chicas que entran por la puerta trasera en las fiestas, ponía cifras con cuatro números por la abertura de sus piernas y buscaba mi minuto de fama. Los productores me colocaron la etiqueta de mentirosa y peligrosa. La prensa ignoró el testimonio de una muchacha montajista, interesada y que pretendía llamar la atención. Las que se reconocían en mí, afectadas que evitaban mirarme, se guardaron la aberración por miedo a no prosperar en su carrera o la vergüenza que día a día me carcomía por dentro.

Me quedé sola.

Sola con todo el poder de la palabra.

Como el vestido era amarillo, odié el color. Me odié a mí misma por vacilar con el muñeco de cola y bronce tan cerca. Tanto que eliminé las canciones y los mapas de estrellas que no merecía por haber traicionado a esa niña un poco loca quizás, que se habría avergonzado de ver en lo que la convertía. Deshonra. Humillación. Un insulto de cuatro letras.

No podía recurrir a mamá cuando estaba recuperándose de tantos momentos oscuros con un viaje programado a Benidorm con su mejor amiga. Alberto se estaba sacando el MBA en Ginebra y no podía faltar. Fer andaba sin móvil por el mundo. Y a Leroy, Octavia, Marco y Rodrigo, a ellos no quería decepcionarles.

Solo quedó una opción. La única persona que conocía con más fallos a sus espaldas. Le dejé un mensaje en el buzón de voz a mi padre y me resguardé en Vallecas con los ronroneos de Lennon en mi oído y su legua áspera limpiando lágrimas. No confiaba en que viniese. Así funcionaban las cosas con él. Olvidaba nuestras necesidades con su alcohol.

Sin embargo, dos días después alguien llamó al telefonillo. Y no lo hizo como Daniel, sino quemando la batería hasta que el molesto pitido constante me obligó a moverme del sofá.

—¿Quién?

—Julio —anunció, y no le hizo falta añadir nada más para que mi pulso se acelerase.

El hombre que apareció al rato detrás de la puerta parecía más un mendigo irreconocible que mi padre. Llevaba una barba larga, pelo descuidado, ropa andrajosa y desprendía un olor nauseabundo que mareaba. Pero allí estaba cuarenta y ocho horas después de un mensaje en el que debió de apreciar que, si no aparecía para ayudarme a salvarme, una chica llamada Julieta Moreno desaparecería en un agujero negro del que sería imposible recuperarla.

—Los coches no paraban cuando hacía autostop. No parezco alguien de quien fiarse —se disculpó y sí, había hecho mil cosas malas, un millón, pero estaba ahí dispuesto y yo necesitaba tanto estallar en una tormenta con la seguridad de que alguien recogería las gotas para que no se perdieran que me lancé a sus brazos.

—Lo siento mucho. —Las disculpas brotaban para él y en realidad eran para mí, para mi familia, mis amigos y el mundo.

—¿Qué ha pasado?

No me quedé nada. Le narré todo, después de vestirme, con los detalles, los sentimientos y el modo en el que los árboles se balanceaban con violencia. Él aprovechó para meterse algo en el estómago vacío engullendo casi sin masticar, de un modo animal y bebiendo un litro de leche directamente del cartón sin parar. Echó un vistazo fugaz a las cervezas y cerró la nevera.

—¿Por qué has recurrido a mí?

—Porque tú entenderías que soy defectuosa. —Por aquel entonces tenía un monstruo con puño de hierro que me apretaba el corazón, me hacía respirar a trompicones y me llenaba de una culpa falsa.

—Tú no eres defectuosa. —Suavizó el gesto.

—Soy una puta. —Repetí el nombre con el que el universo había sustituido al de Julieta.

—No, no eres ni defectuosa ni una puta —remarcó.

—¿Y qué soy?

—La niña que llegó a la familia para hacer nuestras vidas mejores. Mi... Mi hija. —Saboreó las palabras—. Todo va a salir bien.

—No lo creo —confesé.

Julio se duchó y se afeitó. Pusimos la poca ropa que traía en la lavadora y le dejé un viejo pantalón corto y una camiseta hasta que se secase. Estaba tan delgado y desmejorado que le valían. A las ocho, fui a la panadería de enfrente del centro comercial a comprar pan para cenar y cuando volví ya no estaba. Deduje que no se había contenido a la llamada del bar y quizás volvería en su peor representación, o quizás no aparecería de nuevo.

La sorpresa nació cuando regresó unas horas después con el pantalón corto y mi camiseta, dos calendarios de gatitos del chino y sobrio.

—Asistiré a las sesiones de alcohólicos anónimos y voy a poner un aspa por cada día que aguante sin probar una gota en mi calendario. —Los colocó desplegados encima de la mesa—. Por ti. Para que te des cuenta de que es posible salir del infierno intacto. Para que seas consciente de que un incendio apagado a tiempo no termina con la estructura de la vivienda, se mantiene en pie y solo hay que pintar encima del humo que impregna las paredes. —Tragó saliva—. Hasta que veas la esperanza y pongas un aspa en el tuyo.

Dicen que la fe es un concepto abstracto. Significado sin forma. Algo que nace dentro como sensación. Ahora sé que es mentira. Ahora sé que a veces se muestra en personas que te sorprenden para bien. Ahora sé que yo la vi en Julio y su demoledor síndrome de abstinencia. Temblando. Sudando. Vomitando. Irritado. A veces depresivo. Otras con ansiedad. Sin poder dormir. Haciéndolo para sumergirse en pesadillas e ilusiones. Unas que le hacían chillar en mitad de la noche y nos llevaba a Lennon y a mí a sentarnos a su lado en el sofá. Otras en las que viajaba al pasado con mi abuelo y le pedía perdón. O con Rodrigo y el coche al que le subía todos los domingos para echar una moneda por el placer de oírle gritar entusiasmado que era piloto de carreras.

No volvió a probar una gota de alcohol. Permaneció firme. Me convirtió en su meta, sus ganas y el motivo por el que no ceder en su empeño. Fuerza. La que me atravesó treinta y tres días después cuando agarré el bolígrafo con fuerza y la mano me tembló sobre el calendario mientras me atrevía a volver a cantar.

—Los valientes son los que tienen miedo, se equivocan y se rompen. Los valientes son los que no lo saben y necesitan tiempo para darse cuenta de que son valientes. —Se colocó a mi lado—. Los valientes son personas como tú y como yo que un día decidieron volver a creer en sí mismos. —Dibujé el aspa ante su atenta mirada.

Julio me dio las herramientas para que me salvase. Yo y nadie más, como debía ser. Y eso no borra sus actos, pero demuestra que, llegado el momento, aparecerá con calendarios de gatitos, bolígrafos y voluntad para recordarnos quiénes fuimos. Quiénes somos. Quiénes nunca dejaremos de ser.

Contar el problema en voz alta no lo soluciona. Sin embargo, me ayuda a liberar la tensión acumulada durante todo el proceso. De repente, me noto más ligera y siento cómo los resquicios de culpa enquistados desaparecen y, en lugar de proyectarse como fantasmas tétricos y oscuros abandonando mi piel, los imagino con alas batiendo hacia arriba y vuelo. El de mi propia libertad. El de que nunca debí encerrarme por algo que no hice mal. El de que las cenizas en las que me convirtieron sirven para dibujar uniendo pecas o con los dedos del pie. El de que falda corta y una lista de amantes interminable estuvo bien y no un hombre encabronado gritándome puta.

Miro a todos, afectados, pacientes, esperando que haga algo o les dé permiso para que ellos muevan ficha y la Tierra gire de nuevo tras unos segundos silenciada, escuchando, sufriendo y, quiero pensar, que tal vez aplaudiendo al desvelar que superé los meses de dolor, que hoy, ahora mismo, con esta bocanada de aire, me siento tan yo que aterra pensar cómo gastaré la energía recuperada. Hay tantos segundos que exprimir...

—¿Has vuelto a saber de él? —pregunta mi abuela.

—Ricardo Cantalapiedra cumple su palabra. Ha convencido al mundillo de que soy la bruja de todos los cuentos. No hay papeles. No hay *castings*. —El gesto se le entristece—. Y Octavia ha escrito una obra de teatro impresionante y quiere que sea la protagonista. —Sonrío.

—¿Vas a aceptar?

—Sí. —Me doy cuenta de que he tomado una decisión conforme lo digo. —Voy a volver a la sala de ensayo que me vio nacer, desquiciar un poco a Cari y actuar con la máxima pretensión de disfrutarlo, sin premios a la vista, sin fama, sin grandes producciones. Solo las tablas, mis pies descalzos y cerrar los ojos en las escenas que te arañan el corazón—. La abuela se acerca y coloca un brazo encima del mío.

—¿Sabes por qué quemaban a las brujas? Porque temían su poder y por eso ese desgraciado se esfuerza en llevarte a la hoguera, pero no lo logrará como en otras ocasiones. Él no conoce la magia de los Moreno.

Lleva razón. Los Moreno somos... especiales. Raritos. Orgullosos. Muy nuestros. Un poco idos en ocasiones. Los mismos que nos matamos en peleas agotadoras y, a base de risa, nos apoyamos de un modo incondicional y damos otro significado a la palabra «familia». Dos gemelos, un hombre con malas pulgas y una chica con los cables cruzados. Hermanos. Sangre. Algo más. No sé el qué. Más en todo su esplendor suena suficiente.

Lo lógico es que viniesen preguntas, rabia o lástima y, en lugar de algo así, mi abuela enlaza su mano con la mía y le ofrece la que queda libre a Alberto.

—¿Sabes que estoy muy orgulloso de ti? —dice el hombre sensato y profesional aceptando el ofrecimiento y estirando el brazo a Fer.

—En Islandia eres una leyenda. Me duele la boca de fardar de hermana.

—Se une y, como ha hecho antes el gemelo, mira a Rodrigo.

—¿Te he dicho alguna vez que te quiero, Derek Redmond? —Otro más. Voz ronca.

—No.

—Pues alguna vez lo haré. Estate preparada. —Sonríe. Coge aire y, en lugar de Marco, se vuelve en dirección a mi padre—. ¿Vienes? —Julio duda. Todos nos estremecemos cuando le vemos levantarse y andar torpe, sin poder creerse que le incluyamos, con los ojos brillantes cuando los dedos de mi hermano se enlazan con los suyos y le roba al Cholo su «partido a partido».

—Falta alguien —dice papá—. Sin ti no estamos completos, Marco.

No sé cómo descifrar su cara seria y los puños apretados. Tampoco que esté alejado en el rincón al que no llega el sol o la manera en la que frunce el ceño y parece que le acaban de dar una paliza. No sé si vendrá. No sé si...

—Julieta, yo no soy como Ricardo Cantagilipollas. No pretendo que seas mía ni de nadie. Solo tuya. Libre. Y que mientras juegas a eclipsar al sol me dejes estar a tu lado, porque eso me hace sentir el tío más afortunado de toda la galaxia.

—¿La galaxia?

—O que pisa el suelo de Caños. Qué más da. Me haces sentir que seré capaz de conseguir que la suerte se despierte a mi lado despeinada, bostezando, devorando cereales y despidiéndose con un «nos vemos después del trabajo» que, joder, es mucho más apasionante que una declaración de amor, porque es «vuelvo contigo y seguimos acumulando sueños juntos en la almohada».

La mano de Marco se entrelaza con la mía y la de mi padre. Formamos un círculo. Una bonita figura cargada de electricidad, de impulso, de mientras estemos ninguno de nosotros caerá, porque otro se encargará de enseñarte a levantarte. Y vuelvo a pensar que el amarillo solo es un color que me gusta mucho, las canciones no mueren y la vida está para compartirla con las personas que le dan significado al viaje. Ellos.

23

Julieta

Si el faro de Trafalgar no es una porción de paraíso que se escapó para anidar en la Tierra, es lo más parecido que tenemos los mortales. El nirvana cercado por las montañas de Cádiz. Solo tus pies te pueden llevar hasta él a través de un camino invadido por la arena blanca de la playa, moteada con las huellas de los visitantes y la marca del rugido dulce del sur.

Lo ves al fondo. Pequeño. Insignificante. Una silueta alargada sobre un lienzo celeste que te atrapa, atrae y te lleva a surcar dunas salpicadas de vegetación, intervalos con sombra y rayos, un charco de kilómetros de agua que se ha escapado del mar, y flores violetas, amarillas y con toda la gama de tonos que se le conocen al verde.

En su interior, brilla la luz y lo rodea una barandilla de madera con margaritas asomando tímidas por su base. Da igual lo que hayas memorizado, cuando llegas al lugar en el que tienes a un lado la apacible costa virgen, al otro las olas de agua cristalina chocando con violencia contra las piedras y un atardecer esperándote allá donde el azul de las alturas y las profundidades se mezcla, te das cuenta de que nunca estarás preparada para una belleza de tremenda magnitud.

Más si estoy en el saliente, recostada contra un formidable Marco que traza los mensajes de la botella que lanzamos al mar y hemos recuperado con sus dedos en la cara interna de mis brazos. Reposo la cabeza en su hueco de su hombro y escucho la banda sonora de tenerme cerca. Y juntos vemos el camino dorado de la superficie marina que siguen los pájaros rumbo al sol. Juntos nos estremecemos con unos escalofríos ante los que nada tienen que hacer las sudaderas, la sensación de que todo lo dormido despierta y nacen fragmentos nuevos en el interior.

—Esto... El tío más afortunado de la galaxia. —Tose Fer de coña. El exfutbolista gruñe y le enseña su dedo corazón.

Los cinco hemos venido a pasar la tarde como en los viejos tiempos. Nevera, bocatas, mantas por si luego refresca e intención de quedarnos hasta tarde.

—No te pases —le defiende Alberto, sentado al lado de su gemelo—. Fue mucho peor aquello de acumular sueños en la almohada.

—Recuperando el buen humor a costa de mi humillación. Maravilloso... Rodrigo, diles algo, a mí me da pereza. —Mi hermano aplasta la colilla con la suela de sus botas y la tira en la bolsa de la basura.

—Nada es comparable a su «estoy condenado a que tu hermana sea mi todo contenido en unos ojos despiertos» con la voz tomada y a puntito de echarse a llorar.

—Lo primero: fue la cebolla, la puta cebolla de la tortilla por lo que me escocían los ojos. Lo segundo: esta os la guardo, mamones. Ya os pillaréis de alguien, ya, y ahí estaré yo acechando. —Los tres se ríen con ganas y Marco aprieta la mandíbula—. ¿Es que uno no puede tener sentimientos? Casi os prefería cuando pensaba que me partiríais las piernas por enamorarme de vuestra hermana.

—Estamos a tiempo —bromea su mejor amigo.

—Julieta... —Llega mi turno e intuyo la sonrisa ladeada de suficiencia que debe de estar dedicándoles al resto.

—La verdad es que eso de que cada vez que no decías te quiero, el amor moría en tu boca, me dio un poco de impresión.

—No, el huerto de Calisto y Melibea es intocable. —Se hace el ofendido y a cambio le ofrezco una confesión bajita.

—En realidad, lo he dicho para mantener la costumbre de meterme contigo. Me gustó ser sinónimo de «vida». —Nos miramos y me encojo de hombros. Marco me atrae y me aprieta enlazando los dedos sobre mi estómago. Noto el aleteo y creo que no pueden ser solo mariposas lo que surge dentro, porque me provocan cosquillas alas de diferentes tamaños.

—¿Los veis? —Fer nos señala—. Los hemos perdido.

—Son dos tortolitos —Le corrige Alberto como hacía tanto tiempo atrás.

—Me caían mucho mejor cuando se llevaban a matar. —Pone los ojos en blanco—. ¡Idos a un hotel!

Rechazo la cerveza que me ofrece Fer, calo la capucha de la sudadera y me recuesto de nuevo con los codos apoyados en sus rodillas dobladas. Poco a poco, el sol se quita la capa y nos permite mirarle directamente durante sus últimos segundos del día. Hay una pareja besándose en la ladera y una familia se coloca al lado al llegar. El padre extiende un pañuelo mientras la madre saca una guitarra a la que araña los primeros acordes de *The blower's daughter*, de Damien Rice. Marco no le quita la vista de encima a las dos pequeñas que los acompañan y lanzan pompas de jabón.

—¿Echas de menos a Leo? —pregunto.

—A riesgo de quedar como la persona más moñas del planeta, sí.

—Haz una videollamada. Si ha salido a ti, le encantará el atardecer de Caños.

Nos incorporamos y saca el móvil. Le pide a Claudia que le pase a su hijo y ella le busca en el parque. En la pequeña pantalla aparece la imagen de Leo tumbado en el césped con Sherlock y Pedro entregado en hacer la croqueta de un lado a otro con la boca abierta. Rodrigo se cuela en nuestra postal.

—¿Qué son mis chicos hoy? ¿Ola, lluvia o arena movediza?

—¡Ola! —Los pequeños se levantan y corren con los brazos extendidos hacia el móvil. Mi hermano finge que su efecto llega hasta aquí y se cae teatralmente. Lo repite varias veces y las niñas de las pompas estiran a sus padres de las chaquetas impresionadas.

Observando a Marco y Rodrigo interactuando con Leo y Pedro, no me queda muy claro quiénes son los pequeños y los adultos. Los de aquí o los de allí. También me doy cuenta de lo mucho que les ha beneficiado a ambos permanecer juntos en las aventuras que me he perdido. Ellos, inseparables.

Las notas de la guitarra se detienen. Va a suceder. Gira el móvil para que el atardecer de Caños se traslade a Salamanca. La bahía sufre una explosión de color. Fuego. Un círculo dorado que desciende lentamente, porque hoy ya no le queda nada más que decir y mañana volverá con palabras nuevas de lo aprendido al otro lado del mundo. Durante unos segundos, lo único que existe es el sonido del mar, porque da igual que el astro se haya marchado, las olas siguen reluciendo, y... Marco.

El viento le golpea por detrás empujando sus mechones para que se enreden con la nada. Sus rasgos masculinos se acentúan con el gesto de abstracción para entrar en comunión con la naturaleza. Y la sonrisa que se le dibuja cuando da la vuelta al teléfono, la que no es canalla ni arrolladora, simplemente de «al otro lado está lo que más me importa», provoca que se me encojan las entrañas. Alguien capaz de amar así a otra persona siempre merecerá la pena.

—¿Qué os ha parecido?

—Ha sido alucinante.

—Es que tu padre es un crac...

—¿Qué es...?

—Es guay. Alguien guay que te enseña cosas chulas.

—¿Podré ir? —Marco se pasa la mano por el pelo y me mira.

—Claro. —Me coloco delante del objetivo y asiento—. Este verano. Te enseñaré a surfear, cenaremos un bocata en la orilla y nos acostaremos muy tarde. —El exfutbolista enarca una ceja. Puede que me esté viniendo muy arriba. «Julieta, controla»—. A las once.

—¡Hala! Y repetiré postre, porque si tú estás, papá se pondrá contento.

—Fruta fresquita y helados de todos los sabores.

—Natillas y gofres.

—Gominolas y Lacasitos.

Si hay algo que nunca he presenciado es que el moreno se quede sin palabras. Mudo. Disfrutando de un discreto segundo plano, con un nudo en la garganta. Y es exactamente lo que está sucediendo. La emoción de vernos hablar le atraviesa, nada y le dibuja la sonrisa dulce que me muero por besar.

—¿Yo también podré? —Pedro se anima.

—Solo si haces caso a todo lo que te digan Carol y Elle —señala el mejor amigo de Rodrigo.

—¿Todo, todo?

—Sí.

—Eres muy duro.

—Maligno.

—Julieta —se aproxima tanto la cámara a la boca que tengo una perfecta panorámica de sus dientes con *paluegos* de Gusanitos—, déjale y vente conmigo. Soy más divertido.

—Tomo nota.

—¿Conspirando para quitarme la novia? —Marco frunce el ceño. A los críos les hace gracia la palabra «novia» y comienzan a gritar: «¡Tienes novia!». Él se da cuenta de lo que ha dicho sin pensar y me habla apurado—. Quien dice «novia» dice «amiga» o... —Sus dudas, mi certeza.

—«Novia» está bien. Ahora que lo pienso, eres el primero. —Sonrío.

—Y aspirante entregado a convertirse en el último.

Nos despedimos entre «cómete todas las coles de Bruselas», manos moviéndose de manera exagerada diciendo adiós y un ladrido al que finaliza con Sherlock lamiendo la pantalla. Alberto reparte bocadillos de jamón con el pan untado en tomate y esperamos a que llegue la noche a la que enviamos a nuestro abuelo en una lamparilla blanca. Aprovecho la excusa del frío para acurrucarme más contra Marco. Mis hermanos están enfrascados en la planificación de un viaje que cambia de destino según cuál de ellos hable. Rodrigo, el camino de Santiago desde O Cebreiro hasta Finisterre. Fer, Tailandia sin teléfono y con unas buenas botas. Alberto, República Dominicana y pulserita.

—¿Cómo es Leo? —Bajo el papel de aluminio y le pego un bocado con el que me quedo con casi toda la loncha de jamón.

—Del Real Madrid.

—Una tragedia.

—No lo sabes tú bien. —Pone cara de circunstancias y me entra la risa—. Es inteligente, bondadoso y un poco cabezón...

—¿A quién me recordará...? —Le robo un trago de Pepsi.

—No sé qué tontería os ha dado a todos con el temita. Siempre he sido de lo más flexible.

Ja.

Se indigna y continúa.

—Le gustan los animales, dormir con mi cazadora en lugar de un peluche y una mañana se levanta diciendo que de mayor será futbolista, policía, maestro o *youtuber*. La que me ha caído encima.

—¿Tú que quieres que sea?

—Feliz. —No vacila—. Y que mantenga la promesa de hacer un puzle en navidades.

—Suena divertido despertarse encajando piezas —resuelvo, y detiene el movimiento de muñeca para beber.

—¿Estarás allí?

—Estaré.

—Estarás —saborea.

A mis hermanos les entra el bajón al saber que la Jaima Meccarola, el bar más famoso de Caños con vista al atardecer sobre el océano, está cerrada en temporada baja. Intentan hacerse los fuertes, pero al final la perspectiva de una cama cómoda y calentita puede con sus ganas de fingir que son veinteañeros inagotables. Han pasado de la etapa en la que te ibas a dormir cuando el sol picaba a hacer cálculos mentales para poner el despertador, como mínimo, siete horas después.

Los párpados me pesan y llevo un rato contagiando bostezos a quien me pilla con la boca abierta. Las tablas de un paseo para internarte en la arena del mar que termina con un pequeño cenador de madera clara en un lateral se convierten en mi particular camino de baldosas amarillas de Oz.

Le pido a Marco, solo a Marco, que se quede, porque me apetece estar a solas con él y no me importa que el precio a pagar sea que Rodrigo le recuerde a su mejor amigo la puntería infalible que gasta en la disciplina de engendrar bebés. Si algo así hubiese sucedido hace unos años, le habría gritado con las mejillas encendidas y, posiblemente, habría ignorado al moreno de cejas espesas y barba rasurada el resto del verano para que no se lo creyese. Cosas de niña.

Ahora le deseo y no tengo por qué ocultarlo. Puedo inspirar aire y soltarlo lentamente mientras mantengo la mirada sostenida en sus deliciosos labios. Puedo mover la mano y enrollar sus mechones en mis dedos. Puedo pegar mi cuerpo al suyo porque quiero acompasar respiraciones. Puedo deleitarme en un olor que mucho tiene de recuerdos en la memoria y poco de perfume. Puedo mirarle a los ojos con intensidad y proponerle darnos un baño de media noche bajo la luz de la Luna.

—¡Qué idea más buena! —exagera—. No.

—Aburrido. —Me quito las Vans y los calcetines. Muevo los dedos en la fría arena—. Tú antes...

—No me engañes, pequeña mentirosa. Nunca he soportado andar calado y lleno de tierra hasta la casa de tus abuelos. —Se apoya contra la barandilla despreocupado y cruza los brazos—. Odio que la ropa empapada se me pegue al cuerpo. Por no mencionar el detalle del agua helada y no ver si el mar está revuelto.

—Pero...

—Soy un perchero magnífico... —interrumpe. Estira el brazo para recoger la sudadera Adidas—. Y nunca te faltará quien te aplauda por tu hazaña.

—¿Pero quién ha hablado de bañarnos vestidos? —Le miro sugerente mientras me quito los vaqueros.

—Estos términos cambian el curso de la negociación. —Marco se incorpora, sorprendido. Sacude las Converse y las tira en la arena.

—No tengo solución para el agua helada.

—Si he soportado casi treinta años de Caños, este chapuzón no va a acabar conmigo. —Se arranca la sudadera y la camiseta del tirón. El pantalón es de cintura baja y el vello rizado asoma por el centro de su uve marcada. Tiene el pecho definido, los brazos fuertes sin resultar excesivos y tres lunares en el lateral, sobre las costillas, en los que nunca me había fijado y me muero por rozar... Con la lengua.

—Te veo muy animado... —pronuncio seductora.

—Si me has dado el mejor argumento para que me sobrase lo que llevaba encima, me lo has dado. Minipunto.

—Seguimos sin superar el tema del océano embravecido. —Asiento con solemnidad.

—¿De verdad crees que vamos a pasar de la orilla?

—Es lo que se hace en los baños nocturnos, sí. Saltar olas...

—Julieta...

—¿Sí? —Marco se aproxima y clava su mirada oscura en la mía. Sus dedos recorren mi clavícula y bajan por el lateral de mis costillas. Se me pone la carne de gallina y noto que los latidos de mi corazón se han desplazado al espacio entre las piernas—. ¿Qué es lo que se hace cuando llevas años fantaseando con estar dentro de otra persona y parece que por fin va a suceder?

La perspectiva provoca que el pecho se me acelere, me suden las manos y me tiemblen los pies. Nunca he sentido este apetito voraz. El hambre. La necesidad de saborear cómo reacciona su piel cuando me llena. El deseo de que me follen y me hagan el amor a la vez para que inventemos una palabra que sea nuestra y nadie nos robe el descubrimiento.

—¿Correr? —Desabrocho el sujetador y se lo lanzo. Aterriza en su cara.

—Sabría que no me lo pondrías fácil... —Sonríe y mis dientes, la lengua y los dedos quieren sus labios.

No sé en qué momento paso de jugar lanzándole la espuma a rodearle la cintura con los pies y tirarle sobre la arena mojada. Lo que tengo claro es que los besos que le doy no son normales. De ningún modo podrían serlo. Hay agua, fuego, dientes, lengua, saliva, labios y una barba que araña mi barbilla. Son el cielo, mar y el aire que busco mientras nos devoramos con vehemencia rozando su torso para desembocar en su sexo. Y, como prueba determinante, el hecho de que me sienta animal y ser humano, las dos cosas, como si casasen a la perfección.

Nos revolcamos y ya no sé a quién pertenecen los finos granos. Si a él, a mí o al colgante que le pende del cuello. «Mi chica de las estrellas», ronronea, y quiero que me lo repita cuando esté dentro y se sienta a un te quiero del cuerpo. Voy a por el preservativo de puntillas. Me permito el lujo de observarle cuando regreso. Cabello despeinado. Manos detrás de la nuca. Su sexo erguido esperando.

—¿Qué tienes en contra de mi asombrosa virilidad? —Se queja al escuchar la risilla que emana de mi garganta, pero es que... Me voy a acostar con Marco Cruz. ¡Marco Cruz! Y es raro, porque si Rodrigo no me hubiese detenido podría haberle asesinado a los ocho con las tijeras.

Sujeto su miembro y comienzo a hundirme con lentitud para llevarme las sensaciones. Los gemidos involuntarios de los dos se encuentran en un punto intermedio y desciendo hasta que me llena por completo. Nos sumergimos en un mar de movimientos regulares, rítmicos, con mis caderas meciéndose y sus manos masajeando mis pechos. La calma del reconocimiento. Del disfrute. De la cámara lenta. De mirarnos y sonreír como bobos. Música clásica.

Sin embargo..., nosotros siempre hemos sido de *rock and roll*. De baladas con saltos y pisando los pies. De arañar espalda y pecho. De girar y apretarle el trasero con los talones mientras Marco empuja. De volver a tomar el control e inclinarme hacia atrás para cabalgar con los ojos cerrados. De que, en ese preciso instante, el exfutbolista levante las caderas para que las embestidas sean más potentes y certeras y experimentar que entro en trance.

—¡Joder! ¡Joder! ¡Joder! —Golpeo su pecho, gritando.

—Me estás acojonando —bromea, orgulloso de que nos entendamos tan bien con la piel.

El remolino de sensaciones se torna insoportable. Quiero explotar entre sus brazos. Ya. Despliego los párpados y las estrellas a las que llevaba tiempo sin saludar me envuelven brillando. Marco y yo nos rendimos a un orgasmo juntos que me manda directa a los senderos que tracé en el cielo.

Caigo sudada, cansada y feliz contra su pecho. Él me recoge y me aprieta recordando que existe una cosa que suele ser útil llamada «respirar». Para el resto del mundo solo seremos dos amantes que se lo acaban de montar de un modo descomunal en la playa vacía de la madrugada de Caños. Para mí ha sido muchas cosas, pero sobre todo descubrir que la primera vez inolvidable no es cuando pierdes la virginidad; la primera vez inolvidable es la que tú eliges. Me quedo con esta.

—Estás tardando... —Marco habla con voz entrecortada.

—¿Qué?

—Lo típico de «no he sentido nada», Marco, porque tus besos no representan... —imita.

—Mentía. —Apoyo la barbilla en su pecho y le miro—. Siempre he sentido la creación de un universo. Llevas años protagonizando nuestro propio Big Bang.

—Julieta, Julieta... ¿Cuántos planetas tiene el universo?

—Billones, ¿por?

—Para saber a cuánto asciende nuestra perspectiva de creación. —Sonríe con picardía—. Tenemos una gran responsabilidad entre manos.

Creamos un mundo. Dos. Tres. Hasta que me pide que relaje. Hasta que pasa de largo la habitación que comparte con Rodrigo y se deja caer sobre mi colchón, nos enlazamos y sucumbimos al sueño besándonos. Y, cuando me despierto, compruebo que sigue aquí y ronronea amodorrado: «Nunca voy a volver a irme».

Entonces le quiero.

Entonces soy feliz.

Entonces le pido que formemos un nuevo mundo mañanero.

24

Marco

Hay personas que te inspiran y miedos ajenos que terminan con los tuyos propios. Leo quería/quiere ser futbolista. No es una decisión inamovible, pero a día de hoy sus sueños se traducen en darle patadas a una pelota que suele aterrizar en mi entrepierna. La madre de su amiguita Tania, la retrógrada mujer a la que me gustaría que le cambiasen el cerebro, le dijo que ese no era un deporte de chicas. Chicas. Y no sé qué me jode más: que se meta con un niño al que la partida no le ha venido fácil de primera mano, que se crea que un pasatiempo tiene sexo o que el equipo infantil en el que participé le haya dado la razón.

—Solo aceptamos niños —señaló la recepcionista de la escuela de extraescolares deportivas.

—Perfecto. ¿Cuánto vale la matrícula? —Me apoyé contra el mostrador—. ¿Algún descuento por padres que jugaron en el equipo? —La mujer pareció un tanto apurada. Supongo que le habría explicado que estaba de coña y pensaba abonar la inscripción en su totalidad si no hubiera hecho esa maldita apreciación.

—Niños de verdad. —¿Es que mi hijo era un fantasma y no me había dado cuenta?

Le dije que me definiese «de verdad». Lo hizo. No me convenció. Seguí insistiendo y me invitaron amablemente a irme a tomar por culo y no regresar jamás. Pedí muy digno una hoja de reclamación, monté un pollo monumental y me quedé a un segundo de razonar con ellos por qué no me quedaba más remedio que quemar toda la maldita institución. Rodrigo me sacó antes de que mis amenazas se convirtiesen en delito y le aseguré que tenía todo bajo control.

Mentira.

Fuimos a un bar de la zona y pidió un par de refrescos. Le demostré que necesitaba más que líquido helado para tragarme la rabia y la impotencia. Tiró de contactos. El campo donde jugábamos de críos es público y se puede reservar un par de horas si lo solicitas con antelación. En resumen, mi mejor amigo sugirió pillarlo una vez a la semana, enseñarles algunos trucos y aceptar a niños, niñas y Sherlock si se ponía muy pesado ladrando en las gradas.

No me pareció mala idea, claro que no sabía la combinación de emociones a las que tendría que hacer frente al volver a pisar sus instalaciones.

Apoyo la pierna derecha en la banqueta de madera y me subo la media. Claudia le tiende a Leo la mochila de *La patrulla canina* con su ropa. El pequeño corre a cambiarse al cuarto de baño con sus ojillos verdes chispeantes de alegría porque está en el vestuario masculino. Es un punto que tendremos que negociar con el colegio y hablar con los psicólogos, cómo hacerlo para que la figura negra con una falda que cubre la puerta del aseo al que puede entrar allí no le afecte. Por lo pronto, para evitar líos con algún padre, su madre y yo le hemos entretenido hasta que el resto de críos saliesen.

—Algo me dice que el fútbol es secundario y lo que desea es ponerse las espinilleras... —Claudia se coloca a mi lado y se recoge la corta melena rizada platino.

—No te olvides de estrenar la equipación del Madrid. —Escenifico un temblor melodramático.

—Al menos no nos la pidió de Ronaldo.

—Demos gracias al espíritu de Luis Aragonés. Bastante tengo con saber que las tardes de pipas en el estadio del Wanda serán sustituidas por la tensión de acompañarle al Bernabéu y estar rodeado de ciervos.

Me coloco la otra media y bajo la pierna. La madre de mi hijo revisa el móvil y se le dibuja una sonrisa triste. Se sienta en el banco a esperar. Juguetea con las pulseras y se baja la manga de la camisa fina. Tiene frío incluso en las treguas del tiempo en mayo. Últimamente, su rostro carece de luz. Me doy cuenta de que llevo varios días sin preguntarle.

—¿Qué tal llevas lo de Juanma?

—Superar una ruptura con un impresentable lo hace menos cuesta arriba. —El empresario le contó una versión falsa que me dibujaba como un ex celoso obsesionado capaz de inventarme cualquier barbaridad por hundirle. La mujer esperó paciente y le echó de su casa. Confío sin escucharme.

—Si necesitas cualquier cosa... —No se me puede dar peor consolar en temas amorosos. Negado, soy un pedazo de negado—. Podemos criticarle juntos o salir a jugar unas dianas y aconsejarte sobre los tíos del bar. Soy un experto en calar a la gente.

—Gracias, Cupido, pero ahora mismo estoy muy a gusto sola y no tengo claro si en un futuro próximo o lejano eso cambiará. No es necesario estar con otra persona para sentirte completa. Solo tú.

—Cierto.

—Aunque si ese hermano tan serio de Rodrigo...

—¿Alberto? —pregunta.

—Si no fuera tan mustio, me plantearía echarle un pinchito de vez en cuando. —Ella, tan si me apetece acostarme con alguien sin complicaciones, lo intento, como la noche que fingió que se meaba conmigo siendo universitaria. Me gusta nuestra relación. Sinceridad, complicidad y risas.

—Cuenta la leyenda que durante un tiempo fue el más divertido de los Moreno... —Ladea la cabeza interesada— y que en verano se casa —me apresuro a aclarar.

—Uno menos.

En la taquilla, sigue el grabado que hice con las llaves de tía Elle. Mi nombre. El mismo que permanece serigrafiado en la camiseta azul de la Ponferradina que saco de la bolsa de deporte. Pensé que nunca me la volvería a poner después de que Julieta se negase a llevársela de vuelta a Salamanca. Creí que sería un recuerdo de tela que acumularía polvo hasta perder el color. Estuve seguro de que, si algo se marcha, no tiene derecho a volver.

Me equivoqué.

A los sueños se les puede dar la vuelta y vestirlos de nuevo. Volver a ser de otro modo. Entender que tuviste una presentación y veinte minutos de gloria que valen lo mismo que sudarla con tu hijo y sus amigos. Jugar. A lo que sea. En estadios o campos pequeños. Recuperar aquello que te hizo el tío más afortunado del planeta, mirarlo a los ojos y pedirle perdón por haber renegado tantos años de su presencia cuando existía la posibilidad de mantenerlo anclado a tu vida.

Falta un detalle. Saco la cola alargada y peluda que compré por Amazon y la pego por detrás de mi pantalón con cinta adhesiva. Ya está, con el número nueve el hombre animal.

—No podía faltar —bromeo con Claudia. Ella se pone de pie. Mira el rabo que asoma y me regala una de esas sonrisas que pega con cualquier sentimiento destinado a llenar.

—Eres un buen padre, Marco Cruz. El mejor que podría haber tenido nuestro hijo.

Leo sale del servicio ataviado para la ocasión. Demasiado blanco, en mi opinión, un par de franjas rojas... No. Respira ilusión y no han inventado nada que se le compare. Le devuelve la mochila a su madre como un adulto y ella le da un beso y le despeina la cabellera pelirroja antes de ir a reunirse con los demás fuera.

Intento hacerme el fuerte. Sin embargo, conforme deshacemos pasillos que ya he recorrido en otra época, la incertidumbre de si seré capaz de revivirlo aprieta con potencia. Mi hijo me da la mano y la borra, abriendo su boca al salir y encontrarse con un campo que le parece enorme. Hemos tenido poder de convocatoria. Todos los niños y las niñas de su clase y algunos de la del saltamontes y el abejorro. Incluso Tania, aunque su madre la tiene recluida sobre el cemento sin hacer caso a unos ojos que anhelan el césped.

Mi hijo me pide permiso, le suelto y sale escopetado con sus amigos. Aprovecho el caos y la distracción para ir despacio a hurtadillas y pegar un chute al balón sobre el que está sentado Rodrigo. Gruñe al caerse al suelo. Las gradas me devuelven el sonido de una risa. Julieta está allí, con Octavia, Elle, Carol, Anne, Fer y Alberto, y, aunque sé que es una excusa mala para atiborrarse a bolsas de guarrerías, rememoro la ilusión de cuando era adolescente y le dedicaba unos goles de los que renegaba.

Dejamos que los críos deshagan el suelo y las distancias con sus zapatillas mientras elegimos equipo. Una vez lo tenemos, les pedimos que se sitúen detrás para decidir campo lanzando una moneda al aire.

—Tenéis que poneros un nombre —indica mi amigo.

—¿Cómo os llamáis vosotros?

—Los Leones. —Ruge, y los críos se ríen.

—Y nosotros... —medito. Debe ser algo fuerte. Imponente. Acojo...

—¡Las Ratitas Presumidas! —chilla una niña estirándome de la cola.

«No, por favor, que sea una broma.»

—¿Las Ratitas Presumidas? —La miro. Rodrigo se traga la carcajada. La pequeña asiente decidida y al resto no parece importarle—. Las Ratitas Presumidas —anuncio.

Nos toca la mitad más alejada de nuestros conocidos. Pedro es un *ratita presumida* y Leo un *león*. Cada uno lleva a su grupo a la portería e intentamos explicarles algunos conceptos clave. Tardo cinco minutos es ser plenamente consciente de que la técnica les trae al pairo y lo único que quieren es pasárselo bien. Me sirve. Rodrigo se ofusca con su espíritu competidor y obtiene el mismo resultado, y es que cuando el silbato suena corren sin control, chutan al contrario y algunos prefieren sentarse y arrancar finas hebras de hierba.

Pasamos una tarde entretenida. Dejo que me marquen tantos. Descubro a una niña que lleva a Maradona en sus buenos tiempos en las piernas y casi me muero de la risa cuando un *león* le pide a mi mejor amigo que le limpie los mocos, lo cual hace conteniendo una arcada. Y Leo... Leo va de un lado a otro, choca los cinco, se ríe y agarra el balón con las manos para colarlo en mi portería cambiando el fútbol por el rugby. Leo es todo lo feliz que puede ser un niño. Leo es mi hijo con muchos amigos y amigas. Leo es tan normal que casi me permito olvidar las guerras que nos quedan por luchar a su lado. Leo es el motivo por el que no cambiaría ese regreso por hacerlo en el cierre del Vicente Calderón. Leo es solo Leo y, a la vez, me gusta llamarle «alma». La mía.

Terminan agotados. Tía Elle y Carol dicen que su hijo se duchará en casa para que el mío no se sienta desplazado cuando el resto van a los vestuarios.

Aprovecho la confusión para coger algo de mi taquilla. Llevaba mucho tiempo pensando cuándo y cómo lo haría, pero los instantes no se eligen. Aparecen, sin más. De repente, estás en una portería y al segundo siguiente distingues al niño pelirrojo bebiéndose media botella de agua y te das cuenta de que ese jodido segundo es perfecto.

Me agacho y le veo con las pecas manchadas de arena. Le tiendo la cazadora de cuero de mi padre.

—No tengo frío. —Me enseña sus paletas separadas.

—Te la estoy regalando. —Mira a los lados para comprobar si alguien más lo ha escuchado y abre los ojos alucinados. Estira de la tela.

—¿Podré ponérmela para ir al cole?

—Deja que lo piense. —Coloco un dedo en el mentón—. Yo la llevé casi diez años... Adelante. —Los Cruz seremos un caso digno de estudio en el colegio Félix Rodríguez de la Fuente de Salamanca.

Salta y se la coloca. Le arrastra por el suelo. Le miro y noto un pinchazo. A veces, solo a veces, me permito pensar en la autopista, un coche saliéndose y todo lo que me robó. A él. El hombre de los caramelos de menta, pelo largo y que intento buscar en mis manos dibujando. Mi padre.

—Papi, ¿estás bien? —Ladea la cabeza. Mierda, ¿dónde están las tortillas de cebolla cuando más las necesito?

—Se me ha metido algo en el ojo.

—Si mamá te sopla deja de picar. —Trago los sentimientos y le sonrío.

—Ya está.

—Estoy pensando que... —Hunde la zapatilla en el césped y mueve la punta—. Prefiero que compartamos la cazadora. Un día tú, uno yo, otro Sherlock y...

—¿Sí?

—A Julieta le gustaba ponerse ropa de niño, ¿no? —Asiento. Chico listo—. ¿Te gustaría? Los cuatro. —Sus ojillos verdes me traspasan. Ha dicho los cuatro. Los cuatro. Joder... Chico listo experto en hacerme llorar.

—Mucho. —Carraspeo—. A papá le gustaría mucho. —Me acaricia la barba con sus manitas y descubre a su primo haciendo alguna maldad en una esquina.

—¿Puedo?

—Ve con él. Me acabo de acordar de que hay algo que tengo que hacer.

Le veo perderse y espero a que la sensibilidad extrema remita. Llegados a este punto de la jugada, he averiguado que extrañaba el campo, el balón, el sudor y el deporte. También, los rituales adolescentes que venían después. Troto rumbo a las gradas de cinco pisos y me detengo a la altura de (¿quién me lo iba a decir?) mi novia.

—Ni se te ocurra —amenaza con la coleta rizada ondeando, el flequillo recto y los dedos pringados de Cheetos.

—Las tradiciones son tradiciones. —Me arranco la camiseta y se la lanzo.

Julieta la atrapa al vuelo, estira el brazo para apartarla todo lo que puede y me fulmina con la mirada. Podría vivir el resto de mi existencia encerrado en esta bocanada de aire con ellos... Pero me tengo que marchar. El trato era que recogeríamos el lugar antes de dejarlo. Mi mejor amigo se encarga del exterior y yo del desorden de los dos vestuarios. Salgo ganando.

Los padres me felicitan mientras espero a que todos los pequeños se hayan marchado. Entro y... convivir con Sherlock y Leo me ha hecho inmune a tal nivel de caos... Pues va a ser que no. Al terminar, mi bolsa de deporte parece el departamento infantil de objetos perdidos, tengo los dedos arrugados y le preparo un funeral a un par de toallas. Suspiro. Tendré esta fiesta todas las semanas.

La hermana de mi mejor amigo se aclara la garganta.

Está apoyada contra la taquilla con los pantalones vaqueros desgastados y los brazos cruzados por encima de la camiseta de tirantes blanca con un escote... Subo. Su cara es la viva imagen de una película romántica de las que no acaba bien. Algo así como «mató al protagonista y comió perdices».

—Cuidado. Tenemos una intrusa. —Pone los ojos en blanco ante la misma broma de siempre. La que carece de originalidad. La del centenar de veces. Busco a alguien para que pronuncie «Es Julieta» y, como estamos solos, acelero—. Soy todo oídos para la excusa que justifique tu presencia...

—Ha sido tu olor corporal. —Abraza la camiseta—. Es narcótico, adictivo y me ha nublado los sentidos hasta que me urgía verte...

Conozco lo que viene. Las circunstancias han cambiado. La chica se está tomando muy en serio aquello de aprovechar el tiempo perdido y repoblar el universo creando mundos. Y, oye, no me quejo, pero a este ritmo la muerte por quiqui de *Futurama* va a resultar ser profética.

—Me vas a exprimir.

—No te salgas del papel. —Se acerca sugerente y suspiro para volver a nuestro pasado.

—¿De verdad? —Levanto la comisura de los labios.

—No. —Saca un mechero—. Vengo a cumplir mi promesa de quemar tu asco de camiseta sudada la siguiente vez que me la lanzases. —Lo enciende y planea alrededor de la tela amenazante.

—Piénsatelo bien. No tiene la culpa de... —Acerca más el fuego—. Por favor. —Me sale un gallo.

—Te lo has ganado, Marco, lo has hecho.

—Podemos llegar a un trato que nos beneficie a amb... —Me lanzo antes de terminar la frase e intento quitarle el encendedor sin suerte.

Nos enzarzamos en un juego. Temo por mi pelo. Unas veces la camiseta está en mis manos y al segundo siguiente en las suyas. Bailamos persiguiéndonos por el vestuario masculino. Huimos. Nos separamos. Nos encontramos. Y lanzamos mi única posesión de la Ponferradina, el mechero y nos besamos como si llevásemos siglos sin hacerlo. Sus dedos se aferran a mis mechones, tira y me empuja contra la taquilla. Noto el metal en mi espalda y la veo pelear contra el botón de mis pantalones.

Entra luz del exterior. Nos alejamos con la respiración entrecortada.

—Rodrigo me ha dado un euro por veniros a buscar. —Pedro sonríe con malicia pícara sin saber muy bien qué ha interrumpido. Divertido ante mi cara de mosqueo. Decidido: un ratito para que la sangre concentrada vuelva a circular y se la corto a mi mejor amigo—. Por dos, me voy.

—Serás...

—¡¡¡Pedro!!! —Elle nos repasa avergonzada—. Lo siento. Sus piernas son más rápidas que las mías.

—No pasa nada —resuelve la pequeña de los Moreno. «Sí que pasa, duele»—. Marco ha terminado y nos íbamos a casa. —Al final, ha encontrado una manera de castigarme. Una manera de... Sacudo la cabeza. Nos vamos a casa. Los tres. La primera noche que mi hijo y ella van a estar juntos en un piso que ha empezado a acumular todas las formas de andar que tiene Julieta.

Leo y mi novia comparten muchas cosas. Quien los conoce saben que son especiales, dicen lo primero que se les pasa por la cabeza y, lo que para la gente es normal, para ellos es espectacular. Entusiastas, por naturaleza. Capaces de transmitir energía y gritones. No me cabe ninguna duda de que se llevarán bien y, al llegar al piso, todo marcha sobre ruedas. Pan comido.

Encajan.

Me relajo.

Una vez Leo está duchado y con ropa limpia, le ponen el pienso duro y agua fresca a Sherlock. Critican mi selección de ingredientes para la pizza casera (por lo visto, es de dudoso gusto combinar chorizo y atún). Colocan la mesa tarareando. Incluso se parecen al tirar del queso y mancharse la barbilla de tomate. Un par de personas que se ríen cuando intentan fingir que están enfadados y pican de mi plato.

Perfecto... o no. La tragedia se masca después de la cena.

—¿Le queda mucho para irse? —Mi hijo aprovecha que la morena entra al baño para preguntarme. Está acostumbrado a que seamos un dúo. Las visitas se marchan una vez hemos fregado y me tiene para él en exclusiva. Le confunde que se alargue la presencia de la nueva invitada—. Quiero ponerme el pijama.

—¿Te acompaño a la habitación?

—Mientras hay gente no se puede. —Repite las palabras de su madre.

—La regla desaparece si se quedan a dormir.

—¿A dormir? ¿Julieta? ¿Con Sherlock?

—Y con papá. —Abre mucho los ojos—. Y contigo. —Lo arreglo—. Los cuatro.

—¿Toda la noche? —Asiento—. ¿Toda, toda? —Repito la sacudida. Frunce el ceño. La revelación no le ha convencido.

Entramos en otra fase. La del recelo y la amenaza de lo seguro. No me gusta ni un pelo cómo la escruta al salir con la suspicacia instalada en sus ojos y los morritos apretados. Una cosa es que su padre tenga una amiga que le invita a la playa y otra muy diferente compartirme. Por ahí, no.

Se produce un antes y un después. Julieta deja de ser la novedad para convertirse en la intrusa. Todo cambia. Está enfurruñado e irascible. La actitud desmesurada de la pequeña de los Moreno tampoco ayuda. Desea caerle bien a toda costa y pasa de uno a cien. Una moto.

El niño le lanza señales directas para que se esté quietecita y le deje espacio: un «ese es mi lado del sofá», consiguiendo que se aparte, o «el perrito no come lo de los humanos», al pillarla dándole una loncha de jamón york a escondidas que le acaba dando él mismo a Sherlock cuando cree que nadie le ve. Cuanto más la aleja, ella se comporta de un modo más exagerado para acercarle. Intento decirle a Julieta que se relaje, solo es un niño y se hará a la idea. Necesita tiempo. Pero la mujer no destaca por su paciencia y, aunque agradezco la entrega, soy consciente de que su insistencia no ayuda y las buenas intenciones no evitarán que la líe.

El estallido se produce en el baño. Leo y yo nos acabamos de lavar los dientes y el pequeño sostiene el bote de pasta escondido en la espalda. La hermana de Rodrigo prueba a ser su cómplice, se pone un poco del dentífrico extendido en las palmas de las manos e intenta unirse a mi hijo cuando me revela su fechoría, pringarme la barba a su lado.

Error.

—¡No manches a papá! —Se ha indignado al verla y posa sus manitas pringosas en los brazos de la chica.

—Lo siento —balbucea la mujer, apabullada porque el crío se haya interpuesto entre ambos y le lance más pasta.

—Pídele perdón a Julieta por ensuciarla, Leo. —Le quito el bote.

—¡Te estaba defendiendo! —replica, y se marcha a su habitación, enfadado.

—No tenías que haberle regañado. —Julieta abre el grifo del agua para limpiar el estropicio.

—Te equivocas. Es exactamente lo que tenía que hacer. Un hijo trae la responsabilidad de educarle lo mejor que puedes, sabiendo que a veces no será suficiente y tendrás que dejarle equivocarse.

Le paso una toalla y se seca. La morena se muerde el labio y se balancea. Nos miramos a través del espejo.

—¿Cómo la he cagado? Iba tan...

—Rápido —la corto—. No tienes que forzar las cosas, ni convertirte en su mejor amiga con un chasquido de dedos. No funciona así. Las posiciones se ganan. Es como aprender a escalar y querer subir directa a la cima del Himalaya.

—Poco a poco, entendido.

—No avasallando y dejando que él dé pasos de aproximación.

—Él. Aproximación —repite con convencimiento, y me parece que pocas veces la he visto más guapa que cargando a mi hijo en sus preocupaciones—. Los niños se me dan fatal...

—Julieta... —carraspeo—. Los adultos tampoco son lo tuyo.

—Idiota. —Codazo.

—Un idiota que va a solucionarlo.

El columpio de la habitación de Leo está enfocado a las ventanas para que pueda abrirlas y sentirse en el jardín que no tenemos (por ahora). Le encuentro subido, en pijama y con Lolo en su regazo. No me dice nada al verme sentarme enfrente sobre la alfombra de carreteras con la espalda pegada a la pared. Solo me desafía balanceándose más alto de lo que le tengo permitido.

No sé cómo narices hacerlo. La paternidad debería venir con un manual de instrucciones, pero no. Te toca aparentar que lo tienes bajo control, posees una sabiduría infinita e improvisar. Un desafío en el que eres capaz de sorprenderte al hablar.

—¿Sabes por qué la gente busca estrellas fugaces? —No me hace caso. Me froto la sien—. Porque puedes pedirle un deseo. —Nada. Se está haciendo el duro. Tengo varias opciones. Decido expulsar verdad—. El mío, durante muchos años, era que Julieta volviese y ahora... Ahora es que se quede.

—¡Si lo cuentas no se cumple!

—¡No me he dado cuenta! —Me tapo la cara—. Te tocará hacerlo por mí sin que nadie lo sepa.

—¿Por qué lo iba a hacer? —Frunce el ceño—. No sé si me sigue cayendo bien... Lo toca todo y es muy pesada.

—Pesadísima —acepto, y ponerme de su lado hace que me lo gane un poco—. No se calla nunca y me roba el chocolate de los cucuruchos de helados... Lo que pasa es que siempre ha estado ahí, como Pedro, Tania o Lolo para ti y, cuando se marcha, papá la echa muchísimo de menos.

—¿Tanto? —pregunta.

—Sí, Leo, tanto —confieso—. ¿Recuerdas lo que había dentro de la carpeta? —En su rostro se dibuja el reconocimiento—. No era suficiente, porque, aunque me quejo, me gusta oír sus palabras y que me robe el último bocado del helado, pero no se lo digas. —Cierra la cremallera de su boca y piensa—. Nada va a cambiar entre nosotros por ella. Seguiremos yendo al parque, viendo dibujos y me leerás un cuento por la noche en tu cama de coches de carreras; solo que, si alguna vez quieres, ella podrá representar lo que estás contando. Es actriz.

—¿Solo si quiero?

—Exacto.

Detiene el movimiento del columpio, deja a Lolo encima de la mesa y se recuesta contra mí en la alfombra. Me doy cuenta de lo mucho que me gusta confiarle secretos y estrecharle entre mis brazos.

—¿A cuántas estrellas más o menos hay que pedírselo cada noche para que se cumpla? —pregunta.

—Una a la semana. —Bajo el volumen—. ¿Me harás el favor?

—No. —Guiña el ojo mal un par de veces porque, si no, no se cumple.

Bendita inocencia. No te vayas nunca.

Aviso a Julieta de que tenemos cosas que hacer y me recuesto con Leo para que me cuente una historia de las suyas inventadas sobre gusanos con alas y peces que respiran llamas de fuego fuera del agua. Lo hace más mimoso que habitualmente y me recreo en memorizar el momento para relatarle con todo lujo de detalles cómo fue cuando crezca. Los saltos en la cama si hay acción. La camiseta que me pide para colocarse como una capa y correr. Los bostezos que suenan a rugidos. El modo en el que pronuncia:

—¿Crees que Julieta sabría hacer del gusano?

—Es un personaje que se le puede resistir.

—Podría intentarlo.

Entonces empiezo a retener la situación también para ella. Su manera de entrar, más pausada, más dejando que mi hijo la dirija y marque las pautas de una relación. Le escucha atenta y, como en realidad no le queda claro si es gusano, pez o el conejo que ha entrado en escena, se deja guiar por los verbos.

Y se cae. Se levanta. Da vueltas. Rueda. Se pone de cuclillas y salta. El suelo pasa a ser mar, el columpio un barco pirata y el cuarto la imaginación que sale despedida por los labios de Leo y confluye en la risa de tres personas.

Así, sí.

—A lo mejor, me puede volver a caer bien. —Los ojos se le empiezan a cerrar.

—¿Sí?

—A lo mejor, si no te vuelve a tirar pasta de dientes. —Se hace un ovillo con Lolo y le pongo nuestra cazadora por encima.

Salimos a hurtadillas y echamos una última ojeada a Leo antes de cerrar la puerta con suavidad. Julieta parece emocionada por acercar posiciones y la proeza de colaborar en dormirle. Casi se le ha olvidado la sesión que ha protagonizado revolcándose. No la culpo. Experimenté lo mismo a la salida del hospital, cuando tras unas nociones básicas las enfermeras decidieron que ya tenía el título para ser padre y yo sentía que era una bomba de relojería, que no pararía de demostrar su potencial pulmonar durante una madrugada eterna, y fui testigo de cómo cerraba los ojos y su respiración se relajaba entre mis brazos.

—Qué lástima no poder celebrarlo como se merece. —No lo pillo. Dibuja un círculo con el pulgar y el índice e introduce uno de la otra mano. Vale, la mujer que más barbaridades he escuchado gritar en mi cama ha desarrollado su faceta infantil y le da cosa pronunciar sexo en voz alta.

—No veo ningún impedimento —digo.

—¡Nos puede oír! —Señala la evidencia.

—Las madres del parque aseguran que los polvos silenciosos de papás son sublimes.

—¿Qué clase de conversaciones tienes con las madres en el parque? —Enarca una ceja.

—Solo las escucho. Ellas también follan, ¿sabes? Y pensaba que era una mierda todo el tema de hacerlo sigilosamente, pero ahora mismo me está dando un morbo que no puedo con la vida. ¿A ti no?

—Un poquito ... —Ladeo la cabeza y sonrío—. Vale, sí, tengo curiosidad.

—¿Lo hacemos tipo boda?

—Mira que te va la cursilería...

Ya. Como que no está encantada cuando la cojo en brazos y entramos en mi habitación con el pulso acelerado y sin hacer ruido. Todavía se sorprende al ver las paredes pintadas de amarillo con las cintas que dejó rotas en Caños decorándolas, aunque la primera noche allí le explicase que le guardaba el color y tenía las canciones donde más las necesitaba, esperándolas al lado de mi cama. La dejo sobre el colchón y empiezo a subirme la camiseta cuando le suena el móvil.

—Es Sarah —anuncia, extrañada—. Mi representante.

—¿Tan tarde?

—Vive en el caos. No sabrá ni qué hora es. —Duda si descolgar. La mujer insiste con una segunda llamada—. Tengo que contestar. —Me dejo caer a su lado y cruzo los brazos detrás de la cabeza—. ¿Sí?

—¿Dónde has estado? —preguntan al otro lado. Tiene el teléfono tan alto que se escucha perfectamente. Me acerco juguetón, deslizo un dedo por su vientre y susurro.

—¿En un mundo depravado con mucho...?

Suficiente. La morena se pone de pie de un salto y sale al salón para que no la interrumpa o haga algo peor. Ideas no le faltan a mi mente calenturienta. Espero y, para apaciguar el segundo dolor de testículos de la jornada, repaso el día. Ha sido interesante. Fútbol, un «conflicto» familiar solucionado y la perspectiva de una unión de nuestro cuerpo tragándonos gemidos y encajando despacio. Podría acostumbrarme. Podría repetirlo día tras día. No sería una mala vida esta.

Julieta no tarda mucho en volver. Lo hace con cara de circunstancias y retorciendo las manos.

—Tengo un *casting* en Madrid pasado mañana.

Otra vez se repite.

Vivimos en una esfera por la que caemos cuando gira y nos sitúa en el mismo punto de partida.

—Puedo negarme —ofrece—. Ricardo Cantalapiedra encontrará la manera de...

—Debes ir o te quedarás con la duda —zanjo.

—Lo sé.

No parece del todo ilusionada. Al menos, no como debería estarlo. La entiendo. Creo que, si algo nos ha definido a Julieta y a mí, es ser expertos en echarnos de menos, incluso cuando estábamos cerca y nos faltaba ese algo que hemos conseguido salvando la distancia entre nuestras bocas. Creo que, si algo nos ha definido, es que somos dos personas a las que las etapas y las ambiciones nos lanzan tan lejos que nuestras manos se sueltan. Y, ante todo, creo en ella, en mí y en la capacidad de encontrarnos.

Juguetea con el bajo de la camiseta blanca. Voy a su lado, coloco un dedo en su barbilla y la levanto para que me mire.

—¿Qué te preocupa?

—Que no me den el papel... y que lo hagan —susurra bajito.

«Y a mí», pienso. Durante un segundo soy tan puto egoísta que deseo que Ricardo Cantalapiedra haga una llamada o ella no ofrezca una actuación digna. Al siguiente, me estoy dando asco. No se puede gritar a una persona que la amas y sonreír si se le apaga el interruptor. Querer es luz y noches repletas de estrellas.

—Sería una buena noticia.

—Sería otra ciudad rodando.

—Te grabaré una cinta.

—Así suenan nuestras despedidas.

—Está vez será diferente.

—¿Por qué?

—Porque confío en lo que hemos formado.

No la noto convencida ni cuando hablo ni cuando regresamos donde nos habíamos quedado. Nos sumergimos en unas caricias cautelosas. Mi cuerpo encima del suyo sin perder de vista sus ojos. Ella retorciéndose de placer y sufriendo, porque sigue sin fiarse de que vaya a ser tan fácil. Cuando acabamos, se levanta, me abraza con angustia y clava los dedos en la piel de mi espalda.

Le propongo ideas locas para calmarla. Y así, le hablo de libros nuevos de autoras en los que yo subrayaré citas, viajes exprés conduciendo de noche y, si no quiere cintas que le recuerden a nuestros fracasos, buscar un grupo al que llamar nuestro. Navegamos por la red hasta dar con Lady Mabelle y, de su mano, viajamos a *París*, la cuenta atrás de *Dieci7*, y nos tumbamos.

Julieta no duerme en toda la noche. Piensa mucho y me aprieta con fuerza. Y tal vez por eso no reparo en el huracán que puede venir; solo que tengo que demostrarle que, pase lo que pase y esté a la distancia que esté de su sonrisa, las paredes seguirán siendo amarillas y yo la esperaré memorizando las letras de la banda de música que, desde esta noche y sin saberlo los componentes, nos pertenece.

25

Julieta

—La lavanda no es flor de temporada en septiembre. Que no cunda el pánico. Según la florista, las preservadas mantienen el tono y el olor. Tendré que investigar —dice Lisa a través del manos libres del coche—. Menos mal que existe la *paniculata* para salvarnos de los apuros decorativos.

—Claro, cariño —le contesta Alberto, más atento a la carretera despejada que a la conversación.

—¿Tú sabes qué es? —susurra Rodrigo. Sacudo la cabeza.

—Es la tendencia en las bodas desde dos mil diecisiete —aclara Fer y, antes de que consultemos por qué conoce un dato así, nos enseña su teléfono pequeño, viejo y sin pantalla táctil.

Los Moreno vamos camino a mi prueba en Madrid. Alberto ha llegado el primero y tiene el privilegio de ir delante, mientras que yo sobrevivo encajada entre Fer y Rodrigo en los asientos traseros. La ausencia constante de batería en el móvil de mi madre ha provocado que tengamos que usar el Google Maps del gemelo más formal para llegar puntuales a nuestra cita. Casi me parece respirar los viejos tiempos. Acompañándome, embutidos y sin aire acondicionado.

Escuchando el agobio mental de la prometida de mi hermano, soy consciente de que no necesitaré tantas cosas. Me conformo con la persona adecuada esperando: la que, si llueve, saque unas botas y me obligue a bailar bajo la tormenta a la salida; la que se una cuando gire sobre mí misma con la boca abierta para atrapar el arroz.

—Tenemos que replantear las damas de honor. Sé que te apetecía que fuese Julieta, pero no tengo hermanas, y las ofertas de mis primas se multiplican. Una solución para no quedar mal con nadie podría ser que me condujesen mis dos mejores amigas.

El copiloto se da la vuelta para saber mi opinión. Busco tacto. No quiero soltar que, en realidad, me hace un favor. Prefiero pasar los últimos minutos del evento con ellos de risas que vistiendo el conjunto cargado de lazos que me enseñó Lisa en una fotografía con desconocidas. Filtro el mensaje y lo suavizo. Me echo hacia delante, colándome en el hueco entre mi madre y Alberto para hablarle lo más cerca posible al iPhone.

—Por mi parte no hay ningún problema.

—¿Julieta? —La mujer se extraña.

—Ya te he dicho que estabas en el altavoz, cariño —recalca mi hermano para salvarse de la bronca.

Lisa nos saluda y respondemos a coro. Me da lástima comprobar que tenemos la confianza de los extraños y la conversación no se alarga más allá de su «¿qué tal estáis?» y nuestro «bien». Algo se revuelve en mi interior cuando soy testigo de su despedida. Convierten «te quiero» en una frase hecha, carente de emoción. Lo pronuncian de paso, dejándolo escapar. Lo pisan. Suena a «adiós».

Espero que nunca nos ocurra lo mismo a Marco y a mí. Desgastarlo hasta que carezca de significado. Me gustaría que nuestros «te quiero» viniesen acompañados de nervios o seguridad. Bajitos o altos. Rápidos o lentos. Sin puntos intermedios. Permanentes. Agarrados por nuestros sentimientos. Ladrones de emociones en pechos ajenos. Y que, cuando los usemos para despedidas, sean más un «te veré después del trabajo» o «que tengas un buen día», siempre pensando en volver.

—¿Ha accedido? —interviene una segunda voz. La prometida de mi hermano no ha colgado bien.

—Sí.

—Cari... —Alberto va a solucionarlo. Cierra la boca al oír la siguiente frase.

—Imagínate entrando a la ceremonia con una mujer de sus características, con su fama... Sería el hazmerreír. Bastante tengo con advertir a todas las casadas de que vigilen a sus maridos de la buscona... —Pues sí, Lisa me acaba de dar lo más parecido a un puñetazo por ondas de radiofrecuencia.

Mamá se aferra al volante. Mantengo la calma. Controlo a Rodrigo y Fer reposando una mano sobre sus rodillas. Trago la bilis que asciende por mi garganta, suelto el aire lentamente y dibujo una sonrisa para restarle importancia frente a Alberto y cagarme en su futura mujer en privado y tirando cosas de la impotencia.

—¿Cariño? —El tono del gemelo es tirante. Pasan unos segundos. Ella se acaba de dar cuenta de su error.

—¿Sí? —responde cauta. Duda de si nos habremos enterado.

—Faltaban las flores, la sesión de fotos y los regalos, ¿no? —La mujer suspira. Nosotros nos preparamos.

—Sí, aunque si le doy una vuelta seguro que sale alguna cosa.

—Ya lo creo. Añade buscar novio en la lista.

Cuelga.

El coche se sume en el silencio. Lisa llama al segundo. Alberto recoge el móvil con la tranquilidad más absoluta del mundo, abre la ventana y lo tira sin cambiar de expresión. Sube la música hasta que es un hilo de fondo.

—¿Estás bien? —me atrevo a preguntar.

—Nadie que se dirija a ti en esos términos tiene espacio en mi futuro —sentencia. Rodrigo pronuncia un «bien dicho». Fer le pasa la mano por la cabeza desde atrás al ritmo de «bienvenido». Y mamá..., mamá solo se limpia los ojos húmedos y me sonríe a través del retrovisor.

Cualquier persona reaccionaría ante una ruptura a escasos meses de la celebración. El gemelo permanece impasible mirando al frente. Algunos le llamarían frío y no les quitaría la razón. Es un iceberg. Uno que siente muy fuerte dentro y solo muestra la punta. Uno que al cabo de un rato pide que volvamos a por el cadáver de su teléfono. Uno al que no puedo evitar abrazar cuando bajamos, se queda pillado y responde apretándome de manera fugaz. Es un suspiro de contacto flojo, porque así son sus caricias, y me inunda de la fuerza necesaria para descender al alcanzar nuestro destino.

Hemos llegado.

Toca andar sola.

Sarah me espera a la sombra de un árbol en la puerta. Lleva un traje chaqueta pantalón y el pelo recogido en una coleta estirada. Casi me parece otra, más profesional y ejecutiva que la mujer que lanzó los papeles al cruzarnos, hasta que reparo en sus zapatillas de diferentes colores. La ropa no convierte a la persona. Da igual cuánto intente simular lo que cree que es correcto; la esencia que la hace única se mantiene con las gafas cayendo por la nariz y su forma alocada de buscar el móvil por todas partes a pesar de que lo tiene en la mano.

—¿Alguna idea de por qué nos han contactado? —Da vueltas al anillo plateado que lleva en el dedo anular y posa sus ojos en los míos en busca de respuestas.

—Confiaba en que me la despejases tú.

—Parecían tan interesados que creí que era una broma y les dije que, si ellos eran los productores que decían ser, yo era un unicornio con alas. No se puede ser más metepatas.

—Seguro que les hizo gracia. Los unicornios están de moda; si no te lo crees, date una vuelta por un Primark. —Me encojo de hombros—. Además, es muy pronto para descartar que no se trate de una broma.

—Nunca lo sabremos si no entramos.

—Ya. ¿Estás nerviosa?

—Como dice la vecina rubia, estoy más nerviosa que una puerta en *Hermano mayor*.

Levantamos la mirada hacia las oficinas de Sunset Producciones. El edificio llamado a ser normal nos resulta imponente. Sarah se enfunda el traje de seguridad y camina como si llevase haciendo esto toda la vida, aunque no puede evitar echar una ojeada a las posibles escapatorias por si llevo razón y la recepcionista se ríe en nuestra cara por haber picado. Las cosas no suceden así... No lo hacen. Hay truco.

Sunset Producciones es una de las principales productoras de España. Trabaja cine propio y colaboraciones con Antena 3, Telecinco y Televisión Española. Sus películas son una pasada. Temas propios, actuales, controvertidos, la capacidad de darle la vuelta a los argumentos típicos comerciales y recons- truir los tópicos. Una marca. Un sello de calidad. Las piernas temblando cuan- do la amable mujer del mostrador de entrada nos pide que esperemos mien- tras nos hace una tarjeta de visita y llama para que salgan a buscarnos.

Mi madre siempre me hablaba de una película antigua en la que Fernan- do Esteso llegaba a la gran ciudad y parecía paleto y desubicado. La imagen que ofrecemos cuando nos reciben cuatro personas es la de su *remake* actual. Son dos hombres y dos mujeres sobre los que planea un aura de importancia y visten el típico conjunto desenfadado bohemio en el que todo está medido y cuesta riñón y medio.

Olvido sus nombres. Me quedo con que son del departamento de produc- ción, dirección y guion. Van muy en serio. Busco la cámara cuando nos guían a una sala diáfana de paredes blancas, amplia y sin apenas mobiliario, que utilizan como despacho. Nos ofrecen café y uno de ellos se encarga de prepa- rarlo y traerlo a la mesa.

Los sofás con cojines azules son cómodos. Juego con los pliegues del pan- talón mientras Amelia, único nombre que memorizo porque lo repite por se- gunda vez, se presenta como productora y toma la palabra.

—¿Alguna duda antes de empezar?

Hay mil apiladas en la punta de mi lengua. Sin embargo, no brotan inte- rrogantes de mi boca.

—Tengo una obra de teatro en otoño. *Nadar en fuego*, de Blue Wave —suel- to y, conforme lo hago, me doy cuenta de que no me preocupa parecer imper- tinente delante de cuatro peces gordos de la industria. Lo que me decepciona- ría es no anteponer a Octavia a todos ellos.

—Si nos pasas los horarios, podremos encajarlos con los de rodaje —acep- ta. ¿Sin más? Vale, me estoy perdiendo algo y por la cara de Sarah ella tam- bién—. ¿Es en las Maravillas, Lope de Vega o el Lara?

—En el Juan del Encina de Salamanca.

Se miran entre ellos con descaro y me dedican una de esas sonrisas com- placientes que tanto odio llamada a restarle valor al teatro porque las luces de la Gran Vía no bañan su fachada. Podría indignarme por algo así, encender una mecha que no destaca por su longitud. En lugar de eso, pienso que se consideran expertos en la materia y no entienden el arte. El arte no va del glamur de las butacas, el aforo o el dinero recaudado. El arte va de emociones despertadas y la posibilidad de cambiar parcelas del mundo. El arte va de consumirse y explotar sintiendo.

—¿Por qué nos habéis reunido? —Sarah coge el relevo y ejerce su papel.

—Ricardo Cantalapiedra.

Ricardo Cantalapiedra es sinónimo de puertas cerradas, ausencia de aire y un cabezazo desnuda. No entiendo nada. Ellos nos lo explican. Lo comparan con el escándalo del caso Weinstein, donde se destapó el historial de abusos sexuales del productor después de que decenas de actrices denunciasen su mala experiencia tras las cámaras. Un punto de inflexión en Hollywood. A una voz se la come el silencio, varias se convierten en un grito.

El turno le ha llegado al hombre que guarda un Goya en su habitación, otro en las oficinas y los demás los perdió en la fiesta posterior a la gala desfasando. Tienen un chivatazo. Un periódico nacional va a publicar un reportaje sobre las numerosas chicas que le han acusado de propasarse. Actrices anónimas y de primera plana. Esperan un efecto dominó con el que las víctimas silenciadas, por vergüenza o miedo a no prosperar en su carrera, confiesen su secreto. Y... mi nombre aparece. Fui la primera que habló. Estaré de actualidad. Ahí tenemos el motivo de una reunión apresurada y una oferta sin guion escrito.

—Le quitan la careta, al descubierto. Y mira que han tardado teniendo en cuenta todos sus antecedentes... —prorrumpe una indignada Amelia.

—¿Vosotros lo sabíais? —pregunto.

—Toda la gente de este mundillo conocía los rumores de las prácticas de ese desgraciado.

La intervención continúa. Me quedo aquí. «Toda la gente de este mundillo conocía los rumores de las prácticas de ese desgraciado.» Conocimiento. Saber. No hicieron nada. Ver y callar, de algún modo, les convierte en cómplices. Pudieron oponerse. Hacer barrera común. Colocarse del lado de las chicas que sufrían. Defenderlas. Ante una situación de esas características, la pasividad no es una opción.

A Amelia se le llena la boca llamando a Ricardo Cantalapiedra desgraciado. Se aleja como harán tantos otros ahora que le va a caer el peso de sus propias acciones. Buscan que no la relacionen con aquel que ya ha perdido. No me creo sus palabras. No sabiendo que atendía a sus sugerencias de no dejar pisar un *casting* a la actriz peligrosa por si su amistad con el hombre sobre el que hoy lanza tierra le podía beneficiar. Es de esas personas que se bañan en relaciones interesadas para sacar beneficio y luego te entierra. Le movía con él la misma codicia que la ha impulsado a buscar mi número.

—El escándalo va a durar meses y, con el marketing apropiado, te convertiremos en la valiente que fue juzgada y ninguneada por oponerse. Debes aprovechar tu momento. —¿El mío o el suyo?—. Con las feministas, las redes y la mierda que se va a remover cualquier proyecto en el que regrese su primera perjudicada será un bombazo. —Los ojos se le iluminan. Le falta aplaudir. Tengo ganas de vomitar.

Quieren morbo. Taquilla. Hacer dinero con una tragedia que me dolió en el pecho meses y quebró mentes, cuerpos y voluntades a chicas que no conozco. Me convierten en objeto, un trofeo comercial. No son mejores que Ricardo Cantalapiedra.

—Hemos pensado en crear un personaje a tu medida en el que colabores en el proceso de invención...

Escucho atenta. No hay nada definido. Parece que lo único que les interesa es que salga yo y haya mucho drama con doble lenguaje. Inventar. Exagerar. Adelantarse a la competencia con un filme polémico. Colocarse en el pecho la etiqueta de los defensores de la mujer en la industria. Una mentira.

¿Quiero formar parte de algo tan falso? ¿Es así como me gustaría triunfar?

Recuerdo las cosas que me gustaban de actuar y en ninguna de ellas figura un cheque en blanco. Era el proceso en el que los textos pasaban a ser voces memorizando. Era escuchar acción y salir de mi cuerpo. Era sentir el calor del sur estando en el norte. Era conseguir una carcajada en los días tristes porque a mi personaje le tocaba ser feliz. Era todo lo que puedo recuperar en el teatro con Octavia y, quién sabe, si en un futuro no planeado delante de una nueva cámara a la que haya impresionado con una prueba real en la que no estén en juego mis principios.

Era interpretar a...

—Sé lo que quiero ser. —Tomo una decisión. Esperan pacientes. Sonrío—. La sombra.

—La sombra... —recoge el guionista—. La sombra de una mujer de la que intentaron abusar y se rehace a sí misma entre golpes de realidad suena a candidatura al...

—La sombra, sin más —le interrumpo, y mi curvatura de labios se ensancha—. Vestida de negro, todo el rato en pantalla y dando saltos. —Parecen confundidos—. Tengo experiencia. La interpreté en las obras infantiles muchos años.

—Julieta... —comienza Amelia, y la corto.

—No será de otro modo.

—¿Ni siquiera te gustaría conocer la oferta económica? —Ella también intenta comprarme. No estoy en venta.

—La sombra o nada...

—Tienes que ser razonable. —Comprende que es mi manera educada de decirle que se meta su oferta envenenada por donde le quepa.

—Estoy segura de que encontraréis a otra persona. —Se centran en Sarah, que se limita a añadir:

—Sin sombra no hay trato.

Les tendemos la mano para despedirnos. Mi representante me sigue sin pronunciar ni una sola palabra hasta la calle. Cojo una bocanada de aire y me froto la frente. El sol de media tarde de la capital me ciega y disfruto de su calor. Sé que parece que se me han cruzado los cables y he rechazado una gran oportunidad. No me arrepiento, y solo existe una persona a la que tengo el deber de dar explicaciones.

—Lo siento —admito. Me siento fatal porque haya apostado por mí para terminar fallándole—. Yo...

—No podías aceptar por los motivos equivocados.

—Ricardo Cantalapiedra formaría parte del éxito —completo—. Y quiero soñar que, si alguna vez triunfo, será por mí y no por comercializar la tragedia de muchas. ¿Me he equivocado?

—La vida no es un examen, Julieta. —Sonríe—. Las respuestas no suman o restan. Te llevan por caminos y vamos a continuar andando al teatro Juan del Encina, a las pruebas que ya no tienen cerraduras y que pase lo que tenga que pasar, pececillo.

No sé qué me deparará el mañana. Es su magia. La incertidumbre. El abanico. Lo que tengo claro es que quiero a Sarah a mi lado si lo audiovisual gana terreno. A lo largo de la vida te encuentras con personas malas, de las que visten doble cara y se bañan empuñando las dagas que intentan clavarte. No las puedes evitar. Existen. Igual que las destinadas a devolverte la fe en la gente, como mi representante, que se marcha sin echarme nada en cara y silbando a los árboles con los que se cruza, o Leroy, fiel a nuestra cita, mandándome un mensaje para que nos encontremos en la salida del AVE de Atocha.

Mis hermanos y mi madre se quedan aparcando en las inmediaciones de la estación. Bajo las escaleras buscando el tupé identificativo de mi amigo en el *hall* donde la gente conoce o se reencuentra con la capital. Lo localizo apartado en una esquina y me sorprende que se encuentre con la chica de los bucles dorados a la que no hacía allí. Octavia. Mi amiga suelta una excusa pobre de que tenía que ir a no sé qué tienda y, cuando se da cuenta de que mi olfato sabueso se activa, utiliza al cocinero como apoyo.

—¿*Habemus* papel? —Asiento y niego con la misma sacudida de cabeza.

—¿Es una adivinanza? —Leroy saca una cartulina enrollada verde de la mochila.

—Lo he rechazado. Las condiciones no me convencían.

—¿No tenías otro día para hacerte la digna?

Les explico lo que ha pasado sin entrar en detalles y terminan felicitándome. Leroy, un poquito a regañadientes, porque no se puede creer que un nuevo nombre escrito en una cartulina se vaya a perder salir con nosotros. Octavia aprecia que el trato era conseguir un papel, así que técnicamente nada ha cambiado. Su argumento nos convence.

Va a suceder.

Por fin.

El «sí» ha vuelto a mi vida.

Las puertas correderas se abren. La gente comienza a apilarse contra la barandilla y nos hacemos un hueco. Mi amigo lo coloca delante del metal y no alcanzo a leer qué pone. Espero que algún desconocido reaccione o se reconozca. Nada de eso sucede. La gente arrastra las ruedas de sus maletas y pasa de largo. Así uno. Y otro. Y otro. La densa masa inicial se termina convirtiendo en personas rezagadas que echan un vistazo rápido y pasan de largo.

—Me temo que no vamos a tener suerte —anuncio tras un minuto sin ninguna salida.

—Impaciente.

—Realista.

—No hay que perder la esperanza. —Señala el color de la cartulina.

—Lo que hay es que poner nombres actuales y no de... ¿Qué es esta vez? ¿Un emperador chino? Déjame ver.

No sé qué sucede antes. Si que gire la cartulina para desvelar lo que hay escrito o verlo aparecer. Marco Cruz con letra irregular. Marco Cruz en todo su esplendor abriéndose paso con la barba más corta, el pelo igual de largo, mis vaqueros favoritos y la cazadora que comparte con su hijo. No lleva nada. Solo su sonrisa. Y le viste por completo.

Octavia y Leroy se apartan. El moreno se coloca muy cerca, tanto que casi puedo respirar de su boca al levantar la barbilla.

—¿Qué haces aquí? —Hoy le toca cuidar de Leo.

—Se supone que me vas a invitar a la fiesta del siglo, o algo así, me ha vendido Leroy. Te advierto que el listón después de escucharle es alto. Está motivado con el tema. —Levanta las cejas un par de veces—. Vengo de Valencia.

—¿En serio?

—No. —Sus labios se curvan—. ¿Recuerdas mi mala gestión administrativa? Les debo una comida en la cafetería a los dos amables vigilantes que me han dejado dar una sorpresa a mi novia en la que era fundamental que saliese de allí dentro.

—¿Sorpresa?

—Una impactante con la que por fin te creyeses que estar juntos es la única opción que tenemos y no nos queda más remedio que encajar nuestras circunstancias y hacer que funcione con comunidades, continentes o las fronteras de tu boca de por medio. Una con la que esa cabecita entienda que da igual que consigas una nueva película y te tengas que marchar, de mi pecho nunca sales.

—Te libero de lo que sea que vas a hacer, no hay ficción —replico asustada. Verle tan sincero, tan «me da igual parecer vulnerable porque voy a soltar palabras que quiero que se tatúen en tu mente», impone.

—Llegará otra producción o el impedimento vendrá de que tú tienes un gato y yo un perro, soy el cuerpo del deseo para la tercera edad o, solo lo diré esta vez, puede que sea más cabezón de lo que admito. Las relaciones tienen momentos buenos y malos. Es su naturaleza, pero tengo una fórmula para que incluso en los peores instantes mantengas la confianza. Y, Julieta, para que me creas, esta vez sí, todo un jodido despliegue de medios.

Las manos de Marco navegan en mi cintura y me da la vuelta.

—Guitarrista. —El músico del huerto de Calisto y Melibea está aquí con su instrumento. Deja una tarrina de helado en el suelo y comienza a acariciar las notas de *Perfect*, de Ed Sheeran—. Flores con *post it.* —Casi me meo al ver aparecer a Fer, Alberto, mamá y un Rodrigo poco convencido con una corona de pétalos y papeles pegados por la cara con palabras que ya reconozco—. Y putos —susurra bajito contra mi oído y muerde el lóbulo antes de separarse— ¡fuegos artificiales! —Nada. Le hace un gesto a Octavia y me doy cuenta de que está siendo la cómplice avisando a todos con el móvil. La rubia asiente y el exfutbolista repite—: ¡¡¡Fuegos artificiales!!! —Leo y Pedro aparecen corriendo seguidos por Carol y Elle tirando confeti de colores por todos los lados.

Me quedo ensimismada mirando a la gente que tengo delante. Los míos. Los de antes, ahora y mañana. Leroy y Octavia: mejores amigos. Mamá, Fer, Alberto y el gruñón de Rodrigo: familia de sangre. Elle, Carol y los pequeños: familia porque así lo acabo de decidir. Colaborando. Unidos. Todos ellos, la prueba de que mi abuelo me enseñó a mirar hacia arriba, pero antes de levantar la barbilla al firmamento yo ya tenía aquí abajo quien brillase en mi universo.

La risa de Marco al ver a los pequeños todavía vibra en mi interior cuando me suelta y se sitúa enfrente. Aprieta la mandíbula y me observa de ese modo tan suyo que espero que nunca deje de ponerme nerviosa.

—Porque he tardado años en descubrir el secreto del tiempo. —Su mano se pierde por debajo de la camiseta oscura y saca el colgante del reloj de arena—. Nuestro secreto del tiempo es que, si yo lo sostengo por un lado y tú por otro, en horizontal, formamos el infinito. ¿Sabes lo que significa? Que tenemos entre manos algo que no tiene ni puede tener fin ni límite. —Trago saliva y él ladea el rostro. El corazón me va a estallar—. Julieta, es el momento de que te rías o me digas de una maldita vez que me quieres, porque a estas alturas te saco bastante ventaja.

¿Es posible que nunca lo haya hecho? ¿Que haya mantenido esas palabras ocultas? Hago balance. ¿Desde cuándo llevo sintiendo esto? ¿Desde cuándo mi pecho arde en su presencia, sonrío sin saber por qué cuando le veo y tengo ganas de memorizar sus diferentes tonos de voz? Infantil. Con gallos en la adolescencia. Ronca y profunda ahora. No puedo identificarlo. Es algo que simplemente existe. Es... amar.

El amor es para valientes, más si en tus suelas guardas las huellas de su decepción. Requiere arriesgarte a volver a confiar, sabiendo que la perfección no existe, que serás vulnerable, que los secretos de tu pecho resbalarán por tus labios a otra boca. Es lanzarte al vacío sin expectativas, tal y como eres. Un sentimiento que te hace sentir viva. Dueña del tiempo. Capaz de convertir pequeños momentos en impresionantes y reducir los enormes a un puñado de recuerdos que no olvidarás nunca.

El amor es ser consciente de que el único miedo capaz de superar el sentir a lo grande es no volver a hacerlo nunca. Es algo que no te atreverías a materializar si no vieses al otro lado a quien te llena. Ese que, en un mundo condenado a que la gente venga y se vaya, es tu persona imprescindible. Y no tengo dudas de que la mía ha sido, es y será Marco.

—Sí que lo he hecho ... —Cojo una bocanada de aire. Estas cosas no se me dan bien. Exponerme. Me muerdo el labio—. Cuando te fuiste a Ponferrada y me dieron el papel de Clara te escribí una carta. Al día siguiente, la leí horrorizada y la escondí en las mesas del bar Erasmus...

—Muy típico.

—Era una enumeración de las razones por las que debías estar allí repasando nuestro pasado. Todas terminaban con Marco, repetido una y otra vez, como si no supieras cómo te llamabas... Entonces me di cuenta de que, asustada por un sentimiento arrollador que no comprendía, había sustituido los «te quiero» que intentaba escribir con tu nombre. Y que Marco estuviese al final de todos los años solo puede significar que me he enamorado de ti cada uno de ellos y que lo seguiré haciendo todos los demás. Amarte forma parte de ser yo misma.

Su mirada me traspasa y le dejo leer asumiendo las consecuencias. Él, que ha guardado el amarillo en las paredes de su habitación y la carrocería de su coche. Él, que nunca me dejó sin cintas. Él, al que perseguí por las olas de Caños, en la noche triste de Ponferrada y por las calles de Salamanca. Él, que ha despertado mi cuerpo y me ha hecho comprender que desear nunca es malo, solo el lenguaje de la piel. Él, que me ama con defectos, virtudes y libre.

Él, al que yo elijo para que sea la cara visible del amor.

Da un paso al frente y la palma de su mano reposa en mi mejilla.

—Siempre tienes que ganar, ¿eh?

—Desde las yincanas. —Sonrío nerviosa.

—Voy a besarte, Julieta Moreno, y es posible que olvide que en algún momento debo parar.

Y así, en la estación del AVE de Atocha, sus labios impactan de nuevo con los míos, con confeti arremolinado en los pies, las risas de los nuestros de fondo y la seguridad de que una vida se vive tres veces: al soñarla, al experimentarla y al recordarla, y quiero jugar a existir de esa manera con Marco Cruz, creando mundos que sean estrellas, canciones eternas que suenen sin música y con nuestro infinito pendiente de su cuello.

Playlist

SIEMPRE

Epílogo: ¿Repetimos? *La chica de ayer,* de Nacha Pop

SIEMPRE

Epílogo

Marco

Tiene nombre de tragedia, se ha adueñado del amarillo y consigue que el ruido se apague con su presencia. Antes. Ahora. Música. Ella te envuelve a kilómetros de distancia, su risa te araña desde dentro y no tienes ni voluntad ni fuerza para soltarla, porque te activa al ser el recordatorio constante de que tienes al lado lo que más deseas. Una verdad. Un impulso. Todos los veranos. Julieta.

La actriz estalla con la última frase de diálogo y los espectadores nos aferramos a la butaca para recibir las emociones que dispara. El telón cae y, durante unos segundos, la sala con las entradas agotadas se sume en el más absoluto silencio. El modo en el que ha sabido llevar el demoledor papel ha sido impactante. Dos horas para lanzarnos de lleno a una nueva dimensión conteniendo el aliento para que esa chica, que no era la pequeña de los Moreno sino el personaje que Octavia ha creado, lograse imponer su voluntad al destino. La razón por la que me doy cuenta de que para ella actuar no es un capricho, es necesidad, y la secunda el talento que provoca que las tablas deseen que habite encima sin dejar de hacer lo que mejor se le da.

La iluminación tenue que ha acompañado a *Nadar en fuego* se torna potente, la cortina burdeos sube y el elenco en su totalidad aparece. Vuelve a ser ella, con su mejor amiga y la profesora que descubrió que tenía duende a su lado. Nos ponemos en pie para aplaudir hasta que nos duelen las manos. La chica de las estrellas sonríe, saluda tímida y el espíritu de la sombra regresa cuando pega un brinco. Está pletórica y su ilusión contagia. La tela del decorado la cubre de nuevo.

—Si seguimos aplaudiendo vuelven a bajar el telón. No paréis —apunta Alberto.

—¿También vas a explicarme los créditos? —rumia Rodrigo.

—Tenemos un hermano muy didáctico —bromea Fer.

—Tenemos un hermano muy pes...

—Ya —zanja Anne. La madre de los Moreno está visiblemente emocionada. Mi mejor amigo chasquea la lengua y mastica frases de las que solo rescato que no va a volver a sentarse al lado del gemelo responsable. No lo puedo evitar y me rio. Casi treinta y el crío malhumorado no se ha ido.

—Llevaba razón. —Le doy con el hombro a mi mejor amigo cuando ocurre lo que ha adelantado Alberto y el elenco vuelve a bañarse en vítores de agradecimiento.

—Limpia el charco de babas que has dejado debajo del asiento.

—¿Las que se han mezclado con tus lágrimas de bebé, dices?

—Las que se van a mezclar con las tuyas de dolor si no te callas.

El volumen de mi carcajada aumenta y le chirrían los dientes. La irritación desaparece conforme su hermana posa los ojos en él y no en otro para que le lea unos labios que forman: «Derek Redmond ha llegado a la meta». Intenta que no me percate del modo en el que se le hincha el pecho de orgullo, traga saliva y golpea hasta convertirse en el rey de los aplausos que se cuelan en un equipo de producción que ha trabajado al límite y recoge su recompensa.

Rodrigo Moreno tendrá un carácter difícil y una lista interminable de defectos, pero adora a su hermana de un modo que no se atreve a admitir, incondicional, y eso le convierte en alguien grande que mantener cerca. El mismo que, cuando todo acaba, Claudia trae a los niños y Sherlock y Julieta sale a la puerta cambiada para la celebración se da cuenta de que no lo hace sola y, mientras todos nos deshacemos en felicitaciones a la Moreno que Fer carga en sus hombros, se acerca a una Octavia que está apartada con Leroy cediendo el protagonismo a su amiga.

—Ojos de mar, no vuelvas a esconder tus textos. Tienes oro en la mente y magia en las palabras. —No parece típico de él. Sin embargo, lo pronuncia con su seriedad característica que lo vuelve real. La rubia le dedica la curvatura de labios de la que solo había oído hablar a Julieta.

—Tú tienes el mismo efecto con los animales.

—Qué va. Yo doy pena. La culpa es de este. —Señala al pastor alemán—. Existe para minarme la moral. A las pruebas me remito. —Se agacha frente al animal y repite su ritual de movimientos—. Siéntate, Sherlock. —Levanta la cabeza—. Y, como puedes apreciar, no me hace ni pu... —El perro obedece, descubriendo que solo hacía falta que le llamase por su nombre. La profesora más querida de Leo se ríe ante la cara de perplejidad de mi mejor amigo—. ¿Alguien lo ha grabado?

Escuchando las quejas de Rodrigo, al comprobar que nadie tenía el móvil a mano, dejamos atrás el Juan del Encina para llegar a tiempo a la reserva en la terraza del Mesón Cervantes de la Plaza Mayor. Todos. Elle, Carol, Pedro, Claudia, Leo, Anne, los gemelos, mi mejor amigo, Leroy, Octavia, Antonia y... Julio. El hombre brinda con agua y no disimula el gesto de no poder creerse que su hija le haya hecho partícipe de algo así, ni que sus hijos le pidan que les pase el pan, aunque puedan alcanzarlo si estiran el brazo. Pasos de aproximación. Poco a poco. Un aspa nueva en el calendario que lleva en la cartera y le aleja del alcohol.

Saludamos a la noche entre chuletones, lubinas al horno y raciones de bravas. Contamos las anécdotas de siempre y, como me las sé de memoria, ya no tengo claro si opino porque yo también estaba allí o de tanto escucharlas me he dibujado a mí mismo dentro. Lo único que sé es que el reconocimiento activa el sentido de pertenencia a algo, a alguien, a las personas que el universo colocó en mi camino para disculparse por arrebatarme a las dos más importantes. Puede que nunca le perdone del todo por quitármelos en una autopista, pero no sería justo si no le diera las gracias en momentos como este por lo que me ha dado a cambio.

La señal de que ha llegado la hora de pedir la cuenta llega con los bostezos de los pequeños. A Claudia y a mí no nos queda más remedio que acceder a la petición de Leo de quedarse a dormir con su primo. Permanezco al lado de Julieta siendo testigo de cómo se deshace en besos y abrazos de despedida hasta que nos quedamos los dos solos. Entonces sus manos buscan las mías y, conforme trata de enredar los dedos, descubre que oculto un sobre en la palma.

—¿Semillas? —Enarca una ceja y le da la vuelta.

—Crisantemos —contesto—. Mi instinto me dice que no te gusta que te regalen ramos. —La sonrisa que me dedica es la confirmación de que he acertado y el motivo por el que, a última hora, no le confieso que los pétalos que se despliegan de esa flor son amarillos. Prefiero ver su cara de sorpresa, como ahora. Es algo impresionante.

—Mañana compramos una maceta, tierra y nos manchamos las manos. —Guarda el paquete en el bolsillo pequeño de la mochila que le cuelga por detrás de la camiseta blanca con el hombro al descubierto.

—¿Nos? —Frunzo el ceño—. Son tuyas.

—Venga...

—Dame un buen argumento para que cambie mi magnífico domingo de sofá antes del desastre por...

Julieta se pone de puntillas con su falda vaquera y me besa. Creo que no existen amaneceres suficientes antes de que se agote el sol para sentir sus labios todo lo que me gustaría. Creo que me convence para que sea jardinero en el momento en el que sus manos se enredan en los mechones de pelo y asiento sobrepasado por sentir tanto y tan bien. Y creo que debo estar un poco loco por la chica del cielo; porque, cuando su faceta infantil toma el control y se escapa corriendo con sus Old Stars, la persigo a sabiendas de que me acabará dando algún susto.

Me gusta que sea así. Una adulta que de mayor quiere ser niña. Guerra y paz. Torbellino y calma. Arrolladora y delicada. Un reflejo de contradicciones y polos opuestos que refleja que, entre ser negro o blanco, se quedó con todos los intervalos del gris. La mujer a la que le echo el brazo por encima de los hombros para recorrer los rincones que ya nos pertenecían de la ciudad y conquistar nuevos.

Terminamos en la cafetería que abrirá en dos días. La que Elle y yo hemos bautizado con nombre de canción, La Chica de Ayer, y tiene la selección de discos de mi padre, las novelas de mi madre y unos nervios que se instalan en mi estómago en cuanto pongo un pie en su interior y me vuelvo paranoico, tremendista y pienso que todo va a salir mal.

—Julieta, ¿no ves esa luz parpadear más de lo normal? —Señalo la que está encima de la barra.

—*Nop.* —No me fío del todo y me coloco debajo hasta que la claridad me ciega un poco. Continúo con la inspección.

—¿Y las tazas para el anís de mis clientas de la gasolinera? —Reviso los estantes y no hay rastro.

—¿En el mueble de debajo de la cafetera?

Las rodillas me crujen al agacharme. Están allí. Bien. Ya solo me queda un millón de cosas que asegurar para poder dormir una noche del tirón. Congeladores. Comida. Tuberías del baño... Las notas de una canción me distraen. Nacha Pop. Descubro a Julieta dándole la espalda al tocadiscos para invitarme a que acuda a su lado.

—Anda, ven aquí antes de que te dé algo. —Estira la mano en mi dirección.

—Se llama «presión».

—Se llama «no tienes que preocuparte porque todo va a salir bien».

—¿Lo dice la actriz que ha padecido insomnio las dos semanas previas al estreno?

—Lo dice la mujer que va a estar aquí para ver cómo das forma a los sueños de tus padres.

Contonea las caderas y a mí me falta tiempo para estar a su lado. Soy un facilón. Soy un hombre enamorado delante de la mujer de su vida. Soy el que carece de ritmo.

—Julieta, Julieta... Despídete de los pies.

Bailamos juntos. No hacemos caso de las notas, los instrumentos y la letra. Nos inventamos que se trata de una canción lenta. Una balada en la que la danza también es un poco abrazo; ella apoya la mejilla sobre mi corazón para escuchar sus latidos y mi barbilla reposa en su cabello. Pegados. Convirtiendo nuestras respiraciones en el aire que se cuela entre los dos. Estrechando a la otra persona porque, cuando la piel encuentra su hogar, la ropa sobra.

Romántico hasta que a la muchacha que me ganó varias partidas de futbolín le atraviesa una descarga de electricidad y se separa. No la culpo. Sé que es actividad, movimiento y despeinarse mucho meneando de un modo raro la cabeza. Sé que es cantar a gritos sin que la voz le acompañe, cerrar los ojos y cambiar de estilo pasando de chasquear los dedos y balancearse a los lados a hacer el robot. Sé que es quedarme ensimismado mirándola y pensar: «Tengo que dibujar este momento».

El cajón del escritorio del almacén está prácticamente vacío. A falta de las facturas y los libros de contabilidad, su única habitante es una carpeta de cuero que recojo junto con un bolígrafo. Me siento en el taburete y me esfuerzo en inmortalizar a la chica de flequillo recto y sonrisa traviesa en mi memoria para después plasmar el recuerdo en un folio en blanco.

—¿Qué haces? —Julieta termina con la respiración agitada. Ladea la cabeza al encontrarme concentrado trazando líneas en la barra.

Descubro sus ojillos caramelo interesados. Descarta la idea de pedirme que se los muestre. Sabe que no funciona así. El patrón habitual que he seguido es el de alejarla de algo tan... interior de una persona recelosa de su intimidad en tamaño DIN A4. Sin embargo, ya no hay nada que ocultar, ni miedo; Julieta sabe, porque lo tiene que hacer, que si existen unas páginas que reflejan el fondo de mi alma, mis dibujos, no les queda más remedio que contar su historia. La nuestra.

Le ofrezco que se siente encima y acude derrapando para que no me dé tiempo a cambiar de opinión.

—¿Soy yo?

—Serán tus pies en algún momento. Cuando estén terminados... —Cojo aire y abro la carpeta— como estos.

Las hojas se escurren de entre mis dedos a los suyos. Observo la solemnidad con la que recoje los fragmentos de mi pasado y siento sus pulsaciones acelerarse al confirmar que ella da forma a las piezas que lo componen. Bonita. Intensa. Complicada. Verdad. La que me enredaba con los nudos de sus cascos, la que me hace delirar de pasión y la que quiero que reconozca su propio olor en las sábanas de mi cama. La mujer que sigue teniendo lunares que puedo unir para que no le quepa la menor duda de que puede lograr cualquier cosa que se proponga. Sin excepción.

Todos nuestros momentos a bolígrafo, y es que, cuando nos separamos, su esencia continuó vibrando en mis dedos. Frente a la tumba de mis padres. Tarareando en el balancín. En el faro. Pintando constelaciones en su cuaderno. Pidiéndome un beso y que le sonría a la lluvia en el huerto de Calisto y Melibea. Atravesando Salamanca con la vespa amarilla. Sujetando la pancarta de «en lo bueno». En el autobús de vuelta de Ponferrada. Posando en la alfombra roja de Callao. Jugando al futbolín borracha en el bar más cutre de Malasaña. Bailando al son de Sergio Dalma en la buhardilla. Llegando a la estatua del Ángel Caído del Retiro.

—¿Por qué tú nunca sales?

—Porque es díficil reflejar lo que no ves.

—Puedo ser tu mirada —ofrece. Pasea la yema de los dedos por la línea recta de mi mandíbula—. Puedo describirte el tacto de tus gestos cuando sostienes la mirada en mi boca, el modo en el que entrecierras los ojos si la punta de nuestras narices se roza, o la sonrisa pequeñita que te nace al acariciarte el lóbulo de la oreja. —Describe sus propios movimientos—. Puedo describirte este instante y los que vienen y que, en lugar de fotos, nuestro álbum lo formen dibujos de tinta. —Se recuesta en mis brazos—. Empezarías por hoy, aquí y ahora, y seguirías con mi favorito, el de Caños besándonos, aunque a ese le podrías añadir colores.

—¿Cuáles?

—Morado y azul.

—Morado y azul será. —La aprieto y respiro de su cuello.

—¿De verdad?

—Te lo prometo. Empezaré contigo sentada encima y yo observándote con cara de gili... —carraspea—, de... ¡Esta chica planea dejarme sin sensibilidad en las piernas! —Me quejo de coña y responde con un golpe con el hombro—. ¿Qué? ¡No miento! —Cojo aire—. Ni en esto, ni cuando te digo que aprenderé a usar la acuarela para utilizar la imagen de Caños de portada de nuestra historia de amor.

—¿Nuestra historia de amor?

—Es lo que tenemos, ¿no?

Hemos discutido. Mucho. Nos hemos echado de menos. Más. Han pasado años sin vernos... Y nunca nos hemos olvidado. Ni un segundo. Ni una bocanada de aire. Ni un latido. Y es que nos hemos equivocado más de lo que deberíamos, pero hemos sabido deshacer los pasos, impulsarnos hacia delante y llegar a este punto en el que te preguntan qué es el amor y en tu mente aparece la sonrisa de otra persona. No será fácil, pero es que con ella lo único que quiero es que sea verdad. Como nuestras promesas. Todas. La que habla de dibujar este momento y el de Caños y la que nació la noche que la constelación inventada Po entró a formar parte de su mapa de estrellas y ha sobrevivido en pancartas, brazos pintados y nuestra voluntad de no olvidar el modo en el que nos une su significado.

—Lo que tenemos es un juramento por el que debes dejar de temer la apertura de la cafetería o cualquier cosa que traiga el futuro. Yo estaré aquí. A tu lado. En lo bueno y en lo malo.

—En la salud y en la enfermedad.

—Ojalá siempre, Marco.

—Ojalá contigo, Julieta.

2019

2019 fue el año en el que empecé nuestro álbum de dibujos, Julieta invadió las tres cuartas partes de mi armario, Sherlock y Lennon afianzaron una relación complicada y una mañana de Navidad me desperté y me encontré a Leo y la pequeña de los Moreno sentados en el suelo del salón abriendo la caja de un puzle. Me uní y, mientras dábamos forma a París sobre la alfombra, deseé que la jornada se repitiese al día siguiente. Y al otro. Un par más. Tantos como canciones quedan por inventar en el mundo.

Agradecimientos

Gracias a los miembros del jurado y a la editorial por el enorme regalo que supone ser finalista del V Premio Titania de Novela Romántica. A día de hoy sigo con la sensación de que no puede ser cierto y la ilusión de una llamada en la que la felicidad se hizo voz, la de Esther Sanz al anunciármelo. Y a ella también quiero darle las gracias, por apostar por la historia, por sentir a Marco y Julieta, cuidarlos y hacer un trabajo tan especial para ellos.

A Anna Casanovas, por dedicarle una frase al libro y a Ana Lara por convertir su librería en un hogar cálido y bonito para las novelas.

A Alice Kellen. Sus historias son puro sentimiento y ella es luz, brillante y parpadeante, que alumbra a quien tiene suerte de conocerla. Gracias por estar a mi lado y ser siempre esa compañera que hace de la literatura un mundo acogedor y bueno.

A una autora fantástica y mejor persona, Cherry Chic. Una quedada literaria y el universo de *Sense 8* a través de privados en Instagram nos unieron y desde entonces siempre me ha demostrado la suerte que tuve de que nuestros caminos se cruzasen. Gracias por tus letras.

A Pilar, porque conoces mis inseguridades, les das la vuelta y me devuelves la confianza y haces que decir «somos un equipo» suene a «juntas hasta el fin del mundo». A Inés, porque mi universo de escritura siempre es mejor contigo.

A mis padres, Javier y Elena, repasar todas las etapas de una vida me ha servido para darme cuenta de que ellos han sido, son y serán siempre las personas que más necesito, me ayudan y quiero. Vosotros sois el motor que me mueve, nunca lo olvidéis. Y a mi familia, Jorge, Amparo, Rubén, Titi, Berta, Emiliano, Juliana, Fidel y Antonia, el mundo gira, la vida avanza y seguís aquí, en mi corazón, demostrándome lo afortunada que soy de que vuestra sangre circule por mis venas.

A él. Pablo. La persona que me comparte con decenas de personajes, acepta mis rarezas y me apoya más allá del firmamento, allí donde parece que ya no existe vida. GRACIAS. Y a su familia, Lola, Pepe, Carmen, Sara, Paco, Lucía, Marisol, Jacobo... Gracias por convertir Galicia en un hogar.

A la familia madrileña, Jaime Nomas, Mónica, Nichel y Nuria. A mis amigas del cole, Bea, María, Silvia, Alba y Cristina. A mis amigas de sueños que tal vez no se cumplieron, pero nos unieron, Paloma y Tamara. De la Universidad, Raúl, Alberto y Carlos. De la Universidad intento fallido/enfermería: Soraya y Merce. A la gente del Erasmus, Alejandro, Cristian, Ana, Paula, Mado, Sara, Laura, Ángela y Roberto. Y a mis dos pueblos, Villar del Maestre y Villora, y mis amigos de siempre y para siempre, Alejandro, Silvia, Miguel, Alberto, Carolina, Mónica, Toni, Samuel, Antonio, Clara, Jesús, Sergio, Víctor, Carmen, Guillem, Tamara, Rubén, Nuria, Vanessa, José, Nico, Paula, Lara, Laura, Migué, Álvaro, Natalia, Berta, Diego, Mario, Blanca, Rodrigo, Pilar, David, Jasmine, Andrea, Irene, Carlos, Ángela, Darío, Noah, Laura, Alicia, Guille, Raúl, Ana, Rosa, Tito, Aleix, Belén, Sergio y Lucas. ¡Dios mío! ¡Casi he escrito un libro con vuestros nombres! El de mi vida. Y es que pasan los años y no me abandonáis, seguís aquí, permanentes, quemando etapas a mi lado. Todos sabéis que estáis en mi lista de reparto si me toca el Euromillón, pero me temo que eso no va a pasar y vosotros sois los culpables, porque prefiero emplear toda la suerte que me queda en manteneros y que el futuro venga acompañado de vuestra amistad. Con eso, ya soy la persona más rica del mundo o, al menos, así lo siento.

A vosotras, sí, las chicas del CAM... Posiblemente sois las personas que más habéis oído hablar de este libro y tenido que soportar en mis brotes de histeria, negatividad y el momento en el que me enteré del premio y casi me da un algo, pero es que sois las personas con las que comparto mi día a día y, mierda, os quiero demasiado por darme tanto y tan bueno. Sheila, Sandra, Sara, Raquel P., JC, Ceci, Nuri, Raquel V., Andrea, Javi, Fani, Yoana, Virginia P., Eva, Natalia y Ruth.

A las personas que le regaláis tiempo y un hueco en vuestra imaginación a mis letras. Gracias por ser el refugio de los personajes. Gracias por ser mis ganas para seguir.

No me he olvidado de ti, Sí, de ti. ¿Creías que se me había pasado en el apartado de la familia, pequeña? No, pero te merecías un párrafo especial, porque esta historia es tanto tuya como mía. Y es que tú le regalaste el alma cuando íbamos agotadas en el autobús por la Toscana y me dijiste «ojalá siempre» y me hablaste de un reloj de arena pendiendo del cuello con el infinito dentro. Nuria, me inspiraste, como siempre haces. Eres la persona con más colores del mundo. Gracias por cederme parte de tu magia. Esta novela existe gracias a tu sonrisa.

Y, por último, llega su turno. El de ellos...

«Queridos Marco y Julieta,

Empecé esta tradición con mi anterior novela y Julien Meadow. Me pareció una idea bonita, justa para vosotros, la de deciros «adiós» con una carta de agradecimiento.

Así que aquí estoy. He buscado un banco solitario e íntimo en el que poder soltaros lentamente en palabras que me ponen triste y a la vez feliz. Triste, porque vais a seguir volando y echaré de menos acompañaros. Feliz, porque me siento afortunada de haberos conocido, de haberos VIVIDO. Eso habéis sido, existencia, revolución y un potente latido en el pecho que me despertó.

Llegasteis cuando más os necesitaba. Bloqueada, frustrada y sumergida en historias inacabadas que me hacían pensar que me había quedado vacía, seca y sin nada que contar.

Lo hicisteis colándoos en los altavoces del coche de mis padres con una melodía suave que apenas se escuchaba. Era casi un susurro, pero algo se activó y le pedí a mi padre que subiese el volumen. Sonó *La chica de ayer*, ¿os acordáis? Yo sí, nunca podré olvidar sus notas... Ni a vosotros. NUNCA. Creo que fue un regalo del universo escondido en un CD de grandes éxitos de décadas pasadas que ellos habían olvidado que tenían. Sin embargo, fue ese día y no otro el que lo pusieron. Fue ese día y no otro el que os conocí y no soy incapaz de hallar en mi memoria un trayecto de Madrid a mi pueblo en Cuenca más bonito. Os imaginé y tracé las líneas de lo que seríais.

Ahí ya me llenasteis, ¿sabéis? Me devolvisteis ilusión y ganas. El Big Bang con el que inicié el universo de una nueva novela, esta, y os prometo que he disfrutado cada segundo, cada párrafo y cada letra. Escribir ha sido movimiento. Volver al pasado. Niña, adolescente y adulta. Clases de Astronomía en el Planetario de Madrid para comprender tu cielo de estrellas, Julieta. Buscar dibujos a bolígrafos por Internet para saber cómo era el tesoro que escondía tu carpeta, Marco. E irme a Caños, subir al faro de Trafalgar, ser testigo de un atardecer y sentir que el mundo se detenía, vosotros existíais y yo era la jodida persona más afortunada del mundo por tener el poder de escuchar vuestra voz entre tonos dorados y mar.

Habéis sido risa. También alguna lágrima. La respuesta a mi eterna pregunta de «¿qué es el amor?» resuelta.

Os vais, sí, y a la vez os quedáis conmigo, porque después de vuestro paso el amarillo es mi color favorito, invento constelaciones cuando salgo a pasear por la noche y sé que la felicidad no es un anhelo inalcanzable, la felicidad puede encontrarse haciendo un puzle con las personas que quieres o sonriéndole a la lluvia.

Después de vosotros soy más. En todos los sentidos. Me habéis enseñado que «siempre» puede ser un momento, un beso, tal vez, un segundo. Por eso, intento disfrutar de cada uno de ellos, sabiendo que lo bueno nunca te abandona del todo y tarde o temprano llamará a tu puerta para regresar al huerto de Calisto y Melibea.

Después de vosotros este parque desde el que me despido llorando un poquito y sonriendo más, que no tiene nada de especial, me parece maravilloso, porque lo recordaré como el instante en el que os dejé marchar una mañana de febrero segura de que vuestra esencia se queda dentro y, siempre que la necesite, me traerá paz.

Atentamente,
Alexandra Roma

PD: Nos vemos en todas las canciones que ya existen en el mundo y las que quedan por inventar.

¿TE GUSTÓ ESTE LIBRO?

escríbenos y
cuéntanos tu opinión en

f /Sellotitania   🐦 /@Titania_ed

📷 /titania.ed

#SíSoyRomántica

ECOSISTEMA DIGITAL

NUESTRO PUNTO DE ENCUENTRO

www.edicionesurano.com

2 AMABOOK
Disfruta de tu rincón de lectura
y accede a todas nuestras **novedades**
en modo compra.
www.amabook.com

3 SUSCRIBOOKS
El límite lo pones tú,
lectura sin freno,
en modo suscripción.
www.suscribooks.com

DISFRUTA DE 1 MES
DE LECTURA GRATIS

1 REDES SOCIALES:
Amplio abanico
de redes para que
participes activamente.

4 APPS Y DESCARGAS
Apps que te
permitirán leer e
**interactuar con
otros lectores.**

 iOS